粵謳釋讀

歐陽覺亞 麥梅翹 編著

Cantonese Love Songs with Annotations

商務印書館

粵謳釋讀

編　　著：歐陽覺亞　麥梅翹
責任編輯：吳一帆
封面設計：趙穎珊
出　　版：商務印書館（香港）有限公司
香港筲箕灣耀興道 3 號東滙廣場 8 樓
http://www.commercialpress.com.hk
發　　行：香港聯合書刊物流有限公司
香港新界荃灣德士古道 220-248 號荃灣工業中心 16 樓
印　　刷：永經堂印刷有限公司
香港新界荃灣德士古道 188-202 號立泰工業中心第 1 座 3 樓
版　　次：2021 年 6 月第 1 版第 1 次印刷

ISBN 978 962 07 0587 8
Printed in China

我國南方沿海一帶，古時候居住着眾多的部落羣，號稱百越，又叫百粵。由於歷史變遷，現今這裏大部分的居民幾乎都屬漢族。古百越人繁衍至今，有的與南來的漢族融合，有的向別處遷徙，發展成為當今侗台語族的壯、布依、傣、侗、水、毛南、仫佬、黎等民族以及海南島的臨高人。毫無疑問，現今當地的漢人大都混有古越人的血統。據有關資料介紹，現今侗台語族人民有一個喜愛即興對唱山歌的風俗。比如在現今的壯族地區，無論哪裏都可以看到男女青年互相對歌的情景，平時人們喜歡使用民歌的形式來表達感情和意見。我曾在廣西某縣的招待所門前，看到貼滿表揚信和感謝信，無一不是用詩歌的形式來表達的。這就是即興而作的詩歌。布依族的情況與壯族相似。侗族的民歌也很有名，人們經常都離不開吟唱即興的山歌和傳統歌謠。海南的黎族也有以歌表達情感的習慣。在上世紀五十年代中期，我在海南通什參加過一次黎族同事的婚禮，見到黎族老鄉們蹲坐在酒罎子四周輪流唱歌。當輪到某人吟唱時，首先小吸一口酒，然後吟唱自己剛編好的歌句，接着輪到下手。這樣循環下去，可以維持兩三天之久。他們所唱的歌也都是即興創作。

據歷史記載，古越人在上古時期就以唱即興歌聞名。漢代劉向在《說苑》記載有《越人歌》的漢譯歌詞 :「今夕何夕兮，搴舟中流。今日何日兮，得與王子同舟。蒙羞被好兮，不訾詬恥。心幾煩而不絕兮，得知王子。山有木兮木有枝，心悅君兮君不知。」這首越人歌，就是當時由一名越人船夫，為讚揚乘坐他的小舟的楚國王子而即興吟唱的。越人歌借用漢字記音，原文為 :「濫兮抃草濫予昌枑，澤予昌州州 州焉，乎秦胥胥縵予乎昭，澶秦踰滲惿隨河湖。」共 32 個字。上面的漢譯歌詞經過加工潤飾，共用了 54 個字。據壯族學者韋慶穩教授考證，原文的詞句可以翻譯成現代壯語，意思與上述的漢譯近似。古越人這首歌雖然沒有直接流傳下來，但壯族即興唱歌的這種習俗一直延續至今。他們現在唱歌的習慣，很可能與古百越人有承傳關係。廣東珠江三角洲一帶的居民，也有唱即興民歌的習慣。如過去居住在沿海和珠江邊上的疍家人（水上居民）還保留一種「鹹水歌」，另一種是流行於一些城鎮的「龍舟歌」，還有廣東農村過去女子出嫁時所唱的「哭嫁歌」，這些大多是即興而作的歌。由此，我們說廣東漢人這種即興唱歌的民俗，應該是古代越人的遺風。至於近代廣東地區流行的木魚歌和南音，是近代由於外來說唱文學的影響而產生的一種曲藝，而粵謳則是在這些曲藝的基礎上進一步加工創作的歌體，它們與上古時期的越人歌，恐怕也存在一定的內在關係。

關於粵謳產生的年代，一般人認為是在清嘉慶年間。先由當地文人馮詢、招子庸等在龍舟歌和南音的基礎上發展而成，作為珠江上花舫歌女唱詠的情歌，後來也成為岸上瞽姬師娘（女盲人）賣唱的歌曲。到了道光年間，幾乎傳遍到珠江流域各地。在清末民初，連報紙雜誌也曾經多次刊登粵謳歌詞。參加創作粵謳的招子庸於道光八年（1828 年）將其作品集冊出版，名為《粵謳》。此書在珠江三角洲各地大受歡迎並迅速傳播。1904 年被翻譯成英文在國外出版，書名" Cantonese Love Songs"，把粵謳介紹到國外去了。1901 年，某粵謳愛好者以香迷子的筆名出版了一本《再粵謳》，在珠三角各地也曾廣為流傳。此外，當時的文人葉廷瑞和何惠羣，也為後世留下了一些名篇——南音《客途秋恨》和《歎五更》。及至民國初，文人外交官廖恩燾是一位粵謳愛好者，在辛酉年（1921 年）、壬戌年（1922 年）和癸亥年（1923 年）連續出版了三冊《新粵謳解心》。又在甲子年（1924 年）出版了廣東俗話七律詩集《嬉笑集》。可以說，他把招子庸的粵謳推進了一大步。1928 年，羅達夫出版了《魯逸遺著》，書內收集了劇作家黃魯逸的粵謳遺作。新中國成立後，1986 年中山大學陳寂教授把招子庸的粵謳重新整理出版，書名為《粵謳》，而同一時期的冼玉清教授在研究招子庸和收集清末民初的粵謳方面，做了大量的工作。

粵謳是在某一特定社會歷史條件下產生的。當初只在水上歌舫妓院流行，後來進入大眾娛樂場所，再後某些報刊也發表了不少粵謳歌詞，用來表達民意、針砭時弊。但它畢竟主要是一種彈唱曲藝，其內容多為對風花雪月的描寫，或對親人故友的懷念，其音樂比較婉轉哀怨。當社會環境發生變化後，這種娛樂方式就難以適應新的形勢。在粵劇逐漸興盛以後，南音、木魚、龍舟等曲調多少也被吸收進粵劇。但粵謳却很少被利用到粵劇當中，可能是因為二者在內容上和形式上都有較大的差別。自從電影日漸普及，地方戲粵劇的活動空間也大大縮小，南音、龍舟等方言曲調，人們也只能偶爾聽到一些。如在抗戰初期，廣州淪陷，在廣東清遠縣曾公開演唱過一首龍舟歌曲，叫《憶廣州》(又叫《食在廣州》)。該曲曾風行一時，但不久就失傳了。曾經在南粵地區流行一個多世紀的粵謳，連同它的前身龍舟、南音就這樣在不知不覺中與我們漸行漸遠了。而在香港，南音在新的環境中支撐了半個世紀後，隨着老藝人的離世也逐漸消失了。所幸的是，鄭振鐸先生給粵謳（包括南音等）留下了「好語如珠」的評語。他還指出：「最早的大膽的從事於把民歌輸入文壇的工作者，在嘉慶間只有戴全德，在道光間僅有招子庸而已。」換句話說，由於招子庸和其後繼者如廖恩燾等先賢的努力，粵方言詩歌也登上了大雅之堂。這說法不知讀者以為然否？

歐陽覺亞

2019 年 5 月

記得在2008年12月中旬，我們到香港中文大學參加粵方言研討會的時候，師姐麥梅翹參加研討會的題目是有關粵謳的整理和研究。她用「被時間淹沒的一朵粵語曲藝奇葩——粵謳」為題，做了一個發言，引起了大家的注意。碰巧，當時我正在收集過去的出版物中有關粵方言用字的資料。我對粵謳也非常感興趣，願意跟師姐合作。據麥師姐介紹，她是在張清常教授的建議之下接受這項工作的。她覺得自己難以完成，希望我與她合作，以我為主進行整理研究。我對粵謳也曾了解過一些，曾在某著作中引用過一篇作為分析介紹的資料。能有機會對粵謳進行全面的整理註釋，讓大眾分享這份文學遺產，是頗有意義的。

我們手頭上的資料有些是從張清常教授那裏轉來的：中山大學陳寂教授於1986年整理出版的招子庸《粵謳》一冊、近代文人外交官廖恩燾（夢餘生）的《新粵謳解心》三冊和廣東俗話詩《嬉笑集》一冊（全為複印本）。又經過多方搜查，從嶺南大學（後為中山大學）冼玉清教授收集整理並發表過的著作中選出粵謳48首。後來又根據廣東人民出版社出版的朱少璋《粵謳采輯》一書，從香迷子的《再粵謳》中摘引了38首，從黃魯逸的粵謳中選取了11首，並從該書「粵謳補輯初編」部分轉引了其他作者在雜誌報刊上發表過的粵謳作品40首。另外，還引用了幾首南音唱詞。這些材料估計足以反映當年粵謳和南音的概貌了。

粵謳是廣東地區的一種羣眾曲藝，產生於清嘉慶至道光年間，是由廣東當地幾位曲藝愛好者在木魚、龍舟和南音等方言曲藝的基礎上，經過反覆切磋，重新創製的。它一經產生，便受到廣大曲藝愛好者的熱烈歡迎。當年多在廣東珠江歌舫酒肆由歌女彈唱，其委婉的曲調足以令人陶醉，而其美妙的歌詞往往引人深思。粵謳之美，正如鄭振鐸先生在《中國俗文學史》裏評價粵謳時所言：「好語如珠，即不懂粵語者讀之，也為之神移」；「幾乎沒有一個廣東人不會哼幾句粵謳的，其勢力是那末的大！」可是這個方言歌體，從它產生的年代清朝嘉慶年間（18 世紀）發展到 20 世紀 40 年代，就慢慢被時間淹沒了，前後只不過一百多年。我們這一代人自從懂事以後，就很少聽到粵謳這一天籟之音了。

對粵謳的研究可以從多方面進行，作為語言學工作者的我們，自然是從語言學方面切入。首先，我們先把粵謳中的方言詞語一一挑選出來，加以註釋，讓讀者首先能在文字上理解其意思。有些條目還簡單介紹當時的社會政治背景。粵方言詞用國際音標注音。懂粵語的讀者估計閱讀沒有多少困難，對非粵語讀者來説，難度也不是很大。因為粵謳所使用的詞語很文雅，文言和白話同時使用，偶爾使用方言詞語，所以對照上下文，估計非粵語讀者也能理解。附錄的《廣州話記音方案》可以幫助讀者初步掌握廣州話的語音。不能讀出廣州音的讀者不妨從文學角度來欣賞，因為欣賞粵謳裏的美妙詞句就足以使我們心曠神怡了。最後，還將一千多條在本書出現過的粵方言詞語編成「小詞典」，附在書後，讀者遇到疑惑時可以查閱。

本書內容按作者排列，同一作者的作品排列在一起。招子庸的《粵謳》排在第一部分，第二部分是香迷子的《再粵謳》，第三至第五部分是夢餘生（廖恩燾）的三本《新粵謳解心》，第六部分是從冼玉清著作裏選錄的部分，第七部分是從黃魯逸遺著中挑選的黃魯逸粵謳，第八部分是其他作者在報紙雜誌上零星發表過的粵謳。也選錄了幾首作為粵謳前身的南音。《嬉笑集》是用粵方言寫作的舊體詩，乍一讀感覺有點粗俗，但仔細品味，往往教人忍俊不禁，所以也跟隨粵謳一並推薦給大家參考。

行文中出現的方言詞語，一般都加上註釋。有的方言詞用字，我們認為原文用得不大合適，則在其後面加上當今習慣用的字，外加括號標示。

我們要感謝已故的張清常教授，由於他的鼓勵，我們才敢於嘗試這一陌生的工作。另外還要感謝廣東人民出版社張賢明先生，他慷慨地贈送給我們寶貴的參考書——梁培熾先生所著《南音與粵謳之研究》。廣東教育出版社的黃倩主任給我們提供了有關粵謳的信息，我們對此表示衷心的感謝！

歐陽覺亞（執筆） 麥梅翹

2019 年 4 月

招子庸《粵謳》

121 首

香迷子《再粵謳》

38 首

夢餘生《新粵謳解心》辛酉本（第一本）

51 首

夢餘生《新粵謳解心》壬戌本（第二本）

25首

夢餘生《新粵謳解心》癸亥本（第三本）

34 首

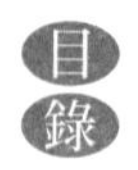

冼玉清收集整理的粵謳

48 首

黃魯逸粵謳

11首

其他

40首

南音

8 首

《嬉笑集》廣東俗話七言律詩

103 首

《漢書》人物雜詠

36 首

古事雜詠

27 首

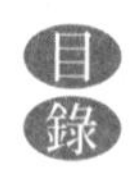

錄舊

14首

辛酉東居

20首

癸亥春明紀事及其他

6首

附錄

招子庸

《粵謳》

121首

1 解心事 （二首其一）

心各有事，總要解脫為先。心事唔安，解得就了然。苦海芒芒，多半是命蹇①。但向苦中尋樂，便是神仙。若係愁苦到不堪，真係惡算②。總好過官門地獄，更重③哀憐。退一步海闊天空，就唔使自怨。心能自解，真正係樂境無邊。若係解到唔解得通，就講過陰騭④個（嗰）便⑤。唉！凡事檢點，積善心唔險。你睇遠報在來生，近報在目前。

❶ **命蹇** miŋ⁶ kin² —— 命運不順利。
❷ **惡算** ŋɔk⁹ syn³ —— 難辦。真係惡算（真是難辦）。
❸ **更重** kɐŋ³ tsuŋ⁶ —— 更加。更重哀憐（更加哀憐）。
❹ **陰騭** jɐm¹ tsɐt⁷ —— 原指陰德，這裏轉指陰間、陰司。
❺ **個(嗰)便** kɔ² pin⁶ —— 那邊兒。去嗰便（到那邊兒去）。

2 解心事 （其二）

心事惡解①，都要解到佢分明。解字看得圓通，萬事都盡輕。我想心事千條，就有一千樣病症。總係心中煩極，講不得過②人聽。大抵「痴」字入得症深，都係「情」字染病。唔除痴念，就係妙藥都唔靈。花柳場③中，最易迷卻本性。溫柔鄉裏，總要自出奇兵。悟破色空，方正是樂境。長迷花柳，就會墮落愁城。唉！須要自醒，世間無定是楊花性，總係邊一便④風來，就向一便有情。

❶ **惡解** ŋɔk⁹ kai² —— 難解，難以解得開。
❷ **講過** kɔŋ² kwɔ³ —— 說給，告訴。講不得過人聽（說不得給別人聽）。
❸ **花柳場** fa¹ lɐu⁵ tshœŋ⁴ —— 色情場所。
❹ **邊一便** pin¹ jɐt⁷ pin⁶ —— 哪一邊兒，哪一個方向。

3 揀心

世間難搵[1]一條心。得你一條心事，我死亦要追尋。一面[2]試佢真心，一面防到佢噤[3]，試到果實[4]真情，正好共佢酌斟[5]。噤噤吓噤到我地（哋）心虛，個個都防到薄行[6]，就俾佢真心來待我，我都要試過佢兩三匀[7]。我想人客[8]萬千，真吤（嘅）[9]都冇一分。個的（嗰啲）[10]真情撒散，重慘過大海撈針。況且你會搵真心，人地（哋）亦都會搵。真心人客你話夠幾個人分。細想緣分各自相投，唔到你[11]着緊[12]。安一下本分，各有來因，你都切勿羨人。

❶ **搵** wen² —— 找。
❷ **一面** jet⁷ min⁶ —— 一邊兒。
❸ **噤** thɐm³ —— 哄騙。
❹ **果實** kwɔ² sɐt⁶ —— 的確，果然。果實真情（的確是真情）。
❺ **酌斟** tsœk⁹ tsɐm¹ —— 即斟酌。互相交往。
❻ **薄行** pɔk⁸ hɐŋ⁶ —— 薄幸，負心。
❼ **匀** wen⁴ —— 次，趟。試過三匀（試過三次）。
❽ **人客** jɐn⁴ hak⁹ —— 客人。
❾ **真吤(嘅)** tsɐn¹ kɛ³ —— 真的。
❾ **個的(嗰啲)** kɔ² ti¹ —— 那些。
❿ **唔到你** m⁴ tou³ nei⁵ —— 由不得你。唔到你着緊（由不得你着急不着急）。
⓫ **着緊** tsœk⁸ kɐn² —— 焦急，着急。

4 唔好死

唔好死得咁易[1]，死要死得心甜。恐怕死錯番來[2]，你話點[3]死得遍添[4]？有的（啲）[5]應死佢又偷生，真正生不顧面。有的（啲）理唔該死，實在死得哀憐。我想錯死與共偷生，真正差得好遠，一則被人辱罵，一則惹我心酸。大抵死得磊落光明，就係生亦冇咁顯[6]。你睇忠臣烈女，都在萬古流傳。自古女子輕生，都係「情」

字引線，關頭打破，又要「義」字為先。情義兩全，千古罕見。唔在幾遠，你睇《紅樓夢》尤三姐與及柳湘蓮。

❶ **咁易** kɐm[3] ji[6] —— 那麼容易。
❷ **番來** fan[1] lɔi[4] —— 上來。恐怕死錯番來（恐怕死錯上來）。
❸ **點** tim[2] —— 怎麼。
❹ **添** thim[1] —— 還，再。常用在動詞之後。死遍添（再死一次）。
❺ **有的（啲）** jɐu[5] ti[1] —— 有些。
❻ **顯** hin[2] —— 顯要，顯赫。冇咁顯（沒有那麼顯要）。

5 聽春鶯

斷腸人怕聽春鶯。鶯語撩人更易斷魂。春光一到，已自撩人恨。鳥呀，重係①有意和春共碎我心！人地（哋）話鳥語可以忘憂，我正②聽佢一陣。你估③人難如鳥，定是④鳥不如人？見佢恃在能言，就言到妙品，但逢好境，就語向春陰。點得鳥呀你替我講句真言，言過個薄幸，又怕你言唔關切，佢又當作唔聞。又點得我魂夢化作鳥飛。同你去搵。搵着薄情詳講，重要⑤佢回音。唉！真欲（肉）緊⑥，做夢還依枕；但得我夢中唔叫醒我，我就附着你同行。

❶ **重係** tsuŋ[6] hɐi[6] —— 還是。重係唔去好（還是不去好）。
❷ **正** tsiŋ[3] —— 才。我正聽佢講話（我正在聽他說話）。
❸ **估** kwu[2] —— 猜。你估好唔好（你猜好不好）？
❹ **定是** tiŋ[6] si[6] —— 還是，也許。你估人難如鳥，定是鳥不如人（你看人難如鳥，還是鳥不如人）？
❺ **重要** tsuŋ[6] jiu[3] —— 還要。重要佢回音（還要他回音）。
❻ **肉緊** juk[8] kɐn[2] —— 心情煩躁，發狠。

6 思想起

思想起①，想起就含悲。不堪提起個個（嗰個）②薄幸男兒。起首相交就話無乜變志，估話③天長地久咯！共你兩兩相依。我想才貌揀到如君，亦算唔識錯你；枉費我往日待你個（嗰）副心腸，你就捨得把我別離？今日只怨我命孤，唔敢怨君呀你冇義，捨得④我係桂苑名花，使乜⑤俾的（畀啲）⑥浪子折枝。累得我半站中途丟妹自己，若問起後果前因，你我切勿再提。呢陣⑦半世叫我再揀過⑧個知心，都唔係乜易⑨；開口就話我係敗柳殘花，有乜正果歸。點曉得檜樹根深，重要跟到底，九泉相會正表白過郎知。一定前世共君你無緣，故此今日中道見棄。唉！真正冇味，浮生何苦重寄，不若我死在離恨天堂，等君你再世都未遲。

❶ **思想起** si^{1} sœŋ^{2} hei^{2} —— 想起來。

❷ **嗰個** kɔ^{2} kɔ^{3} —— 那個。

❸ **估話** kwu^{2} wa^{6} —— 以為。估話天長地久（滿以為天長地久）。

❹ **捨得** sɛ^{2} tɐk^{7} —— 要是，假如。捨得我係桂苑名花（假如我是桂苑名花）。

❺ **使乜** sɐi^{2} mɐt^{7} —— 何必。

❻ **俾的(畀啲)** pei^{2} ti^{1} —— 給那些，被那些。

❼ **呢陣** ni^{1} tsɐn^{6} —— 現在。

❽ **再揀過** tsɔi^{3} kan^{2} kwɔ^{3} —— 再從新挑選。我再揀過個知心（我再挑選一個知心）。

❾ **乜易** mɐt^{7} ji^{6} —— 多容易，怎麼容易。唔係乜易（不怎麼容易）。

7 花花世界

花花世界嘵①，有乜相干。唉！我何苦做埋②咁多冤孽事幹③。睇見眼前個的（嗰啲）折墮吖（嘅），你話幾咁④心寒。我想到處風流都是一樣，不若持齋唸佛去把經看。呢回把「情」字一筆勾銷，我亦唔敢亂想。消此孽賬，免至失身流落呢處賣笑村場。呢吓（下）⑤朝夕我去拈香，重要頻合掌。參透色相，定要脫離呢處苦海，直渡慈航。

❶ **嗥** pɛ⁶ —— 虛詞，帶有一定的語氣，相當於嘛、呢、還是等意思。花花世界嗥，有乜相干（花花世界嘛，有甚麼相干）。
❷ **做埋** tsou⁶ mai⁴ —— 盡做。做埋咁多（盡做那麼多）。
❸ **事幹** si⁶ kɔn³ —— 事，事情。冤孽事幹（冤孽事）。
❹ **幾咁** kei² kɐm³ —— 多麼。幾咁心寒（多麼心寒）。
❺ **呢吓（下）** ni¹ ha⁵ —— 現在。

8 緣慳

相識恨晚，自見緣慳。呢吓相逢就別，我實見心煩。做乜①相見咁好②時，相處都有限。今日征鴻兩地怨孤單。做女個（嗰）陣③點知流落呢處受風流難。夜夜雖則成雙，我實在見單。當初悔不聽王孫諫，欲還花債，誤落到人間。既落到人間，須要帶眼。還要會揀④。世上惜花人亦有限。但係好花扶得起，就要曲意關闌。

❶ **做乜** tsou⁶ mɐt⁷ —— 為甚麼。
❷ **咁好** kɐm³ hou² —— 這麼好。相見咁好（相見這麼好）。
❸ **個（嗰）陣** kɔ² tsɐn⁶ —— 那個時候。
❹ **揀** kan² —— 挑選。

9

無情酒，餞別離筵。臨行致囑有萬千千。佢話①分離冇幾耐②，就有書回轉。做乜③屈指如今，都有大半年。我相思流淚，又怕人偷偷睇見。你個無情，何苦得咁心偏。我只話日夜丟開唔掛念，獨惜夢魂相會，又試④苦苦相纏。叫我點⑤能學得個（嗰）隻雙飛燕。唉！佢唔飛亂，秋去春迴轉，呢喃相對，細語花前。

❶ **佢話** khœy^{5} wa^{6} —— 他說。
❷ **冇幾耐** mou^{5} kei^{2} nɔi^{6} —— 沒多久。分離冇幾耐（分離沒多久）。
❸ **做乜** tsou^{6} mɐt^{7} —— 為甚麼。
❹ **又試** jɐu^{6} si^{3} —— 又再。又試苦苦相纏（又再苦苦相纏）。
❺ **點** tim^{2} —— 怎。叫我點能學得（叫我怎能學得）。

10 訴恨

偷偷歎氣，此恨誰知。自從別後，都冇信歸期。呢①番憔悴，都係因君你。教奴終夜夢魂痴。唉！前世想必唔修，至會②今日命鄙。注定紅顏係咁孤苦，唔知苦到何時！虧我背人偷抹腮邊淚。恐憂形跡露出相思。總係無計丟開「愁」一個字。唉！真正冇味。天呀，我想你呢會③生人總總冇別離。

❶ **呢** ni^{1} —— 這。
❷ **至會** tsi^{3} wui^{5} —— 才會。
❸ **呢會** ni^{1} hui^{6} —— 現在。

11 辯痴

難為我辯，是痴情。情到痴迷，有邊一個①醒。世間多少相思症，但有懷春不敢露形。叫佢含羞對面，點把絲蘿訂②，真正有口難言苦不勝。大抵都係少年兒女性，心唔定，所以咁多磨滅，事咁難成。

❶ **邊一個** pin^{1} jɐt^{7} kɔ^{3} —— 哪一個。
❷ **絲蘿訂** si^{1} lɔ^{4} tiŋ^{3} —— 指訂婚。

12 心

心只一個，點俾（畀）得過咁多人。點得人人見我都把我來憎[1]。個（嗰）陣[2]我想着風流亦都無我份。縱有相思，無路去種情根。恨只恨我唔知邊一樣[3]唔得人憎，故此人地（哋）將我咁恨。個（嗰）一個共我交情，就個（嗰）一個死心。累得我一身花債，欲把情人問。唔通[4]寶玉是我前身。唉！我話情種，都要佢有情根，方種得穩。若係無緣，痴極[5]亦誤了殘生。唔信你睇眼淚，重有多得過林黛玉姑娘，自小就痴（黐）[6]得個寶玉咁緊。真正係冇忿，就俾（畀）你繫死心，亦不過乾熱一陣。佢還清個的（嗰啲）眼淚，就死亦不得共佢埋羣[7]。

❶ **憎** tsɐŋ¹ —— 恨，討厭。
❷ **嗰陣** kɔ² tsɐn⁶ —— 那時。
❸ **邊一樣** pin¹ jɐt⁷ jœŋ⁶ —— 哪一樣。唔知邊一樣唔得人憎（不知道哪一樣不叫人討厭）。
❹ **唔通** m⁴ thuŋ¹ —— 難道。唔通寶玉是我前身（難道寶玉是我前身）？
❺ **痴極** tshi¹ kik⁸ —— 痴得過分，痴得不得了。
❻ **痴(黐)** tshi¹ —— 粘。痴（黐）得個寶玉咁緊（粘得個寶玉這麼緊）。
❼ **埋羣** mai⁴ khwɐn⁴ —— 合羣，合在一起。

13 嗟怨薄命

（五首其一）

人寂靜，月更光明。慾海情天個的（嗰啲）孽債未清。離合悲歡雖則係有定，做乜[1]名花遭際總是凋零。你睇楊妃玉骨埋山徑，昭君留墓草青青。淪落小青愁弔影，十娘飲恨，一水盈盈。大抵生長紅顏多半是薄命，何況我地（哋）青樓花粉更累在痴情。既係做到楊花，多半是水性，點學得出泥不染，都重[2]表自己堅貞。怕只怕悲秋桐葉飄金井，重要[3]學寒梅偏捱得雪霜凌。我想花木四時都是樂境，總係愁人相對，就會飲恨吞聲。唉！須要自醒。命薄誰堪證。不若向百花墳上，訴吓（下）[4]生平。

❶ **做乜** tsou⁶ mɐt⁷ —— 為甚麼。做乜名花遭際總是凋零（為甚麼名花遭際總是凋零）。

❷ **都重** tou¹ tsuŋ⁶ —— 都還。都重表自己堅貞（都還表自己堅貞）。

❸ **重要** tsuŋ⁶ jiu³ —— 還要。重要學寒梅（還要學寒梅）。

❹ **訴吓（下）** sou³ ha⁵ —— 傾訴一下。

14 嗟怨薄命（其二）

嗟怨薄命，對住垂楊。送舊迎新，都係個（嗰）對媚眼一雙。見佢迎風裊娜個的（嗰啲）纖腰樣，又見佢雙眉愁鎖恨偏長。青青弱質都是憑春釀，獨惜被人攀折，你話[1]怎不心傷。捨得[2]我唔肯嫁東風，我心都冇異向，偏要替人擔恨在去國離鄉。若問情短情長都是冤孽賬，恐怕離愁唔捱得幾耐風光。虧我痴心一點付在陽關上。輕蕩漾，身後唔禁[3]想。不若替百花垂淚，化作水面飄楊。

❶ **你話** nei⁵ wa⁶ —— 你說。

❷ **捨得** sɛ² tɐk⁷ —— 倘若，假如。

❸ **唔禁** m⁴ khɐm¹ —— 禁不起。

15 嗟怨薄命（其三）

嗟怨薄命，對住荷花。點能學得你出水無瑕。記得才子佳人來買夏，亭亭玉質好似閬苑仙葩。當時得令高聲價，千紅萬綠幾咁[1]繁華。水月鏡花唔知真定假[2]，秋風殘葉唔知落在誰家，情種情根唔知何日罷。唉！真可怕，水火難消化。或者蓮花咒缽，正[3]化得我地（哋）孽海根芽。

❶ **幾咁** kei² kɐm³ —— 多麼。幾咁繁華（多麼繁華）。

❷ **真定假** tsɐn¹ tiŋ⁶ ka² —— 真還是假。唔知真定假（不知道真的還是假的）。

❸ **正** tsiŋ³ —— 才。

16 嗟怨薄命

（其四）

嗟怨薄命，對住梧桐，飄零一葉怨秋風。嫩綠新枝情萬種，曾經疏雨分外唔同。蕭疏偏惹騷人夢，詩人題詠在綠陰中。若係知音便早帶佢去亭邊種。漫到焦時始辨桐。恨只恨佢一到秋來隨處播弄。惹起人愁問你有乜甚[1]功。大抵憐香惜玉你心先動，恐怕吹殘弱質，你把信音通。細想名花有幾朵捱得霜花重。唉！你心錯用。提起心腸痛。自古經秋唔怕老，只有澗底蒼松。

❶ **乜甚** mɐt⁷ sɐm⁶ —— 甚麼。有乜甚功（有甚麼功勞）。

17 嗟怨薄命

（其五）

嗟怨薄命，對住寒梅。點[1]能學得你獨佔花魁。冰肌玉骨堪人愛，雖然傲骨到處能栽。高插你在膽瓶[2]我羞作對，晶瑩玉質問你幾世修來？獨把芳心沈在孽海，亦都係柳絲蓮性碧梧胎。我想名花未必終肯被遊蜂[2]採。須忍耐，留得青山在，還清花債，依舊可以到得蓬萊。

❶ **點** tim² —— 怎。點能學得你（怎能學得你）。
❷ **膽瓶** tam² phiŋ⁴ —— 形狀像懸膽（頸細長，腹圓滿）的花瓶。
❷ **遊蜂** jɐu⁴ fuŋ¹ —— 到處飛的蜂，比喻某些尋花問柳的男子。

18 真正攞命[1]

（六首其一）

將我品性，想吓（下）生平。對住皇天，我要問佢一聲：做乜佢風中弱絮飛無定？做乜我水上殘花又洗不清？人在風月場中尋出樂境，做乜我在煙花叢裏築起愁城？好似小青照不出前生影，就把彌天幽怨一力擔承。實在無藥可醫心裏病，誰肯做證！我自招還自認，係唎[2]攞人條命，都係個（嗰）一點痴情。

❶ **攞命** lɔ² mɛŋ⁶ —— 要命。
❷ **係唎** hɐi⁶ lɛ¹ —— 是呀，是了，對啦。

19 真正攞命

（其二）

真正攞命，卻被情牽。一緘春恨唔知向乜誰[1]言？雖乃係綠柳多情，牽緊弱線，總係章台[2]春老，望絕寒煙。縱有才人賞識我的（啲）春風面，皆因同病故此相憐。你話淪在呢處風塵誰不厭，總係殘紅飛不出奈何天。敢（噉）[3]就飄零一樣好似離巢燕。唉！風又亂扇，失路在林間剪。敢（噉）就一生埋沒，葬在花田。

❶ **乜誰** mɐt⁷ sœy⁴ —— 誰。唔知向乜誰言（不知向誰言）。
❷ **章台** tsœŋ¹ thɔi⁴ —— 泛指妓院所在地。
❸ **敢(噉)** kɐm² —— 那，那樣。噉就一生埋沒（那就一生埋沒）。

20 真正攞命（其三）

真正攞命，卻被情拿。共你海誓山盟個（嗰）一念差。回頭好夢都如畫，好似水中明月鏡中花。我梅魂虛把東風嫁，到底孤負多情萼綠華。累我不定心旌難以放下。料應條命死在君家。人前我亦未敢分明話。唉！君你偷偷想吓（下）①，底事真和假？我望你早乘秋水泛月中槎（艖）②。

❶ **想吓(下)** sœŋ[2] ha[5] —— 想一想。君你偷偷想吓（君你偷偷想一下）。
❷ **月中槎(艖)** jyt[8] tsuŋ[1] tsha[4] —— 傳說中往返於海上至銀河之間的木筏。

21 真正攞命（其四）

真正攞命，卻被情招。虧我浮萍無定，係咁浪飄搖。君你青衫濕後，我就知音渺。縱有新詞，羞唱到《念奴嬌》。恨只恨楊柳岸邊，風月易曉。你話何曾夜夜是元宵。月落烏啼人悄悄，真正雲散風流好似落潮。共你相思欲了，唔知何時了！唉！心共照。苦把皇天叫。天呀，做乜①個（嗰）一個②纏綿，就向個（嗰）一個寂寥？

❶ **做乜** tsou[6] mɐt[7] —— 為甚麼。
❷ **個(嗰)一個** kɔ[2] jɐt[7] kɔ[3] —— 那一個。

22 真正攞命（其五）

真正攞命，卻被情魔。共①你私情太重，都係錯在當初。今日芙蓉江上無人過，我玉鏡憑誰畫翠娥。呢回殘燈斜月愁無那，縱有睡魔迷不住我帶淚秋波。敢

（噉）就雨暗巫山春夢破，好似鷓鴣啼切，苦叫哥哥。你一擔相思交俾（畀）過我[2]，唉！真正恨錯。天呀，你亦該憐憫我地（哋）兩個，做乜露水姻緣，偏會受此折磨？

❶ **共** kuŋ⁶ —— 跟，與，同。共你私情太重（跟你私情太重）。
❷ **交俾（畀）過我** kau¹ pei² kwɔ³ ŋɔ⁵ —— 交給我。

23 真正攞命

（其六）

真正攞命，卻被情傷。做乜知心人去話偏長？話起[1]「別離」兩字，我就三魂蕩。第一傷心還在過後思量。今日秋水蒹葭[2]，勞妹盼望。所謂伊人，在水一方。點得[3]再會共哥[4]有期，你心冇異向，等我生為蝴蝶，死作鴛鴦，或者在地在天，消此孽賬。唉！心欲喪。不能無此想。你睇海天無際，只剩一寸柔腸。

❶ **話起** wa⁶ hei² —— 說起。
❷ **蒹葭** kim¹ ka¹ —— 蒹，古時指蘆葦一類的植物；葭，初生的蘆葦。比喻微小的東西。
❸ **點得** tim² tɐk⁷ —— 怎得。
❹ **共哥** kuŋ⁶ kɔ¹ —— 跟哥。再會共哥（跟哥再會）。

24 花本一樣

（二首其一）

花本一樣，點曉得世態炎涼，對住情人分外香。可惜花有妙容，難道奴就薄相，做乜看花人懶看妾人忙。花開歲歲都是花模樣，花亦憑天為佢主張。可惜我在花月場中捱盡的苦況，就冇一個惜花人似得水咁情長。溫香美滿都是成虛想。花亦似伶人孤寂，伴佢成雙。人話奴貌勝花，都是過獎。就俾（畀）你如花美眷，願亦難償。花花世界，都是情根蕹①。花敢（噉）樣②，重還不了風流賬，點得我早日還完花債，共你從良。

❶ **根蕹** ken^{1} kœŋ^{2} —— 樹根。
❷ **花敢(噉)樣** fa^{1} kɐm^{2} jœŋ^{6} —— 花一樣。

25 花本一樣（其二）

花本一樣，憂樂佢都唔知。佢話①落花還有再開時。恐防春老東君棄，落後焉能再上枝。來春雨露自有來春意，若再等到來春放也遲。雖係鮮花咁好，未必無人理，須防開透被蝶蜂欺。你芳心檢點②去尋知已，唔係𠾴③你。探花人緊記，總係百花頭上，莫折錯薔薇。

❶ **佢話** khœy^{5} wa^{6} —— 他說。
❷ **點** tim^{2} —— 怎麼。你點去尋知己（你怎麼去尋知己）。
❸ **𠾴** thɐm^{3} —— 騙。唔係𠾴你（不是騙你）。

26 薄命多情

天呀！你生得我咁薄命，乜事①又生得我咁多情？「情」字重起番來②，萬事都盡輕。我想人世但得一面相逢，都係前世鑄定。況且幾年共你相好，點捨一吓（下）③就分清。人地（哋）見我待得你咁長情，都重④愁我會短命。我想情長就係命短，亦分所當應。呢吓（下）⑤萬樣可以放心，單怕郎冇定性。怕你累我終身零落，好似水面浮萍。點得撇卻呢處煙花，尋一個樂境。個（嗰）陣⑥你縱然把我虧負，我都誓願⑦唔聲⑧。想我女子有咁真心，做乜月你唔共我照應。重要多煩你撮合呢變（遍）⑨，免得使我咁零丁。我兩個痴夢痴得咁交關，未知何日正醒⑩！唉！真正嬲⑪，在過共你同交頸。做乜望長望短，大事總唔成。

❶ **乜事** mɐt^{7} si^{6} —— 甚麼事，為甚麼。乜事又生得我咁多情（為甚麼又生得我這麼多情）。

❷ **重起番來** tshuŋ^{5} hei^{2} fan^{1} lɔi^{4} —— 重起來。情字重起番來（情字重起來）。

❸ **一吓（下）** jɐt^{7} ha^{5} —— 一下子。點捨一下就分清（怎捨得一下子就分清）。

❹ **都重** tou^{1} tsuŋ^{6} —— 都還。都重愁我命短（都還愁我命短）。

❺ **呢吓（下）** ni^{1} ha^{5} —— 這下子。呢吓萬樣可以放心（這下子萬事可以放心）。

❻ **個（嗰）陣** kɔ^{2} tsɐn^{6} —— 那時。嗰陣你縱然把我虧負（那時你縱然把我虧負）。

❼ **誓願** sɐi^{6} jyn^{6} —— 發誓。

❽ **唔聲** m^{4} sɛŋ^{1} —— 不吭聲。我誓願唔聲（我發誓不吭聲）。

❾ **呢變（遍）** ni^{1} pin^{3} —— 可能是「呢遍」（這次）之誤。

❿ **正醒** tsiŋ^{3} siŋ^{2} —— 才醒。何日正醒（哪天才醒）。

⓫ **真正嬲** tsɐn^{1} tsiŋ^{3} hiŋ^{3} —— 真夠熱的。

27 難忍淚

難忍淚，灑濕蓮枝。記得與君聯句在曲欄時。你睇粉牆，尚有郎君字。就係共你倚欄，相和個（嗰）首藕花詩。今日花又復開，做乜①人隔兩地？未曉你路途安否，總冇信歸期。蓮筆叫我點書②呢段長恨句。愁懷寫不盡，好似未斷荷絲。今日遺恨在呢處曲欄，提起往事。唉！想起我就氣。睇住殘荷凋謝咯，我就想到世事難為。

❶ **做乜** tsou^{6} mɐt^{7} —— 為甚麼。為乜人隔兩地（為甚麼人隔兩地）。

❷ **點書** tim^{2} sy^{1} —— 怎麼寫。叫我點書呢段長恨句（叫我怎麼來寫這段長恨句）。

28 瀟湘雁

瀟湘雁，寄盡有情書。衡陽消息俾（畀）做何如？雁呀，你聲聲觸起奴愁緒，虧我夜來殘夢捱到五更餘。春衫濕透離人淚，叫我點能等得合浦還珠①。為郎寫不盡相思句。唉！情又不死，握手人何處？雁呀，我個知心人去，你為我帶呢首斷腸詞。

❶ **合浦還珠** hɐp^{6} phou^{2} wan^{4} tsy^{1} —— 比喻人去而復還。即情人去而復歸。

29 同心草

同心草，種在迴欄。只望移根伴住牡丹。點想①花事係咁闌珊，春事又咁②懶慢，好似我共郎兩地隔斷關山。丟奴一去好似孤零雁。雁吧雁！你在地北天南，重③辛苦慣，我在青樓飄泊，自見心煩。天寒袖薄倚憑闌干盼，西風簾卷自怨孤單。君呀！你在歡處不知奴咁④切慘，我為你眼穿腸斷又廢寢忘餐。往日勸你在家唔好拆散，點估⑤你江湖飄蕩不肯歸還。想起人地吤（哋嘅）⑥情哥咁聽妹諫，虧我諫哥唔聽，敢（噉）就⑦十指偷彈。今日人遠在天涯，相見有限。時常珠淚濕透春衫。累得我多愁多病，抱住琵琶歎。唉！天又欲晚，夕照花容減。君呀！你摘花係咁容易，要想吓（下）⑧種花難。

❶ **點想** tim^{2} sœŋ^{2} —— 沒想到。點想花事係咁闌珊（沒想到花事這麼闌珊）。

❷ **又咁** jɐu^{6} kɐm^{3} —— 又這麼。春事又咁懶慢（春事又這麼懶慢）。

❸ **重** tsuŋ^{6} —— 還。重辛苦慣（還辛苦慣）。

❹ **咁** kɐm^{3} —— 這麼。你不知奴咁切慘（你不知奴這麼切慘）。

❺ **點估** tim^{3} kwu^{2} —— 誰知，誰料到。點估你不肯歸還（誰料你不肯歸還）。

❻ **人地吤(哋嘅)** jɐn^{4} tei^{6} kɛ^{3} —— 人家的。人哋嘅情哥咁聽妹諫（人家的情哥這麼聽妹諫）。

❼ **敢(噉)就** kɐm^{2} tsɐu^{6} —— 那麼就。噉就十指偷彈（那麼就十指偷着彈）。

❽ **想吓(下)** sœŋ^{2} ha^{5} —— 想一想。要想吓種花難（要想一想種花難）。

30 花貌好

花貌咁好，做乜日日咁含愁。人如花面，卻為郎羞。咁好春光，勸你唔好泄漏。把人虧負，要想起吓（下）①前頭。「情」字個（嗰）種深傷，你妹平日捱夠。一場春夢，點估至今休。往日估你一個真情，今日知道係假柳。聽人冷語，拆散我鸞儔。花房香膩，卻被蜂侵透。做乜②銀河得渡，就把鵲橋收？如果你敢（噉）樣子做人，你妹真正惡受③。唉！我偷睇透，你心腸唔似舊。君呀，你若係有釐④聲氣⑤，我死都要追求。

❶ **想起吓(下)** sœŋ^{2} hei^{2} ha^{5} —— 想一想。要想起下前頭（要想一想前頭）。

❷ **做乜** tsou^{6} mɐt^{7} —— 做甚麼。為甚麼。做乜銀河得渡（為甚麼銀河得渡）。

❸ **惡受** ŋɔk^{9} sɐu^{6} —— 難受。你妹真正惡受（你妹真難受）。

❹ **有釐** jɐu^{5} lei^{4} —— 有一丁點。

❺ **聲氣** sɛŋ^{1} hei^{3} —— 消息。你若係有釐聲氣（你若有一點點消息）。

31

心點忿，拆散絲蘿。怨一句紅顏，怨一句我哥。世界做得咁情長，做乜偏偏冇結果？就把舊時個種恩愛，付落江河。共你①相好到入心②，又被朋友嫁禍，因愛成仇，你妹見盡許多。試睇人地（哋）點樣子待君，君呀，你就回想吓（下）我！從頭想過，正好[③]共我丟疏。天呀，保祐邊一個[④]薄情，就好[⑤]邊一個折墮[⑤]。唉！真正冇錯。免使枉死含冤，受此折磨。

❶ **共你** kuŋ⁶ nei⁵ —— 跟你，共你相好（跟你相好）。
❷ **入心** jɐp⁸ sɐm¹ —— 進入心裏，即深深地。相好到入心（深深相愛）。
❸ **正好** tsiŋ³ hou² —— 才。從頭想過，正好共我丟疏（從頭想一遍，才跟我疏遠）。
❹ **邊一個** pin¹ jɐt⁷ kɔ³ —— 哪一個。邊一個薄情（哪一個薄情）。
❺ **就好** tsɐu⁶ hou² —— 就該。就好邊一個折墮（就該讓哪一個遭到報應）。
❻ **折墮** tsit⁹ tɔ⁶ —— 折壽，遭到報應。

32 

累世

真真正累世[①]，乜得你咁收人[②]，枉費你妹從前個（嗰）一片心。多端扭計[③]，你妹情願受困。思前想後，試睇待薄過你唔曾[④]？做乜分離咁耐哩，就學王魁[⑤]咁薄行[⑥]。我定要問明邊一個唆攪。你定係自己生心。兵行詭路你妹心唔忿。唉！情可恨！一刀斬。斬斷兩橛[⑦]，丟開你妹，唔使[⑧]掛恨[⑨]。啐！捨得我待郎敢（噉）樣子心事，愁冇個至愛情人。

❶ **累世** lœy⁶ sɐi³ —— 難以對付。
❷ **收人** sɐu¹ jɐn⁴ —— 令人難以捉摸。
❸ **扭計** nɐu² kɐi² —— 淘氣，出鬼點子難人。
❹ **唔曾** m⁴ tshɐŋ⁴ —— 用於問句，……了沒有？我待薄過你唔曾（我待薄過你沒有）？
❺ **王魁** wɔŋ⁴ fui¹ —— 指宋時考中狀元後拋棄戀人焦桂英的王魁。
❻ **薄行** pɔk⁸ hɐŋ⁶ —— 薄幸，負心。

❼ **兩橛** lœŋ[5] kyt[8] —— 兩段。斬成兩橛（砍成兩段）

❽ **唔使** m[4] sɐi[2] —— 不必，不用。

❾ **掛恨** kwa[3] hɐn[6] —— 惦念，想念。你唔使掛恨（你不必想念）。

33 花本快活

花本快活，為月正添愁。月呀，你敢（噉）樣子①憐香，就會把我命收。我想春信尚有愆期，唔得②咁就手。共佢約定月月中旬，都肯為我留。月呀，你敢（噉）樣子多情，又怕我地（哋）紅粉不偶。得你月圓我地（哋）花又謝咯，你話③幾世唔修④。月呀，一年四季多少憐香友。邊⑤一朵鮮花唔愛月，你把佢香偷。有陣香魂睡醒月重⑥明如晝？總係對影憐香，倍易感秋。點得月你夜夜都會長圓，花又開個不透。唉！唔知真定⑦假柳啫⑧，但得係就好咯，自願世世為花，種在月裏頭。

❶ **敢（噉）樣子** kɐm[2] jœŋ[6] tsi[2] —— 這個樣子。

❷ **唔得** m[4] tɐk[7] —— 不能。

❸ **你話** nei[5] wa[6] —— 你說。

❹ **唔修** m[4] sɐu[1] —— 沒有積德。

❺ **邊** pin[1] —— 哪。邊一朵花（哪一朵花）。

❻ **重** tsuŋ[6] —— 還。重明如晝（還明如白天）。

❼ **定** tiŋ[6] —— 還是。唔知真定假（不知是真是假）。

❽ **啫** tsɛk[7] —— 語氣詞，表示肯定、勸告，語氣比較婉轉和緩。今另有一個「嗻」tsɛ[1]，表示申辯反駁。兩個字容易混用。如：係啫（是的），係嗻（雖然是）。

34 春果有恨

春果有恨，柳豈無知。柳呀，你日日係咁①牽情，到底有乜②了期？春來偏惹起離人意。可恨春風如剪，又剪不斷情絲。累得長亭病馬鞭唔起，又累得繡閣臨妝懶去畫眉。正係春夢一場都交俾（畀）過你③，替人憔悴，枉費你心機。恐怕年年捱不慣個的（嗰啲）秋風氣。青黃滿面，瘦骨難支。個（嗰）陣意欲尋春，春又不理。情薄過紙，愁種在相思地。柳呀，勸你生長在人間，切莫去綰個（嗰）種④別離。

❶ **係咁** hɐi^{6} kɐm^{3} —— 是這樣，都這樣。你日日係咁牽情（你天天都這麼糾纏）。

❷ **有乜** jɐu^{5} mɐt^{7} —— 有甚麼，有沒有。到底有乜了期（到底有沒有了期）？

❸ **俾（畀）過你** pei^{2} kwɔ^{3} nei^{5} —— 給你。都交畀過你（都交給了你）。

❹ **個（嗰）種** kɔ^{2} tsuŋ^{2} —— 那種。

35 多情月

多情月，掛在畫樓邊。月呀，你照人離別，又似可人憐①。人在天涯，你妹心隔一線。萬里情思，兩地掛牽。我日日望君，君呀，唔見你轉。雙魚無路把書傳。月月係咁月圓，你妹經看過幾遍。你在他鄉，曾否盼妹嬋娟。我想出路與及②在家，都係同一樣掛念。唉！偷偷自怨。願郎你心事莫變，到底能相見。個（嗰）陣花底同君，再看過③月圓。

❶ **可人憐** hɔ^{2} jɐn^{4} lin^{4} —— 令人可憐。

❷ **與及** jy^{5} khɐp^{6} —— 以及。

❸ **再看過** tsɔi^{3} hɔn^{3} kwɔ^{3} —— 再看，再看一次。嗰陣花底同君，再看過月圓（那個時候在花底下，同君再看一次月圓）。

36 無情月

無情月，掛在奈何天。相思嫌月，照住①我孤眠。月呀，你有缺時還有復轉。做乜②我郎一去得咁③心堅？哀求月老為我行方便，照見我郎，試問一句，睇佢點樣子回言。若是佢心歪④唔紀念，叫佢手按住良心睇一吓（下）天。做人唔好做得咁心肝變。你唔記如今亦都⑤記吓（下）在前，為郎終日腸牽斷。叫我點能學得個（嗰）個⑥月裏嬋娟⑦。捨得⑧相逢，學月敢（噉）⑨易見個無情面。我唔怕路遠，定要去到問明佢心事見點⑩。免使虛擔人世呢段假意姻緣。

❶ **照住** tsiu^{3} tsy^{6} —— 照着。

❷ **做乜** tsou^{6} mɐt^{7} —— 為甚麼。

❸ **得咁** tɐk^{7} kɐm^{3} —— 達到如此，變得這樣。我郎一去得咁心堅（我郎一去竟然那麼心堅）。

❹ **歪** wai^{1} —— 歪字的文讀。口語多訓讀作 mɛ^{2}，意思相同。

❺ **亦都** jik^{8} tou^{1} —— 也，也要。你唔記如今亦都記下在前（你不想念現在也要回憶一下從前）。

❻ **個(嗰)個** kɔ^{2} kɔ^{3} —— 那個。

❼ **嬋娟** sim^{4} kyn^{1} —— 本指月亮，人們也用來指月裏的嫦娥。月裏嬋娟（月裏嫦娥）。

❽ **捨得** sɛ^{2} tɐk^{7} —— 要是，假如。捨得相逢（假如相逢）。

❾ **學月敢(噉)** hɔk^{8} jyt^{8} kɐm^{2} —— 像月亮那樣。

❿ **心事見點** sɐm^{1} si^{6} kin^{3} tim^{2} —— 心事到底怎麼樣。問明佢心事見點（問明他心事到底怎麼樣）。

37 天邊月

天邊月，似簾鈎。泛在長江任去流。月呀，你有團圓。人自會等候。總係眼前虧缺恨難收。我想人世咁長，唔得①咁就手②。大抵好極③人生都有一樣愁。你睇文君新寡④，重⑤去尋佳偶。班姬團扇尚悲秋。唉！心想透。待等八月中旬候。月呀，總有一個團圓，卻在後頭。

❶ **唔得** m^{4} tɐk^{7} —— 不能。

❷ **就手** tsɐu^{6} sɐu^{2} —— 順手，順利。唔得咁就手（不能那麼順利）。

❸ **好極** hou^{2} kik^{8} —— 再好也……，大抵好極人生都有一樣愁（大抵人生再好也有一件愁事）。

❹ **文君新寡** mɐn^{4} kwɐn^{1} sɐn^{1} kwa^{2} —— 卓文君剛喪夫。你睇文君新寡（你看卓文君剛喪了丈夫）。

❺ **重** tsuŋ^{6} —— 還。重去尋佳偶（還去尋佳偶）。

38 樓頭月

樓頭月，掛在畫欄邊。月呀，做乜照人離別，偏要自己團圓。學你一月一遍團圓，你妹重唔係乜願①。何況天涯遙隔，愈見心酸。人話②好極③都要丟開，唔好咁眷戀。大抵久別相逢，重好過在前。雖則我心事係咁（噉）丟開，總係情實在惡斷④。第一夜來重難禁得夢魂顛。我想死別共生離，亦唔差得幾遠。但得早一日逢君，自願命短一年。天呀，雖乃係好事多磨，亦該留我一線。唉！做乜唔得就算，不若當初唔見面。免得我一生遺恨。月呀，你對住我長圓。

❶ **唔係乜願** m^{4} hɐi^{6} mɐt^{7} jyn^{6} —— 不怎麼願意。

❷ **人話** jɐn^{4} wa^{6} —— 人說。

❸ **好極** hou^{2} kik^{8} —— 再好也……，怎麼好也……。好極都要丟開（再好也要分開）。

❹ **惡斷** ŋɔk^{9} thyn^{5} —— 難斷。情實在惡斷（情實在難斷）。

39 孤飛雁

孤飛雁，驚醒獨眠人。起來愁對月三更。擔頭[①]細把征鴻問：你欲往何方得咁夜深？雌雄有伴你便跟應緊，呢陣影隻形單，問你點樣子去尋？我地（哋）天涯人遠難親近，有翼都難飛去爪得佢親[②]。無計夢中尋個薄行（幸）。又俾你哀聲撩醒[③]，未講得幾句時文[④]。捨得帶佢一紙書來，我亦唔捨得把你怨恨。累得我醒後無書，夢裏又別君。意欲話好夢可以再尋，我還向夢穩。又怕茫茫煙水，渺渺無憑。唉！真正肉緊[⑤]。淒涼誰見憫。呢陣衡陽聲斷[⑥]，問你點覓同羣。

❶ **擔頭** tam[1] thɐu[4] —— 抬頭。
❷ **爪得佢親** tsau[2] tɐk[7] khœy[5] tshɐn[1] —— 抓得住他。
❸ **撩醒** liu[4] sɛŋ[2] —— 吵醒。俾你哀聲撩醒（讓你的哀聲吵醒）。
❹ **時文** si[4] mɐn[4] —— 話語。未講得幾句時文（沒來得及說幾句話）。
❺ **肉緊** juk[8] kɐn[2] —— 心情煩躁，心發恨。
❻ **衡陽聲斷** hɐŋ[4] jœŋ[4] sɛŋ[1] thyn[5] —— 相傳雁飛到衡陽就不再南飛，所傳的書信就斷了。又叫「衡陽雁斷」。

40 傳書雁

傳書雁，共我[①]帶紙書還。唔見佢書還，你便莫個番[②]。今日不見回書，大抵佢心事都有限[③]。抑或你帶書唔仔細，失落鄉關。縱使佢愁極，寫書心事懶。有書唔寄，你便達一紙空函。等我一張白紙，當佢言千萬。二人心照，盡在不言間。呢陣不見回書，空見雁返。唉，雁吧雁！你亦不必傳書柬。等我照樣不回書信，你便去見個（嗰）個薄情男。

❶ **共我** kuŋ[6] ŋɔ[5] —— 與我，替我。

❷ **莫個番** mɔk^{8} kɔ^{3} fan^{1} —— 不要回來。

❸ **都有限** tou^{1} jɐu^{5} han^{6} —— 這裏似是「好都有限」(好不了多少)。

41 多情雁

多情雁，一對向南飛。雁呀，秋風何苦重咁遠①飄離。你在江湖流落，尚有雌雄侶。虧我影隻形單異地棲，風急衣單無路寄。寒衣做起誤落空閨。日日望到夕陽，我就愁倍起，只見一圍衰柳鎖住長堤。又見人影一鞭殘照裏，幾回錯認是我郎歸。唉！我思想②起，想必紅塵耽誤了你。點得雲斂風晴，共你際會期。

❶ **重咁遠** tsuŋ^{6} kɐm^{3} jyn^{5} —— 還那麼遠。何苦重咁遠飄離（何苦飄離得那麼遠）。

❷ **思想** si^{1} sœŋ^{2} —— 想。我思想起（我想起了）。

42 楊花

紛紛灑淚，淚盡楊花。你有幾多愁恨記在心懷。我想別樣花飛無乜①掛帶②，單係你替人承受呢一段薄命冤家。佢話香國係咁繁華，真正冇價。點忿③俾（畀）狂風吹散，咁（噉）就賤過泥沙。你睇月呀，係咁（噉）樣團圓，都會變卦。縱有千金難買，九十韶華。我若勸你勘（砍）破④春心，唔恨⑤亦假。你縱春愁如海，亦都枉自嗟呀。不若我苦命楊花，同你哭罷。唉，風任擺，墮絮無心化，等我替你萬花垂淚，灑遍天涯。

❶ **無乜** mou^{4} mɐt^{7} —— 沒甚麼。口語多用「冇乜」mou^{5} mɐt^{7}。

❷ **掛帶** kwa^{3} tai^{3} —— 牽掛。

❸ **點忿** tim^{2} fɐn^{6} —— 怎麼忿氣，怎麼服氣。

④ **勘(砍)破** hɐm² phɔ³ —— 碰破，磕破。
⑤ **唔恨** m⁴ hɐn⁶ —— 不稀罕，不羨慕。唔恨亦假（不羨慕才怪呢）。

43 鏡花

我唔願照鏡，又不想貪花，鏡光花影，都係過眼煙霞。鏡會憐香，就愛花作畫。花容偷睡，就在鏡裏為家。有陣①花能解語，請入屏間話。幸得花愛臨妝，又向住他。若係有鏡無花，春色就減價。若係有花無鏡，又怕春信難查。點得②鏡係咁③長圓，花又不嫁。唉，真定假④！你睇桂影長春，愛住月華。

① **有陣** jɐu⁵ tsɐn⁶ —— 有時。有陣花能解語（後時候花能解語）。
② **點得** tim² tɐk⁷ —— 怎麼能。點得鏡係咁長圓（怎能讓鏡子是這麼長而圓）。
③ **係咁** hɐi⁶ kɐm³ —— 是這麼。
④ **真定假** tsɐn¹ tiŋ⁶ ka² —— 真還是假。

44 花有淚

花有淚，月本無痕。月呀，你照見我地（哋）花容瘦有幾分。可惜月呀，你有圓時，我地（哋）花總係會褪。就俾（畀）你桂香輪滿，都係有影無根。我想花信不過二十四番，容乜易①盡。遇着風狂雨驟，敢（噉）就②斷送了我終身。個（嗰）陣③你在九霄雲外，縱有心相印，總係東西尋逐，點顧得我地（哋）墮溷飄茵。莫謂過眼煙花無乜要緊，獨惜被人攀折，未免想起吓（下）④來因。呢陣雲路係咁迢遙，我亦知相託都冇份。唉，心不忍，試把嬋娟⑤問。問你廣寒宮有幾闊⑥咯，點葬得咁多⑦冇主花魂。

❶ **容乜易** juŋ[4] mɐt[7] ji[6] —— 多容易。

❷ **敢(噉)就** kɐm[2] tsɐu[6] —— 那就，那麼就。噉就斷送了我終身（那就斷送了我終身）。

❸ **個(嗰)陣** kɔ[2] tsɐn[6] —— 那時。嗰陣你在九霄雲外（那時你在九霄雲外）。

❹ **想起吓(下)** sœŋ[2] hei[2] ha[5] —— 想起了。未免想起下來因（未免想起了來因）。

❺ **嬋娟** sim[4] kyn[1] —— 這裏被當作月宮裏的嫦娥。試把嬋娟問（試把嫦娥問）。

❻ **幾闊** kei[2] fut[9] —— 多寬。廣寒宮有幾闊（廣寒宮有多寬）。

❼ **咁多** kɐm[3] tɔ[1] —— 那麼多的。點葬得咁多冇主花魂（怎麼葬得那麼多的無主花魂）。

45 煙花地

（二首其一）

煙花地，想起就心慈。中年情事點講得過人知。好命鑄定，仙花亦都唔種在此地。縱然誤種，亦指望有的（啲）更移。今日花柳風波，我都嚐到透味。況且歡場逝水，更易老花枝。既係命薄如花，亦都偷怨吓（下）自己。想到老來花謝，總要穩的（搵啲）[①]挨依。唉，我想花謝正[②]望到人地葬花，亦都係希罕事。總要花開佢憐憫我，正叫做不負佳期。細想年少未得登科，到老難以及第。況且秋來花事總總全非。今日我命鑄定為花，就算開落[③]過世。你試問花：「花呀！ 誰愛你？」佢都冇的（啲）[④]偏私。花若有情，就要情到底。風雲月露，正係我地（哋）情痴。至到[⑤]人地（哋）賞花憎愛我都不理。仙種子，休為凡心死。我為偶還花債，故此暫別吓（下）[⑥]瑤池。

❶ **穩的(搵啲)** wɐn[2] ti[1] —— 找一點。搵啲挨依（找點依靠）。

❷ **正** tsiŋ[3] —— 才。花謝正望到人地葬花（花謝才望到人家葬花）。

❸ **就算開落** tsɐu[6] syn[3] hɔi[1] lɔk[8] —— 就算開下去。就算開落過世（就這樣一直開到去世）。

❹ **冇的(啲)** mou[5] ti[1] —— 沒有一點。佢都冇啲偏私（他也沒有一點偏私）。

❺ **至到** tsi[3] tou[3] —— 至於。至到人地賞花我都不理（至於別人賞花我也不理）。

❻ **暫別吓(下)** tsam[6] pit[8] ha[5] —— 暫時分別、離開一下。

46 煙花地

（其二）

煙花地，苦海茫茫。從來難穩（搵）①個有情郎。迎新送舊，不過還花賬。有誰惜玉與及憐香？我在風流陣上係咁（噉）②從頭想。有個知心人仔③，害我縱死難忘。有陣丟疏④，外面似極⑤無心向。獨係心中懷念你，我暗地淒涼。今晚寂寥，空對住煙花上。唉，休要亂想。共你有心，都是惡講。我斷唔孤負你個（嗰）一點情長。

❶ **穩(搵)** wɐn[2] —— 找，尋找。從來難搵個有情郎（從來難找個有情郎）。

❷ **係咁(噉)** hɐi[6] kɐm[2] —— 是這樣。我係咁從頭想（我是這樣從頭地想）。

❸ **人仔** jɐn[4] tsɐi[2] —— 人，青年人。

❹ **丟疏** tiu[1] sɔ[1] —— 疏遠。

❺ **似極** tshi[5] kik[8] —— 極像，很像。外面似極無心向，獨係心中懷念你（外面很像無心向你，但心中懷念你）。

47 容乜易

（六首其一）

手抱琵琶百感悲，做乜老來情事總不相宜①。青春一去難提起，提起番來苦自知。一向痴迷唔肯料理，今日鏡中顏色，自覓嫌疑。人話風流老大②還堪恃，試睇菊殘猶有傲霜枝。身世係咁飄蓬，重爭乜硬氣。好似水流花謝渺渺無期。相思萬種從今止。無的（啲）③味，歎聲容乜易④。等我帶淚和情，訴吓（下）舊時。

❶ **不相宜** pɐt[7] sœŋ[1] ji[4] —— 不合適，不順心。老來情事總不相宜（老來情事老不順心）。

❷ **老大** lou[5] tai[6-2] —— 老人，年紀大的人。人話風流老大還堪恃（人說論風流老人還有所倚仗）。

❸ **無的（啲）** mou[4] ti[1] —— 沒有一點。無啲味（沒有一點味道）。

❹ **容乜易** juŋ[4] mɐt[7] ji[6] —— 多容易呢。歎聲容乜易（歎一聲多容易呢）。

48 容乜易（其二）

容乜易過，在青樓？歌舞歡場事事休。薄命紅顏天注就，減低情性學吓（下）①溫柔。至此春煙迷住章台柳，任佢三起三眠，總不愧羞。往日迎新，今日送舊，蝶愛尋香點自由？只估②買斷青春拿住手，綠雲深鎖不知秋。再有話楊花重曉得去憐身後。心想透。恰被風拖逗，敢（噉）就③化作浮萍逐水流。

❶ **學吓（下）** hɔk[6] ha[5] —— 學一學。學吓溫柔（學一學溫柔）。

❷ **只估** tsi[2] kwu[2] —— 只以為，只顧着。只估買斷青春（只以為買斷青春）。

❸ **敢（噉）就** kɐm[2] tsɐu[6] —— 這樣就。噉就化作浮萍逐水流（這樣就化作浮萍逐水流）。

49 容乜易（其三）

容乜易醉①，酒千盅。情有咁深時，味有咁濃。我想冤家②必係前生種，種穩情根不肯放鬆。酒邊都要人珍重，莫話魂迷心亂，兩下交融。大抵歡場過眼渾如夢，席散人歸萬事空。遞盞傳杯心事重，問你面上桃花有幾耐③

紅。今日霞觴滿酌，唔知憑誰共。唉！中乜用[4]，未飲心先痛。一生遺恨，誤入花叢。

❶ **容乜易醉 juŋ^{4} mɐt^{7} ji^{6} tsœy^{3}** —— 多容易醉啊。
❷ **冤家 jyn^{1} ka^{1}** —— 指情人。我想冤家必係前生種（我想冤家必定是前生種）。
❸ **幾耐 kei^{2} nɔi^{6}** —— 多久。桃花有幾耐紅（桃花有多長時間紅）。
❹ **中乜用 tsuŋ^{1} mɐt^{7} juŋ^{6}** —— 有甚麼用。

50 容乜易（其四）

容乜易放，柳邊船？木蘭雙槳載住神仙。東風為我行方便，吹得情哥到我面前。鴛鴦共宿人人羨，好似兩顆明珠一線穿。滿意東君常見面，今生還結再生緣。正係藕絲縛住荷花片，一體同根，冇乜[1]變遷。唔想帆影就隨湘水轉，難遂願。線緊風箏斷。虧我流落在呢處[2]天涯，實在可憐。

❶ **冇乜 mou^{5} mɐt^{7}** —— 沒甚麼。冇乜變遷（沒甚麼變遷）。
❷ **呢處 ni^{1} sy^{3}** —— 這裏，這個地方。流落呢處天涯（流落在這裏天涯）。

51 容乜易（其五）

容乜易散，彩雲飛。春帆頃刻就要分離。誰人肯願分連理？事到其間點樣子[1]設施[2]？早知割愛唔輕易，何苦當初一力護持。今日送別無言唯有淚，離人折盡柳千枝。長亭自古傷心地，你話[3]後會何曾有定期，紈扇預防秋後棄。唉，嗟命鄙，風流雲散易。個（嗰）陣[4]欲捨難分，恨亦已遲。

❶ **點樣子** tim[2] jœŋ[6] tsi[2] —— 怎麼樣。
❷ **設施** tshit[9] si[1] —— 安排，處理，應付。點樣子設施（怎樣應付）。
❸ **你話** nei[5] wa[6] —— 你說。
❹ **個(嗰)陣** kɔ[2] tsɐn[6] —— 那時候。嗰陣欲捨難分（那時候欲捨難分）。

52 容乜易

（其六）

容乜易老，鬢蒼蒼。關心誰記往日珠娘。秋風陣陣添惆悵。白滿船頭一夜霜。四條弦澀①難成響。總係彈到情深怕惹恨長。淪落幾人同我一樣。不記起從前，就不會慘傷。好花畢竟成飄蕩，叫我怎能禁得個的（嗰啲）②蝶浪蜂狂。此後我孤零無乜③倚向。唉！低自唱。還了風流賬。虧我手抱琵琶，悶對夕陽。

❶ **澀** sap[9] —— 嗓子嘶啞。這裏指弦索發潮彈不出聲音。
❷ **個的(嗰啲)** kɔ[2] ti[1] —— 那些。
❸ **無乜** mou[4] mɐt[7] —— 沒有甚麼。無乜依向（沒有甚麼倚靠）。

53 水會退

水會退，又會番流①。水呀，你既退，又試②番流，見你日夜不休。臨行自古話難分手。做乜分手到如今，又在別處逗留？大抵人世相逢，都憑個氣候。花行春令，月到中秋。當初慌久情唔透，一講到情深，總不顧後頭。在我都話會少離多，情重更厚。唉，君你想透！若係日日痴（黐）埋③，你話點做得④女牛⑤。

❶ **番流** fan[1] lɐu[4] —— 回流。

❷ **又試** jɐu⁶ si³ —— 又再。又試番流（又再回流）。
❸ **痴（黐）埋** tshi¹ mai⁴ —— 粘黏在一起。日日黐埋（天天黏在一起）。
❹ **點做得** tim² tsou⁶ tɐk⁷ —— 怎麼能做。
❺ **女牛** nœy⁵ ŋɐu⁴ —— 織女牛郎。點做得女牛（怎能做得織女牛郎）。

54 花易落

花易落，花又易開。咁好花顏問你看得幾回。好花慌久開唔耐[①]，想到花殘，我都願佢莫開。好極花容終會變改。你睇枝頭花落，點得[②]再上枝來。大抵種得情根，花就可愛。總怕並頭花好，又要分栽。鮮花咁好，又怕遊蜂[③]採。落花無主，自見痴呆。記得花前發誓，都話同恩愛。點想倚花沉醉，有個薄行王魁[④]。點得尋着個（嗰）個[⑤]花神，拉住佢問句：唉！花在鏡內，究竟真情，還是假愛？到底桃花個（嗰）種薄命，問佢點樣子生來。

❶ **唔耐** m⁴ nɔi⁶ —— 不久，不經久。好花慌久開唔耐（好花恐怕開得不經久）。
❷ **點得** tim² tɐk⁷ —— 怎麼能。點得再上枝來（怎麼能再上枝來）。
❸ **遊蜂** jɐu⁴ fuŋ¹ —— 比喻一般的嫖客。
❹ **薄行王魁** pɔk⁸ hɐŋ⁶ wɔŋ⁴ fui¹ —— 負心薄幸的王魁。指宋時考中狀元後拋棄戀人焦桂英的王魁。
❺ **個（嗰）個** kɔ² kɔ³ —— 那個。嗰個花神（那個花神）。

55 月難圓

花易落，月又難圓。花月情深就結下呢段孽冤。花月本係無情，總係人地（哋）去眷戀。恨只恨佢催人容易老咯，重[①]去惹人憐。花若係有情，就愁把月見。月你團圓得咁辛苦唎[②]，你話[③]怎不心酸。月若係曉得憐香，又點肯把花作賤。但得月輪長照住你，就係花謝亦見心甜。總係共計十二個月一年，月呀，你亦不過圓十二遍，就係四時花信到咯，亦不過向一時鮮。總係我地(哋)薄命如花，難得月你見面。得到我對月開時，又怕你缺了半邊。雖則月係咁難圓，重有圓個(嗰)一日可算。花謝等到重開，重要等隔一歲添④。總係人遠在天涯，就會對住花月自怨。唉，心緒亂，眼穿腸欲斷。君呀，重怕花開，長對住你落咯，月缺對住你長圓。

❶ **重** tsuŋ[6] —— 還。重去惹人憐(還去惹人憐)。
❷ **㖿** lɛ[4] —— 語氣詞。相當於「啦」。
❸ **你話** nei[5] wa[6] —— 你說。你話怎不心酸(你說怎不心酸)。
❹ **添** thim[1] —— 再，還。與「重」字連用。重要等隔一歲添(還要再等隔一年)。

56 蝴蝶夢

蝴蝶夢，夢繞在花前。蝶呀，你為貪採名花，故此夢得咁倒顛。我想人世遇着情魔，就係清夢都會亂。一吓(下)①魂迷心醉，就夢到孽海情天。況且相愛，又試②相連，點信③痴夢會短。定要追尋香夢，向夢裏團圓。個(嗰)陣④朝朝暮暮，夢作神仙眷。離魂一枕夢當遊仙。睇佢⑤綺夢係咁沉迷，就呼喚都不轉。重要⑥鴛鴦，同夢化作並頭蓮。勢冇話⑦夢幻本屬無憑，人事會改變。點想⑧一場春夢，都是過眼雲煙。大抵夢境，即是歡場，勸你休要眷戀。唉，花夢易斷。今日夢醒人去遠，恨只恨意中人只結一段夢中緣。

❶ **一吓(下)** jɐt[7] ha[5] —— 一下子。一吓魂迷心醉(一下子魂迷心醉)。

❷ **又試** jɐu^{6} si^{3} —— 又再。又試相連（又再相連）。

❸ **點信** tim^{2} sœn^{3} —— 怎麼相信。點信痴夢會短（怎麼相信痴夢會短）。

❹ **個（嗰）陣** kɔ^{2} tsɐn^{6} —— 那個時候。

❺ **睇佢** thɐi^{2} khœy^{5} —— 看他。

❻ **重要** tsuŋ^{6} jiu^{3} —— 還要。重要鴛鴦，同夢化作並頭蓮（還要鴛鴦，同夢化作並頭蓮）。

❼ **勢冇話** sɐi^{3} mou^{5} wa^{6} —— 絕對不會，從來沒有聽說。勢冇話夢幻本屬無憑（從來沒有聽說夢幻本屬無憑）。

❽ **點想** tim^{2} sœŋ^{2} —— 誰知，沒承想。點想一場春夢，都是過眼雲煙（沒承想一場春夢，都是過眼雲煙）。

57 想前因

煩過一陣，想起吓（下）前因。此生何事墮落紅塵。我想託世做到女流，原係可憫。況且青樓女子，又試斷梗無根。好極繁華，不過係陪酒個（嗰）陣。等到客散燈寒，又試自己斷魂。有客就叫作姑娘，無客就下等。一時冷淡，把我作賤三分。或者遇着人客①有情，都重②還有的（啲）倚憑。鬼怕個的（嗰啲）無情醉漢，就係攞命③災瘟。大抵個（嗰）日落到青樓，就從個（嗰）日種恨。唉，總係由得我着緊啫（嗻）④。總要捱到淚盡花殘，就算做過一世人。

❶ **人客** jɐn^{4} hak^{9} —— 客人。遇着人客有情（遇着客人有情）。

❷ **都重** tou^{1} tsuŋ^{6} —— 都還。都重還有的倚憑（都還有點依靠）。重、還兩字意義相同。

❸ **攞命** lɔ^{2} mɛŋ^{6} —— 要命。攞命災瘟（要命災星）。

❹ **啫（嗻）** tsɛ^{1} —— 語氣詞。表示僅此而已。總係由得我着緊嗻（都是由我自己着急罷了）。

58 自悔

實在我都唔過得意①，算我薄情虧負吧你。等我掉轉②呢副心腸共你好過③都未遲。人地（哋）話好酒飲落半壇，正知道吓（下）味。因為從前耳軟，所以正④得咁迷痴。今日河水雖則係咁深，都要共你撐到底。唉，將近半世，唔共你住埋⑤唔係計⑥。細想你從前個（嗰）一點心事待我，叫我點捨得把你難為。

❶ **唔過得意** m^{4} kwɔ^{3} tɐk^{7} ji^{3} —— 過意不去。我都唔過得意（我都過意不去）。

❷ **掉轉** tiu^{6} tsyn^{3} —— 反轉過來。等我掉轉呢副心腸（讓我換過這副心腸）。

❸ **共你好過** kuŋ^{6} nei^{5} hou^{2} kwɔ^{3} —— 與你重新相好。

❹ **正** tsiŋ^{3} —— 才。所以正得咁迷痴（所以才這樣痴迷）。

❺ **住埋** tsy^{6} mai^{4} —— 住在一起。共你住埋（跟你住在一起）。

❻ **唔係計** m^{4} hɐi^{6} kɐi$^{3-2}$ —— 不是辦法。

59 義女情男

乜你惱（嬲）①得咁快，一見我就心煩。相逢有咁耐②咯，惱（嬲）過亦有咁多番。共你惱（嬲）過正好番③，個（嗰）「情」字都帶淡。君呀，你時常係敢（噉）樣子惱（嬲）法；我實在見為難，我減頸④就⑤得你多，又怕把你情性弄慣。削（索）性⑥開喉，共你嗌⑦過一變⑧，免使你惡得咁交關⑨。或者你過後思量，重聽我勸諫。呢回從新相好過⑩，免俾（畀）別人彈。我都係見你共我有的（啲）合心，故此唔捨得丟你另揀⑪。就係共你時常惱（嬲）出面⑫，都係掛你在心間。點得心事擺開，從君你過眼。個（嗰）陣相見恨晚。呢回二家⑬唔放手，重要做個義女情男。

❶ **惱(嬲)** nɐu¹ —— 生氣。

❷ **咁耐** kɐm³ nɔi⁶ —— 這麼久。相逢有咁耐咯（相逢有這麼久了）。

❸ **好番** hou² fan¹ —— 重新和好。

❹ **減頸** kam² kɛŋ² —— 忍氣吞聲，強壓怒火。

❺ **就** tsɐu⁶ —— 遷就。就得你多（遷就你遷就得多）。

❻ **削(索)性** sɔk⁹ siŋ³ —— 乾脆。

❼ **嗌** ŋai³ —— 爭吵。

❽ **一變** jɐt⁷ pin³ —— 一遍。

❾ **交關** kau¹ kwan¹ —— 厲害。惡得咁交關（兇得那麼厲害）。

❿ **相好過** sœŋ¹ hou² kwɔ³ —— 重新相好。從新相好過，即重新相好過（重新相好）。

⓫ **另揀** liŋ⁶ kan² —— 另外挑選。唔捨得丟你另揀（捨不得丟了你另外挑選）。

⓬ **惱(嬲)出面** nɐu¹ tshœt⁷ min⁶ —— 怒形於色。就係共你時常嬲出面（就是經常跟你怒形於色）。

⓭ **二家** ji⁶ ka¹ —— 雙方。呢回二家唔放手（這回雙方不放手）。今多叫「兩家」。

60 唔好熱

唔好咁熱，熱極會生風。我想天時人事，大抵相同。唔信你睇回南[①]日久，就有涼風送。共佢好極[②]都要離開，暫且放鬆。我想人世會合都有期，唔到你[③]放縱。年年七夕，都係一日相逢。人地（哋）話相逢一日都唔中用[④]。一日十二個時辰，點盡訴得苦衷。我話相逢一日莫話唔中用。年年一日，日久就會成功。點得人[⑤]學得七姐咁情長千載共。真情種，只有生離無死別，分外見情濃。

❶ **回南** wui⁴ nam⁴ —— 春天時由於暖濕氣流的作用，颳來潮濕而炎熱的空氣，天氣悶熱。

❷ **好極** hou² kik⁸ —— 再好也，不管怎麼好，非常要好。共佢好極都要離開（跟他怎麼好也要離開）。

❸ **唔到你** m⁴ tou³ nei⁵ —— 由不得你。唔到你放縱（由不得你放縱）。

❹ **唔中用** m⁴ tsuŋ¹ juŋ⁶ —— 沒有用，不管用。相逢一日都唔中用（相逢一天也沒有用）。

❺ **點得人** tim² tɐk⁷ jɐn⁴ —— 哪能有人，怎麼會有人。點得人學得七姐咁情長（怎麼會有人像七姐那樣情長）。

61 留客

你如果要去，呢回唔使你開嚟①！索性共你分離，免得耐耐②又試③慘淒。人話我地（哋）野花好極唔多矜貴。做乜貪花人仔④，偏向個的（嗰啲）野花迷？我郎好極都係人地（哋）夫婿，青樓情重，是必⑤怨恨在深閨。不若割斷情絲，免使郎你掛繫。但得我郎唔見面，任得我日夜悲啼。相思兩地實在難禁抵⑥。久別相逢叫我點捨得你去歸⑦！千一個⑧唔係住埋⑨，千一個唔得到底。唉！真正累世，湊着⑩你我都有人拘制。生不得共你同衿，死都要共埋。

❶ **開嚟** hɔi¹ lɐi⁴ —— 出來，指嫖客到江面上的青樓作樂。

❷ **耐耐** nɔi⁶ nɔi⁶ —— 時不時，時常。

❸ **又試** jɐu⁶ si³ —— 又，又再。

❹ **貪花人仔** tham¹ fa¹ jɐn⁴ tsɐi² —— 愛拈花惹草的男子。

❺ **是必** si⁶ pit⁷ —— 必定，一定。是必怨恨在深閨（一定在深閨埋怨）。

❻ **禁抵** khɐm¹ tɐi² —— 忍受。實在難禁抵（實在難以忍受）。

❼ **去歸** hœy³ kwɐi¹ —— 回去，回家去。叫我點捨得你去歸（叫我怎捨得你回家去）。

❽ **千一個** tshin¹ jɐt⁷ kɔ³ —— 一千個情況，表示非常肯定，屢屢如此。

❾ **住埋** tsy⁶ mai⁴ —— 住在一起。

⑩ **溱着 tsheu³ tsœk⁸** —— 剛好，碰巧。溱着你我都有人拘制（正好你我都有人拘管）。

62 心把定

心要把定，切莫思疑①。但得意合情投，我就一味②去痴（黐）。煙花到底不是長情地。有日花殘，就怕會被蝶欺。個的（嗰啲）野蝶採花，都是無乜氣味。咁好鮮花唔採，偏向個的（嗰啲）野花棲。總係他花遇着仙蝶，就會成知己。死命留心，睇佢向邊一處③飛。有陣深心冷眼重會將人試。假意採吓（下）個的（嗰啲）殘花，試睇佢知道未知。莫話我地（哋）仙花種子無根氣。睇住你來頭，我就早早見機④。我知道都詐作唔知，還去試你。偏向風前搖曳，好似冇的（啲）⑤挨依。唉，須要會意！多受的（啲）折磨，或者共我消減的（啲）晦氣。我心都為你死。個的（嗰啲）貪花，都是在門外企⑥。蝶呀，你有心來採我，等我開透都唔遲。

❶ **思疑 si¹ ji⁴** —— 懷疑。切莫思疑（千萬別懷疑）。
❷ **一味 jɐt⁷ mei⁶⁻²** —— 只顧，單純地。我就一味去黐（我就只顧去追求）。
❸ **邊一處 pin¹ jɐt⁷ sy³** —— 哪裏。睇佢向邊一處飛（看他向哪裏飛）。
❹ **見機 kin³ kei¹** —— 知道，了解底細。
❺ **冇的(啲) mou⁵ ti¹** —— 沒有一點。冇啲挨依（沒有一點依靠）。
❻ **企 khei⁵** —— 站立。都是在門外企（都是在門外站着）。

63 奴等你

打乜主意，重使乜①思疑。你唔帶得奴，你便早日話過②妹知。我只估話③等郎，至此落在呢處煙花地。捨得④我肯跟人去上岸⑤，乜天時，只望共你敍吓（下）悲歡談吓（下）往事。點想你失意還鄉事盡非。一定唆攬有人將我出氣，話我好似水性楊花逐浪飛。呢陣講極[⑥]冰清你亦唔多在意。萬般愁緒只有天知。況且遠近盡知奴係等你，今日半途丟手，敢（噉）就冇的（啲）挨依。枉費我往日待你個（嗰）副心腸，今日憑在你處置。漫道你問心難過，就係死亦難欺。唔見面講透苦心，死亦唔得眼閉。君呀！你有心憐我，你便早日開嚟。見面講透苦心，死亦無乜掛意[⑦]。唉！休阻滯，但得早一刻逢君，我就算早一刻別離。

❶ **重使乜** tsuŋ⁶ sɐi² mɐt⁷ —— 還用得着……嗎？重使乜思疑（還用得着懷疑嗎）？

❷ **話過** wa⁶ kwɔ³ —— 說過，告訴。你便早日話過妹知（你就早幾天告訴我知道）。

❸ **只估話** tsi² kwu² wa⁶ —— 只以為。我只估話等郎（我只以為一直在等郎）。

❹ **捨得** sɛ² tɐk⁷ —— 要是，假如。捨得我肯跟人去上岸（要是我肯跟人上岸從良）。

❺ **上岸** sœŋ⁵ ŋɔn⁶ —— 指妓女離開妓院跟隨男子從良。

❻ **講極** kɔŋ² kik⁸ —— 不管怎麼說。呢陣講極冰清你亦唔多在意（現在不管怎麼說我冰清你也不怎麼理會）。

❼ **掛意** kwa³ ji³ —— 牽掛。死亦無乜掛意（死也沒有甚麼牽掛）。

64 弔秋喜

聽見你話死，實在見思疑。何苦輕生得咁痴[①]！你係為人客[②]死心，唔怪得[③]你。死因錢債，叫我怎不傷悲！你平日當我係知心，亦該同我講句。做乜交情三兩個月，都冇句言詞。往日個（嗰）種恩情，丟了落水，縱有金銀燒盡，帶不到陰司。可惜飄泊在青樓，孤負你一世。煙花場上冇日[4]開眉。你名叫做秋喜，只望等到秋來還有喜意，做乜[5]才過冬至後，就被雪霜欺。今日無力春風，唔共你爭得啖[6]氣。落花無主，敢（噉）[7]就葬在春泥。此後情思有夢，你便頻須寄。或者盡我呢點窮心，慰吓故知。泉路茫茫，你雙腳又咁細[8]。黃泉無客店，問你向乜誰[9]棲。青山白骨，唔知憑誰祭。哀楊殘月，空聽個（嗰）隻杜鵑啼。未必有個知心，來共你擲紙。清明空恨個（嗰）頁紙錢飛。罷咯！不若當作你係義妻，來送你入寺。等你孤魂無主，仗吓（下）佛力扶持。你便哀懇個（嗰）位慈雲施吓（下）佛偈。等你轉過來生，誓不做客妻。若係冤債未償，再罰你落花粉地。你便揀過一個多情，早早見機。我若共你未斷情緣，重有相會日子。須緊記，念吓（下）前恩義。講到「銷魂」兩個字，共你死過[10]都唔遲。

❶ **痴** tshi¹ —— 痴迷。
❷ **人客** jɐn⁴ hak⁹ —— 客人。
❸ **唔怪得** m⁴ kwai³ tɐk⁷ —— 怪不得。
❹ **冇日** mou⁵ jɐt⁸ —— 沒有一天。冇日開眉（沒有一天開心）。
❺ **做乜** tsou⁶ mɐt⁷ —— 為甚麼。做乜才過冬至後（為甚麼剛過了冬至之後）。
❻ **啖** tam⁶ —— 量詞，口。共你爭得啖氣（跟你爭得口氣）。
❼ **敢（噉）** kɐm² —— 這樣。敢就葬在春泥（這樣就葬在春天的泥土裏）。
❽ **細** sɐi³ —— 小。你雙腳又咁細（你的腿腳又這麼小）。
❾ **乜誰** mɐt⁷ sœy⁴ —— 誰人。問你向乜誰棲（問你向誰投靠）。
❿ **死過** sei² kwɔ³ —— 再死一次。共你死過都唔遲（跟你再死一次也不晚）。

65 傷春

鳥啼花落暗傷春，人老對住花殘，想起就斷魂。青春自信都有人憐憫，恐怕脂粉飄零，寂寞一生。唔知邊一個[①]多情，邊一個薄行（幸）。總係紅顏偏遇個的（嗰啲）喪心人。今日蝶去剩朵花開，叫我何所倚憑。唉！喉帶噎哽，想到玉碎香埋，阻不住兩淚淋。

❶ **邊一個** pin[1] yɐt[7] kɔ[3] —— 哪一個，誰。邊一個多情（哪一個多情）。

66 花心蝶

花心蝶，趕極[①]佢都唔飛。一定貪圖香膩，卻被花迷。花為有情，憐憫蝶使。蝶為風流，所以正[②]得咁痴。大抵花蝶相交，都係同一樣氣味。唉，情願死，叫我割愛實在唔輕易！除是蝶死花殘個（嗰）陣[③]，正得了期。

❶ **趕極** kɔn[2] kik[8] —— 不管怎麼驅趕。趕極佢都唔飛（不管怎麼趕他還是不飛）。

❷ **正** tsiŋ[3] —— 才。所以正得咁痴（所以才這樣痴迷）。

❸ **個(嗰)陣** kɔ[2] tsɐn[6] —— 那個時候。蝶死花殘嗰陣（蝶死花殘的時候）。

67 燈蛾

莫話唔怕火，試睇吓[①]個（嗰）隻烘火燈蛾。飛來飛去，總要摸落個（嗰）盞深窩。深淺本係唔知，故此成夜[②]去摸。迷頭迷腦，好似着了風魔。佢點曉得[③]方寸好似萬丈深潭，任你飛亦不過。逐浪隨波，唔知喪盡幾多[④]。待等熱到痴身，情亦知道係錯。總係愛飛唔得起[⑤]，問你叫乜誰拖。雖則係死咯，任你死盡萬千，佢重唔肯結果[⑥]。

心頭咁猛，依舊嚮往個（嗰）一猛將張羅。點得你學蝴蝶夢醒，個（嗰）陣花亦悟破。唉，飛去任我！就俾（畀）你花花世界，都奈我唔何⑦。

❶ **睇吓** tʰɐi² ha⁵ —— 看一下。試睇吓嗰隻烘火燈蛾（試看一看那隻撲火燈蛾）。
❷ **成夜** sɛŋ⁴ jɛ⁶ —— 整夜，整晚。
❸ **點曉得** tim² hiu² tɐk⁷ —— 怎懂得。佢點曉得方寸好似萬丈深潭（它怎麼懂得方寸就是萬丈深潭）。
❹ **幾多** kei² tɔ¹ —— 多少。
❺ **飛唔得起** fei¹ m⁴ tɐk⁷ hei² —— 飛不起來。
❻ **唔肯結果** m⁴ hɐŋ² kit⁹ kwɔ² —— 不肯甘休。佢重唔肯結果（它還不肯甘休）。
❼ **奈我唔何** nɔi⁶ ŋɔ⁵ m⁴ hɔ⁴ —— 奈何不了我。

68 長發夢

點得①長日發夢②，等我日夜共你相逢。萬里程途，都係一夢通。個的（嗰啲）無情雲雨把情根種。種落呢段情根，莫俾（畀）佢打鬆。雖則夢裏巫山空把你送，就係夢中同你講幾句，亦可以解得吓（下）愁容。君呀，你發夢便約定共我一齊，方正③有用，切莫我夢裏去尋君，你又不在夢中。君呀，你早食早眠④，把身體保重。心想痛。問你歸心何日動。免至我醒來離別，獨對住燈紅。

❶ **點得** tim² tɐk⁷ —— 怎麼才能夠。
❷ **發夢** fat⁹ muŋ⁶ —— 做夢。長日發夢（整天做夢，經常做夢）。
❸ **方正** fɔŋ¹ tsiŋ³ —— 才，方才。方正有用（方才有用）。
❹ **早食早眠** tsou² sik⁸ tsou² min⁴ —— 早吃早睡。

69 唔好發夢

勸你唔好①發夢，恐怕夢裏相逢。夢後醒來，事事都化空。「分離」兩個字，豈有心唔痛。君呀，你在天涯流落，你妹在水面②飄蓬。懷人偷抱琵琶弄，多少淒涼，盡在指中。捨得③你唔係敢（噉）樣子④死心，君呀，你又唔累得我咁重。睇我瘦成敢（噉）樣子，重講乜⑤花容。今日恩情好極，都係唔中用。唉，愁萬種！累得我相思無主，血淚啼紅。

❶ **唔好** m^4 hou^2 —— 不要。唔好發夢（不要做夢）。

❷ **水面** sœy^2 min^6 —— 指妓女所在的青樓。你妹在水面漂蓬（你妹在青樓流蕩）。

❸ **捨得** sɛ^2 tɐk^7 —— 假使。

❹ **敢（噉）樣子** kɐm^2 jœŋ^6 tsi^2 —— 這個樣子。捨得你唔係噉樣子死心（假使你不是這樣死心）。

❺ **重講乜** tsuŋ^6 kɔŋ^2 mɐt^7 —— 還說甚麼。重講乜花容（還說甚麼花容）。

70 相思索

相思索，綁住兩頭心。溫柔鄉裏困住情人。君呀！抑或①你唔肯放鬆，定是②奴綁得你緊？迷頭迷腦③好似昏君④。縱有妙手話解得呢個結開⑤，亦無路可問。就俾（畀）你利刀⑥亦難割得呢段情根。你有本事削（索）性⑦丟開唔掛恨，點想日來⑧丟淡，夢裏又要追尋。天呀！你既係生人，做乜把「情」字做引。但係情長情短未必冇的（啲）⑨來因。總係唔錯用個（嗰）點真情，就唔使⑩受困。縱使一時困住，到底有日開心。真正最會收人⑪都係瘟緊⑫個（嗰）陣。唉！都係敢（噉）混⑬，唔怕精乖⑭，唔怕你渾屯⑮。總係情關難破，就係死亦要追尋。

❶ **抑或** jik^{7} wak^{8} —— 或者。抑或你唔肯放鬆（或者是你不肯放鬆）。

❷ **定是** tiŋ^{6} si^{6} —— 還是。定是奴綁得你緊（還是奴捆得你緊）。

❸ **迷頭迷腦** mɐi^{4} thɐu^{4} mɐi^{4} nou^{5} —— 頭腦迷迷糊糊。

❹ **昏君** fɐn^{1} kwɐn^{1} —— 借指頭腦迷糊的人。

❺ **解得呢個結開** kai^{2} tɐk^{7} ni^{1} kɔ^{3} kit^{9} hɔi^{1} —— 解得開這個結子。

❻ **利刀** lei^{6} tou^{1} —— 快刀。利刀亦難割得呢段情根（快刀也難割得了這段情根）。

❼ **削（索）性** sɔk^{9} siŋ^{3} —— 乾脆。

❽ **日來** jɐt^{8} lɔi^{4} —— 白天。日來丟淡（白天淡化了）。

❾ **冇的（啲）** mou^{5} ti^{1} —— 沒有一點兒。未必冇啲來因（未必沒有點來因）。

❿ **就唔使** tsɐu^{6} m^{4} sɐi^{2} —— 就不用。就唔使受困（就不用受困）。

⓫ **收人** sɐu^{1} jɐn^{4} —— 令人難以捉摸。

⓬ **瘟緊** wɐn^{1} kɐn^{2} —— 正在熱戀。都係瘟緊嗰陣（都是正在熱戀的那個時候）。

⓭ **都係敢（噉）混** tou^{1} hɐi^{6} kɐm^{2} wɐn^{6} —— 都是這樣混。

⓮ **精乖** tsɛŋ^{1} kwai^{1} —— 精明，聰明。

⓯ **渾屯** wɐn^{6} tɐn^{6} —— 混沌，糊塗。

71 相思樹

相思樹，種在愁城。無枝無葉冷青青。相思本是花為命，每到低頭只為卿。總係春寒根薳①生唔定，敢（噉）就②化作浮萍又往別處生。我勸世間蝴蝶莫去穿花徑。唉！花冇定性，就係蝶亦終難醒。究竟相思無樹，春夢亦無憑。

❶ **根薳** kɐn^{1} kœŋ^{2} —— 根。總係春寒根薳生唔定（總是春寒樹根生不定）。

❷ **敢（噉）就** kɐm^{2} tsɐu^{6} —— 那就。噉就化作浮萍（那就化作浮萍）。

72 相思結

相思結，解極都唔開，一定冤孽前生結下來。當初慌久唔恩愛，今日恩愛深時反惹禍胎。愛了又憎①，憎了又愛，愛憎無定，我自見心呆。好似大海撐船撐到半海，兩頭唔到岸，點得埋堆②。唉！須要忍耐，折磨終有福在。你睇神仙咁安樂，未必一吓（下）③就到得蓬萊。

❶ **憎** tsɐŋ^1 —— 討厭。
❷ **埋堆** mai^4 tœy^1 —— 相好在一起。
❸ **一吓(下)** jɐt^7 ha^5 —— 一下子。

73 分別淚 （三首其一）

分別淚，莫灑向離人，離愁未講已自難禁①！邊一個②唔知道行路咁艱難，需要謹慎。總係臨行個（嗰）一種說話，要先兩日向枕畔囑咐殷勤。若係臨時提起，就會撩人③恨。不若強為歡笑，等④佢去得安心。寧願去後大大哭過一場，或者消吓（下）怨恨。哭到個（嗰）一點氣難番，又向夢裏尋。夢裏見着個（嗰）個多情，就要安慰佢一陣。細把行蹤問，首先唔好向佢講到半句苦楚時文⑤。

❶ **難禁** nan^4 khɐm^1 —— 難以忍受。
❷ **邊一個** pin^1 jɐt^7 kɔ^3 —— 哪一個。邊一個唔知道（誰不知道）。
❸ **撩人** liu^4 jɐn^4 —— 惹人。撩人恨（惹人恨）。
❹ **等** tɐŋ^2 —— 讓。等佢去得安心（讓他去得安心）。
❺ **時文** si^4 mɐn^4 —— 話語。唔好向佢講到半句苦楚時文（不要向他訴說半句苦楚的話語）。

（其二）

分別淚，繳（撟）①極都唔乾，淚呀！人有

人地（哋）牽情，使乜[2]你咁着忙。相思滿腹，唔知憑誰講。講極過人知[3]，都冇個[4]為我慘傷。頃刻車馬就要分開南北二向，點得[5]疏林將就吓（下），為我掛住斜陽。唉！心想愴，風笛吹離況。君呀，你前途咁辛苦，都要謹慎吓（下）行藏。

❶ **繳（撟）** kiu² —— 拭擦。撟極都唔乾（怎麼擦也擦不乾）。

❷ **使乜** sɐi² mɐt⁷ —— 何必。使乜你咁着忙（何必你這麼忙）。

❸ **講極過人知** kɔŋ² kik⁸ kwɔ³ jɐn⁴ tsi¹ —— 無論怎麼告訴別人。

❹ **冇個** mou⁵ kɔ³ —— 沒有一個。都冇個為我慘傷（都沒有一個為我覺得慘傷）。

❺ **點得** tim² tɐk⁷ —— 怎得，怎麼使得。點得疏林將就吓（怎麼使得疏林將就一下）。

75 分別淚（其三）

分別淚，轉眼又番場[1]。君呀，捨得[2]你學我[3]眼淚咁易回頭，使乜我咁慘傷。今日別期未了，就把歸期望想。想到一自自[4]孤寒[5]，叫我怎不斷腸。意欲忍淚暫歡，同你細講。虧我[6]淚流不斷，好似九曲湘江！點得[7]眼淚送君，好似河水一樣。水送得到個（嗰）方[8]時，我淚亦到得個（嗰）方。君呀，你見水好似見奴，心莫異向。須念吓（下）我地（哋）枕邊流淚到天光。我雙淚盡地落到君前，你便為我分吓（下）苦況。就俾（畀）你共我分開流淚，都係見淒涼。唉！心想愴，別後心難放。總係你學我望郎咁（噉）心事望我，就不會掉轉心腸[9]。

❶ **番場** fan¹ tshœŋ⁴ —— 回到原來的地方。

❷ **捨得** sɛ^{2} tɐk^{7} —— 要是。

❸ **學我** hɔk^{8} ŋɔ^{5} —— 像我。

❹ **一自自** jɐt^{7} tsi^{6} tsi^{6} —— 逐漸，越來越。想到一自自孤寒（想到越來越孤獨）。

❺ **孤寒** kwu^{1} hɔn^{4} —— 孤獨。

❻ **虧我** khwɐi^{1} ŋɔ^{5} —— 可是我。虧我淚流不斷（可我淚流不斷）。

❼ **點得** tim^{2} tɐk^{7} —— 為甚麼。點得眼淚送君（為甚麼眼淚送君）。

❽ **嗰方** kɔ^{2} fɔŋ^{1} —— 那一方，那裏。我淚亦到得嗰方（我的眼淚也到得那裏）。

❾ **掉轉心腸** tiu^{6} tsyn^{2} sɐm^{1} tshœŋ^{4} —— 把心腸掉轉過來，比喻人翻臉不認人。

76 無情語

無情語，勸不轉君身。眼底天涯萬里人。妝台春老，重有誰憐憫。客邸無花，又算一春，人話路頭花柳，最惹得人憐恨①。君呀，你莫尋漁父去問武陵津。雖則過眼煙花，無乜要緊。你便安吓（下）本分②，乃念③雙親長念你，都係個（嗰）一點精神。

❶ **憐恨** lin^{4} hɐn^{6} —— 憐憫羨慕。

❷ **安吓(下)本分** ŋɔn^{1} ha^{5} pun^{2} fɐn^{6} —— 安守本分。

❸ **乃念** nai^{5} nim^{6} —— 考慮到，思念到。乃念雙親長念你（考慮到雙親時常想念你）。

77 無情眼

無情眼，送不得君車。淚花如雨，懶倚門閭。一片真心，如似白水，織不盡迴文，寫不盡血書。臨行致囑無多語。君呀，好極①京華，都要念吓（下）②故居。今日水酒一杯，和共③眼淚。君你拚醉，你便放歡心共我談笑兩句。重要④轉生來世，共你做對比目雙魚。

❶ **好極** hou^{2} kik^{8} —— 再好也……好極京華，都要……（京華再好，也要……）

❷ **念吓（下）** nim^{6} ha^{5} —— 懷念一下。念吓故居（懷念一下故居）。

❸ **和共** wɔ^{4} kuŋ^{6} —— 和，以及。水酒一杯，和共眼淚（水酒一杯，以及眼淚）。

❹ **重要** tsuŋ^{6} jiu^{3} —— 還要。重要轉生來世（還要轉生來世）。

78 無情曲

無情曲，對不住君歌。綠波春水奈愁何！好鳥有心憐憫我，替我聲聲啼喚「捨不得哥哥」①。今日留春不住，未必係王孫錯。雁塔題名，你便趁早一科。我想再世李仙②，無乜幾個③。休要放過。今日孤單，誰識④你係鄭元和。

❶ **捨不得哥哥** sɛ^{2} pɐt^{7} tɐk^{7} kɔ^{1} kɔ^{1} —— 擬鳥啼聲，近似鷓鴣的叫聲。

❷ **李仙** lei^{5} sin^{1} —— 指唐代京城的名妓李亞仙，幫助書生鄭元和考上狀元，最後封為國夫人。

❸ **無乜幾個** mou^{4} mɐt^{7} kei^{2} kɔ^{3} —— 沒有幾個。

❹ **識** sik^{7} —— 認識。誰識你係鄭元和（誰認識你是鄭元和）。

79 三生債

花花世界，問佢點樣子生埋①，既係生埋在呢一處咯，做乜又總總相乖。大抵紅粉與及青衫，終會變改。所以情根唔肯向雪泥栽。點估話②絲連藕斷結下三生債，致此牽纏風月在呢處柳巷花街。雖則你似野鶴，我似閒鷗，無乜③俗態。總係鴛鴦雲水，兩兩相挨。我只話淡淡啫（嗻）④共你相交，把情付與大海。點想⑤心血一陣陣來潮，叫我點樣子放開。到底舊愛與及新歡，我都唔會自解。唉，真冇了賴⑥。罷咯，不若轉生來世，共你海角天涯。

❶ **生埋** saŋ[1] mai[4] —— 生成，形成。問佢點樣子生埋（問它是怎樣形成的）。

❷ **點估話** tim[2] kwu[2] wa[6] —— 誰料，沒料到。點估話絲連藕斷結下三生債（沒料到藕斷絲連結下三生債）。

❸ **無乜** mou[4] mɐt[7] —— 沒甚麼。無乜俗態（沒甚麼俗態）。

❹ **啫（嗻）** tsɛ[1] —— 語氣詞，表示僅此而已。我只話淡淡嗻共你相交（我不過是淡淡地跟你相交而已）。

❺ **點想** tim[2] sœŋ[2] —— 沒想到。點想心血一陣陣來潮（沒想到心血一陣陣地來潮）。

❻ **冇了賴** mou[5] liu[5] lai[6] —— 無聊賴。

80 桄榔樹

桄榔樹，我知道你係單心。你生來有個（嗰）種心事，我一見就銷魂①。你在瘦地長成又無乜倚憑。是真情種，故此有咁（噉）樣②情根。我想人世有敢（噉）樣情根，你真正惡搵③。樹猶如此，我怨只怨句情人。我近日見郎心帶不穩。一條心事，要共幾個人分。捨得④佢學你咁樣子單心，我就長日冇恨，唉，真真正不忿！要把花神問。樹呀，你唔肯保祐我郎，學你敢（噉）樣心事，我就話⑤你係邪神。

❶ **銷魂** siu[1] wɐn[4] —— 令人陶醉。

❷ **咁（噉）樣** kɐm[2] jœŋ[6] —— 這樣的。

❸ **搵** wɐn[2] —— 找。惡搵（難找）。

❹ **捨得** sɛ[2] tɐk[7] —— 要是，假如。捨得佢學你咁樣子單心（要是他像你這樣單純）。

❺ **我就話** ŋɔ[5] tsɐu[6] wa[6] —— 我就說。我就話你係邪神（我就說你是邪魔）。

81 無了賴

無了賴[①]，是相思。思前想後，你話點得心辭（慈）[②]。一世怕提「離別」兩字。好似到死春蠶尚吐絲。不願共你同生，情願共死。免令日後兩地參差[③]。古來多少傷心事，天呀，你敢（噉）[④]妒忌我呢[⑤]多情，似極有私，你睇紅拂女[⑥]係咁識人，嬌你略似。今日飄泊應憐我李藥師[⑦]。呢會降格任人呼我做浪子。唉，今若此！香國傳名字。或者有個知音，來聽我呢首斷腸詞。

❶ **無了賴** mou⁴ liu⁴ lai⁶ —— 無聊賴。
❷ **心辭(慈)** sɐm¹ tshi⁴ —— 心寬。
❸ **兩地參差** lœŋ⁵ tei⁶ tshɐm¹ tshi¹ —— 指兩人所埋葬的地方不同。
❹ **你敢(噉)** nei⁵ kɐm² —— 你這樣。
❺ **我呢** ŋɔ⁵ ni¹ —— 「我呢個」的省略。
❻ **紅拂女** huŋ⁴ fɐt⁷ nœy⁵ —— 指隋唐時代李靖的妻子。曾在楊素府內作侍女，因常手持紅拂而得名。
❼ **李藥師** lei⁵ jœk⁸ si¹ —— 隋唐時軍事家李靖的別名。

82 對垂楊

斷腸人怕對住垂楊。怕對垂楊，個（嗰）對媚眼一雙。見佢愁鎖住眉尖，同我一樣。柳呀，做乜[①]你愁唔了，又試惹起我愁腸。可惜咁好深閨唔種，種你在離亭上。見一遍離情，就會碎一遍膽肝。恐怕愁多捱不慣呢首相見賬。唉！須要自想，試睇睇吓（下）[②]陽關上。柳呀，做乜初秋顏色，你就變了青黃。

❶ **做乜** tsou⁶ mɐt⁷ —— 為甚麼。
❷ **睇睇吓(下)** thɐi² thɐi² ha⁵ —— 看看，看一看。試睇睇吓陽關上（試看一看陽關上面）。

83 聽哀鴻

斷腸人怕聽哀鴻。驚散姻緣在夢中。雁呀！你係咁孤鸞①，奴咁寡鳳②。你哀殘月，我獨對燈紅。可惜你一世孤單，無侶可共。我地（哋）天涯人遠，重話③有信息相通。雁呀！我共你同病相憐，你便將我書信遠送。你莫向江關留戀，阻滯行蹤。我望雁好比望郎，心事更重。唉！愁萬種。雁呀！你莫學我情郎身世，只係斷梗④飄蓬。

❶ **孤鸞** kwu[1] lyn[4] —— 孤單的鸞。比喻已與妻子分離的丈夫。你係咁孤鸞（你是這麼孤單的男子）。

❷ **寡鳳** kwa[2] fuŋ[6] —— 孤單的鳳。比喻已與丈夫分離的妻子。你咁寡鳳（你這孤單的女子）。

❸ **重話** tsuŋ[6] wa[6] —— 還說。重話有信息相通（還說有信息相通）。

❹ **斷梗** thyn[5] kwaŋ[2] —— 斷了柄的。斷梗飄蓬（斷了柄的飛蓬）。

84 生得咁俏

我生得咁俏①，怕有鮮魚來上我釣。今朝拿在手，重係②咁尾搖搖。呢回釣竿收起都唔要。縱不見魚水和諧，都係命裏所招。我想大海茫茫，魚亦不少。休要亂跳，鐵網都來了，總係一時唔上我釣啫（嗻）③，我就任得你海上逍遙。

❶ **俏** tshiu[3] —— 俊美。

❷ **重係** tsuŋ[6] hɐi[6] —— 還是。重係咁尾搖搖（還是尾巴搖搖的）。

❸ **啫（嗻）** tsɛ[1] —— 語氣詞，表示僅此而已。唔上我釣嗻（不上我釣罷了）。

85 唔係乜靚

你唔係乜靚[①]啫，做乜一見我就心傷？想必[②]你未出世就整定[③]銷魂，今世惹我斷腸。亦係前世種落呢根苗，今世正有花粉孽賬。故此我拚死去尋花，正碰着呢異香[④]。紅粉見盡萬千，唔似得你敢（噉）樣。相逢過一面，番去[⑤]至少有十日思量。捨得[⑥]死咯，敢（噉）話[⑦]死去會番生，我又同你死賬[⑧]。難為我真正死咯，個（嗰）陣你話有乜相干。呢會俾（畀）佢天上跌個落嚟，我亦唔敢去亂想。真真要見諒。莫話粒聲唔出[⑨]，就掉轉心腸。

❶ **唔係乜靚** m⁴ hɐi⁶ mɐt⁷ lɛŋ³ —— 不怎麼漂亮。

❷ **想必** sœŋ² pit⁷ —— 估計。想必你未出世就（可能你還沒出生就）……

❸ **整定** tsiŋ² tiŋ⁶ —— 注定。

❹ **呢異香** ni¹ ji⁶ hœŋ¹ —— 這奇香。正碰着呢異香（剛碰上你這個異香）。

❺ **番去** fan¹ hœy³ —— 回去。

❻ **捨得** sɛ² tɐk⁷ —— 要是。捨得死咯（要是死了）。

❼ **敢（噉）話** kɐm² wa⁶ —— 這樣說，這樣就。噉話死去會番生（這樣說死去會復活）。

❽ **死賬** sei² tsœŋ³ —— 死一次。

❾ **粒聲唔出** nɐp⁷ sɛŋ¹ m⁴ tshœt⁷ —— 一聲不吭。莫話粒聲唔出，就……（不要一聲不坑，就……）

86 乜得咁瘦

乜得你[①]咁瘦，實在可人憐[②]。想必你為着多情，惹起恨牽。見你弱不勝衣，容貌漸變。勸你把「風流」兩個字睇破吓（下），切勿咁痴纏。相思最會把精神損。你睇痴蝶在花房，夢得咁倒顛，就係恩愛到十分，亦唔好咁眷戀。須要打算。莫話只顧風流，唔怕命短。問你一身能結得幾多個人緣。

❶ **乜得你** met[7] tek[7] nei[5] —— 你到底為甚麼。乜得你咁瘦（你到底為甚麼這樣瘦）？

❷ **可人憐** hɔ[2] jen[4] lin[4] —— 教人可憐。實在可人憐（實在教人可憐）。

87 心肝

心肝呀，你唔好咁鬥韌①，竟自氣到我頭瘟。做乜見親②人好樣，你就分外留神。知你日久生心，呢回嫌妹眼緊③。見你近來待我，都冇往日三分。我自係④相識到至今，為你長日受困。枉你當初同誓，今日背了前盟。我只估話⑤有個情哥為做倚憑，算來男子冇個真心。只話唔掛你⑥去投生，想過唔做得咁笨。點好讓人快活，我自己做了枉死冤魂。記得起首相交，今日你就唔記得個（嗰）陣⑦。做乜你騙人咁耐⑧，你又試貪新？呢回你改過自新，我共你緣正⑨有分。唉，心不忍，免招人話薄行（幸）。你便修心憐憫我，算我怕你咯恩人。

❶ **鬥韌** teu[1] ŋen[6] —— 過分計較、挑剔的意思。

❷ **見親** kin[3] tshen[1] —— 每一見到。做乜見親人好樣（為甚麼每見到人長相好）。

❸ **眼緊** ŋan[5] ken[2] —— 盯得緊。

❹ **自係** tsi[6] hei[6] —— 自從。我自係相識到至今（我自從相識到今天）。

❺ **只估話** tsi[2] kwu[2] wa[6] —— 只以為。我只估話有個情哥為做倚憑（我只以為有個情哥為我做依靠）。

❻ **唔掛你** m[4] kwa[3] nei[5] —— 不眷顧着你。只話唔掛你去投生（本來打算不眷顧着你去投生）。

❼ **個（嗰）陣** kɔ[2] tsen[6] —— 那個時候。今日你就唔記得嗰陣（今天就忘記了那個時候）。

❽ **咁耐** kem[3] nɔi[6] —— 那麼久。做乜你騙人咁耐（為甚麼你騙人那麼久）。

❾ **正** tsiŋ[3] —— 才。我共你緣正有分（我跟你才有緣分）。

88 真正惡做

真正惡做①，嬌呀，汝曉得我苦心無？日夜共汝痴（黐）埋②，重慘過利刀。近日見汝熟客推完，新客又不到。兩頭唔到岸③，好似水共油撈④。早知到唔共汝住得埋⑤；不若唔相與⑥重好。免使掛腸掛肚，日夕咁心操。勸汝的起心肝⑦，尋過⑧個好佬⑨。共汝還通錢債，免使到處受上期租。河底下⑩雖則係繁華，汝見邊一個⑪長好得到老。究竟清茶淡飯，都要揀個上岸⑫正為高。況且近日火燭⑬咁多，寮口⑭又咁惡做。河廳差役，終日係咁嗌嘈嘈⑮。唔信汝睇各間寮口部，總係見賒唔見結，白白把手皮⑯撈。就俾（畀）汝有幾個女都養齊，好似話錢債易造。恐怕一時唔就手，就墮落酆都⑰。雖則鴇母近日亦算有幾家係時運好，贖身成幾十個女，重有幾十個未開舖⑱，想到結局收場，未必真係可保。況且百中無一，個的（嗰啲）境遇實在難遭。汝好心採撥埋⑲，尋着地步⑳。唔怕冇路，回頭須及早。好過露面拋頭，在水上蒲㉑。

❶ **惡做** ŋɔk^{9} tsou^{6} —— 難辦。真正惡做（真難辦）。

❷ **痴(黐)埋** tshi^{1} mai^{4} —— 纏綿在一起。

❸ **兩頭唔到岸** lœng^{5} thɐu^{4} m^{4} tou^{3} ŋɔn^{6} —— 上不着村，下不着地。

❹ **水共油撈** sœy^{2} kuŋ^{6} jɐu^{4} lou^{1} —— 水攙油。

❺ **住得埋** tsy^{6} tɐk^{7} mai^{4} —— 能相好住在一起。

❻ **唔相與** mt sœŋ^{1} jy^{5} —— 不相處在一起，不若唔相與重好（不如大家不在一起還好）。

❼ **的起心肝** tik^{7} hei^{2} sɐm^{1} kɔn^{1} —— 下定決心。勸你的起心肝（勸你下定決心）。

❽ **尋過** tshɐm^{4} kwɔ^{3} —— 另外尋找。

❾ **好佬** hou^{2} lou^{2} —— 好的男人。尋過個好佬（另外尋找一個好的男人）。

❿ **河底下** hɔ^{4} tɐi^{2} ha^{6} —— 指珠江邊上的妓院。

⑪ **邊一個** pin[1] jɐt[7] kɔ[3] —— 哪一個。

⑫ **上岸** sœŋ[5] ŋɔn[6] —— 指脫離水上妓院。都要揀個上岸為正高（都要挑選一個人隨他從良是上策）。

⑬ **火燭** fɔ[2] tsuk[7] —— 火警，火災。

⑭ **寮口** liu[4] hɐu[2] —— 指小的妓院。

⑮ **嗌嘈嘈** ŋai[3] tshou[4] tshou[4] —— 鬧哄哄。

⑯ **手皮** sɐu[2] phei[4] —— 手。白白把手皮撈（白白操勞，指做事而沒有收入）。

⑰ **酆都** fuŋ[1] tou[1] —— 重慶酆都，即鬼城，也指陰間。

⑱ **開舖** hɔi[1] phou[3] —— 指雛妓開始接客。

⑲ **採撥埋** tshɔi[2] put[9] mai[4] —— 收拾好，打定主意。

⑳ **尋着地步** tshɐm[4] tsœk[6] tei[6] pou[6] —— 找到要走的路。

㉑ **蒲** phou[4] —— 浮，漂浮。

89 人實首惡做

人實首①惡做，都冇日②開眉。俾（畀）極③真情待汝，汝都未知。我為汝淚流，長日抖（唞）氣④。我想過做人咁樣子，汝話有乜心機⑤。汝叫我個（嗰）個待到咁真心，唔得⑥咁易。總係見君君啞，我就唔肯負卻個（嗰）段佳期。莫話珠江盡是無情地，今日為「情」字牽纏所以正得咁痴。做乜開口就把薄情看待我地（哋）？怪得汝時常相聚都係貌合神離。呢會汝會念奴，奴亦都會念汝。唉！唔好咁厭氣。做個存終始。等汝花粉叢中，識吓（下）我地（哋）女兒。

❶ **實首** sɐt[8] sɐu[2] —— 現代廣州話沒有這說法。近似「實在」、「的確」等意思。

❷ **冇日** mou[5] jɐt[8] —— 沒有一天。

❸ **俾（畀）極** pei[2] kik[8] —— 不論給多少。畀極真情待汝，汝都未知（不論用多少真情來對待你，你也不知道）。

❹ **抖（唞）氣** thɐu[2] hei[3] —— 歇氣，歎氣。長日唞氣（整天歎氣）。

❺ **心機** sɐm¹ kei¹ —— 心思、心情。汝話有乜心機（你說有甚麼心情）。

❻ **唔得** m⁴ tɐk⁷ —— 不能。唔得咁易（不能這麼容易）。

90 

辛苦半世，都係兩個人知。做乜苦盡總不見甘來，汝話有乜了期。我自係識性①，就知道做人唔係乜易②。只望捱通世界③，正有的（啲）心機。點想寃債未償，墮落花粉地。江湖飄泊，各散東西。我苦極④都係命招，埋怨吓（下）自己。唉！唔忿得氣，往事休提起。點肯話⑤終身淪落在呢處，苦海難離。

❶ **識性** sik⁷ siŋ³ —— 懂事。我自係識性（我自從懂事）。

❷ **唔係乜易** m⁴ hɐi⁶ mɐt⁷ ji⁶ —— 不怎麼容易。

❸ **捱通世界** ŋai⁴ thuŋ¹ sɐi³ kai³ —— 嚐遍了各種生活。只望捱通世界，正有啲心機（只盼望嚐遍了各種生活，才有點心思）。

❹ **苦極** fu² kik⁶ —— 再苦。我苦極都係命招（我不管怎麼苦都是命運招來的）。

❺ **點肯話** tim² hɐŋ² wa⁶ —— 怎肯，怎麼願意。點肯話終身淪落在呢處（怎麼肯終身淪落在這裏）。

91 

無可奈，想到痴呆。人到中年，白髮又催。自古紅顏薄命真難改。總係紅粉多情，都是惹禍胎。我想塵世汝話點能逃得苦海。總要前生修得到，或者早脫離災。一定前世唔修①，故此淪落得咁耐②。唉！難割愛。人去情根在。不堪回首咯，我要問一句如來③。

❶ **前世唔修** tshin⁴ sɐi³ m⁴ sɐu¹ —— 前一輩子沒有修煉好或者做過壞事。

❷ **咁耐** kɐm³ nɔi⁶ —— 這麼久。

❸ **如來** jy^4 lɔi^4 —— 即如來佛祖釋迦牟尼。

92 寄遠

唔好咁熱①，熱極就會難丟。一旦離開，實在見寂寥。好極未得上街②，緣分未了。況且乾柴憑火也曾燒。叫我等汝三年，我年尚少。總怕長成無倚，我就錯在今朝。此後鶯儔燕侶③心堪表。獨惜執盞傳杯，罪未肯饒。自怨我薄命如花，人又不肖。捨得我好命如今，重使乜住寮④。保祐汝一朝衣錦還鄉耀。汝書債還完，我花債亦消。總係呢陣⑤旅舍孤寒魂夢繞。唉！音信渺。燈花何日兆？汝睇京華萬里，一水迢迢。

❶ **咁熱** kɐm^3 jit^8 —— 指戀情熱烈。

❷ **上街** sœŋ^5 kai^1 —— 妓女脫離妓院。

❸ **鶯儔燕侶** ŋɐŋ^1 tshɐu^4 jin^3 lœy^5 —— 黃鶯、燕子情侶，泛指男女結為夫婦。

❹ **住寮** tsy^6 liu^4 —— 住在妓院裏。重使乜住寮（還何必住在寮口呢）。

❺ **呢陣** ni^1 tsɐn^6 —— 現在。

93 春花秋月

（四首其一）

春呀，你唔好去自①，重有一句商量，共你年年離別，實係②情傷。睇見花事係咁飄零，我就魂魄蕩。大抵人生難定，都是聚散無常。捨得③具（佢）正共你冇緣，我亦唔敢咁④勉強。做乜綢繆三個月，又試兩地分張！睇吓王孫歸去，我就添惆悵。挽留無計，算我負卻春光。我想繁華春望亦都成虛況。唉！無乜⑤別講。送君南浦上。呢回有書難寫，可惜紙短情長。

❶ **唔好去自** m^4 hou^2 hœy^3 tsi^6 —— 先別去，暫且別去。

❷ **實係** sɐt^6 hɐi^6 —— 實在是。實係情傷（實在有傷感情）。

❸ **捨得** sɛ^2 tɐk^7 —— 假如。

❹ **唔敢咁** m^4 kɐm^2 kɐm^3 —— 不敢那樣。我亦唔敢咁勉強（我也不敢那樣勉強）。

❺ **無乜** mou^4 mɐt^7 —— 沒甚麼。無乜別講（沒有甚麼別的可說）。

94 春花秋月（其二）

花呀，你唔好謝自，重要①賞吓（下）芳容。無聊愁對住雨陰中。講到紅顏薄命，邊個話②心唔痛。算來人世，共你一樣飄蓬。花你有時夜靜，重把香來送。真正累人，如果係個的（嗰啲）淺深紅。若係花你無香，未必惹得我真情動。獨惜我護花無力，怨恨東風。呢回蜂狂蝶浪亦都唔中用。唉！我妹愁有萬種。往事多如夢。邊個有憐香心事，你便譜入絲桐。

❶ **重要** tsuŋ^6 jiu^4 —— 還要。重要賞吓芳容（還要賞一下芳容）。

❷ **邊個話** pin^1 kɔ^3 wa^6 —— 誰說。邊個話心唔痛（誰說心不痛）。

95 春花秋月（其三）

秋呀，你唔好老自，重要係住吓（下）①年華。滿懷愁緒，對住蒹葭。人話秋風蕭瑟堪人怕。我愛盈盈秋水浸住紅霞。既係秋你有情，未必把我長牽掛。睇見你常留明月，照我窗紗。大抵可人盡在個的（嗰啲）豐瀟灑②。莫話③因風憔悴，敢（噉）就④瘦比黃花。我想悲秋宋玉，都是成虛話。邊一個對秋唔想去泛仙槎（艖）。呢回我亦憐秋，秋亦要憐我一吓（下）。唉！你妹喉帶咽啞，採菊東籬下。你睇潯陽江上，淚滴琵琶。

❶ **住吓(下)** tsy^6 ha^5 —— 留住一下。住吓年華（留住一下年華）。
❷ **豐瀟灑** fuŋ^1 siu^1 sa^2 —— 豐滿而瀟灑。
❷ **莫話** mɔk^8 wa^6 —— 不要。莫話因風憔悴（不要因風憔悴）。
❸ **敢(噉)就** kɐm^2 tsɐu^6 —— 那就。噉就瘦比黃花（那就瘦比黃花）。

96 春花秋月（其四）

月呀，你唔好落自！重要照到我通宵。夜裏懷人更重①寂寥。人地（哋）②只曉得月你團圓，心就喜笑。點曉得月封圓時，一自自③減消。月呀，你一個月一遍團圓，我見你圓得太少。點得④相逢卅夜，夜夜都把我相邀。試把聚散問吓（下）嫦娥，應亦略曉。點解我姻緣無路，敢（噉）就拆斷藍橋。更有心事許多，重想月呀你同我照料。唉！你妹愁都未了。衷情誰為表。點得夜夜逢君，學個的（嗰啲）有信海潮。

❶ **更重** kɐŋ^3 tsuŋ^6 —— 更加。夜裏懷人更重寂寥（夜裏懷人更加寂寥）。
❷ **人地(哋)** jɐn^4 tei^6 —— 人家。
❸ **一自自** jɐt^7 tsi^6 tsi^6 —— 逐漸。一自自減消（逐漸消減）。
❹ **點得** tim^2 tɐk^7 —— 怎能。點得相逢卅夜（怎能相逢三十夜）。

97

鴛鴦一對，世上難分。總係人在天涯，見佢倍愴神。佢眠食①都捨不得離開，叫我心事點忿②。問一句鴛鴦呀，我願託生為你，不願為人。都係情義佢睇得咁鬆，至此名利佢着得咁緊③。想到青春難買，就枉費你千金。都係俗眼重個的（嗰啲）虛名，故此想分佢一分。又想話為奴爭啖氣④，正捨得割斷情根。我地（哋）相隔睇住你相歡，如果係肉緊。唉，真正係笨！就被你覓覓到封侯，你妹都要悔恨。想想到呢陣鳳寡鸞孤⑤，叫我怎不斷魂。

❶ **眠食** min^{4} sik^{8} —— 吃睡。佢眠食都捨不得離開（它吃睡都捨不得離開）。

❷ **忿** fɐn^{6} —— 服氣。叫我心事點忿（叫我心裏怎麼服氣）。

❸ **着得咁緊** tsœk^{8} tɐk^{7} kɐm^{3} kɐn^{2} —— 看得這麼重要。名利佢着得咁緊（名利他看得這麼重要）。

❹ **爭啖氣** tsaŋ^{1} tam^{6} hei^{3} —— 爭口氣。又想話為奴爭啖氣（又想為奴爭口氣）。

❺ **鳳寡鸞孤** fuŋ^{6} kwa^{2} lyn^{4} kwu^{1} —— 形容夫妻各自獨處。

手拈一把齊紈扇，提起共你分攜。隔別一年，熱起番來①常紀念。做乜②但到秋來，就會棄捐。大抵扇有丟拋，人有厭賤。細想人情冷暖，總不堪言。世態炎涼，休要自怨。冷時邊一個③唔在熱時先。總係熱處須從涼處打算。莫個逢人就熱④，熱得咁痴纏⑤。雖則話你係咁（噉）啫（嘅）⑥，熱極個（嗰）陣只曉得痴迷，點想到後來人事改變。唉，瘟咁⑦眷戀。撥埋⑧心事一便。係囉，丟埋⑨個的（嗰啲）冷處，總不記得熱在從前。

❶ **熱起番來** jit^{8} hei^{2} fan^{1} lɔi^{4} —— 熱起來。

❷ **做乜** tsou^{6} mɐt^{7} —— 為甚麼。做乜但到秋來，就會棄捐（為甚麼一到秋來，就會捐棄）。

❸ **邊一個** pin^{1} jɐt^{7} kɔ^{3} —— 哪一個。

❹ **逢人就熱** fuŋ^{4} jɐn^{4} tsɐu^{6} jit^{8} —— 見誰都過分熱情。

❺ **痴纏** tshi[1] tshin[4] —— 纏綿。熱得咁痴纏（熱得這麼纏綿）。

❻ **啫（嗻）** tsɛ[1] —— 語氣詞，表示如此而已。雖則話你係噉嗻（雖然說你是這樣）。

❼ **瘟咁** wɐn[1] kɐm[3] —— 發瘋似的。

❽ **撥埋** put[9] mai[4] —— 拋開。撥埋心事一便（把心事拋開一邊兒）。

❾ **丟埋** tiu[1] mai[4] —— 扔到，扔至。呢會丟埋嗰啲冷處（現在扔到冷的地方）。

99 煙花地

煙花地①，是邪魔。有咁多②風流，就要受咁多折磨。雪月風花，我亦曾見過。無限風流，問你買得幾多？只可當渠係過眼雲煙，若係痴，就會錯。恐怕鑿山難補個的（嗰啲）冇底深河。若講到真義真情，邊個共你死過？總怕金盡牀頭，好極都要疏。大抵花柳③害人，非獨一個。唉，須想過，好息心頭火。普勸世間人仔④，莫誤結個（嗰）段水上絲蘿⑤。

❶ **煙花地** jin[1] fa[1] tei[6-2] —— 色情場所。

❷ **有咁多** jɐu[5] kɐm[3] tɔ[1] —— 有這麼多。有咁多風流，就要受咁多折磨（有那麼多風流，就要受那麼多的折磨）。

❸ **花柳** fa[1] lɐu[5] —— 指性病。

❹ **人仔** nam[4] tsɐi[2] —— 男兒，男子。

❺ **水上絲蘿** sœy[2] sœŋ[6] si[1] lɔ[4] —— 絲蘿即菟絲與女蘿。指與妓女的婚姻。

100 銷魂柳

銷魂柳，暗牽衣。柳呀，既曉得牽情，又點捨得別離。東風一夜人千里。暮雲春樹，惹妹相思。關山迢遞，你妹書難寄。總要情同金石，永不更移。莫話呢吓（下）①握手長情，歇吓（下）②分手就負義。須寄陽關贈君一枝。你妹自小失身，原是為你。唉，「情」

一個字。君呀，你唔念於今，都要念吓（下）舊時[3]。

❶ **呢吓(下)** ni[1] ha[5] —— 現在。

❷ **歇吓(下)** hit[9] ha[5] —— 過一些時候。歇下分手就負義（過一些時候分手就負義）。

❸ **念吓(下)舊時** nim[6] ha[5] kɐu[6] si[4] —— 懷念一下過去。

101 「情」一個字

「情」一個字，重慘過砒霜。做乜無情白事[1]斷人腸。搔首問天，天呀，你又唔好敢（噉）樣[2]。命薄如花，總不為我主張。怨只怨我生錯作有情，故此多呢種孽賬，當初何不俾（畀）我鐵石心腸。你睇頑石重有[3]望夫，留在世上。須要自想。任你魄散魂飄蕩。總係邊一個[4]多情，就向（問）邊一個抵償。

❶ **無情白事** mou[4] tshiŋ[4] pak[8] si[6] —— 無緣無故。做乜無情白事斷人腸（為甚麼無緣無故斷人腸）。

❷ **唔好敢(噉)樣** m[4] hou[2] kɐm[2] jœŋ[6] —— 不要這樣。

❸ **重有** tsuŋ[6] jɐu[5] —— 還有。你睇頑石重有望夫（你看頑石還有望夫）。

❹ **邊一個** pin[1] jɐt[7] kɔ[3] —— 哪一個。總係邊一個多情，就問邊一個抵償（總是哪一個多情，就叫哪一個抵償）。

102 多情柳

（二首其一）

多情柳，贈俾（畀）薄情夫。夫呀，「分離」二字，問你可憐無[1]。一心只望你唔虧負。兩存恩愛，水遠山高。點想[2]共你無緣，敢（噉）就[3]分拆在半路。呢陣煙水雲山阻隔路途。做女個（嗰）陣點知離別得咁苦[4]。唉！真正可惱（嬲）。呢會衷情都係憑柳你代訴。故此咁遠致

（至）⑤到得呢處離亭，我亦不憚勞。

❶ **可憐無** hɔ^{2} lin^{4} mou^{4} —— 可憐不可憐。

❷ **點想** tim^{2} sœŋ^{2} —— 沒想到。點想共你無緣（沒想到跟你無緣）。

❸ **敢（噉）就** kɐm^{2} tsɐu^{6} —— 那就。噉就分拆在半路（那就分拆在半路）。

❹ **得咁苦** tɐk^{7} kɐm^{3} fu^{2} —— 會這麼辛苦。做女嗰陣點知離別得咁苦（做女兒的時候怎知離別會是這麼辛苦）。

❺ **咁遠致（至）** kɐm^{3} jyn^{5} tsi^{3} —— 這麼遠才。故此咁遠至到得呢處離亭（故此這麼遠才來到這裏的離亭）。

103 多情柳 （其二）

多情柳，淚眼雙雙。柳呀，做乜見人快活，見我就淒涼。你種在灞橋，就知道你係冤孽賬。送人歸去，淨對住①個（嗰）對宿水鴛鴦②。柳呀，你弱質咁難扶，都係同我一樣。春風唔怕，怕捱到秋霜。今日形容咁枯槁③，似極無依傍。唉。唔好異向，到頭終有望。自古新荑，還只望佢再發枯楊。

❶ **淨對住** tsiŋ^{6} tœy^{3} tsy^{6} —— 盡對着。

❷ **宿水鴛鴦** suk^{7} sœy^{2} jyn^{1} jœŋ^{1} —— 不標準的鴛鴦。指貌合神離的一對男女。

❸ **形容咁枯槁** jiŋ^{4} juŋ^{4} kɐm^{3} fu^{1} kou^{2} —— 面容這麼憔悴。

104 愁到冇解

愁到冇解①，怨一句命蹇時乖②。天呀，你敢（噉）樣子③生奴，你話點得一世埋④。鮮花豈有話唔思戴。總係命裏戴不得，風流都係白白嘥⑤。相思擔起尋人買。逢人都叫我轉過柳巷花街，重勸我有價可沽，無價亦可賣。還了花債，好過隨街擺。免得相思無主，冇日開懷。

❶ **冇解** mou^5 kai^2 —— 沒有道理，莫名其妙。
❷ **命蹇時乖** miŋ^6 kin^2 si^4 kwai^1 —— 命運不好，遭遇坎坷。
❸ **敢(噉)樣子** kɐm^2 jœŋ^6 tsi^2 —— 這樣子。
❹ **點得一世埋** tim^2 tɐk^7 jɐt^7 sɐi^3 mai^4 —— 怎麼過得一輩子。你話點得一世埋（你說怎麼能過得一輩子）。
❺ **嘥** sai^1 —— 浪費，糟蹋。風流都係白白嘥（風流都是白白地糟蹋）。

105 愁到極地

愁到極地，懶整殘妝。繡簾唔捲，為怯風寒。你妹半減腰圍，心都為你愴。你在何處貪戀風流，總不返故鄉。就係唔念你妹呢處①青樓，亦該思憶吓（下）②府上。就係妻兒唔掛③，都要紀念吓（下）爹娘。做乜④身在天涯，你心就異向？唉！何苦敢（噉）樣？君呀，切莫聽人唆攪，你掉轉心腸⑤。

❶ **呢處** ni^1 sy^3 —— 這裏。
❷ **思憶吓(下)** si^1 jik^7 ha^5 —— 惦念一下。
❸ **唔掛** m^4 kwa^3 —— 不掛念。
❹ **做乜** tsou^6 mɐt^7 —— 為甚麼。
❺ **掉轉心腸** tiu^6 tsyn^3 sɐm^1 tshœŋ^4 —— 愛惡顛倒，變了心。

106 點算好

（二首其一）

點算①好，共你相交，又怕唔得到老。真情雖有，可惜實事全無。今世共你結下呢段姻緣，待等來世正做②。你為和尚，我做齋姑③，唔信你睇《紅樓夢》上有段鴛鴦譜。個（嗰）個寶玉，共佢無緣，所以黛玉得咁孤④。佢臨死哭叫，四個字一聲，唉，「寶玉你好」。真正無路可訴，離恨天難補。罷咯，不若共你淡交如水，免至話我⑤係薄情奴。

❶ **點算** tim^{2} syn^{3} —— 怎麼辦。點算好（怎麼辦好）。

❷ **正做** tsiŋ^{3} tsou^{6} —— 才做。待等來世正做（等待來世才做）。

❸ **齋姑** tsai^{1} kwu^{1} —— 尼姑。今粵語叫「師姑」。

❹ **得咁孤** tɐk^{7} kɐm^{3} kwu^{1} —— 落得這樣孤單。

❺ **話我** wa^{6} ŋɔ^{5} —— 說我，責備我。免至話我係薄情奴（以免說我是薄情奴）。

107 點算好 （其二）

點算好，君呀，你家貧親又咁老①？八千里路，敢（噉）就冇一點功勞。虧我②留落呢處③天涯，家信又不到。君歸南嶺，我苦住京都。長劍雖則有靈，今日光氣未吐。新篁落籜④，或者有日插天高。孫山名落朱顏槁。綠柳撩人⑤，重慘過⑥利刀。金盡牀頭，清酒懶做，無物可報。珠淚穿成素。君呀，你去歸⑦條路，替我帶得到家無⑧。

❶ **親又咁老** tshɐn^{1} jɐu^{6} kɐm^{3} lou^{5} —— 雙親又這麼老邁。

❷ **虧我** khwɐi^{1} ŋɔ^{5} —— 可惜我。

❸ **呢處** ni^{1} sy^{3} —— 這裏。虧我留落呢處天涯（可惜我流落這裏天涯）。

❹ **新篁落籜** sɐn^{1} wɔŋ^{4} lɔk^{8} thɔk^{9} —— 新竹子脫落皮殼。新篁落籜，或者有日插天高。比喻人前途無量。

❺ **綠柳撩人** luk^{8} lɐu^{5} liu^{4} jɐn^{4} —— 指色情場所害人。

❻ **重慘過** tsuŋ^{6} tsham^{2} kwɔ^{3} —— 比甚麼還慘。重慘過利刀（比利刀割人還慘）。

❼ **去歸** hœy^{3} kwɐi^{1} —— 回家。你去歸條路（你回家的路上）。

❽ **帶得到家無** tai^{3} tɐk^{7} tou^{3} ka^{1} mou^{4} —— 能否帶得到家。

108 唔怕命蹇

唔怕命蹇[1]，總要你心堅。捨得心堅，愁冇一個月老[2]哀憐。莫話命蹇時乖，你就尋個短見。半世冇一日開懷，恐怕你做鬼亦冤。若係話[3]刊定板八個字生成，唔到你[4]算。又未知到後來真定假[5]，未必有個食飯神仙。大抵人事都要盡番[6]，或者時運會轉。唉，休要自怨。莫話好事難如願。若係堅心寧耐[7]等，就係破鏡都會重圓。

❶ **命蹇** miŋ⁶ kin² —— 命運不好。
❷ **月老** jyt⁸ lou⁵ —— 月下老人，道教神祇，掌姻緣。
❸ **若係話** jœk⁸ hɐi⁶ wa⁶ —— 如果說。
❹ **唔到你** m⁴ tou³ nei⁵ —— 由不得你。
❺ **真定假** tsɐn¹ tiŋ⁶ ka² —— 是真還是假。
❻ **盡人事** tsœn⁶ jɐn⁴ si⁶ —— 盡個人的努力。大抵人事都要盡番，或者時運會轉（如果盡了最大努力，也許時運會改變）。
❼ **寧耐** niŋ⁴ nɔi⁶ —— 耐心地（等候）。

109 嗟怨命少

嗟怨命少，恨我帶不得幾多條。人人都係咁攞命[1]，叫我點捨得把佢來丟。捨得[2]我有命每個俾（畀）佢一條，無乜緊要。無奈呢一條爛命，好費事[3]正剩到今朝。個的（嗰啲）多情為我喪命，我亦填唔了。佢死亦見心甜，都算得我命裏所招。我想貪花喪命，都係因年少。究竟風流到底，正算得係老來嬌。你睇牛女[4]歲歲都有相逢，大抵佢年紀亦不小。唉，心共照。七夕同歡笑。總係長命又要長情，正可以[5]渡得鵲橋[6]。

❶ **攞命** lɔ² mɛŋ⁶ —— 要命，玩兒命。人人都係咁攞命（人人都是這麼玩兒命）。

❷ **捨得** sɛ² tɐk⁷ —— 要是，假如。

❸ **費事** fɐi³ si⁶ —— 麻煩，費周折。

❹ **牛女** ŋɐu⁴ nœy⁵ —— 牛郎織女。

❺ **正可以** tsiŋ³ hɔ² ji⁵ —— 才可以。

❻ **渡鵲橋** tou⁶ tsœk⁹ khiu⁴ —— 指渡過牛郎織女相會的鵲橋。

110 身只一個

身只一個，叫我點順得兩個情哥。一頭歡喜，一便①把我消磨。佢兩個晚晚開來②，偏偏要叫我。捨得一人一晚，都免使我咁囉唆③。削（索）性④共佢一個好埋⑤，等佢尋過⑥別個。又怕個瘟屍⑦唔好得到底咧⑧，我就苦怨當初。又怕佢個薄情，唔忿得我。個的（嗰啲）旁人唆攪是非多。唉，點得我心破得做兩邊，人變做兩個？呢會唔使動火。但得佢二家⑨唔食醋咯，重好過蜜餞波羅。

❶ **一便** jɐt⁷ pin⁶ —— 一邊兒。

❷ **開來** hɔi¹ lɔi⁴ —— 到妓院裏來。

❸ **咁囉嗦** kɐm³ lɔ¹ sɔ¹ —— 這麼麻煩。

❹ **削(索)性** sɔk⁹ siŋ³ —— 乾脆。

❺ **好埋** hou² mai⁴ —— 相好。共佢一個好埋（跟他一個相好）。

❻ **尋過** tshɐm⁴ kwɔ³ —— 另尋。尋過別個（另尋別人）。

❼ **瘟屍** wɐn¹ si¹ —— 指嫖客。

❽ **咧** lɛ¹ —— 語氣詞，表示不放心。又怕個瘟屍唔好得到底咧（又怕萬一這傢伙不跟你好到底呢）。

❾ **二家** ji⁶ ka¹ —— 雙方。但得佢二家唔食醋咯（但得他們雙方不吃醋了）。今多叫「兩家」。

111 吹不斷

吹不斷，是情絲。情絲牽住，割亦難離。牽到人心個（嘓）陣①，就無乜②主意。魂魄唔全，只剩一點痴。若係兩個情痴，就俾（畀）佢痴到死。死亦心甜，不枉做故知。鬼怕③一個情痴，一個唔多在意。單思成病，藥亦難醫。個（嘓）陣你肯為佢捨生，佢亦唔多謝到你④。唉！真正冇味。實在話過你聽⑤咯，你要死亦訪到情真，死都未遲。

❶ **個(嘓)陣** kɔ^{2} tsɐn^{6} —— 那個時候。

❷ **無乜** mou^{4} mɐt^{7} —— 沒甚麼。無乜主意（沒甚麼主意）。

❸ **鬼怕** tsœy^{3} pha^{3} —— 最怕。最怕一個痴情，一個唔多在意（最怕一個痴情，一個不怎麼在意）。

❹ **唔多謝到你** m^{4} tɔ^{1} tsɛ^{6} tou^{3} nei^{5} —— 不會感謝你。

❺ **話過你聽** wa^{6} kwɔ^{3} nei^{5} thɛŋ^{1} —— 告訴你。實在話過你聽咯（實在告訴你吧）。

112 結絲蘿

清水燈心煲①白果，果然青白，怕乜②你心多。白紙共薄荷，包俾（畀）過我。薄情如紙，你話奈乜誰何③。圓眼④沙梨⑤包幾個，眼底共你離開，暫且放疏⑥。絲線共花針，你話點穿得眼過。真正係錯。總要同針合線，正結得絲蘿。

❶ **煲** pou^{1} —— 煮。

❷ **怕乜** pha^{3} mɐt^{7} —— 怕甚麼。

❸ **奈乜誰何** nɔi^{6} mɐt^{7} sœy^{4} hɔ^{4} —— 奈何誰。你話奈乜誰何（你說能奈何誰）。

❹ **圓眼** jyn^{4} ŋan^{5} —— 龍眼，桂圓。

❺ **沙梨** sa^{1} lei^{4} —— 梨的一種。梨皮棕色。

❻ **放疏** fɔŋ³ sɔ¹ —— 疏遠。

113 船頭浪

船頭浪，合吓（下）①又分開。相思如水，湧上心來。君呀，你生在情天，奴長在慾海。碧天連水，水與天挨。我地（哋）紅粉，點似得②青山長冇變改。你睇吓（下）水面個的（嗰啲）殘花，事就可哀。似水流年，又唔知流得幾耐③。須要自愛。許你④死後做到成佛成仙，亦未必真正自在。罷咯，不若及時行樂，共你倚遍，月榭風台。

❶ **合吓(下)** hɐp⁸ ha⁵ —— 合一下。合吓又分開（合一下又分開）。
❷ **點似得** tim² tshi⁵ tɐk⁷ —— 哪像，怎麼像。我哋紅粉，點似得青山長冇變改（我們紅粉，怎像青山一直沒變改）。
❸ **幾耐** kei² nɔi⁶ —— 多久。唔知流得幾耐（不知道能流多久）。
❹ **許你** hœy² nei⁵ —— 哪怕你，就算你。許你死後做到成佛成仙（就算你死後做到成佛成仙）。

114 桃花扇

桃花扇，寫首斷腸詞。寫到情深，扇都會慘淒。命冇薄得過桃花，情冇薄得過紙。紙上桃花，薄更可知。君呀！你既寫花容，先要曉得花的意思。青春難得，莫誤花時。我想絕世風流，都無乜①好恃。秋風團扇，怨在深閨。寫出萬葉千花，都為「情」一個字。唔信你睇侯公子②、李香君③，唔係情重，點得遇合佳期。

❶ **無乜** mou⁴ mɐt⁷ —— 沒有甚麼。
❷ **侯公子** hɐu⁴ kuŋ¹ tsi² —— 即侯方域，南明名士。

❸ **李香君** lei^{5} hœŋ^{1} kwɐn^{1} —— 明末江南歌妓。

115 相思纜

相思纜，帶我郎來。帶得郎來，莫個[1]又替我攬開。是必[2]纜係心緒絞成，故此牽得咁耐[3]。逢人解纜，我就自見痴呆。纜呀，你送別個（嗰）陣[4]可憎，回轉個（嗰）陣可愛。總係兩頭牽扯，唔知幾時正得埋堆[5]。我心事一條，交你手內。可恨你時時要斬纜[6]，敢（噉）樣[7]就亂我心懷。我想誓使乜[8]定要對住個山，盟使乜定要對住個海。總要心莫改。若係唔同心事，纜都絞你唔埋[9]。

❶ **莫個** mɔk^{8} kɔ^{3} —— 不要。

❷ **是必** si^{6} pit^{7} —— 必定是，準是。

❸ **咁耐** kɐm^{3} nɔi^{6} —— 那麼久。

❹ **個(嗰)陣** kɔ^{2} tsɐn^{6} —— 那個時候。

❺ **埋堆** mai^{4} tœy^{1} —— 相處在一起，相好。唔知幾時埋堆（不知甚麼時候能在一起）。

❻ **斬纜** tsam^{2} lam^{6} —— 比喻戀人間斷絕關係。

❼ **敢(噉)樣** kɐm^{2} jœŋ^{6} —— 這樣。

❽ **使乜** sɐi^{2} mɐt^{7} —— 何必。誓使乜定要對住個山（發誓何必一定要對着山）。

❾ **絞你唔埋** kau^{2} nei^{5} m^{4} mai^{4} —— 沒辦法把你們絞在一起。

116 相思病

乜你咁病[1]，見你面帶青黃，相思唔咕（估）[2]會入到膏肓。我想天地俾（畀）我一段情緣，就係同我寫一幅病狀。既係與君同病，藥亦同嚐。郎呀！藥咁難嚐，到底你嚐見點樣[3]？今日苦上心頭，淨[4]我共你兩個慘傷。我兩個大早⑤就死心，病重還有⑥乜指望。眼前無路，苦海茫茫。如果死後共我結得再世姻緣，我就把菩薩供養。又怕我六根唔淨⑦，到不得西方。世事講到來生，亦都全係妄想。無乜倚向。青樓就係地獄咯，重講乜地久天長。

❶ **咁病** kɐm³ pɛŋ⁶ —— 病得這麼厲害。乜你咁病（怎麼你病得這麼重）。
❷ **唔咕（估）** m⁴ kwu² —— 沒想到。相思唔估會入到膏肓（相思病没想到会病入膏肓）。
❸ **點樣** tim² jœŋ⁶ —— 怎麼樣。到底你嚐見點樣（到底你嚐了是甚麼味道）？
❹ **淨** tsiŋ⁶ —— 僅，只有。淨我共你兩個慘傷（只有我跟你兩人淒慘）。
❺ **大早** tai⁶ tsou² —— 早早。大早就死心（早就死心）。
❻ **重還有** tsuŋ⁶ wan⁴ jɐu⁵ —— 還有。重還有乜指望（還有甚麼指望）。
❼ **六根唔淨** luk⁸ kɐn¹ m⁴ tsiŋ⁶ —— 佛家指人的眼、耳、舌、鼻、身、意六根仍有慾念。

117 對孤燈

斷腸人怕對孤燈。對影孤寒，想吓（下）①就斷魂。呢陣②衿枕咁孤單，無乜倚憑③。影呀，你無言無語，叫我苦對誰伸。雖則共你成雙，亦難慰得我恨。不若把杯同影，共作三人。愛只愛你生死不離，咁跟得我緊。就係天涯海角，你我都難分。君呀，大抵呢陣銀燈獨對心相印。恨只恨我隻影難隨，共你酌斟。願你對影暫將魂魄認。唉！心不忿。夢寐難親近。當作挑燈長見我，切勿對影傷神。

❶ **想吓（下）** sœŋ² ha⁵ —— 想一想。想下就斷魂（一想就斷魂）。
❷ **呢陣** ni¹ tsɐn⁶ —— 這個時候。
❸ **倚憑** ji² pɐŋ⁶ —— 倚靠。無乜倚憑（沒甚麼倚靠）。

118 聽烏啼

斷腸人怕聽烏啼，啼成咁辛苦，想必為借一枝棲。邊一個①唔想望高飛，大抵②唔係乜易③擠（齋）④。況且你滿身毛羽尚未生齊。鵲呀！做乜你淨係⑤替人地填橋，總唔曉得自己贔屭（閉翳）⑥兩頭頻撲⑦，你嘵搵的（啲）⑧挨依。今日風露咁清涼，林木咁阻滯，須要早計。莫話烏頭轉白⑨，正知道世事難為。

❶ **邊一個** pin1 jɐt7 kɔ3 —— 哪一個。
❷ **大抵** tai6 tɐi2 —— 大概。
❸ **唔係乜易** m4 hɐi6 mɐt7 ji6 —— 不怎麼容易。
❹ **擠（齋）** tsai1 —— 語氣詞。表示告訴，如啊、呀等。
❺ **淨係** tsiŋ6 hɐi6 —— 盡是。
❻ **贔屭（閉翳）** pɐi3 ŋɐi3 —— 發愁，憂愁。
❼ **頻撲** phɐn4 phɔk9 —— 奔波。
❽ **搵的（啲）** wɐn2 ti1 —— 找點。搵啲挨依（找點依靠）。
❾ **烏頭轉白** wu1 thɐu4 tsyn2 pak8 —— 黑頭轉白，指頭髮變白了。

119 梳髻

頭路①撥開，梳過一隻髻。等佢②知頭知路③，早日開嚟④。髻心須要侵頭皮。把定心頭，怕乜是非。紮住髻根，聯住⑤髻尾。我重要跟郎到尾，正⑥有的（啲）心機⑦。花管帶花，通到髻底。等我花債還通，管得你帶我去歸⑧。重要花伴髻，髮邊藏住月桂。正係月老與及花神，都重保佑我地（哋）兩個白髮齊。

❶ **頭路** thɐu4 lou6 —— 頭髮分縫兒。
❷ **等佢** tɐŋ2 khœy5 —— 讓他。
❸ **知頭知路** tsi1 thɐu4 tsi1 lou6 —— 比喻懂得詳情。
❹ **開嚟** hɔi1 lɐi4 —— 到河邊的妓院去。

❺ **聯住** lyn⁴ tsy⁶ —— 用針線縫着。
❻ **正** tsiŋ³ —— 才。
❼ **心機** sɐm¹ kei¹ —— 心情，心緒。
❽ **去歸** hœy³ kwɐi¹ —— 回去，回家去。

120 還花債

想必緣分已盡，定是①花債還齊。債還緣盡，惹起我別慘離淒。我地（哋）兩個人咁情痴，再不估②情不到底。想起吓（下）從前個（嗰）種風月，好似夢斷魂迷。起首共你相交，你妹年紀尚細③。共你細談心曲，怕聽水上鳴雞。只估話④日子咁長，同你妹設計。點想你夫妻情重，帶不得賤妾回歸。累得我斷梗飄蓬⑤，無所倚繫。細想吓飄流無定，只着要搵的（啲）挨棲。今日人地（哋）講我地（哋）薄情，唔係都似係。總係同羣咁多姐妹，點曉我心事咁難為。我身上着呢件青衫，都是憑眼淚洗。唔係計。君呀！你是必⑥硬着心腸，唔多願睇。故此自從聽見話我去咯，此後總總唔嚟。

❶ **定是** tiŋ⁶ si⁶ —— 還是。
❷ **不估** pɐt⁷ kwu² —— 不會，不至於。
❸ **細** sɐi³ —— 小。你妹年紀尚細（你妹年紀還小）。
❹ **只估話** tsi² kwu² wa⁶ —— 只以為。只估話日子咁長（只以為日子這麼長）。
❺ **斷梗飄蓬** thyn⁵ kwaŋ² phiu¹ fuŋ⁴ —— 斷了柄的飄飛的蓬草。比喻沒有依靠的人。
❻ **是必** si⁶ pit⁷ —— 必定，肯定。你是必硬着心腸（你肯定是硬着心腸）。

121 **點清油** 清油半盞，點着幾條心。君呀！你心事咁多時，叫我點樣子去尋。睇你心頭咁猛①，亦都唔禁浸②。你試睇吓，個（嗰）盞清油尚有幾深？恐怕越浸越乾，油重越緊③。點得似心少油多漫漫斟。你唔怕我譖（㗎，㗎）④，莫學無人恨⑤。你重要剔起心頭⑥，正好做人。

❶ **心頭咁猛** sɐm¹ thɐu⁴ kɐm³ maŋ⁵ —— 雙關語，一指燈的心多，兼指人心事多。

❷ **唔禁浸** m⁴ khɐm¹ tsɐm³ —— 不耐浸泡。

❸ **重越緊** tsuŋ⁶ jyt⁸ kɐn² —— 還更加緊。

❹ **譖（㗎，㗎）** thɐm³ —— 哄騙。

❺ **無人恨** mou⁴ jɐn⁴ hɐn⁶ —— 沒有人喜歡、羨慕。莫學無人恨（不要像那些沒有人喜歡的人）。

❻ **剔起心頭** tik⁷ hei² sɐm¹ thɐu⁴ —— 小心翼翼，專心致志。也用「的起心頭」。

香迷子

《再粵謳》

38首

1 青樓恨

青樓恨，唔知邊個①情真，虧我②在呢青樓悽楚苦訴誰聞。個的（嗰啲）浪蝶話憐香都係賺混③，只曉佢花間尋樂，就不顧我葉隨飄茵（賤也）。個個都話花蝶相交情意穩，一到枝頭花落蝶又尋新！個（嗰）陣凋殘花貌有誰憐憫。荒台孤冢剩落個的（嗰啲）冇主花魂。呢陣話起④繁華，我心就割忍。哎！唔願受困念吓（下）慈悲，安守本分，等我修到來生再做過一世人。

❶ **唔知邊個** m⁴ tsi¹ pin¹ kɔ³ —— 不知道誰。

❷ **虧我** khwɐi¹ ŋɔ⁵ —— 可是我。虧我苦楚誰聞（可是我的苦楚有誰聽聞）？

❸ **賺混** tsan² wɐn⁶ —— 白幹，徒勞，胡說。佢話憐香都係賺混（他說憐香都是胡說）。

❹ **呢陣話起** ni¹ tsɐn⁶ wa⁶ hei² —— 這個時候說起。呢陣話起繁華，我心就割忍（這時說起繁華，我就心如刀割難忍）。

2 羞愧草

羞愧草，種在畫欄邊。我呢素心個的（嗰啲）圖靜倚向誰憐。自小幽閨閒雅怕惹遊蜂翦。所以羞顏答答抱恨無邊。況且風刀霜劍把我遭磨賤。你地（哋）賞花人見，有冇謂（為）我哀憐。淚愁雨多麼險，時恐秋來花貌變遷。點的（啲）瑤池栽植遂了前生願。哎，心眷戀，合掌把彌陀唸，或者楊枝滴灑為我再種良田。

3 錢一個字

錢一個字，就係交關①，知人手緊你就故意喬難②。名字叫你做孔方，估係③能救我患難，點想④人情冷暖你就盡地交扳⑤。我往日在青樓你都冇乜忌憚，今日被祝融燒化，你就不掛我在心間。我不過免你賃隻小艇畀我棲身，唔使在珠江咁泛⑥，等待築回楚館再展斑斕。佢話我大意不聲心帶懶慢，點曉我含愁抱悶恨鎖春山，總係背人獨泣呢對無珠眼，一時見面點得盡訴艱難。今日閨中脂粉成灰炭，理妝無鏡懶整雲鬟。孔方你好把我愁根剗（註：產），不枉前時恩愛共你咁交參⑦。今日我呢淚隨筆下傳書柬。哎！偷自歎，虧我遭火難，但得孔方來救，我就免卻愁煩。

❶ **交關** kau^{1} kwan^{1} —— 厲害，重要，要緊。
❷ **喬難** khiu^{4} nan^{4} —— 裝作困難。你就故意喬難（你就故意裝作困難）。
❸ **估係** kwu^{2} hɐi^{6} —— 以為是。估係能救我患難（以為是能救我患難）。
❹ **點想** tim^{2} sœŋ^{2} —— 誰料。點想人情冷暖（誰料人情冷暖）。
❺ **盡地交扳** tsœn^{6} tei^{6} kau^{1} pan^{1} —— 完全做不到。
❻ **咁泛** kɐm^{3} fan^{3} —— 那麼漂浮。在珠江咁泛（在珠江面上漂浮不定）。
❼ **咁交參** kɐm^{3} kau^{1} tsham^{1} —— 那麼難分難捨。共你咁交參（跟你那麼難分難捨）。

4 弔三妹對年解心

人死埋名，秋過又冬。夢魂如果係得相逢，估你輕生慾海就有情天共。可惜你嬌花含蕊就遇佢浪蝶毛蟲。贈你三扣個（嗰）對玉寰同結呢段鴛鴦夢。點想①佢負心男子不念你情衷。重話②吞煙捨命謂（為）佢個無情種。縱然把你虧負就死都不相容。講到話花死謂蝶佢凋零，我就知你心係切痛。至此我約你端陽買舫悶散河中。點曉花魂先五日就葬埋香冢。你因情自盡命返仙蓬。可惜你節義兩全情又咁重③，呢陣黃泉無主你向邊個情濃。今日初一係卿你對年④

應設供奉。所以我具紙錢幾頁奠酒三盅。願你在九殿訴明，呢段冤孽種。轉輪十殿再訴情衷。先懇吓（下）掌部個（嗰）位判官同你變動。言辭婉轉共你傳供。來生千萬莫在花叢哄。託生男子做個俠士英雄。倘或你孽浪未平，依舊罰你在珠江涌⑤。你節女揀定⑥一個貞男在世共同。倘或未斷你我情絲，還得再寵。好似晴雯借體共寶玉重逢。我囑到你此句此情心內慟。哎，中七用，藍田無玉種，但願你蓬萊仙島做過⑦玉女金童。

❶ **點想** tim[2] sœŋ[2] —— 怎麼會想到，沒想到。點想佢係負心男子（怎麼會想到他是負心男子）。
❷ **重話** tsuŋ[6] wa[6] —— 還說。
❸ **咁重** kɐm[3] tshuŋ[5] —— 這麼重。
❹ **對年** tœy[3] nin[4] —— 週年。今日係你對年（今天是你的週年）。
❺ **珠江涌** tsy[1] kɔŋ[1] tshuŋ[1] —— 珠江的支流。
❻ **揀定** kan[2] tiŋ[6] —— 事先挑選好。
❼ **做過** zou[6] kwɔ[3] —— 再做。做過玉女金童（再做玉女金童）。

5 長亭酒

長亭酒，向君傾，願郎飲勝①雁塔題名。我想人生聚散皆前定。君呀，你莫把功名看得拾芥輕。你在他鄉唔好又貪風景，莫話②對景懷思想到武陵。你睇兩岸花飛頻寂靜，只是牆頭燕語叫喧聲。花酒佢會迷人你心要把定。君呀，你都莫貪紅粉誤卻鵬程。功名得遂你早把歸帆整，等我相迎依舊在呢處折柳長亭。

❶ **飲勝** jɐm[2] siŋ[3] —— 乾杯。
❷ **莫話** mɔk[8] wa[6] —— 別說。

6 心心有事

心心有事勿為花酒流連。丟離花酒免使兩頭牽。慾海痴迷真性會變。好似愁城被困霧罩清天。但得話快一步回頭就驚少一步跋險。色空能悟即是神仙。若係誤錯入了迷津無路可轉。你就把情關打破滅個（嗰）個痴陣為先。逃脫莫個又入溫柔鄉裏討戰。哎，須要自檢。莫話花酒人唔厭。總要撥埋一便[1]心事就冇咁痴纏。

❶ **撥埋一便** put⁹ mai⁴ jɐt⁷ pin⁶ —— 扒拉到一邊。

7 怨東風

問天你何苦要發東風。可憐花落水流紅。我生來未必係多情種。做乜惹埋[1]離恨悵悶心中。想必苦海個的（嗰啲）情緣係花債重。故此咁多痴男怨女眷戀花叢。在我都話唔會惜花不若就唔栽種。要知道薄命楊花冇幾日紅。見佢弱絮飄零隨處咁播弄。添恨添愁都係你把風。但見香殘玉碎我就心先痛。所以護花無計我正[2]面帶愁容。今日我愁病交攻都係為情字一種。可憎佢少女含冤我又咁窮。點得慈航佐我築座埋香冢。待等個的（嗰啲）冇主花魂盡葬在此中。免使苦海咁茫茫佢在珠江涌。哎，都係風你錯動。空把香來送。呢陣憑誰為佢檢點個的（嗰啲）殘紅。

❶ **惹埋** jɛ⁵ mai⁴ —— 招惹了。做乜惹埋離恨（為甚麼招惹了離恨）。
❷ **正** tsiŋ³ —— 才。正面帶愁容（才面帶愁容）。

8 再酌酒

再酌酒敬遮君嚐。願郎飲勝[1]此金觴。從此武陵津裏你休多想。莫教織女盼望牛郎。共你別易聚難問你心事點樣。怕我所因離恨病入膏肓。雖則係姻緣注定人難量。今日種落情根就是禍殃。呢陣眷戀念增叫我無所倚向。只怕顧影蕭然我更重[2]斷腸。點得話長日跟從郎你放蕩。免使池塘春草恨添長。我生來薄命多磨障。唔知羨（倩）誰[3]提點你客裏風霜。今日秋水澄澄丟妹盼望。所謂功名最重你要赴京邦。願你命（名）題雁塔金階上。個陣（嗰陣）紅粉閨中等你慶洞房。慎莫河州另賦學王魁[4]咁樣。哎，心內想。分袂離亭上。你鸞箋勤付慰吓（下）你妹愁腸。

❶ **飲勝** jɐm² siŋ³ —— 乾杯。
❷ **更重** kɐŋ³ tsuŋ⁶ —— 更加。
❸ **羨(倩)誰** sin³ sœy⁴ —— 請誰，委託誰。
❹ **王魁** wɔŋ⁴ fui¹ —— 作為負心郎的代表。

9 蛾眉月

蛾眉月照住孤舟。泛在長江任佢去留。月呀，你未得團圓人會等候。獨惜眼前虧缺恨總難收。我想人世咁長難得就手。好極人生都有一樣愁。你睇文君新寡[1]佢尚去尋佳偶。就係梅妃團扇尚重悲秋。世界呢會丟開我又唔做咁吽[2]。哎，心又想透。月呀你話憐人都是假柳。罷咯待我推窗來看吓（下）個（嗰）隻望月犀牛。

❶ **文君新寡** mɐn⁴ kwɐn¹ sɐn¹ kwa² —— 指漢代卓文君剛剛喪偶便去尋找新的丈夫的故事。

❷ **咁吽 kɐm^3 ŋɐu^6** —— 那麼傻笨。

10 中秋月

中秋月照住柳邊船。虧我無聊獨自怕月老嬋娟。我想水退共月殘還有復轉。比郎好似天邊月種有幾度重圓。我地（哋）紅顏雖則話薄命未必盡抱分離怨。虧我春去秋來眼都望穿。哎君呀你莫學李郎[1]無義半路就把良心變。害得個杜女[2]帶寶投江此恨至今傳。想後思前心緒亂。今世呢姻緣都怕係再世寃。花容月貌彼（畀）你無情損。你睇百年長恨個（嗰）位嬌鸞。就係妙常[3]咁恩愛都有禪房怨。哎，腸寸斷。況且我個薄情郎未轉。獨惜樂昌明鏡[4]破唔知幾時重圓。

❶ **李郎 lei^5 lɔŋ^4** —— 即李甲。見明代馮夢龍編撰的白話小說集《警世通言》中《杜十娘怒沉百寶箱》的故事。

❷ **杜女 tou^6 nœy^5** —— 即杜十娘。見明代馮夢龍編撰的白話小說集《警世通言》中《杜十娘怒沉百寶箱》的故事。

❸ **妙常 miu^6 sœŋ^4** —— 見豫劇《必正與妙常》的故事。

❹ **樂昌明鏡 lɔk^8 tshœŋ^1 miŋ^4 kɛŋ^3** —— 指南朝樂昌公主和駙馬破鏡重圓的故事。

11

團圓月照我添愁。觸起思情百倍憂。你睇嫦娥今晚成佳偶。團圓天上去會牽牛。虧我孤單日夕把羅幃守。我個情人一去亦有三秋。我想塵世呢風波月呀你心就曉透。也該憐憫我地（哋）怨女離愁。梅花骨瘦奴還重瘦[1]。哎，思憶罷舊。記得昔日二家[2]曾許口。都話月老為媒許妹並頭。

❶ **還重瘦** wan⁴ tsuŋ⁶ sɐu³ —— 還更加瘦。

❷ 二家 ji⁶ ka¹ —— 雙方。

12 唔好譖我

你唔好譖（㗎）[1]我知道你掉轉心頭。做乜你終時大話惹我來嬲[2]。見你樣樣係咁（噉）料理都是假柳。你咁多心何苦重假意哀求。虧妹一副直腸同你講透。虛勞我情義付落波流。呢陣我人老學精唔做咁吽。獨惜我紅粉飄蓬都有二十幾秋。總係人事莫話貪新忘了故舊。哎，須要耐守。唔知姻緣何日配偶。大抵眼前咁多風月都係惹落人愁。

❶ **譖（㗎）** thɐm³ —— 哄騙。

❷ **嬲** nɐu¹ —— 生氣。

13 貪花蝶

貪花蝶戀住個（嗰）園中。你睇蜂蝶相爭都為採個（嗰）朵玉容。花等蝶你去尋又被蜂佢引動。累得你蝶尋花徑冇路相通。蝶呀你既係採花怕乜蜂佢狡弄。我個花門緊閉未許佢尋蹤。我花咁有情做乜蝶你咁冇用。就係個（嗰）朵花蕊含香等蝶你採紅。蝶去剩下呢朵花開還重有夢。誤我花殘無主怨恨個（嗰）隻遊蜂。佢在個（嗰）處花罅[1]飛埋[2]隨處咁哄[3]。氣得蝶你丟花唔採到處飄蓬。點得天公開眼把陣風雲擁。哎，將蜂佢打送。免致多磨弄。等我花明蝶舞樂從容。

❶ **花罅** fa¹ la³ —— 花間的空隙。

❷ **飛埋** fei¹ mai⁴ —— 飛近。

❸ **哄** huŋ³ —— 嗅。

14 唔使幾耐

唔使等幾耐有日你顏開。呢吓（下）身世咁飄蓬[①]都要暫且詐呆。莫話萍水因緣分手就變改。究竟花殘月缺有幾多個話唔哀。雖乃人客與及子（姊）妹心腸係好似針鐵落海。叫得做知音人客豈有學個（嗰）個王魁。若係相好不得到頭不若唔相遇重算有彩。和諧到老正係我地（哋）分所應該。今日你我都在世界沉浮重有乜唔真心待。哎，唔話得唔恩愛。總係暫時多晦昧。等到住埋[②]個（嗰）陣有邊個話我地（哋）水上漂來。

❶ **飄蓬** phiu¹ phuŋ⁴ —— 流浪，漂泊。

❷ **住埋** ju⁶ mai⁴ —— 住在一起。等到住埋嗰陣（等到住在一起的時候）。

15 芒果花

油柑仔[①]笑我芒果花。雖然唔結實暫得一陣繁華。似極[②]係話虛多實少重去圖逍耍（瀟灑）。勝過你地（哋）油柑咁被手揸。漚爛個（嗰）時丟你落地下。被人腳踏滾入泥沙。你自己未知得透後頭就唔好被人當做笑話。道啖他人不若守分吓（下）自家。今日我呢花謝無成唔係你話假。但有一二收成就不怕把口誇。你莫話估得名馨就來去買雅。哎，唔係假。我勸你唔好咁霸訝（掗）[③]。睇你世間難免鑽人牙。

❶ **油柑仔** jɐu⁴ kɐm¹ tsɐi² —— 油柑果，野生灌木，果青色，大如玻璃珠，味澀而甘，能解渴。

❷ **似極** tshi⁵ kik⁸ —— 極像。

❸ **霸揸** pa³ ŋa⁶ —— 霸佔。

16 瀟灑到夠

瀟灑到夠切勿擔憂。人世唔知有幾十個立秋。春光好比風前柳。一去難翻惡恨轉頭。花酒要搵新鮮人要搵故舊。相愛交情切不可話嬲。世事要放疏唔好咁緊手。但凡過得咯就莫個根由。你睇滄海咁茫茫有誰個料透。學得水月咁情深免使我憂。呢六朝金粉唔知歸誰手。但見路頭花柳亦要相周。你妹墮落呢處風塵都係憑你解救。你少年唔好話負卻呢風流。今日花酒有緣逢着邂逅。哎，真係巧湊。玷（點）啱①兩個奇緣都還未就。故此情投意合就繾綣綢繆。

❶ **玷(點)啱** tim² ŋam¹ —— 為甚麼這麼巧。

17 旋鄉雁

旋鄉雁叫聲悲。雁呀共你徘徊咁久又點捨得你分離。見你旋鄉就把我愁觸起。觸起我懷人淚暗飛。共佢三載相交我難捨佢咁重義。佢為功名羈緊正共我兩地分移。別袂有一春人未見復至。我相煩雁呀順便問佢一句歸期。至緊話臨別個（嘓）句言詞休要變志。你話我堅心留等共佢兩兩相依。別後只有孤燈同我伴倚。背人獨泣又怕彼（畀）人知。總係無計丟開情個（嘓）一字。哎，雁你切記。等待秋來迴轉再謝你情誼。

18 奈何天

一輪明月照住奈何天。虧我淚珠如雨對月偷言。可喜春去秋來花貌易變。縱有寸金難買寸刻韶年。只怕歲長年高人就厭賤。天涯淪落恨重添。月呀就係繁華二字我亦唔貪見。望你冰消我離恨瓦解愁牽。倘或我未盡折磨還有厄險。我願削髮為尼去禮佛前。獨惜我眼淚千重無一刻笑臉。哎，嗟怨命蹇。中心唔遂念。點得撥開雲霧好似月你咁團圓。

19 花心蝶

（三首其一）

花心蝶夢將沉。蝶呀你偷隨花罅入到花心。知你拍翼乘風衣似錦。花底尋歡到個上林。東牆紅杏你無心問。西窗楊柳綠成陰。獨係呢朵荼薇乍熟你就留心等。相愛相憐斷了魄魂。怕你三春零落成虛景。花殘蝶老各自伶仃。花呀你愛顧吓（下）豔容蝶亦愛顧吓（下）性命。哎，須愛忍性。迷途心愛醒。免使無緣春色自誤飄零。

20 花心蝶

（其二）

花心蝶恃住春陽。你春心如醉蕩入花鄉。日影曬花紅掩映。你沉迷香夢困入高牆。花為你情多神意蕩。做乜你把心唔定又去試新妝。獨係我呢首相思無乜倚向。累我孤單零落自歎悽惶。正話共你相逢心就兩樣。好似情絲難繫你宿水鴛鴦。蝶呀你係咁無情將誓抗。哎，死在你手上。我一心無異向。今日花殘春盡都係蝶你害我淒涼。

21 花心蝶 （其三）

花心蝶夢悠悠。君你似無情浪蝶怕見花羞。妹係花有蝶心憐你故舊。做乜[1]你貪圖新蕊又過別枝頭。共君你無緣對面難相就。好似花容消減為春休。想必[2]我前生未種連枝藕。所以今生緣譜咁難酬。瘦損只因郎你去後。虧我思君唔見日夕擔愁。我想情事世間人所共有。想必係風流人女就分外多憂。今日我咁望君何日聚首。哎，心苦透。福淺難消受。個的（嗰啲）無情薄幸枉妹追求。

❶ **做乜** zou⁶ mɐt⁷ —— 為甚麼。
❷ **想必** sœŋ² pit⁷ —— 估計，也許。

22 海珠寺

海珠寺寺外會迷人。唔識桃園好無問津。你入過呢處津梁多見一種妙品。桃園咁多仙女等候劉晨[1]。見了個（嗰）陣萬樣可以忘憂無一點掛恨。誰能唔想永種情根。但得話蒂發根生就栽到佢穩。就係相逢一面未必冇的（啲）來因。切莫話共仙女離開分手又另搵[2]。首先唔好俾（畀）佢墮落泥塵。唔信你睇油郎[3]初會花魁個（嗰）陣。難中曾救佢轉回身。憶念佢舊情同恤憫。後成夫婦敬重如賓。大抵總要真心寧奈等。哎，唔怕受困。但得相愛相憐就算讓俾（畀）過別人。

❶ **劉晨** lɐu⁴ sɐn⁴ —— 指傳說中東漢時在天台山遇到仙女的劉晨。
❷ **另搵** liŋ⁶ wɐn² —— 另外找一個。
❸ **油郎** jɐu⁴ lɔŋ⁴ —— 明代小說家馮夢龍纂輯的《醒世恆言》，其中的《賣油郎獨佔花魁》講述賣油郎秦重與名妓莘瑤琴之間的愛情故事。

23 窗楞月

窗楞月照我書闈。記得與娘盟誓拜月光輝。重話望月你輔我生生世世共佢聯襟袂。姻緣簿上莫把我名遺。豈知一別共佢無交際。剩我在書齋寥寂自己幽棲。又怕佢爹娘受了人茶禮。個（嗰）陣藍橋無路陷入河溪。今日忘餐廢寢咁難迢遞。當初何苦立心虧。想必我前生拗折連根蒂。所以今生緣譜咁難題。虧我私債未還虛度半世。摽梅[1]未及子如歸。今晚月係咁有情同我對睇。故此訴明衷曲知道吓（下）我事咁難為。今晚對月你就將我情事盡啟。哎，我心漸翳[2]。呢愁懷何日洗。月呀你千祈輔助我地（哋）白髮眉齊。

❶ **摽梅** piu¹ mui⁴ —— 指女子到了婚嫁年齡。
❷ **漸翳** tsim⁶ ŋɐi³ —— 逐漸陷入憂愁狀態。

24 歎孤燈

孤燈夜靜惹我思量。往事回思更重慘傷。忘餐廢寢多惆悵。憶君情緒我恨添長。呢韶光易度種下我呢愁根蔃[1]。歲月催人兩鬢漸霜。自古話水面呢姻緣都係冤孽賬。獨惜紅顏薄命自己淒涼。即使苦盡就有甜來都係虛指望。牽引離愁自己慘傷。細想日後做人唔知點樣。怕我前生燒錯了斷頭香。一夜五更虛歎想。哎，我心想愴。懷人添苦況。罷咯不若挑燈為伴慰吓（下）呢愁腸。

❶ **根蔃** kɐn¹ kœŋ² —— 樹根。

25 生雞仔

生雞仔乜你得咁威。見你四時拍翼向住萬花啼。舊歲見你毛衣還重好睇。今年毛片漸漸齊危。被做係你自愛脫落毛衣定係①人地（哋）把你算計。今日變成咁落索重倚乜花棲。開到呢花台未必個（嗰）隻雞姆（乸）②重邀你合契。總係你痴頭痴腦自己昏迷。我勸你自警吓（下）春心牢守吓（下）閉翳③。或者長番④毛翼免使咁沉埋。就係共你同羣咁多雞仔都齊分袂。哎，雖愛（須要）早計。莫話聽人⑤洗。再等毛衣出過正好拍翼開嚟。

❶ **定係** tiŋ^6 hɐi^6 —— 還是。

❷ **雞姆（乸）** kɐi^1 na^2 —— 母雞。

❸ **閉翳** pɐi^3 ŋɐi^3 —— 犯愁。

❹ **長番** tsœŋ^2 fan^1 —— 重新生長出。

❺ **聽人** thiŋ^3 jɐn^4 —— 聽從別人。

26 招人恨

（二首其一）

招人恨①是端陽。荷蓬綠襯藕花香。你睇採蓮人唱係咁頻搖槳。正係荏苒韶光日影長。銷永最堪係遊玩賞。觸人離恨係個（嗰）對宿水鴛鴦。你睇鶯啼柳絮都是尋歡暢。鷓鴣頻叫都話捨不得哥哥呀你咁情長。鳥呀你曉得留情眷戀叫得咁言悽愴。將人比你更重悽惶。大抵你失侶共我別郎都是同病一樣。可惜風晨月夕我暗自悲傷。難為佢咁別奴心就外向。哎，偷自想。難望同歡暢。鳥呀今日你孤奴獨各自捱淒涼。

❶ **招人恨** tsiu^1 jɐn^4 hɐn^6 —— 令人想念，叫人盼望。

27 招人恨（其二）

招人恨是殘年。催人歲月又一年添。雖乃暑往寒來週又復轉。可惜我地（哋）紅粉佳人瞬轉邁年。所謂我自少生來條命咁蹇。落在呢舞榭歌台賣笑村。人地（哋）話少嫩花容就容易折損。恐怕貌老憔枯自己獨眠。過眼呢繁華我亦唔願見。但求瓦解免使我咁籮攣[1]。呢陣進退無門心又咁亂。哎，真正點算。唔望風流願。但得脫離苦海就算結了情緣。

❶ **籮攣** lɔ¹ lyn¹ —— 心緒繚亂。

28 義女情男（三首其一）

唔見你咁奈（耐）你記得奴無。初逢個（嗰）晚你妹醉倒在沙罟。感君垂愛親拖護。虧我小腰無力倚賴君扶。後至更深人寂三星渡。共你銀河織女配合牛夫。宿世已酬我地（哋）花債路。錦帳風雲樂意圖。就在個（嗰）隻小舟送別你我情難負。又見天邊鴻雁獨叫哀呼。別後你妹無聊生渴慕。夢裏成雙醒後孤。今日得逢郎面依舊係相思苦。唔能長敍不如無。人地（哋）話死別勝似生離今日方正曉到。不若你身為道士我做尼姑。今世夫妻共你來世再造。免得強央人世你話幾咁糊塗。共你好極不過水上夫妻難得到老。哎，無路可訴。審過姻緣簿。莫個半途而廢玷辱奴奴。

29 義女情男（其二）

世間難斷是情根。況嬌原是我意中人。

想必前緣應有份。縱多磨難不忍離分。我地（哋）寒窗燈下無人問。若得深閨憐念就暗裏馳神。你紅顏命薄正為金粉。你睇遠樹長遮塔外燈。就係漁舟罷釣也向蘆邊憑。個（嗰）對水鷗常伴鷺鷥羣。相如矜愛文君品[1]。狐裘典酒共慰文君。大抵仙家都難免無疑（遺）恨。就係淨土猶思下界塵。你個大嘅心腸唔係狠。家中奴婢佢亦相親。總要你存心安守本分。好似中天明月朗無痕。倘然無故飄蓬梗[2]，慈悲看見亦堪憎。睇卿你情性溫柔甚，能親近。早脫煙花陣。免得青天紅日罩住個（嗰）朵烏雲。

❶ **相如** sœŋ^{1} jy^{4} —— 司馬相如；**文君** mɐn^{4} kwɐn^{1} —— 卓文君。

❷ **飄蓬梗** phiu^{1} phuŋ^{4} kwaŋ^{2} —— 蓬柄紛飛，是小東西隨風飄蕩的景象，比喻愛情不專一。

30 義女情男（其三）

桃花有意到橋西。繡簾風靜燕銜泥。既係蓮根生並蒂，何妨安放在深閨。你花飄不遂佢東流勢。西方閒聽子規[1]啼。多情你肯把春心洗。等我銀河因便共你架天梯。免使慈航不作遊仙位。煙花無主悵望菩提。共我歸家要習人家禮。不過荊釵裙布度春暉。若然淡泊能禁抵。蒼天憐憫未必相虧。好事多磨從古係。哎，須要勉勵。謹守夫門第。但得你肯改邪歸正萬載名題。

❶ **子規** tsi^{2} khwɐi^{1} —— 杜鵑。

31 多情月

多情月照妹妝前。月呀你光明到處照盡無邊。多少繁華花酒談心願。虧我無聊無賴怕對個（嗰）個月華圓。明月你咁有情同我對面。我把呢滿懷心事訴與月裏嬋娟。唔知我何時捱得盡呢種淒涼願。就係花酒我從來都共佢有緣。今日進退無門唔知點算[1]。況且炎涼世態總不堪言。但係事到頭來又唔到你苦怨。吖，唔遂呢風流願。想必前生花債都未曾完。

❶ **點算** dim² syn³ —— 怎麼辦。唔知點算（不知道該怎麼辦）。

32 斷腸人

（二首其一）

斷腸人怕聽夜鳴鐘。觸起我思君情事淚暗飄蓬。九轉迴腸難入夢。叫我怎能捱得到五鼓將終。罷咯不若起來強把絲弦弄。把我懷人心事盡付指頭中。做乜琵琶未抱我心先痛。叫我點能訴得盡我呢苦透情衷。總係恨殺佢個虧心無義種。不念剪燭同君誓不再重。今日我呢相思難託東風送。月沉怕照我呢淚填胸。好似風折並頭遭浪湧。吖，心想痛。難效團圓夢。點得我郎迴轉共佢兩情濃。

33 斷腸人

（其二）

斷腸人怕見個日落西山。呢陣淒涼我淚暗彈。記得折柳[1]贈君曾有諫。個的（嗰啲）路頭花酒你切勿私貪。我願郎你早日垂青眼。但得身榮衣錦你就早掛歸帆。今日鴛鴦好夢卻被人驚散。虧我眼中流淚濕透羅衫。咁（噉）

就深閨長日把你魚書[2]盼。點想佢春去秋來總不復還。呢陣花粉丟離心意懶。妝台塵鎖懶整雲鬢。今日憑誰為我傳書柬。哎，偷自歎。淚珠流滿眼。好似嬌花含蕊被雨打飄殘。

❶ **折柳** tsit³ lɐu⁵ —— 古人送別親友時，習慣折柳相送。
❷ **魚書** jy⁴ sy¹ —— 古時利用魚來傳遞的書信。

34 雕樑燕

雕樑燕語呢喃。見你飛來飛去戀住呢畫欄間。秋去你曉得春回情不讓雁。況且雙雙調戲在柳底翩翻。尋巢念故你心唔散，不肯拋離舊日主顏。捨得人事交情如燕你顧盼，我郎久別就要回還。想必佢漂流唔定如萍泛，貪新忘舊又向別逗流（留）灣。燕呀但見我郎你訂（叮）囑佢須回還。哎，休懶慢。但得郎君返。再來酬謝你跋涉艱難。

35 唔好大話

你唔好咁大話[1]惹的（啲）事幹[2]我來猜。又話親朋有事咁假意開埋。走在個（嗰）處花艇賭嫖你終須[3]要學壞。我意欲當堂掃興把你來拉。睇見有幾個賤人我唔夠佢嗌[4]。哎君呀奴奴點看待你你得咁心歪。我勸你唔嫖因你慈母老邁。況且孩兒咁細小叫我點樣子安排。此後你勿去花消我就唔怨好歹。哎，君呀切戒。莫把家門敗。從此你心腸改過至破得我愁懷。

❶ **咁大話** kɐm³ tai⁶ wa⁶ —— 盡撒謊。你唔好咁大話（你不要盡撒謊）。
❷ **事幹** si⁶ kɔn³ —— 事情。

❸ **終須 tsuŋ¹ sœy¹** —— 終於，終歸。終須要學壞（終於要學壞）。
❹ **嗌 ŋai³** —— 吵。唔夠佢嗌（吵不過她）。

36 

我唔係大話①做乜你咁心多。不過旁人唆聳你共我唔和。唔知邊個共我冤家來架（嫁）禍。就係花消嫖飲都係耐悶唔何。人地（哋）話酒洗得愁腸唔係錯。故此醉鄉長遣洗卻愁魔。花能解語佢相憐我。風姨月姊（姐）共倚浮艖。但係我地（哋）男子做的（啲）事情你地（哋）堂客②都要睇破。恐怕成仇苦諫就會生疏。要學顏子咁（噉）樣端方又怕難搵兩個。你睇洞賓曾醉擾亂天河。你勸我唔嫖知道你言語係可。總係一時唔去就好似生疏。呢回我把佢丟開情性改過。共你和諧到老寸步唔挪。今日母老子齡我都憑你輔助。哎，前事已錯。枯木逢春花再果。一家和合切莫蹉跎。

❶ **大話 dai⁶ wa⁶** —— 撒謊。
❷ **堂客 thɔŋ⁴ hak⁹** —— 泛指婦女。你哋堂客都要睇破（你們婦女也要看破）。

37 無霞月

無霞月印在池邊。虧我難效池中個（嗰）朵並蒂蓮。今晚觸景懷郎唔見佢面。兩地懷人各一天。你睇月影照下蓮花池花放有幾片。好似笑人離別好似可人憐。大抵兩地相思都怕係同一樣掛念。哥呀你在他鄉曾否有念我地（哋）嬋娟。懷人今晚你妹腸應斷。縱有雙魚①難望為我把書傳。冇便哀求月老共我行方便。哎，偷自忖。望郎何日轉。月呀但係照見我郎千萬囑佢早日迴旋。

❶ **雙魚** sœŋ[1] jy[4] —— 古代人把書信裝進魚腹裏，或雙魚形木盒裏，叫魚書。

38 夢中緣

想必前世共你會過至有今世相逢。想起個（嗰）段情猶似在夢中。記得前者我身進洪門連選拔貢。就在白雲酬佛咧①偶遇嬌容。初遇個（嗰）陣估佢係仙姬離了月洞。佢就俏步行埋叫一句相公。就把蠶絲香扇叫我共佢寫套紅樓夢。佢重話多煩君子咁（噉）話啫②就面帶桃紅。我就順筆寫套黛玉葬花就把蠶扇轉奉。佢重細覩流淚歎一句寶玉呀啐乜得咁冇陰功③。大抵月老呀你老瘟把連理樹亂種。所以佳人才子不得話到底情濃。姐話實在費心又無物可送。哎，情意重。願你秋闈金榜中。說罷就把桂花除下遞過我啫。就話再世正共我重逢。

❶ **咧** lɛ[1] —— 語氣詞。

❷ **啫** tsɛk[7] —— 語氣詞，表示僅此而已。

❸ **冇陰功** mou[5] jɐm[1] kuŋ[1] —— 罵人語。有缺德、殘忍等意思。

夢餘生《新粵謳解心》

辛酉本（第一本）

51首

1 

解心啫（嘛）[1]，有乜[2]新鮮。做乜[3]又叫起新粵謳嚟。睇落[4]唔值半個爛私錢。我想心事咁惡[5]解開，唔到你解一千遍。千遍都解佢唔開。心事咁堅，但係千遍終須會有一遍解得開，條心就軟。解到條心軟咯，重快活過神仙。你睇銘山當日，撥起琵琶線。對住珠江明月，唱到奈何天。春風一曲，教會多少雛鶯同乳燕。無限離愁別恨，訴向四條弦。彈出句句真情，兩行紅粉，都要憑眼淚洗面。點止[6]個青衫司馬，醉倒在筵前。自古風月繁華，邊個話[7]唔豔羨。至好借佢多情風月，超拔你地（哋）苦海無邊。咪話[8]舞榭歌台，只作間中[9]消吓（下）遣。但得佢心中無妓，亦使乜[10]當你地係過眼雲煙。且學個（嗰）位生公說法，咁（噉）把身嚟現。唉，身嚟現。講到慈航普渡，重要去搵如來佛祖，問個（嗰）段姻緣。

❶ **啫(嘛)** tsɛ^{1} —— 語氣詞，表示僅僅如此罷了。

❷ **有乜** jɐu^{5} mɐt^{7} —— 有甚麼。有乜新鮮（有甚麼新鮮的）。

❸ **做乜** tsou^{6} mɐt^{7} —— 為甚麼。做乜又叫起新粵謳（為甚麼又叫新粵謳）？

❹ **睇落** thɐi^{2} lɔk^{6} —— 看上去。睇落唔值半個爛私錢（看上去值不了半個破銅錢）。

❺ **咁惡** kɐm^{3} ŋɔk^{9} —— 這麼難。心事咁惡解開（心事這麼難解開）

❻ **點止** tim^{2} tsi^{2} —— 何止。點止青衫司馬，醉倒在筵前（何止青衫司馬，醉倒在筵前）。

❼ **邊個話** pin^{1} kɔ^{3} wa^{6} —— 誰說。

❽ **咪話** mɐi^{5} wa^{6} —— 別說。

❾ **間中** kan^{3} tsuŋ^{1} —— 間或，偶爾。只作間中消吓遣（只作間或消消遣）

❿ **使乜** sɐi^{2} mɐt^{7} —— 何必。使乜當你地係過眼雲煙（何必把你們當作過眼雲煙）。

2 喜鵲

喜鵲呀，你一叫就天晴。呢陣[1]世界咁慘淡風雲，邊處[2]重聽見你聲。人地（哋）[3]喜氣重未[4]臨門，你就先嚟報定[5]。算你係人間第一個，至[6]通情。昨夜燈光已報，我郎歸信。你何不飛到天涯，叫佢起程。若係我郎聽話歸鞭整[7]，我就把香花供奉，當你係神靈。你既有本事填橋，在銀河上面，年年七夕，去渡雙星。咁（敢）就何難替我行方便，使我共郎相會，免得兩地飄零。況且水災個處[8]，浪蕩流離，咁多百姓。乜你又[9]唔駕起慈航，普渡佢眾生。今日人家有喜，有人家高興，使乜你聲嚟應。對住一輪紅日，好似開籠雀咁樣子，道喜逢迎。

❶ **呢陣** ni^{1} tsɐn^{6} —— 這回，現在。呢陣世界咁慘淡風雲（現在日子這麼慘淡）。

❷ **邊處** pin^{1} sy^{3} —— 哪裏。邊處重聽見你聲（哪裏還聽得見你聲音）。

❸ **人地（哋）** jɐn^{4} tei^{6} —— 人家，別人。

❹ **重未** tsuŋ^{6} mei^{6} —— 尚未，還沒有。喜氣重未臨門（喜氣還沒有臨門）。

❺ **定** tiŋ^{6} —— 預先做好某事。先嚟報定（預先來報）。

❻ **至** tsi^{3} —— 最。至通情（最通情）。

❼ **整** tsiŋ^{2} —— 弄，做。若係我郎聽話歸鞭整（如果聽說我郎要回來）。

❽ **個（嗰）處** kɔ^{2} sy^{3} —— 那裏。

❾ **乜你又** mɐt^{7} nei^{5} jɐu^{6} —— 怎麼你又。乜你又唔駕起慈航（怎麼你又不駕起慈航）。

3 真正累世

真正累世，你話我有邊日[1]開眉。君你去左（咗）[2]咁耐重未番嚟[3]。累到你妹茶飯冇思。當初慌夠唔好得到尾，點估[4]好到如今，又試[5]別離。人地（哋）話[6]食蔗食到變渣，才知到[7]淡味。君呀你呢陣過後思量，總知到妹共你咁痴。你睇我平日點樣待人，點樣待你。捨得我待人人都係咁（噉）樣，跟佬乜天時。我上廟燒香，唔係[8]為保佑自己。求籤問卜，第一句就先探你歸期。想起你臨別個（嗰）陣[9]，好似心事成籮。唔敢同妹講起。你到底有邊一件為難，怕乜講過妹知。係咪[10]為着恩愛夫妻，唔肯話攞妾侍[11]。抑或爹娘管得緊，故此咁大思疑。呢陣你妹台腳[12]推清，單係[13]聽你聲氣。若果話把妹中途劈（擗）[14]落，我就死都未得心慈。

❶ **邊日** pin^{1} jɐt^{8} —— 哪天。你話我有邊日開眉（你說我哪一天開過眉）。

❷ **去左（咗）** hœy^{3} tsɔ^{2} —— 去了。

❸ **番嚟** fan^{1} lɐi^{4} —— 回來。也用「翻嚟」。

❹ **點估** tim^{2} kwu^{2} —— 怎麼想到，沒想到。點估好到如今（沒想到相好到現在）。

❺ **又試** jɐu^{6} si^{3} —— 又再。又試別離（又再別離）。

❻ **人地（哋）話** jɐn^{4} tei^{6} wa^{6} —— 人家說。人哋話食蔗食到變渣（人家說吃甘蔗吃到變渣子）。

❼ **知到** tsi^{1} tou^{3} —— 知道。如果按照「知道」的字音來讀是 tsi^{1} tou^{6}。

❽ **唔係** m^{4} hɐi^{6} —— 不是。

❾ **個（嗰）陣** kɔ^{2} tsɐn^{6} —— 那時候。想起你臨別嗰陣（想起你臨別的時候）。

❿ **係咪** hɐi^{6} mɐi^{6} —— 「係唔係」的合音。

⓫ **攞妾侍** lɔ^{2} tship^{9} si^{6} —— 納妾。

⓬ **台腳** thɔi^{4} kœk^{9} —— 指到妓院的顧客。

⓭ **單係** tan^{1} hɐi^{6} —— 單單，只。單係聽你聲氣（只聽你消息）。

⓮ **擗** phɛk^{8} —— 扔，丟。擗落（丟棄）。

4 傳書雁

傳書雁，替我帶呢幅彩雲箋。帶去搵[1]着個薄情。交到佢面前。是必[2]等到佢回書，你正好[3]番嚟見我面。萬一冇書回我，那怕等到佢一年。或者事隔一年，佢情性會轉。個（嗰）陣得了回書一紙，你便快的（啲）④飛先。等我一自拆書嚟睇，一自⑤心盤算。書中情話，必定係纏綿。點估我心係咁（噉）想嚟⑥，耳就聽見你聲在好遠。睇白⑦你無書帶還，累我望眼將穿。雁呀，你冇本事叫得佢回書，亦該傳句口信。無奈唔學得個（嗰）隻能言鸚鵡，枉費佢對你講盡萬千言。愁極我想再去寫書，尋筆硯。但係春冰凝結，凍到硯池邊。索性想話夢裏搵着個薄情，同佢理論一遍。又着你驚回好夢，醒到五更天。雁呀，你既冇傳書，重嚟亂我夢境。唉，該轉（專）⑧，呢陣關河迢遞，我書信叫乜誰⑨傳。

❶ **搵** wɐn^{2} —— 找。
❷ **是必** si^{6} pit^{7} —— 一定，必定。是必等到佢回書（一定要等到他回信）。
❸ **正好** tsiŋ^{3} hou^{2} —— 才好。你正好番嚟見我面（你才好回來見我面）。
❹ **快的(啲)** fai^{3} ti^{1} —— 快點兒。
❺ **一自** jɐt^{7} tsi^{6} —— 一邊兒……一自拆書嚟睇，一自心盤算（一邊兒拆信來看，一邊兒心中盤算）。
❻ **……嚟** lɐi^{4} —— ……來着。我心係咁（噉）想嚟（我心這麼想來着）。
❼ **睇白** thɐi^{2} pak^{8} —— 斷定。睇白你無書帶還（斷定你沒有信帶回）。
❽ **該轉(專)** kɔi^{1} tsyn^{1} —— 感歎語，可憐啊，造孽啊。
❾ **乜誰** mɐt^{7} sœy^{4} —— 誰。我書信叫乜誰傳（我的信叫誰來傳）。

5 

天邊雁，見你一羣飛。雁呀，你在故國飛來，個（嗰）陣係幾時？滿城風雨，過了重陽未？東籬殘菊，係咪勝得傲霜枝？蘆花蕭瑟秋風起，江上鱸魚，重有冇咁肥？想我天涯遊子，唔敢託你音書寄。怕你在關河丟落，會俾（畀）人知。雁呀，你在天外咁逍遙，重想飛去邊處？唔通[1]有隻失羣孤雁，想去搵佢番嚟。今夜我有夢還鄉，先要囑咐你一句。切莫在樓頭嚟叫，累到我夢境全非。我在夢中聽見你哀鳴，還重估[2]係鶴唳。好似漁陽鼙鼓，逼在城池。早起又見你在霞天，排滿雁字。你在人地（哋）錦上添起花嚟，乜得[3]咁痴。唉，飄零唔算事，勸你探準下園林霜信，正好[4]報我歸期。

❶ **唔通** m⁴ thuŋ¹ —— 難道。唔通有隻失羣孤雁（難道有只失羣孤雁）。
❷ **重估** tsuŋ⁶ kwu² —— 還以為。還重估係鶴唳（還以為是鶴唳）。
❸ **乜得** mɐt⁷ tɐk⁷ —— 怎麼會。乜得咁痴（怎麼會這樣痴傻）。
❹ **正好** tsiŋ³ hou² —— 才好。正好報我歸期（才好報我歸期）。

6 高飛雁

高飛雁，飛到彩雲邊。雁呀，你在天上望落我地（哋）人間，大抵亦見得可憐。歲歲都咁（噉）樣子春北秋南。你閱歷唔係淺，見盡山邱[1]陵谷，滄海桑田。人地（哋）話十年世界[2]，就會輪流轉。乜你在關河息影，亦有十多年。只見風雲態度，係咁時常變。平沙一望重係棘地荊天。我在江樓吹笛，響過行雲遠。你就嘎聲飛起，估錯[3]係弓弦。今日你驚弓之鳥，須要提防人地（哋）暗箭。咪估[4]蘆花深處，就得安眠。等到雪盡陽和，我就南北都會同你見面。個（嗰）陣數行雁字，襯住晚霞妍。唉，唔到我[5]唔豔羨，但得你雁羣爭吓（下）啖氣[6]，就早日首尾相聯。

❶ **山邱** san¹ jɐu¹ —— 即山丘。
❷ **世界** sɐi³ kai³ —— 光景，日子。十年世界（十年光景）。

❸ **估錯** kwu2 tshɔ3 —— 猜錯。

❹ **咪估** mɐi5 kwu2 —— 別誤會，不要以為。

❺ **唔到我** m4 tou3 ŋɔ5 —— 由不得我。

❻ **爭吓(下)啖氣** tsaŋ1 ha5 tam6 hei3 —— 爭一口氣，爭一爭氣。

7 「情」一個字

情一個字，想落有乜相干。人地(哋)話人情淡過水，我想佢比水還寒。水到漲起番嚟，都會到岸。人情得到冇①咯，就怕一滴都乾。往日有過蚊(文)②錢，佢嚟孖③你拜案。呢陣唔同世界，咁(噉)就反眼相看。重想佢再闊吓(下)添④，攜帶你搵件事幹。除非佢承埋⑤賭餉，叫你去做攤官。講到世界輪流，天唔係冇眼。咪估⑥推人落井，自己就踹⑦得上桅杆。唉，唔信你就看，天時都有變換。呢陣熱頭⑧咁猛，歇吓(下)⑨又試⑩大雨傾盆。

❶ **冇** mou5 —— 沒有。

❷ **蚊(文)** mɐn1 —— 量詞，文(用於錢)，元。有過文錢(有過一些錢)。

❸ **孖** ma1 —— 介詞，與，跟。孖你拜案(跟你拜案)。

❹ **添** thim1 —— 再(添常跟「再」連用)。再闊下添(再闊氣一下)。

❺ **承埋** siŋ4 mai4 —— 承包了。

❻ **咪估** mɐi5 kwu2 —— 別以為。咪估推人落井(別以為推人下井)。

❼ **踹** nam3 —— 跨越。踹得上桅杆(跨得上桅杆)。

❽ **熱頭** jit8 thɐu4 —— 太陽。

❾ **歇吓(下)** hit9 ha5 —— 歇歇，過一會兒。歇下又落雨(過一會兒又下雨)。

❿ **又試** jɐu6 si3 —— 又再。又試大雨傾盆(又再大雨傾盆)。

8 明知到話要去

明知到話要去，當初你何苦開嚟①。半站中途，問你把妹點擠②。相與個（嗰）陣咁情長，點估到呢回咁閉翳③。都以為從前冇試過，共佬④分離。情字正係萬丈深潭，深到冇底。邊一個多情，就邊一個更累得慘淒。情絲牽扯，佢就難分解。有咁耐交情，點捨得你去歸⑤。轉眼就君在天涯，妹在呢處，好似伯勞飛燕，各自東西。想話⑥杯酒臨歧，同你講句。又怕傷心情話，講半句唔埋⑦。你睇風笛離亭，紅日漸墜。點得佢疏林將就吓（下），為我掛住斜暉。今晚你客路孤寒，都係同妹一樣咁惡抵⑧。就算夢中能見面，亦要等過雞啼。你係話念吓（下）前恩，音信就要時常寄。但得平安一紙，我亦情願你錢銀兩字，索性唔提。

❶ **開嚟** hɔi^{1} lɐi^{4} —— 出來。指從岸上到江面上的青樓。

❷ **擠** tsɐi^{1} —— 放，擱。

❸ **閉翳** pɐi^{3} ŋɐi^{3} —— 憂愁，擔心，令人煩悶。點估到呢回咁閉翳（怎料到這次這麼麻煩）。

❹ **共佬** kuŋ^{6} lou^{2} —— 共，與；佬，漢子。

❺ **去歸** hœy^{3} kwɐi^{1} —— 回家去。有時又叫「番歸」。

❻ **想話** sœŋ^{2} wa^{6} —— 打算。想話同你講句（想跟你說句話）。

❼ **唔埋** m^{4} mai^{4} —— 做不到，完成不了。講半句唔埋（說不完半句話）。

❽ **惡抵** ŋɔk^{9} tɐi^{2} —— 難熬。都係同妹一樣咁惡抵（都是跟妹一樣那麼難熬）。

9 我重還惜住吓你

我重還惜住①吓（下）你，未敢亂把刀開②。就怕開起刀嚟，叫你大少惡捱③。輕輕斬吓（下），我又唔志在。若果開親大口④，點重合得番埋⑤。你咪鬧⑥市話你幾蚊（文）錢，送過我買花戴。從來人客，出手冇咁十分低。大眾相好上頭，多少雖係話唔計帶⑦。就怕亞媽知到⑧，又試把我難為。勸你咬實牙根，做一遍涉吓世⑨。唉，唔慌食（蝕）抵⑩，你想真吓（下）我平日待成你點樣子，就係當埋條褲⑪，都要開嚟。

❶ **惜住** sɛk⁹ tsy⁶ —— 疼愛着，忍讓着，愛護着。惜住吓你（忍讓着你一下）。

❷ **把刀開** pa² tou¹ hɔi¹ —— 對誰開刀，即大開口要錢。未敢亂把刀開（還不敢亂開刀）。

❸ **惡捱** ŋɔk⁹ ŋai⁴ —— 難對付，難以承受。叫你大少惡捱（叫你大少爺難以承受）。

❹ **開親大口** hɔi¹ tshɐn¹ tai⁶ hɐu² —— 大口一開，每一開口。

❺ **番埋** fan¹ mai⁴ —— 重新合回來。點重合得番埋（還怎合得回來）。

❻ **鬧** nau⁶ —— 罵。

❼ **唔計帶** m⁴ kɐi³ tai³ —— 不計較，不在乎。

❽ **知到** tsi¹ tou³ —— 知道。

❾ **涉吓(下)世** sip⁹ ha⁵ sɐi³ —— 涉世，經歷世事，好像涉世很深的樣子。

❿ **食(蝕)抵** sit⁸ tɐi² —— 吃虧。唔慌蝕抵（不怕吃虧）。

⓫ **當埋條褲** tɔŋ³ mai⁴ thiu⁴ fu³ —— 把褲子也當了。

10 唔怕熱

唔怕熱，熱極就有風來。熱到有一陣風來，熱度就漸漸減低。若果熱到唔會有風來，容乜易①熱壞。等到熱壞正話②離開，怕有扇撥（潑）得番埋。好在熱一陣，又試涼番。鬆吓啖③翳滯④。呢回重新熱過，正⑤做得恩愛夫妻。唔信你睇至到癲狂，就要用涼藥解。解到唔涼唔熱，正算係和諧。我想世態係咁冷暖無常，天時亦有咁弊⑥。唉，唔使話弊，好醜總係憑天，吩咐過嚟。

❶ **容乜易** juŋ^4 mɐt^7 ji^6 —— 多容易。容乜易熱壞（多容易熱壞啊）。

❷ **正話** tsiŋ^3 wa^6 —— 才。正話離開（才離開）。

❸ **啖** tam^6 —— 量詞，口。一啖氣（一口氣）。

❹ **翳滯** ŋɐi^3 tsɐi^6 —— 憋悶氣。

❺ **正** tsiŋ^3 —— 才。正做得恩愛夫妻（才做得恩愛夫妻）。

❻ **弊** pɐi^6 —— 糟糕。天時亦有咁弊（氣候也有這麼糟糕）。

11 人唔係易做

人唔係易做，總要做到好收科①。妹你做呢份人②，怕乜受吓折磨。磨吓磨到苦盡甘來，才有結果。樹頭掘③得好，正話會綠葉婆娑。好醜總係由天，吩咐過我。咪話④妹呢條爛命⑤，注定係咁奔波。寨口⑥幾咁⑦繁華，亦唔算點樣⑧折墮⑨。還通花債，就會有個情哥。第一要帶眼識人，咪個⑩學盲佬⑪咁摸。摸啱⑫塘水氹⑬，問你叫乜誰⑭拖。人地（哋）半世做人，都唔敢誇口話冇錯。妹你咁輕年紀，世事見得幾多多？若話穩陣⑮行棋，步步都要想過。得到後來知錯，就會悔恨當初。人客總有萬千，知心嘅⑯唔得幾個。有個知心人客，又怕你共佢丟疏。邊一個在世界上做人，唔要捱過吓（下）苦楚。唉，冇錯，但得妹呀你捱到透做人個的（嗰啲）⑰苦楚。我就帶你番去⑱，食個（嗰）味⑲燒鵝。

❶ **收科** sɐu^1 fɔ^1 —— 收場。

❷ **呢份人** ni^1 fɐn^6 jɐn^4 —— 這種人。

❸ **掘** kwɐt^8 —— 用鋤頭挖，刨。

❹ **咪話** mɐi^5 wa^6 —— 別說。

❺ **呢條爛命** ni^1 thiu^4 lan^6 mɛŋ^6 —— 這條不值錢的命。

❻ **寨口** tsai^6 hɐu^2 —— 妓院。

❼ **幾咁** kei^2 kɐm^3 —— 多麼。幾咁繁華（多麼繁華）。

❽ **點樣** tim^{2} jœŋ^{6} —— 怎樣。

❾ **折墮** tsit^{9} tɔ^{6} —— 折壽。這裏轉指過分豪華，以至暴殄天物。

❿ **咪個** mɐi^{5} kɔ^{3} —— 別，不要。

⓫ **學盲佬** hɔk^{8} maŋ^{4} lou^{2} —— 像盲人那樣。

⓬ **摸啱** mɔ^{2} ŋam^{1} —— 摸着，碰着。

⓭ **塘水氹** thɔŋ^{4} sœy^{2} thɐm^{5} —— 水坑。

⓮ **乜誰** mɐt^{7} sœy^{4} —— 誰。

⓯ **穩陣** wɐn^{2} tsɐn^{6} —— 穩當地。

⓰ **嚊** pɛ^{6} —— 用作虛詞，表示停頓或選擇。知心嚊唔得幾個（知心的呢沒幾個）。你坐車嚊行路（你坐車還是走路）？現代廣州話已不用這個詞。

⓱ **個的（嗰啲）** kɔ^{2} ti^{1} —— 那些。

⓲ **番去** fan^{1} hœy^{3} —— 回去。

⓳ **個（嗰）味** kɔ^{2} mei^{6} —— 那味。食嗰味燒鵝（吃那味燒鵝）。

12 春花秋月

—— 春（四首其一）

春呀，你唔好去自①，聽我講一句都未遲。共你有三個月交情，亦該講過你知。斬吓（下）眼②就春事闌珊，你話容乜易。但係你春光重③明媚，點捨得共你分離。人地（哋）話④枯木逢春，都會有青綠意。點解⑤你年年嚟到，我就一自自⑥減少丰姿。況且你青春辜負我郎年紀，朱顏漸改，兩鬢成絲。我郎別後懶寄相思字。終日春山顰黛，慼（撼）⑦斷娥眉。萋萋芳草斜陽裏，不見王孫歸路。我靜掩金扉，玉樓人醉，繫馬垂楊地。不是我郎來到，誤聽紫騮嘶。虧我好似天涯燕子，想話⑧隨春去。去到杏林個（嗰）處，共佢雙飛。千日都係你春色撩人，惹起我傷春嘅⑨心事。咁（噉）我就恨錯留春，累得咁痴。今日惜春詞寫千張紙。唉，空聽流鶯語，試睇畫橋春柳，都為着年年送別，瘦損腰圍。

❶ **唔……自** m^{4}…tsi^{6} —— 先別……你唔好去自（你先別去）。

❷ **斬吓(下)眼** tsam^{2} ha^{5} ŋan^{5} —— 轉瞬間，一眨眼功夫。

❸ **重** tsuŋ^{6} —— 還。

❹ **人地(哋)話** jɐn^{4} tei^{6} wa^{6} —— 人家說。

❺ **點解** tim^{2} kai^{2} —— 為甚麼。

❻ **一自自** jɐt^{7} tsi^{6} tsi^{6} —— 逐漸地，不斷地。

❼ **慼(摵)** tshik^{7} —— 抽起，揪起。

❽ **想話** sœŋ^{2} wa^{6} —— 打算。

❾ **嘅** kɛ^{3} —— 的。春嘅心事（春的心事）。

13 春花秋月

—— 花（其二）

花呀，你唔好謝自，聽我訴一句過東風，話佢東風無賴，咁虐待我地（哋）①殘紅。大抵薄命如花，正係千古痛。飄零金粉，各散西東。你話幾耐②正釀得花開，天唔係懵懂。一年花事，盡在雨聲中。總係開個（嗰）陣③咁繁華，就要開得耐正有用。乜解④開齊冇耐，又試落得咁匆匆。個（嗰）朵若係鏡裏曇花，我就當佢春婆一夢。夢中人影，就係鏡裏花容。但係佢委實係朵鮮花，就怕着浪蝶狂蜂嚟舞弄。點得有個憐香摘佢番去⑤，護在熏籠。雖則話摘哩就要趁佢花開，情正重。等到冇花嚟摘，佢就埋恨芳叢。講到傾國名花，斷冇話⑥塵世種。是必⑦瑤台月下，正會相逢。唉，借重，好極花香，亦要風嚟送。但得佢東風同我着力，就免使學⑧沾泥弱絮，在水面飄蓬。

❶ **我地(哋)** ŋɔ^{5} tei^{6} —— 我們。咁虐待我哋殘紅（這麼虐待我們殘紅）。

❷ **幾耐** kei^{2} nɔi^{6} —— 多久。你話幾耐正釀得花開（你說多長時間才釀得花開）。

❸ **個(嗰)陣** kɔ² tsɐn⁶ —— 那個時候。總係開嗰陣咁繁華（總是開的那個時候這麼繁華）。

❹ **乜解** mɐt⁷ kai² —— 為甚麼。乜解開齊冇耐（為甚麼開齊沒多久）。

❺ **番去** fan¹ hœy³ —— 回去。摘佢番去（摘它回去）。

❻ **斷冇話** tyn³ mou⁵ wa⁶ —— 絕對不是。傾國名花，斷冇話塵世種（傾國名花，絕對不是塵世種）。

❼ **是必** si⁶ pit⁷ —— 必定是。估計是。

❽ **學** hɔk⁸ —— 像。像……一樣。

14 春花秋月

—— 秋（其三）

秋呀，你唔好老自。聽我鬧①一句風雨無情。做乜②就到重陽，又試③草木皆兵。我想當初一葉梧桐，墜落金井。暮蟬三五，重在樹上嘹鳴。雖係話窗外唧唧蛩吟，蓮（連）漏都重靜。但係遼天鶴唳，幾咁淒清。我閒步空階，隔牆送過秋千影。呢隻羅襪，濕透冷露無聲。翠袖寒侵，怕惹起相思病。歸去把珠簾放下，只見幾點疏星。可惜好夢將成，有（又）着霜鐘敲醒。咁（噉）就孤燈如豆，坐到天明。好容易有隻鴻雁南來，問佢音書又冇應。樓頭飛去，直入蓼花汀。虧我觸景懷人，獨自闌干憑。望斷茫茫煙水，淚眼盈盈。君呀，你荻花瑟瑟，切莫琵琶聽。怕你學佢江州司馬，遇着個紅粉飄零。你若話秋已為期，奴就先去掃徑。東籬松菊，日日盼你歸程。唉，須記省，人瘦比黃花，容貌亦易認。千祈④咪當妹係明日黃花，好似秋後扇咁扔⑤。

❶ **鬧** nau⁶ —— 罵。

❷ **做乜** tsou⁶ mɐt⁷ —— 為甚麼。做乜就到重陽（為甚麼剛到重陽）。

❸ **又試** jɐu⁶ si³ —— 又，又再。又試草木皆兵（又再草木皆兵）。

❹ **千祈** tshin^{1} khei^{4} —— 千萬。千祈咪當妹係明日黃花（千萬別把妹當作明日黃花）。

❺ **扔** wiŋ^{6} / fiŋ^{6} —— 丟棄。廣州話口語兩讀。

15 春花秋月

——月（其四）

月呀，你唔好落自。聽我問一句月裏嫦娥，問佢照人團聚，抑或照別離多。你睇月缺就重圓，圓了又試缺過。捨得佢止（只）係圓唔會缺，使乜①咁奔波。咁（噉）佢就不溜②常圓。鏡唔會破，天涯海角，都伴住情哥。我話若果不溜常圓，日久亦會厭左（咗）③。不若有時埋纜④，有時共佢丟疏⑤。況且缺個（嘅）陣就一抹娥眉，睇落⑥亦唔係錯。試問張郎筆畫，比較如何？可惜佢一月就要缺一回，未免太苦楚。好似我相思成病，一自自⑦玉貌消磨。想起塵世做人，點敢把嬋娟⑧嚟當我。佢雖係形單影隻，總係萬古無他。我地（哋）鴛侶成雙，離別就算折墮⑨。生長在瓊樓玉宇，亦懶聽笙歌。今夜貝闕珠宮，卻被浮雲鎖。唉，但得佢雲程唔阻，我就喚仙槎（艖）嚟到，共你泛出銀河。

❶ **使乜** sɐi^{2} mɐt^{7} —— 何必。使乜咁奔波（何必這麼奔波）。

❷ **不溜** pɐt^{7} lɐu^{1} —— 經常。佢就不溜常圓（它就經常是圓的）。

❸ **厭左(咗)** jim^{3} tsɔ^{2} —— 厭倦，生厭了。日久亦會厭咗（日子長了也會厭倦）。

❹ **埋纜** mai^{4} lam^{6} —— 兩人在一起親熱。有時埋纜，有時丟疏（有時親熱，有時疏遠）。

❺ **丟疏** tiu^{1} sɔ^{1} —— 生疏。

❻ **睇落** thɐi^{2} lɔk^{8} —— 看上去。

❼ **一自自** jɐt^{7} tsi^{6} tsi^{6} —— 逐漸，不斷地。一自自玉貌消磨（逐漸地玉貌消磨）。

❽ **嬋娟** sim[4] kyn[1] —— 這裏把嬋娟當作嫦娥。

❾ **折墮** tsit[9] tɔ[6] —— 原意是折壽，這裏作折磨、受苦解。

16 漢宮人柳

漢宮人柳，三起又試①三眠。柳呀，你真正做着人嚟，就咪咁②顛。想你纖腰咁細，人地（哋）在樓頭見。個（嗰）種溫柔婀娜，幾得人憐。點估③你弱不勝衣，多半為着離愁損。灞陵春色，別恨長牽。雖則話態度苗條，人地（哋）咁豔羡。虧你腰圍瘦盡，正話④搖曳到風前。大抵種得到宮牆，你就唔算係賤。總係呢陣鳳池深鎖，你無路去朝天。漢宮春曉，你唔知醒，都重雙眉不展，係咁（噉）⑤帶雨含煙。無力綁得住春光，枉你有千條線。問你獨垂青眼，向乜誰⑥先。勸你陌路相逢，咪話⑦唔識春風面。就算你係風流張緒⑧，當日在靈和殿，點得似佢地（哋）玉樹臨風，幾個少年。

❶ **又試** jɐu[6] si[3] —— 又，再。

❷ **咪咁** mɐi[5] kɐm[3] —— 別那樣。

❸ **點估** tim[2] kwu[2] —— 誰料。點估你弱不勝衣（誰料你弱不勝衣）。

❹ **正話** tsiŋ[3] wa[6] —— 才。正話搖曳到風前（才搖曳到風前）。

❺ **係咁(噉)** hɐi[6] kɐm[2] —— 是這樣。係噉帶雨含煙（是這樣帶雨含煙）。

❻ **乜誰** mɐt[7] sœy[4] —— 誰，哪個。

❼ **咪話** mɐi[5] wa[6] —— 不要，別說，別以為。咪話唔識春風面（別說不懂春風面）。

❽ **風流張緒** fuŋ[1] lɐu[4] tsœŋ[1] sœy[5] —— 張緒為南朝人，言談舉止以風流出名。

17 銷魂柳

銷魂柳，種在十三橋。你在十三橋上，乜咁[①]魂銷。珠江風月，你領略真唔少。衣香人影，都着你柳陰招。佢地（哋）蘇堤弱柳，雖係有湖光照。點似你傍住畫船側便[②]。夜夜聽笙蕭（簫）。自係[③]共你[④]河梁一別，音塵渺。聽話[⑤]你形容憔悴，瘦盡纖腰。為着越王台上烽煙擾。鶯忙燕亂，累到你蓬鬢飄蕭。況且羌笛聲聲，四面都唱陽關調。曲中吹起，都話折你長條。虧我依人王粲[⑥]，獨上江樓眺。望斷白鵝潭水，千里迢迢。記得你當日嫩綠嬌黃，顏色咁肖。經幾耐[⑦]秋霜春露，正話[⑧]得到今朝。呢陣細柳藏鴉，空自聞啼鳥。唉，春未曉，唔知幾耐正等得到波羅浴日[⑨]，出虎門橋。

❶ **乜咁魂銷 met⁷ kem³ wen⁴ siu¹** —— 怎麼這樣令人陶醉。
❷ **側便 tsek⁷ pin⁶** —— 旁邊。
❸ **自係 tsi⁶ hei⁶** —— 自從。
❹ **共你 kuŋ⁶ nei⁵** —— 與你。自係共你河梁一別（自從與你河梁一別）。
❺ **聽話 thɛŋ¹ wa⁶** —— 聽說。聽話你形容憔悴（聽說你容貌憔悴）。
❻ **王粲 wɔŋ⁴ tshan³** —— 東漢文學家，建安七子之一，寫過有名的《登樓賦》。
❼ **經幾耐 kiŋ¹ kei² nɔi⁶** —— 不知經過多久。經幾耐秋霜春露（經過多少秋霜春露）。
❽ **正話 tsiŋ³ wa⁶** —— 才。正話得到今朝（才得到今天）。
❾ **波羅浴日 pɔ¹ lɔ⁴ juk⁸ jet⁸** —— 蘇軾曾寫過一首《波羅浴日》詩，描寫廣州東南羊城八景之首的南海神廟的美景。

18 多情柳

多情柳，種在離亭。淨係[①]見你送往，唔見迎來。枉費你咁青青。想你俾（畀）人地

（咃）攀折咁多，柳枝亦無乜②剩。問你有幾條枝剩，重係日日咁做人情。咪估③你舞腰裊娜，注定係風流命。只怕章台④賣笑，誤你今生。睇你眉眼成雙，對住春光咁靚⑤。做乜年年陌上，又試贈春行。虧你綠鬢婆娑，禁得幾多吓（下）贈。贈吓（下）⑥贈到黃金色落，咁就飛絮飄零。柳呀，你既係咁多情，亦應該轉吓（下）性。咪個⑦隨風咁擺，好似水面浮萍。唉，你聽，咪話冇人提醒。樹上個（嗰）隻黃鸝，都叫了好幾聲。

❶ **淨係** tsiŋ^{6} hɐi^{6} —— 光是。淨係見你送往（光見你送往）。
❷ **無乜** mou^{4} mɐt^{7} —— 沒甚麼。無乜剩（沒甚麼剩下）。
❸ **咪估** mɐi^{5} kwu^{2} —— 別以為。咪估你舞腰裊娜（別以為你舞腰裊娜）。
❹ **章台** tsœŋ^{1} thɔi^{4} —— 指妓院。
❺ **咁靚** kɐm^{3} lɛŋ^{3} —— 這麼漂亮，這般美好。
❻ **贈吓（下）** tsɐŋ^{6} ha^{5} —— 不斷地贈送。
❼ **咪個** mɐi^{5} kɔ^{3} —— 別，不要。咪個隨風咁擺（別隨風搖擺）。

19 斬纜

成條纜①，一斬就分開。纜到斬斷個（嗰）時，點重續②得番埋③。若係斬斷又試④續得番埋，算你本事大。呢回條纜，再冇分開。你妹在花粉場中，受難亦都夠晒⑤，只望花債還通，跟佬上街⑥。你既呷醋得咁交關，乜又唔話⑦就帶⑧。偏共個災瘟⑨嚟霎氣⑩，累到妹咁難捱。郁吓（下）⑪就話惱（嬲）⑫，容乜易⑬壞。若然惱（嬲）壞，點對得住你個嬌妻。叫到就行嚟，人唔係扯線公仔⑭。嚟遲一步，就掬起泡腮⑮。我台腳⑯有番咁多，推亦係弊⑰。每晚查親帳簿，要貼兩三錯。開口就話東家本錢，父母世界。有人拘管，自己話事⑱唔嚟。劏開⑲個心肝，你都嚟當狗肺。講到聲喉都破，白白攞氣嚟徙（嘥）⑳。想起做我呢份人，你話點抵㉑。前世唔修，咁墮落雞㉒。索性你惡起番嚟，我亦唔同你閱（嗚）㉓。等你過吓（下）思前想後，就知到係把妹難為。唉，撞鬼，咁（噉）我點孖㉔你做人世。不若你當我係眾人老契㉕。我亦當你係水流柴。

❶ **纜** lam⁶ —— 繫船的纜繩，這裏專指妓院某妓女與嫖客的關係。
❷ **續** tsuk⁸ —— 連接。
❸ **番埋** fan¹ mai⁴ —— 回來。續得番埋（重新連接回來）。
❹ **又試** jɐu⁶ si³ —— 又再。
❺ **夠晒** kɐu³ sai³ —— 夠了，足夠了。受難亦都夠晒（受難也受夠了）。
❻ **上街** sœŋ⁵ kai¹ —— 指妓女脫離妓院，嫁人為妻。
❼ **唔話** m⁴ wa⁶ —— 不說。乜又唔話（怎麼又不說）。
❽ **就帶** tsɐu⁶ tai³ —— 指把妓女帶回家成親。
❾ **災瘟** tsɔi¹ wɐn¹ —— 指令人討厭的人。
❿ **霎氣** sap⁹ hei³ —— 原意是令人氣惱，這裏指被人糾纏，胡攪蠻纏。
⓫ **郁吓（下）** juk⁷ ha⁵ —— 動不動。郁下就鬧（動不動就罵）。
⓬ **就話惱（嬲）** tsɐu⁶ wa⁶ nɐu¹ —— 就說生氣。
⓭ **容乜易** juŋ⁴ mɐt⁷ ji⁶ —— 多容易。
⓮ **扯線公仔** tshɛ² sin³ kuŋ¹ tsɐi² —— 用線牽引的木偶。
⓯ **掬起泡腮** kuk⁷ hei² phau¹ sɔi¹ —— 鼓起腮幫子，表示生氣。
⓰ **台腳** thɔi⁴ kœk⁹ —— 到妓院的顧客。
⓱ **弊** pɐi⁶ —— 糟，為難。
⓲ **話事** wa⁶ si⁶ —— 做主。話事唔嚟（做不了主）。
⓳ **劏開** thɔŋ¹ hɔi¹ —— 剖開。
⓴ **徙（嘥）** sai¹ —— 浪費。
㉑ **點抵** tim² tɐi² —— 怎麼值得。
㉒ **墮落雞** tɔ⁶ lɔk⁸ kɐi1 —— 指人墮落變壞。
㉓ **閱（嗚，哰）** ŋɐi¹ —— 求，哀求。「閱」是隨意借用字。
㉔ **孖** ma¹ —— 成雙成對，轉用作介詞，「與」的意思。
㉕ **老契** lou⁵ kɐi³ —— 情人。

20 頗靚仔

頗靚仔[①]，點叫我唔溫[②]。佢靚溜[③]又試衣服趨時，咁引人。自古年少風流，邊個話唔恨[④]。你睇偷香韓壽，與及擲果安仁[⑤]。佢面貌生成，件件合襯。唇紅齒白，點止剝殼雞春[⑥]。想必命帶桃花，行着卯運。講到溫柔兩字，我地（哋）都讓佢三分。咁（噉）嘅老舉[⑦]湯圓，問你去邊處搵[⑧]。況且口甜舌滑，講到鬼咁情真。弊咯[⑨]，我共佢溫起番嚟，幾咁煙韌[⑩]。好似糖痴（黐）豆[⑪]咁樣痴（黐）埋[⑫]，點得甩身[⑬]。大早亦知到佢唔係敗水亞官[⑭]，就係失匙甲萬[⑮]。未敢開刀嚟斬，怕佢惱（嬲）親[⑯]。共佢既係講心，亦唔計到白水[⑰]個（嗰）份。總望天長地久，有個落葉歸根。點估佢腳步浮浮，心又唔把得穩。見親[⑱]人好樣，就好似勾了生魂。姊妹上頭，又唔好點樣話爭論。索性疊埋心水[⑲]聽佢去貪新，帳欠落咁多，無乜要緊。替佢受埋的（啲）氣，都係怨自己衰神[⑳]。唉，乜咁笨，到底老成人穩陣。嗣後怕要揀着個有鬚人客[㉑]，正話帶歇[㉒]得我出呢處風塵。

❶ **頗靚仔** phɔ¹ lɛŋ¹ tsɐi² —— 花花公子，不務正業的富家子弟。
❷ **溫** wɐn¹ —— 指熱戀某人。
❸ **靚溜** lɛŋ³ lɐu³ —— 英俊，漂亮。
❹ **唔恨** m⁴ hɐn⁶ —— 不稀罕。邊個話唔恨（誰說不稀罕）。
❺ **偷香韓壽，與及擲果安仁（多說擲果潘安）** —— 韓壽是西晉時著名的美男子。大臣賈充的女兒賈午為了討好韓壽，竟然把晉武帝賜給賈充的西域異香送給韓壽。而潘安由於俊美，每次在街上行走時都被美女用果子投擲。這句話主要形容男子的俊美。
❻ **雞春** kɐi¹ tshœn¹ —— 雞蛋。剝殼雞春（剝了殼的雞蛋，形容人皮膚光滑）。
❼ **老舉** lou⁵ kœy² —— 妓女。
❽ **搵** wɐn² —— 找。去邊處搵（到哪裏找去）。

❾ **弊咯** pɐi⁶ lɔ³ —— 糟了。

❿ **煙韌** jin¹ ŋɐn⁶ —— 韌，轉指男女私情纏綿。

⓫ **糖痴(黐)豆** thɔŋ⁴ tshi¹ tɐu⁶ —— 糖與豆相粘。

⓬ **痴(黐)埋** tshi¹ mai⁴ —— 粘在一起。

⓭ **甩身** lɐt⁷ sɐn¹ —— 脫身。點得甩身（怎能脫身）。

⓮ **敗水亞官** pai⁶⁶ sœy² a³ kwun¹ —— 大手大腳花錢的人。

⓯ **失匙甲萬** sɐt⁷ si⁴ kap⁹ man⁶ —— 丟了鑰匙的保險箱。比喻不掌握錢財的富家子弟。

⓰ **惱(嬲)親** nɐu¹ tshɐn¹ —— 生氣。怕佢嬲親（怕他生氣）。

⓱ **白水** pak⁸ sœy² —— 指錢財。

⓲ **見親** kin³ tshɐn¹ —— 每一見到。見親人好樣（一見到人樣子長得好）。

⓳ **疊埋心水** tip⁸ mai⁴ sɐm¹ sœy² —— 下定決心。索性疊埋心水，聽佢去貪新（乾脆橫下心來，由他去貪新）。

⓴ **衰神** sœy¹ sɐn⁴ —— 倒霉鬼，倒霉。都係怨自己衰神（都是怨自己倒霉）。

㉑ **人客** jɐn⁴ hak⁹ —— 客人。揀着個有鬚人客（挑上個有鬍子的客人）。

㉒ **帶歇** tai³ hit⁹ —— 提攜，眷顧，讓別人來沾光。正話帶歇得我出呢處風塵（才能眷顧我離開這個風塵之地）。

21 煲唔好亂掟

煲唔好亂掟①，掟爛冇得箍番。捨得你有幾個煲嚟。掟爛一個亦幾閒②。總係掟過咁多匀③，乜野（嘢）煲都掟爛。心肝呀，你掟容易，就怕係想箍難。共你有咁耐交情，脾性你妹亦都測慣。做乜無情白事④，又試惱（嬲）餐⑤。你唔怕失禮旁人，亦都唔過得你妹嘅眼。唔通話⑥花槍嚟耍吓（下），借意疏肝。講笑點得咁多，你都唔怕熱品。雖則係你自己唔見醜，我亦覺得無顏。萬一弄假成真，船駛到上灘。兩頭唔到岸，問你點樣嚟扳（攀）⑦。唉，會撞大板⑧，緣唔着拆散。勸你千祈嗣後，咪搵咁（噉）嘅野（嘢）⑨嚟頑。

❶ **掟** tɛŋ³ —— 扔，投擲。掟煲，指男女感情破裂而分手。

❷ **幾閒** kei² han⁴ —— 無傷大雅，無關要緊。

❸ **勻** wɐn⁴ —— 次。咁多勻（那麼多次）。

❹ **無情白事** mou⁴ tshiŋ⁴ pak⁸ si⁶ —— 無緣無故。

❺ **惱(嬲)餐** nɐu¹ tshan¹ —— 生氣了一回。

❻ **唔通話** m⁴ thuŋ¹ wa⁶ —— 難道說。

❼ **扳（攢）** man¹ —— 扳動，轉指挽救，補救。問你點樣嚟攢（問你怎樣來補救）。

❽ **撞大板** tsɔŋ⁶ tai⁶ pan² —— 碰釘子。

❾ **野(嘢)** jɛ⁵ —— 東西。咪搵噉嘅嘢嚟頑（別找這樣的東西來玩兒）。

22 身只一個

—— 天津報載三角同盟，感而成此。

身只一個，點俾（畀）[①]得三個佬[②]開堪（勘）[③]。捨得係話一個咁（噉）樣呃人[④]，我就將就吓（下）佢亦閒[⑤]。或者三個輪流，一人一晚。縱然係個（嗰）件事，亦易得交班。至怕三個一齊，乜咁撞板[⑥]。你先我又唔肯後，講極都未得埋欄[⑦]。台腳走到天光，鞋都好幾對爛。得呢頭歡喜，又要去個（嗰）便箍番[⑧]。若果話共個（嗰）一個好埋，怕呢個唔過得眼。索性大家唔睬，又冇膽大得咁交關[⑨]。佢地（哋）話一係就大眾唔撈[⑩]，一拍兩散。世冇肯減價嚟揸，呢口二攤[⑪]。千日都係我自己把佢地（哋）招嚟，故此受咁嘅難。呢陣順得哥情失嫂意，真正左右做人難。唉，睇白[⑫]呢條鹹魚，唔送完碗飯[⑬]。不若執埋包袱[⑭]，趁早收山。

❶ **俾(畀)** pei² —— 給。

❷ **佬** lou² —— 男人。

❸ **開堪(勘)** hɔi¹ hɐm³ —— 指妓女與顧客交往、應酬。

❹ **呃人** ŋak⁷ jɐn⁴ —— 騙人。

❺ **亦閒** jik^{8} han^{4} —— 也無妨。我就將就吓佢亦閒（我就將就他一下也無妨）。

❻ **撞板** tsɔŋ^{6} pan^{2} —— 碰釘子，轉指倒霉。

❼ **埋欄** mai^{4} lan^{1} —— 事情得到解決。

❽ **箍番** khwu^{1} fan^{1} —— 緩和僵局，打圓場。

❾ **咁交關** kɐm^{3} kau^{1} kwan^{1} —— 那麼厲害

❿ **唔撈** m^{4} lou^{1} —— 不幹。大眾唔撈（大家都不幹）。

⓫ **揸攤** tsa^{1} than^{1} —— 開設押寶賭局。揸二攤：比喻打二手牌。

⓬ **睇白** thɐi^{2} pak^{8} —— 肯定，斷定。睇白呢條鹹魚，唔送完碗飯（斷定這條鹹魚，下不完這碗飯。比喻解決不了問題）。

⓭ **送飯** suŋ^{3} fan^{6} —— 用菜下飯，就飯。

⓮ **執埋包袱** tsɐp^{7} mai^{4} pau^{1} fuk^{8} —— 收起包袱，打點行裝。

23 桄榔樹

桄榔樹，一條心。樹呀，若果話人客有個學得你咁一條心，就在天腳底，我都要去尋。但係我會去尋，人地亦會。咁（噉）變做一條心事，着好幾個人斟。捨得我大早肯話忿吓（下）[①]低頭，井水唔怕有得飲。使乜[②]在呢處煙花流落，累到如今。往日唔係話冇個人客死心，獨係我脾性帶梗[③]。溫着個花心蘿蔔，都係怨自己喉擒[④]，把個多情劈（擗）落[⑤]。佢重心唔淡，苦苦嚟纏，叫我點啱[⑥]。冇耐個（嗰）個[⑦]災瘟就嚟斬纜[⑧]。個（嗰）陣正話想搵番[⑨]着個多情，邊處重有音。唉，我上過呢遍當嚟，斷唔會聽佢再噤[⑩]。唔聽佢再噤。若係搵過個[⑪]，是必摸得佢條心着嘅呢，怕乜向大海撈針。

❶ **忿吓(下)** fɐn^{6} ha^{5} —— 甘心，甘願，指稍作忍讓。肯話忿吓低頭（甘願低頭忍讓）。

❷ **使乜** sɐi^{2} mɐt^{7} —— 何必。

❸ **脾性帶梗** phei⁴ siŋ³ tai³ kwaŋ² —— 脾氣犟。

❹ **喉擒** hɐu⁴ khɐm⁴ —— 急忙，匆忙，輕率。都係怨自己喉擒（都是怨自己太輕率）。

❺ **劈（擗）落** phɛk⁸ lɔk⁸ —— 扔下，丟棄。

❻ **點啱** tim² ŋam¹ —— 怎麼合適。

❼ **個（嗰）個** kɔ² kɔ³ —— 那個。前一個「嗰」為指示詞，「那」的意思。

❽ **斬纜** tsam² lam⁶ —— 戀人間斷絕關係。

❾ **搵番** wɐn² fan¹ —— 重新找回來。

❿ **喋（㗎）** thɐm³ —— 哄騙。唔會聽佢再喋（不會聽他再騙）。

⓫ **搵過個** wɐn² kwɔ³ kɔ³ —— 另外找一個。

24 做我地（哋）呢份老舉

做我地（哋）呢份老舉①，乜咁似②佢地官場。想必前世在個（嗰）塊花田，插落過秧。故此今世墮落風塵，還呢筆孽帳。一味迎新送舊，咁（噉）去當娼。我地（哋）修整花容，嚟引脂粉大相。就有貪花蝴蝶，為着花忙。佢地（哋）獻佛借朵鮮花，容易巴結得上。烏蠅逐臭，重比蜂狂。講到快活風流，大眾都係一樣。燈紅酒綠，晚晚飲到天光。我地（哋）問③人客開刀，佢地（哋）亦會敲竹槓。唔論你精還定吽④，都監硬⑤嚟劏⑥。有陣我地（哋）呷醋嗌交⑦，爭佬就唔使講，打到頭披髻甩⑧，正得心涼。難怪佢地（哋）揸起兵權，就話打仗。嚇到我地（哋）魂飛魄散，幾咁⑨心傷。佢地（哋）食飽就遛，唔通我地（哋）就無的（啲）⑩指望。搵着個知心人客，亦會做上爐香。所以夜靜攞⑪高枕頭，自己就咁（噉）想，潮流都有漲落，使乜嚟慌。但係佢地（哋）話世界難捞⑫，連飯碗都要搶。邊一個⑬靠山唔穩，就邊一個落埋箱⑭。我地（哋）雖則係敗柳殘花，重還講得口響⑮。折墮到收山嚟做寮口⑯，姊妹重係咁好商量。唉，唔似佢地（哋）咁（噉）上當，淨係會彈唔會唱⑰。勸佢打醒十二個精神⑱，正好歎⑲呢板二黃。

❶ **老舉** lou^{5} kœy^{2} —— 妓女。做我地呢份老舉（幹我們妓女這一行）。

❷ **乜咁似** mɐt^{7} kɐm^{3} tshi^{5} —— 怎麼這麼像。乜咁似佢地官場（怎麼這麼像他們官場）。

❸ **我地（哋）問** ŋɔ^{5} tei^{6} mɐn^{6} —— 我們向。我地問人客開刀（我們向客人開刀）。

❹ **精還定吽** tsɛŋ^{1} wan^{4} tiŋ^{6} ŋɐu^{6} —— 精：機靈，聰明。定：還是。吽：即吽哣，蠢、木訥。

❺ **監硬** kam^{3} ŋaŋ^{6} —— 硬着，強迫，強行。

❻ **劏** tɔŋ^{1} —— 宰割，殺。

❼ **嗌交** ŋai^{3} kau^{1} —— 吵架。呷醋嗌交（爭風吃醋）。

❽ **髻甩** kɐi^{3} lɐt^{7} —— 髮髻脫落。打到頭披髻甩（打到披頭散髮）。

❾ **幾咁** kei^{2} kɐm^{3} —— 多麼。幾咁心傷（多麼心傷）。

❿ **無的（啲）** mou^{4} ti^{1} —— 沒有一點。唔通我哋就無啲指望（難道我們就沒有一點指望了）。

⓫ **攝** sip^{9} —— 墊。攝高枕頭（墊高枕頭），多用來形容人思考。

⓬ **撈** lou^{1} —— 混（日子）。世界難撈（日子難混）。

⓭ **邊一個** pin^{1} jɐt^{7} kɔ^{3} —— 哪一個。

⓮ **埋箱** lɔk^{8} mai^{4} sœŋ^{1} —— 進入箱子裏，指退出競爭舞台。

⓯ **口響** hɐu^{2} hœŋ^{2} —— 說得響亮。

⓰ **寮口** liu^{4} hɐu^{2} —— 指低等妓女的窩點。

⓱ **會彈唔會唱** wui^{5} tan^{4} m^{4} wui^{5} tshœŋ^{3} —— 比喻會說別人的缺點而自己卻不會做。

⓲ **打醒精神** ta^{2} siŋ^{2} tsiŋ^{1} sɐn^{4} —— 提高精神。

⓳ **歎** than^{3} —— 享受，欣賞。正好歎呢板二黃（才好欣賞這段二黃）。

25 人真正係惡做

人真正係惡做[1]，做着我地(哋)咁羞家[2]。枉費祖父從前剩落，鋪[3]世界咁繁華。屋大人多，田地又咁值價。點會窮成咁樣子，冇個腰吔[4]。食飯開堪(勘)[5]，都要借錢嚟頂架[6]。但得有人肯借，就唔怕利上增加。借吓(下)借到有借冇還，人地(哋)亦唔信你說話[7]。空頭白契，點有帳簿嚟查。漫講甲萬鎖匙[8]落在人地(哋)手下。連條屎褲，都着當鋪嚟揸。點止話倒吊薄(荷)包，重怕周身虱乸[9]。旁人睇見，你話幾咁依(齗)牙[10]。衰到塌地[11]咁淒涼，自己重唔想法子變化。成班夥計，重[12]咁起勢嚟耙。況且兩便東家，好幾年打牙[13]。大眾同埋兄弟，整到咁離啦(罅)[14]。若係唔會收科，二架樑[15]就要出馬。累到七零八落，慘過甩椗[16]番瓜。唉，唔係講假，你唔聽我勸就罷。兩便都借錢唔到，試問你呢場官府，有乜揸拿[17]。

❶ **惡做** ŋɔk⁹ tsou⁶ —— 難做。人真正係惡做(人真正是難做)。

❷ **羞家** sɐu¹ ka¹ —— 羞人，丟臉。

❸ **鋪** phou¹ —— 量詞，用於較抽象的事物。祖父從前剩落，鋪世界咁繁華(祖父從前留下的產業是那麼的繁華)。

❹ **冇個腰吔** mou⁵ kɔ³ jau¹ ja¹ —— 毫無理由，莫名其妙。

❺ **開堪(勘)** hɔi¹ hɐm³ —— 交際、應酬。

❻ **頂架** tiŋ² ka³ —— 支撐、支持。

❼ **說話** syt⁹ wa⁶ —— 話、話語。信你說話(信你的話)。

❽ **甲萬鎖匙** kap⁹ man⁶ sɔ² si⁴ —— 甲萬：保險箱。鎖匙：鑰匙。

❾ **虱乸** sɐt⁷ na² —— 虱子。點止話倒吊荷包，重怕周身虱乸(何止身無分文，而且衣衫襤褸)。

❿ **依(齗)牙** ji¹ ŋa⁴ —— 齜着牙，表示可怕或可憐的意思。

⑪ **塌地** thap[9] tei[6] —— 極端。衰到塌地（糟糕極了，倒霉透了）。又說「貼地」。

⑫ **重** tsuŋ[6] —— 還。重咁起勢嚟耙（還拚命來竊取）。

⑬ **打牙** ta[2] ŋa[4] —— 商家年底請夥計吃飯。

⑭ **離啦（罅）** lei[4] la[3] —— 離心離德。整到咁離罅（搞得這麼離心離德）。

⑮ **二架樑** ji[6] ka[3] lœŋ[4] —— 二主人。指愛管閒事而又幫不了忙的人。

⑯ **甩椗** lɐt[7] tiŋ[3] —— 掉了柄、把兒。甩椗南瓜（掉了柄的南瓜）。

⑰ **揸拿** tsa[1] na[4] —— 把握。有乜揸拿（有甚麼把握）。

26 盲公竹

盲公竹，帶路俾（畀）人行。你帶佢着步①行嚟，着步都要好聲②。條路係咁難行，你要帶佢行得正。跟住個（嗰）條大路，咪俾（畀）佢行橫。路上行客咁多，唔好立亂③咁捙④。萬一捙親人地，又試口角相爭。石級⑤咁高，你越發要帶佢行得醒定⑥。行到掘頭巷篤⑦，問你會帶佢轉彎咍⑧？慢吓（下）冇乜⑨留神，舂佢落井。縱然唔躀死⑩，亦都打爛個釘釘⑪。罷咯，不若勸佢在屋企⑫匿埋⑬，同自己算吓（下）兜⑭命。唉，同自己算吓（下）兜命，若係有人嚟問卦，就不妨詐帝（諦）⑮，揭吓（下）部通贏⑯。

❶ **着步** tsœk[8] pou[6] —— 逐步。着步行嚟（逐步走來）。

❷ **好聲** hou[2] sɛŋ[1] —— 小心。着步都要好聲（每一步都要小心）。

❸ **立亂** lɐp[8] lyn[6] —— 亂，隨意。

❹ **捙** kaŋ[3] —— 拌，攪動。唔好立亂咁捙（不要隨意亂拌）。

❺ **石級** sɛk[8] khɐp[7] —— 台階。

❻ **醒定** siŋ[2] tiŋ[6] —— 清醒。

❼ **巷篤** hɔŋ[6] tuk[7] —— 死胡同。

❽ **咍** mɛŋ[4] —— 「未曾」的合音。問你會帶佢轉彎咍（問你帶他拐彎沒有）？

❾ **冇乜** mou[5] mɐt[7] —— 不怎麼。慢吓冇乜留神（萬一不怎麼留神）。

⑩ **躀死** kwan³ sei² —— 摔死。

⑪ **釘釘** tiŋ¹ tiŋ¹ —— 指小鈴鐺，盲人手提着小鈴鐺走路，以警示路人。

⑫ **屋企** ŋuk⁷ khei² —— 家裏。

⑬ **匿埋** nei¹ mai⁴ —— 躲藏起來。在屋企匿埋（在家裏躲起來）。

⑭ **兜** tɐu¹ —— 量詞，相當於「條」。算吓兜命（算一算這條命）。

⑮ **詐帝(諦)** tsa³ tɐi³ —— 裝模作樣。

⑯ **通贏** thuŋ¹ jɛŋ⁴ —— 通書。婉辭，因「書」與「輸」同音。

27 杜鵑啼

愁人耳怕聽杜鵑啼。雀呀，人地（哋）有人地（哋）在天涯，使乜你叫佢去歸①。捨得佢叫起首就可以番嚟，亦唔使你掛繫。盡在佢想歸唔得，白白惹起佢愁懷。你睇關河千里，煙塵咁大。暮雲遮斷，點重有故園棲。唉，你名叫做望帝，想你血淚啼紅，總係傷心家國敗。乜你又唔飛去，我地（哋）故園個（嗰）處，叫醒吓（下）痴迷。若係叫得醒痴迷，我就唔將你怪，唔將你怪。個（嗰）陣青山紅樹，就一鞭殘照，款段歸來。

❶ **去歸** hœy³ kwɐi¹ —— 回家。

28 花本冇恨

花本冇恨，點奈得情何。情字重起番嚟①，就會到恨字收科②。人地（哋）話花咁有情，妹你做花就唔係乜錯。至怕做着朵薄命桃花，咁（噉）就恨更多。就算做着朵牡丹，富貴嘵③容乜易過。學到蓮花咁清淨，亦要好耐正④出得泥渦。究不若妹你係野花，摘到番歸還重妥。免使在百花叢裏，受盡消磨。平日當妹係頭上個（嗰）朵素馨，溫哩亦都溫到夠咯⑤。點估溫完冇耐⑥，就共妹丟疏。千日唔到落葉歸根，千日都無乜結果。重怕狂風吹吓（下），又試吹妹落河⑦。個（嗰）陣你再流落在煙花，仍舊涴涹⑧。人來客往，邊個係你情哥。講到世事番嚟，大眾都係揞埋⑨雙眼咁摸。摸着個多情，又怕佢唔得穩陣⑩，枉費奔波。恨海茫茫，妹你唔好再墮。情天有位佛，勸你唸句彌陀。或者佢大發慈悲，憐憫妹咁苦楚。你就問⑪韋陀⑫借佢把劍，斬卻情魔。呢回唔受花粉難囉，養埋⑬三兩個女，做吓（下）事頭婆⑭。唉，唔論邊一個，斬得斷情根，就唔使種禍。唔信你睇往日至好⑮收場，重算係肥水艇亞娥。

❶ **番嚟** fan^{1} lɐi^{4} —— 回來，這裏相當於「上來」。情字重起番嚟（情字重起上來）。

❷ **收科** sɐu^{1} fɔ^{1} —— 收場。

❸ **嚊** pɛ^{6} —— 虛詞。有呢、嘛、……的話等意思。富貴嚊容乜易過（富貴嘛多容易過啊）。

❹ **好耐正** hou^{2} nɔi^{6} tsiŋ^{3} —— 很久才。好耐正出得泥渦（很久才從泥裏出得來）。

❺ **溫** wɐn^{1} —— 指男女相戀。溫到夠咯（相愛已得到滿足）。

❻ **冇耐** mou^{5} nɔi^{6} —— 沒多久。

❼ **落河** lɔk^{8} hɔ^{4} —— 下河。河指煙花之地。比喻淪為妓女。

❽ **涴涹** wɔ^{1} nɔ^{4} —— 淒慘、受苦受難。

❾ **揞埋** ŋɐm^{2} mai^{4} —— 捂着。揞埋雙眼咁摸（捂着眼睛來摸）。

❿ **穩陣** wɐn^{2} tsɐn^{6} —— 穩妥、可靠。

⓫ **問** mɐn^{6} —— 介詞，向。問韋陀借把劍（向韋陀借把利劍）。

⓬ **韋陀** wei^{5} thɔ^{4} —— 韋陀菩薩，是佛教十大菩薩之一。

⓭ **養埋** jœŋ^{5} mai^{4} —— 養着。

⓮ **事頭婆** si^{6} thɐu^{4} phɔ^{4} —— 老闆娘。

⓯ **至好** tsi^{3} hou^{2} —— 最好。往日至好收場（往日收場最好的）。

29 人要會做

人要會做，咪做着個薄幸王魁。你若果做到薄幸王魁，你妹就唔恨①個（嗰）齣戲開台。我想人客有幾多個真心，情實②係碰彩。有個真心人客，就算係前世修來。講極③真心都唔得幾耐，一到有人唆攪，又試分開。不若當初見你面個（嗰）陣時，索性唔睬。兩情唔動，點得埋堆④。至弊⑤你我都係當日動起情緣，唔捨得割愛。累到呢陣掛腸掛肚，我自怨痴呆。你就係唔問良心，亦都唔好將妹咁（噉）害。做人做到咁樣子，你睇天上行雷。唉，霎氣袋⑥，你有人就唔要妹，除非等你換過副五臟番嚟，我正⑦敢去請月老為媒。

❶ **唔恨** m^{4} hɐn^{6} —— 不巴望，不希望。唔恨嗰齣戲開台（不希望那齣戲開台）。

❷ **情實** tshiŋ^{4} sɐt^{8} —— 其實。情實係碰彩（其實是碰巧）。

❸ **講極** kɔŋ^{2} kik^{8} —— 無論怎麼說。講極真心都唔得幾耐（說甚麼真心都不能維持多久）。

❹ **埋堆** mai^{4} tœy^{1} —— 指兩人互相吸引在一起。

❺ **至弊** tsi^{3} pɐi^{6} —— 最糟糕（的是……）。

❻ **霎氣袋** sap^{9} hei^{3} tɔi^{6} —— 比喻令人煩惱的人。

❼ **正** tsiŋ^{3} —— 才。我正敢去（我才敢去）。

30

無了賴，墮落青樓。有邊個人客開嚟①，替我分得吓（下）憂。唔係打開個揀妝，我重唔曾知到咁瘦。唔係單思成病，你話為乜緣由。又唔關事②一日三餐，唔好燉脰③。點解瘦到條藤咁樣，大肉都收。想必係台腳④太多，成晚咁走。捱更抵夜，唱破嚨喉。天光正話埋牀⑤，起身就係晏晝⑥。有人嚟叫，正話梳頭。重咁拚命猜枚，飲埋的（啲）⑦寡酒。好在胭脂搽起，塊面冇咁黃拋（泡）⑧。漫講喫飯⑨近來，唔好胃口。就係米粉都食半碗唔埋，重落到成碟豉油⑩。河底下⑪雖則話繁華，呢的（啲）難就夠受。況且生意唔係周時咁枉，世界會有輪流。靚極似朵鮮花，人地（哋）都話敗柳。甩埋⑫幾夥熟客，就衰過偷貓⑬。廿一二重未上街⑭，人客就當老藕。想到世情咁淡，我就萬念俱休。唉，想到透。前世唔知做過乜野（嘢）陰功⑮，到今世報仇。

❶ **開嚟** hɔi^{1} lɐi^{4} —— 指顧客到河上的妓院來。
❷ **唔關事** m^{4} kwan^{1} si^{6} —— 與某某事無關。
❸ **燉脰** tɐn^{6} tɐu^{6} —— 日常飲食不正常。
❹ **台腳** thɔi^{4} kœk^{9} —— 妓院的嫖客。
❺ **埋牀** mai^{4} tshɔŋ^{4} —— 靠牀，指睡覺。天光正話埋牀（天亮才睡覺）。
❻ **晏晝** ŋan^{3} tsɐu^{3} —— 中午。起身就係晏晝（起牀就是中午）。
❼ **飲埋的(啲)** jɐm^{2} mai^{4} ti^{1} —— 盡喝些。飲埋啲寡酒（盡喝些寡酒）。
❽ **黃拋(泡)** wɔŋ^{4} phau^{1} —— 形容人面色枯黃。
❾ **喫飯** jak^{9} fan^{6} —— 吃飯。
❿ **豉油** si^{6} jɐu^{4} —— 醬油。
⓫ **河底下** hɔ^{4} tɐi^{2} ha^{6} —— 河下面。指妓院所在的地方。
⓬ **甩埋** lɐt^{7} mai^{4} —— 連……也脫離了。甩埋幾夥熟客（脫離了幾夥熟客）。
⓭ **偷貓** thɐu^{1} mau^{1} —— 形容缺德、潦倒至極。
⓮ **上街** sœŋ^{5} kai^{1} —— 即上岸，指妓女從良。
⓯ **陰功** jɐm^{1} kuŋ^{1} —— 原為「冇陰功」，造孽。今省作「陰功」，指做了傷天害理的事。

31 

蝴蝶夢，夢裏去尋花。花咁鮮明，都不過係夢裏繁華。蝶呀，你在夢中，點去揖①得薔薇架。盡在夢魂顛倒，正會②誤入人家。個（嗰）家花好，正係春無價。著你把花心攙（劖）破[③]，再冇萌芽。今日佢護花重想去搵金鈴掛，無奈金鈴難護，枉費佢籠紗。唉，算了罷，你何苦來由，得咁霸掗[④]。只怕唔等得到花殘，你就冇晒牙[⑤]。

❶ **捐** kyn[1] —— 鑽，鑽進洞或從下面鑽過去。

❷ **正會** tsiŋ[3] wui[5] —— 才會，才至於。正會誤入人家（才會誤入人家）。

❸ **攙（劖）破** tsham[5] po[3] —— 刺破。

❹ **霸掗** pa[3] ŋa[6] —— 霸佔，形容人貪婪，喜歡霸佔。你何苦來由，得咁霸掗（你何苦來由，這麼貪婪霸佔）。

❺ **冇晒牙** mou[5] sai[3] ŋa[4] —— 牙齒全沒有了。

32 

窮到冇了賴[①]，做首送窮文。我一面送個（嗰）位窮神，一面問句財帛星君。問佢呢幾文錢，出乜野（嘢）法子去搵[②]。係咪[③]要先把面皮放厚，正做得成人。係咪要把道德兩字丟開，廉恥喪盡，五倫唔講，淨係[④]共錢親。或者做到扭計祖宗[⑤]，軟皮光棍[⑥]。閻王買馬款項，都敢嚟吞。或者做官就打開架天平，帶埋把錢鏟，鏟起地皮嚟秤吓（下），睇佢重幾多斤。或者入到商場，講到信字亦係賺混[⑦]。依親口齒[⑧]，就食（蝕）抵[⑨]三分。世界上總係邊一個錢多，就邊一個格外慳吝。損人利己，使乜咁均真[⑩]。我一向忠直過頭，知道係笨，點估搵錢個（嗰）件事，亦要變法維新。我說話重未講完，着星君大鬧[⑪]一頓。佢話龜蛋你想咁（噉）樣撈錢，正係發瘟。富貴雖係話無憑，冥冥中會嚟同你着緊[⑫]。好心自然有好報，使乜頻侖[⑬]。蒙正咁窮，宰相都有份。范丹破甑，怕乜生塵。伍子胥吳市吹簫，乞食不過一陣。韓信淮陰受辱，做到開國功臣。大抵抗（掯）佬煀蕉⑭，後來都會起粉。唉，唔在⿰口腎⑭，總要憐憫。你若係睇天嚟做事，冇耐⑮就會斷窮根。

❶ **冇了賴** mou^{5} liu^{4} lai^{6} —— 即無聊賴。

❷ **搵** wɐn^{2} —— 找。

❸ **係咪** hɐi^{6} mɐi^{6} —— 「是不是」的合音。係咪要先把面皮放厚，正做的成人（是不是要先把臉皮放厚，才做得成人）。

❹ **淨係** tsiŋ^{6} hɐi^{6} —— 光是，僅僅。淨係共錢親（只跟錢親）。

❺ **扭計祖宗** nɐu^{2} kɐi^{2} tsou^{2} tsuŋ^{1} —— 指愛算計別人的人。

❻ **光棍** kwɔŋ^{1} kwɐn^{3} —— 騙子。

❼ **賺混** tsan^{2} wɐn^{6} —— 無用的，靠不住的，白搭。講到信字亦係賺混（說到信字也是靠不住）。

❽ **口齒** hɐu^{2} tshi^{2} —— 信用。依親口齒（每一講到信用）。

❾ **食(蝕)抵** sit^{8} tɐi^{2} —— 吃虧。

❿ **均真** kwɐn^{1} tsɐn^{1} —— 認真。又作「君真」。

⓫ **大鬧** tai^{6} nau^{6} —— 大罵。着星君大鬧一頓（被搗蛋鬼大罵一頓）。

⓬ **着緊** tsœk^{8} kɐn^{2} —— 着急，焦急。

⓭ **頻侖** phɐn^{4} lɐn^{4} —— 匆忙。使乜頻侖（何必匆忙）。

⓮ **抗(掯)佬煀蕉** khɐŋ^{3} lou^{2} ŋɐu^{3} tsiu^{1} —— 「掯」，了不起的意思；「煀蕉」，用煙燻香蕉。

⓯ **⿰口腎** sɐn^{3} —— 感歎，歎氣。

⓰ **冇耐** mou^{5} nɔi^{6} —— 不多久。

33 唔好溫得咁易

唔好溫①得咁易，試準吓（下）都未遲。正話②兩三晚交情，點就會咁痴。算佢白水③係多，亦唔會益得到你。唔通淨係顧住老母荷包，自己抓爛塊面皮。若果席上冇的招呼，正話得亞姑唔係事。你既然同佢傾④過幾句，就只可聽佢躝屍⑤。

千個單料銅煲[6]，人客都唔睇得起。故此要搵高竇貓[7]嚟叫，濕吓（下）[8]佢正得心慈。佢若係話真心，就唔怕受吓（下）你氣。個（嗰）陣你便即時轉舵，幫住咪俾（畀）佢丟離。唉，世界尾，重難就會係輕易。妹呀，你學得到七縱七擒個的（嗰啲）手段，怕乜佢會滿天飛。

❶ **溫** wɐn1 —— 指男女想愛，熱和起來。
❷ **正話** tsiŋ3 wa6 —— 才，剛剛。正話兩三晚交情（才兩三晚交情）。
❸ **白水** pak6 sœy2 —— 白銀。
❹ **傾** khiŋ1 —— 聊，交談。你既然同佢傾過幾句（你既然跟他聊過幾句）。
❺ **躝屍** lan1 si1 —— 滾蛋。只可聽佢躝屍（只好等他滾蛋）。
❻ **單料銅煲** tan1 liu6 thuŋ4 pou1 —— 歇後語，單料銅煲，熱得快。指兩人一見鍾情。
❼ **高竇貓** kou1 tɐu3 mau1 —— 高傲的人。
❽ **濕吓（下）** sɐp7 ha5 —— 讚揚一下。

心只一個，點俾得咁多人。個個叫過我番嚟[1]，都想話咁認真。捨得我有幾個心肝，一人俾（畀）個亦無乜要緊。無奈我只得呢條心事，你話夠幾多個人分。至好我心劏[2]得開幾邊，一人分佢一份。個（嗰）陣大眾都話係得心人客，咁就冇半句時文[3]。但係心斷冇話劏得開，叫佢地（哋）唔使恨[4]。邊一個死心嚟向我，我就許落佢終身。我想世界上人客死心，唔係咁容易搵。搵着個死心人客，怕乜拚命嚟溫。大抵人客死心，重要你妹條命穩陣[5]。唉，至怕唔得穩陣。試睇吓賈寶玉死心成咁樣子，就克死個晴雯。

❶ **番嚟** fan1 lɐi4 —— 起來。個個叫過我番嚟（每個人叫起我來）。

❷ **劏** thɔŋ^{1} —— 切，剖開。
❸ **時文** si^{4} mɐn^{4} —— 指對某事的意見、怨言等。
❹ **恨** hɐn^{6} —— 指望，巴望。叫佢地唔使恨（叫他們不必指望）。
❺ **穩陣** wɐn^{2} tsɐn^{6} —— 安穩，穩當。

35 情唔好亂用

情唔好亂用，用錯就幾咁①擔心。人客總會有個多情，勸妹你慢慢嚟尋。若係亂咁鍾情，人地（哋）就會拖妹你落氹②。條魚上釣，都因為喉擒③。大抵十個男人，着九個會噤④。摸佢個心唔着，重慘過大海撈針。講極真心，都唔到肚腩⑤。點解你重交頭接耳，共佢嚟斟⑥。睇佢啲（掟）起煲⑦嚟，煙都冇朕⑧。累到你唔湯唔水⑨，半不啉吟⑩。你未試準佢係咪⑪真心，容乜易⑫跟佢埋簕啉⑬。個的（嗰啲）露水姻緣，問你有乜好貪。唉，陪吓（下）飲，就細心成到咁（噉）。妹呀，你識透佢係市橋蠟燭⑭，至好就一盤⑮凍水，照面嚟淋。

❶ **幾咁** kei^{2} kɐm^{3} —— 多麼。幾咁擔心（多麼擔心）。
❷ **氹** thɐm^{5} —— 水坑。拖妹你落氹（拖妹你下水坑）。
❸ **喉擒** hɐu^{4} khɐm^{4} —— 匆忙，狼吞虎嚥。
❹ **噤** thɐm^{3} —— 騙，哄。
❺ **肚腩** thou^{5} nam^{5} —— 腹部。講極真心，都唔到肚腩（說盡真心話，也到不了他的心坎）。
❻ **斟** tsɐm^{1} —— 商量，細談，傾訴。
❼ **啲（掟）煲** tɛŋ^{3} pou^{1} —— 感情破裂，告吹。
❽ **朕** tsɐm^{6} —— 量詞，用於煙霧、氣味等。煙都冇朕（煙都沒有一陣）。
❾ **唔湯唔水** m^{4} thɔŋ^{1} m^{4} sœy^{2} —— 半截，不上不下。
❿ **半不啉吟（棱揹）** pun^{3} pɐt^{7} lɐŋ^{1} khɐŋ^{1} —— 不上不下，上不着天，下不着地。

⓫ **係咪** hɐi^6 mɐi^6 —— 是不是，係唔係的合音。佢係咪真心（他是不是真心）。

⓬ **容乜易** juŋ^4 mɐt^7 ji^6 —— 多容易。

⓭ **簕㶶** lɐk^8 lɐm^4 —— 刺竹叢。容乜易跟佢埋簕㶶（多容易跟他進荊棘叢）。

⓮ **市橋蠟燭** si^5 khiu^4 lap^8 tsuk^7 —— 歇後語，市橋蠟燭，假細芯（心）。即假心假意。

⓯ **一盤** jɐt^7 phun^4 —— 即一盆。廣州話盤、盆同音。

36 咪話唔信命

咪話唔信命，又咪①信得佢咁靈擎（㗴）②。好醜就算係命裏招嚟，亦咪把人事放輕。有陣人事亦會勝天，唔在話命生得正。世界事總係半由人做，一半係條命生成。若果話富貴窮通，都係整定③。唔通你就一便心④嚟等，跌落粒天星。若果話命咁無憑，你又一味同佢鬥硬。只怕命宮磨蠍⑤，點到你嚟爭。大抵人事盡到十分，總有好幾分會應。個（嗰）陣正話聽天由命，睇吓（下）造物點樣權衡。但係我話人事盡到十分，唔係話同天拗頸⑥。萬事總憑個理，咪個橫行。講到陰騭⑦番嚟，實在唔使算命。我有本事醫番條命，咁（噉）⑧佢算命就唔靈。唉，將人做鏡，你照見人地（哋）做人點樣子，自己就有的（啲）章程。

❶ **咪** mɐi^5 —— 別，不要。

❷ **靈擎（㗴）** lɛŋ^4 khɛŋ^4 —— 靈驗。

❸ **整定** tsiŋ^2 tiŋ^6 —— 注定。富貴窮通都係整定（富貴貧窮都是注定）。

❹ **一便心** jɐt^7 pin^6 sɐm^1 —— 一條心思。一便心嚟等（一條心思來等）。

❺ **磨蠍** mɔ^4 khit^9 —— 指人命多磨難。

❻ **拗頸** ŋau^3 kɛŋ^2 —— 對着幹，爭論。同天拗頸（跟天對着幹）。

❼ **陰騭** jɐm^1 tsɐt^7 —— 陰險兇狠，又指陰間冥府。

❻ **咁(噉) kɐm²** —— 這樣，這樣的話。噉佢算命就唔靈（這樣他算命就不靈）。

37 咪話唔信鏡

咪話[①]唔信鏡，鏡咁光明。鏡係光明，故此照得咁清。水月鏡花，唔算係幻境。借嚟照吓（下），就照得出真形。後生個（嗰）陣，照見鮮花靚。等到老嚟正照[②]，就冇咁靈檠。老起番嚟[③]，唔瞞得過面鏡。額頭打褶，點到你唔驚。人地（哋）話鏡至偏心，或者係都唔定。點解照人咁靚，照我地（哋）咁無憑。既係佢咁無憑，我就唔怕佢抗（揹）。唔曾忿老，怕乜共佢嚟爭。爭到贏時，我就唔再信鏡。老有雄心，重好過後生。勸你地（哋）愁極都咪對住鏡嚟，溫咁[④]怨命。弔影唔該，學佢小青。唉，重還弔乜影，鏡裏煙塵，掃唔得乾淨。好在天上一輪月鏡，都重係咁（噉）[⑤]照住人行。

❶ **咪話 mɐi⁵ wa⁶** —— 別說。咪話唔信鏡（別說不相信鏡子）。
❷ **正照 tsiŋ³ tsiu³** —— 才照。等到老嚟正照（等到老了才照鏡子）。
❸ **番嚟 fan¹ lɐi⁴** —— 起來，上來。老起番嚟（老起來了，老了老了）。
❹ **溫咁 wɐn¹ kɐm³** —— 拚命地，使勁地。溫咁怨命（直埋怨命運）。
❺ **重係咁(噉) tsuŋ⁶ hɐi⁶ kɐm²** —— 還是那樣地。

38 鴉片煙

好食你唔食，食到鴉片煙。問你近來上癮抑或係從前。食吓（下）食到手指公[①]咁大口河，你話賤唔賤[②]。近日行情咁貴，每兩賣到十多個銀錢[③]。食到吹火咁（噉）既（嘅）口唇，玄壇咁（嘅）個（嗰）

塊面。唔係髆頭[4]高過耳，總係兩耳垂肩。瘦到好似條柴，唔敢企埋着風便[5]。怕一陣風嚟吹倒，你個位神仙。挨晚[6]正話起身，晏晝重連影都冇見。盡在縮埋一二閣（角）[7]，晚晚歎[8]到五更天。全靠宵夜個餐嚟做正釘[9]。間餐個幾粒米，共你今世無緣。開口就話戒起番嚟[10]，會生出病症。其實就係個（嗰）條心癮，戒極都重藕斷絲連。又唔捨得咁好燈情，一刀嚟斬斷。故此話兩枝傾吓（下）計（偈）[11]，冇好得過一榻橫眠。呢陣官府日日都話禁煙，雖則係法子唔曾得善，但係你地（哋）人人都肯戒咯，唔到佢話遷延。至怕你地（哋）未得心堅，佢就咁（噉）嚟敷衍。重怕偵探插贓移禍，幾咁長篇。煙局搜到出嚟，唔到你唔認。就算收入老婆牀底下，亦會知穿。況且搭渡[12]開船，都有人做線。惹到成身係蟻[13]，點叫你眼鬼唔冤。罷咯，既係食得咁艱難，何苦唔聽我勸。周時[14]出入，帶定[15]盒煙丸。唉，唔知點算，若話一時唔食，我見你打完個喊露[16]，就眼淚鼻水都齊全。

❶ **手指公** sɐu² tsi² kuŋ¹ —— 大拇指。手指公咁大口河（像大拇指那麼大的煙土）。

❷ **賤唔賤** tsin⁶ m⁴ tsin⁶ —— 下賤不下賤。

❸ **銀錢** ŋɐn⁴ tshin⁴⁻² —— 圓，銀圓。十多個銀錢（十幾個光洋）。

❹ **髆頭** pɔk⁹ thɐu⁴ —— 肩膀。

❺ **着風便** tsœk⁸ fuŋ¹ pin⁶ —— 靠風的那邊。

❻ **挨晚** ŋai¹ man⁵ —— 傍晚。

❼ **一二閣(角)** jɐt⁷ ji⁶ kɔk⁹ —— 角落。縮埋一二角（蜷縮在角落裏）。

❽ **歎** tan³ —— 享受。歎到五更天（享受到五更天）。

❾ **正釘** tsiŋ³ tiŋ¹ —— 正式的飯餐，指正餐。

❿ **戒起番嚟** kai³ hei² fan¹ lɐi⁴ —— 戒起煙來。

⓫ **傾吓(下)計(偈)** khiŋ¹ ha⁵ kɐi² —— 聊聊天。

⑫ **搭渡** tap⁹ tou⁶⁻² —— 搭船。今多用「搭艔」。

⑬ **成身係蟻** sɛŋ⁴ sɐn¹ hɐi⁶ ŋɐi⁵ —— 惹了麻煩。

⑭ **周時** tsɐu¹ si⁴ —— 經常，隨時，平時。周時出入（平時進出）。

⑮ **帶定** tai³ tiŋ⁶ —— 預先帶好。帶定盒煙丸（先把盒煙丸帶好）。

⑯ **喊露** ham³ lou⁶ —— 呵欠。打喊露（打哈欠）。

39 賣花聲

花哩，一聲咁（噉）就叫到埋嚟①，托住籃花，轉過對街。你睇鷹爪白蘭，香到翳膩②。素馨含笑，穿定③一排排。鮮花咁靚，邊個唔思戴。點解佢在深巷叫了成朝，重未賣埋④。過吓（下）花就漸漸將殘，香氣亦壞。送人都唔要，白白咁（噉）就嚟嘥⑤。何況我地（哋）陌柳牆花，正係隨街擺。三年兩載，算你禁擠⑥。新鮮個（嗰）陣，睇見人人愛。得到花殘，就賤過泥。就算有個唔捨得咁好香花，買嚟戴上髻。溫完溫罷，又試丟低⑦。想到歸根，我亦唔恨⑧佢買。究不若襯吓（下）個花籃，賺得自己威。野花雖係話唔矜貴⑨，顏色鮮明，怕乜摘朵嚟伴髻圍。唉，趁早還花債，免使逢人叫賣，做呢的（啲）花粉生涯。

❶ **埋嚟** mai⁴ lɐi⁴ —— 過來，靠近這邊來。

❷ **翳膩** ŋɐi³ nei⁶ —— 膩煩。因氣味過濃而覺得難受。

❸ **穿定** tshyn¹ tiŋ⁶ —— 預先穿好。穿定一排排（預先穿好一排排）。

❹ **賣埋** mai⁶ mai⁴ —— 賣完，賣光了。

❺ **嘥** sai¹ —— 浪費，糟蹋。

❻ **禁擠** khɐm¹ tsɐi¹ —— 耐放，經得住存放而不變壞。

❼ **丟低** tiu¹ tɐi¹ —— 扔下，丟掉。又試丟低（又再丟掉）。

❽ **唔恨** m⁴ hɐn⁶ —— 不希望，不稀罕。我亦唔恨佢買（我也不希望他買）。

❾ **矜貴** kiŋ¹ kwɐi³ —— 貴重，珍貴。

40 你咁為命

你咁為命，着乜來由。兩個都係咁（噉）樣鍾情，我實在替你擔憂。就算佢係糖，你又唔係豆。點解[①]一見就痴（黐）埋[②]，容乜易[③]把命收。人地（哋）話風流重要[④]有命嚟消受。你咪個命都唔顧，淨顧風流。雖係話乾柴憑[⑤]火，你捱唔久。至怕佢係燈心，你係個（嗰）盞油。一自自[⑥]油就點乾，情亦知到係吽[⑦]。但係牛唔飲水，你話點撳[⑧]得低隻牛。恩愛到十分，都要留番的後。後來恩愛，正算係鳳侶鸞儔。故此花好月圓，亦要人長壽。命短許你係情長，點講得終老溫柔。唉，但得條命就，冇話[⑨]鴛鴦唔白首。若果似得晴雯咁短命，怕乜[⑩]你會補個（嗰）件翠雲裘。

❶ **點解** tim² kai² —— 為甚麼。

❷ **痴(黐)埋** tshi¹ mai⁴ —— 粘在一起。點解一見就黐埋（為甚麼一見就粘在一起）。

❸ **容乜易** juŋ⁴ mɐt⁷ ji⁶ —— 多容易。

❹ **重要** tsuŋ⁶ jiu³ —— 還要，還需要。風流重要有命嚟消受（風流還須有福氣來消受）。

❺ **憑** pɐŋ⁶ —— 靠，靠近。

❻ **一自自** jɐt⁷ tsi⁶ tsi⁶ —— 逐漸地。

❼ **吽** ŋɐu⁶ —— 無精打采。這裏指無法控制。

❽ **撳** kɐm⁶ —— 按壓。撳得低隻牛（按得牛頭低）。

❾ **冇話** mou⁵ wa⁶ —— 從不，不至於。冇話鴛鴦唔白首（不至於鴛鴦不白首）。

❿ **怕乜** pha³ mɐt⁷ —— 怕甚麼，有何用。怕乜你會補嗰件翠雲裘（你會補那件翠雲裘有何用）。

41 無乜好怨

無乜好怨，只怨我為情牽。捨得我學人地（哋）①咁薄情，點會共你痴纏②。蠶蟲自綁，因為絲唔斷。縱有利刀難割，佢綁到成團。我既係自作多情，又偏遇着郎你咁薄幸。待人唔同待我，乜咁③心偏。我萬樣都可以睇開④，單係情字唔過得線。你見我近來待你的（啲）⑤心事，係咪⑥重似從前。你口口聲聲都話唔虧負我呢遍。咁（噉）⑦就何妨誓一句願，對住當天。等我好忒起心肝⑧，靠埋⑨你一便。免使大海茫茫，撐住隻冇舵船。天呀，你生得我咁多情，乜又俾（畀）我條命咁賤。若果我多情唔係命賤，重安樂過神仙。但係世事亦唔曾刊（刻）板話得定。有的（啲）千金小姐，都要拆散因緣。唉，唔在幾遠，試睇吓（下）紅樓夢個林黛玉姑娘，就夠你可憐。

❶ **學人地** hɔk^{8} jɐn^{4} tei^{6} —— 像別人那樣。

❷ **痴纏** tshi^{1} tshin^{4} —— 纏綿。

❸ **乜咁** mɐt^{7} kɐm^{3} —— 為甚麼這樣。乜咁心偏（為甚麼這樣偏心）。

❹ **睇開** thɐi^{2} hɔi^{1} —— 想開。

❺ **你的（啲）** nei^{5} ti^{1} —— 你的那些。我近來待你啲心事（我近來待你的那些心事）。

❻ **係咪** hɐi^{6} mɐi^{6} —— 是不是。係咪重似從前（是不是還像從前）。

❼ **咁（噉）** kɐm^{2} —— 那，這樣。噉就何妨誓一句願（那就何妨發一句誓言）。

❽ **忒（的）起心肝** tik^{7} hei^{2} sɐm^{1} kɔn^{1} —— 提起心肝，下定決心

❾ **靠埋** khau^{3} mai^{4} —— 靠向某一邊。靠埋你一便（跟你靠攏在一起）。

42 錢

你眼孔咁窄，都見盡世態人情。唔知到你力可通神，一向把你睇輕。雖係共我緣分未深，周時①蒙你照應。記得個帳（嗰仗）②捆在窮城，得你做救兵。有陣③急到

燃眉，你又偏要嚟攞景④。枉你鑿明係通寶，都不過浪得虛名。萬事非你唔成，乜得咁抗（揹）⑤。冇你就會畫符唸咒，都使鬼唔靈。遇着個慳哥，佢就要你唔要命。但係闊佬又當你係泥沙，到手就劈（擗）⑥清。今日你勢力漸差，唔惡得過番鬼餅⑦。況且紙都當金嚟使，重講乜時興。鑄到銅仙⑧，點叫你唔減頸⑨。十個都換一個唔嚟⑩，我亦替你不平。大抵世界一話轉流，貴極都無難變賤。斷唔估⑪幾千年國寶，呢陣市面亦不通行。唉，整定⑫。除非在攤皮⑬上，正話⑭能見你面。真正令你十分難過咯，孔方兄。

❶ **周時** tsɐu[1] si[4] —— 經常。周時蒙你照應（經常得到你照應）。

❷ **個帳（嗰仗）** kɔ[2] tsœŋ[3] —— 那次。

❸ **有陣** jɐu[5] tsɐn[6] —— 有時。有陣急到燃眉（有時急得燃眉）。

❹ **攞景** lɔ[2] kiŋ[2] —— 妨礙別人，幫倒忙。你又偏要嚟攞景（你又偏要來湊熱鬧）。

❺ **咁抗（揹）** kɐm[3] khɐŋ[3] —— 這麼了不起。乜得咁揹（為甚麼這麼了不起）。

❻ **劈（擗）** phɛk[8] —— 扔，丟棄。

❼ **番鬼餅** fan[1] kwɐi[2] pɛŋ[2] —— 戲指外國銀幣。

❽ **銅仙** thuŋ[4] sin[1] —— 銅元，銅板。

❾ **減頸** kam[2] kɛŋ[2] —— 泄氣。指發不出脾氣。

❿ **唔嚟** m[4] lɐi[4] —— 不到，做不了，達不到。十個都換一個唔嚟（十個都換不到一個）。

⓫ **斷唔估** tyn[3] m[4] kwu[2] —— 想不到，不料。

⓬ **整定** tsiŋ[2] tiŋ[6] —— 注定。

⓭ **攤皮** than[1] phei[4] —— 小攤點。

⓮ **正話** tsiŋ[3] wa[6] —— 才。正話能見你面（才能見你面）。

43 

還花債

花債咁重。花呀，你未曾知，得你花債還通①，正話有了期。想到花有了期，我就情願花債唔還自②。暫且留你在花叢，免使共你割離。鮮花開透，正係唔禁③睇。至好花含曉露，不溜④都係半開時。花若開透番嚟冇耐就落地。落花唔會，再上空枝。故此花債唔還，我亦隨在你。得嚟保住，咪個⑤又試花飛。等到債要還時，你話容乜易。總要花間姊妹，肯話維持。得佢地（哋）肯話維持，花債亦唔怕再借。唉，就怕冇人肯借，咁（噉）就要借到東風無賴，任佢錯拆你薔薇。

❶ **還通** wan^{4} thuŋ^{1} —— 還清（債務）。

❷ **唔還自** m^{4} wan^{4} tsi^{6} —— 先不還。我就情願花債唔還自（我就寧可花債暫時不還）。

❸ **唔禁睇** m^{4} khɐm^{1} thɐi^{2} —— 不耐看。

❹ **不溜** pɐt^{7} lɐu^{1} —— 經常。不溜都係半開時（經常都是半開時）。

❺ **咪個** mɐi^{5} kɔ^{3} —— 別，不要。

44 同心草

同心草，莫問點嚟生①。草亦結得同心，咪話②草木冇情。捨得人心似草，亦有欺霜性。受盡咁多寒冷，都重係色青青。點會心似散沙，隨地咁捲。漫講同心冇結，就係團體亦結唔成。重怕你草漸蔓延，鋪到滿徑，偶然打草，就着蛇驚。草呀，你果係想結同心，就要心先正。咁（噉）我又怕乜學佢地葵心，向日咁傾。但係你對住同根，唔肯話苔岑訂③。有的（啲）唔同種類，你偏去結同盟。佢生長在西方，你就當係靈芝認。枉你在淺水蓬萊，照影咁清。着佢馬蹄踏碎，你都重唔知賤。野煙迷斷，唔睇見我地（哋）漢家營。勸你及早回頭，唔在等風吹醒。前途雖遠，重有咁好夕陽明。唉，晚景，咪話心唔定。就怕燒起個（嗰）座山嚟，不過係一粒火星。

❶ **點嚟生** tim[2] lɐi[4] saŋ[1] —— 是怎麼生的。
❷ **咪話** mɐi[5] wa[6] —— 別說。咪話草木無情（別說草木無情）。
❸ **苔岑訂** tɔi[4] sɐm[4] tiŋ[3] —— 做志同道合的朋友。

45 

唔係落雨，妹呀，乜重唔把遮收。定係開起把遮嚟，遮吓（下）熱頭。人地（哋）話落雨擔遮②唔顧後，妹呀，你後來唔顧，就會有眼前憂。怕佢路上爛仔③嚟撩④，撩到你醜。呢把洋遮咁細⑤，亦可以遮羞。若果佢重係騾皮⑥，嚟講爛口⑦。你呢條遮柄，斷冇情留。呢陣男女平權，你地（哋）唔會有氣受。咪估⑧佢地係男人，就蝦⑨得你地女流。遮柄一條，揸⑩在你手。況且掛起番鬼招牌，專係炮製佢地（哋）班牛。唉，牛亦唔會咁吽哣⑪。激到你要借老番嚟恐嚇，佢就應該想起吓（下）因由。

❶ **洋遮** jœŋ[4] tsɛ[1] —— 雨傘。
❷ **擔遮** tam[1] tsɛ[1] —— 撐傘。
❸ **爛仔** lan[6] tsɐi[2] —— 無賴，流氓。
❹ **撩** liu[4] —— 招惹，調戲。怕佢路上爛仔嚟撩（怕她在路上有流氓來調戲）。
❺ **細** sɐi[3] —— 小。洋遮咁細（洋傘那麼小）。
❻ **騾皮** lœy[4] phei[4] —— 指不要臉的人。
❼ **爛口** lan[6] hɐu[2] —— 粗話，猥褻的話語。
❽ **咪估** mɐi[5] kwu[2] —— 別以為。咪估佢地係男人（別以為他們是男人）。
❾ **蝦** ha[1] —— 欺負。就蝦你地女流（就欺負你們女流）。
❿ **揸** tsa[1] —— 握，抓。
⓫ **吽哣** ŋɐu[6] tɐu[6] —— 萎靡不振，無精打采。

46 酒咁有味

酒咁有味，咪話濁酒唔清，飲上三幾杯嚟，面色就帶住晚霞明。酒呀，記得我把盞談心，情咁眷戀。點解[①]在離筵餞別，你又試[②]咁無情。捨得酒真正係合歡，唔會亂性。怕乜周時[③]放量，飲晒[④]成埕。但係酒醉唔知，酒嘅弊病。闖出彌天大禍，都因為醉漢橫行。人地(哋)話[⑤]酒可銷愁，唔怕愁眉不展。借你酒兵嚟破，個(嗰)座愁城。醉鄉深入，就係神仙境。把個紅塵世界，睇到十分輕。我醒眼睇見佢地(哋)[⑥]醉人，醉到酩酊。索性自己都醉埋一份[⑦]，免使醒得咁零丁。至怕醉到昏迷，未知何日醒。得到醒時知錯就誤了平生。若果話醉過番嚟[⑧]，醒得更定。咁(噉)我就請君入甕，睇你有乜章程。我地(哋)好酒家藏，無奈量淺。監住[⑨]送人嚟飲，飲到好似長鯨[⑩]。重話酒逢知己，半滴都唔剩，試問佢一杯領落(略)晒[⑪]，多謝過你唔曾[⑫]？

❶ **點解** tim² kai² —— 為甚麼。點解在離筵餞別(為甚麼在餞別筵席上)。
❷ **又試** jɐu⁶ si³ —— 又再。你又試咁無情(你又這麼無情)。
❸ **周時** tsɐu¹ si⁴ —— 經常。
❹ **飲晒** jɐm² sai³ —— 全喝了。飲晒成埕(整罈子都喝光了)。
❺ **人地(哋)話** jɐn⁴ tei⁶ wa⁶ —— 人家說。人哋話酒可銷愁(人家說酒可消愁)。
❻ **佢地(哋)** khœy⁵ tei⁶ —— 他們。
❼ **醉埋一份** sœy³ mai⁴ jɐt⁷ fɐn⁶ —— 一起同醉。索性自己都醉埋一份(索性連自己也醉在一起)。
❽ **番嚟** fan¹ lɐi⁴ —— 回來，之後。醉過番嚟(醉過之後)。
❾ **監住** kam¹ tsy⁶ —— 強迫，強使。監住送人嚟飲(強行送給別人來喝)。
❿ **長鯨** tshœŋ⁴ khiŋ⁴ —— 來自李白「安得倚天劍，跨海斬長鯨」詩句。比喻為被獵獲者。

⑪ **領落(略)晒** liŋ^{5} lœk^{8} sai^{3} —— 領略過了。

⑫ **唔曾** m^{4} tshɐŋ^{4} —— ……沒有？現今粵語口語用「未」。多謝過你唔曾：多謝過你未（多謝過你沒有）？

47 百花生日

花都做起生日，必定想壽與天同。捨得花國係話長春，怕乜學佢三祝華封[①]。但係人到了花甲一週，才話介眉上頌。壽桃食過，正[②]做得壽星公[③]。你鮮花咁嫩，拜壽亦唔中用。使乜去請諸天神佛，保佑你如柏如松。人地話你九十韶光，情實[④]係詐懵[⑤]。你今年屈指，不過廿四番風。花鬚咁短，冇得過佢[⑥]遊蜂弄。就算叫得做老來嬌，亦不過係百日紅。你芝蘭玉樹，正話[⑦]階前種。海棠未嫁，邊個對你稱翁。況且歲歲都有個花朝，何必咁鄭重。壽屏壽幛，掛滿蕊珠宮。鶯朋燕友，壽禮紛紛送。收不盡推黃積白，幾咁[⑧]情濃。大抵世界繁華，原係你地（哋）作俑。試睇荷葉擎珠，點夠一浪就空。問你錦上添花，人咁眾。送炭何嘗肯在雪中？雖則係滿地榆錢，近來咁鬆動。既然唔駛（使）得晒[⑨]，何不賑濟吓（下）貧窮。呢的（啲）[⑩]無謂花銷，慳[⑪]得就唔着咁放縱。累到成身花債都因為好嚟充。唉，肉痛[⑫]，你地（哋）係話人人省吓的（下啲）花費，就緩急都可以通融。

❶ **三祝華封** sam^{1} tsuk^{7} wa^{4} fuŋ^{1} —— 即華豐三祝，傳說中上古時代華州人對賢者唐堯的三個美好祝願。

❷ **正** tsiŋ^{3} —— 才。

❸ **壽星公** sɐu^{6} siŋ^{1} kuŋ^{1} —— 壽星。正做得壽星公（才做得壽星）。

❹ **情實** tshiŋ^{4} sɐt^{8} —— 其實。情實係詐懵（其實是裝糊塗）。

❺ **詐懵** tsa³ muŋ² —— 裝糊塗。

❻ **冇得過佢** mou⁵ tɐk⁷ kwɔ³ khœy⁵ —— 不讓他。冇得過佢遊蜂弄（不讓它遊蜂弄）。

❼ **正話** tsiŋ³ wa⁶ —— 正在，剛剛。

❽ **幾咁** kei² kɐm³ —— 多麼。幾咁情濃（情意多麼濃）。

❾ **唔使得晒** m⁴ sɐi² tɐk⁷ sai³ —— 花不了，花不完。既然唔使得晒（既然花不了）。

❿ **呢的(啲)** ni¹ ti¹ —— 這些。呢的無謂花銷（這些無謂花銷）。

⓫ **慳** han¹ —— 節省，節約。慳得就唔好咁放縱（能節省就不要那麼放縱地花）。

⓬ **肉痛** juk⁸ thuŋ³ —— 心痛。

48 桃花

乜得佢①咁靚，笑靨帶住微渦。脂粉搽嚟，都算係淡掃雙蛾。人地話佢豔質如仙，真正冇錯。你睇武陵春色，醉倒顏酡②。至好係竹外橫斜，開透幾朵。若話種佢在欄杆，有的（啲）③挨凴④，就會着月影挑疏。月呀，你既係話愛寫花容，削（索）性就寫到佢妥。免使風吹雲掩，把佢花月一樣咁消磨。大抵命薄至到桃花，怕冇再薄得過。點估⑤我條爛命，重薄過佢好多多。佢命薄得到花殘，還有結果。我後來結果，點知到⑥如何。想話搵着個世外桃源，嚟避吓（下）⑦禍。又怕桃園誤入，枉費着件漁蓑。我睇見佢地（哋）桃花，就要回想到我。雖係冇佢花容咁靚⑧，條命亦係咁奔波。世上個個都話尋花，點知到花咁苦楚。勸你地（哋）惜花人客，咪個亂把花鋤。唉，睇到破，天台仍舊路阻，千日都因為劉郎⑨去後，就累到佢桃花帶雨，終日咁（噉）⑩淚滂沱。

❶ **乜得佢 mɐt^{7} tɐk^{7} khœy^{5}** —— 怎麼他會。乜得佢咁靚（怎麼她會這麼漂亮）。

❷ **顏酡 ŋan^{4} thɔ^{4}** —— 酒後臉色泛紅。

❸ **有的(啲) jɐu^{5} ti^{1}** —— 有些。

❹ **挨憑 ŋai^{1} pɐŋ^{6}** —— 依靠。

❺ **點估 tim^{2} kwu^{2}** —— 怎麼料到，沒想到。

❻ **點知到 tim^{2} tsi^{1} tou^{3}** —— 哪知道。點知到如何（哪知道如何）。

❼ **避吓(下) pei^{6} ha^{5}** —— 避一避。避吓禍（避一避禍）。

❽ **咁靚 kɐm^{3} lɛŋ^{3}** —— 那麼漂亮。

❾ **劉郎 lɐu^{4} lɔŋ^{4}** —— 原來劉禹錫在詩句裏指他自己，後人多用來指某些情景的當事人。

❿ **終日咁(噉) tsuŋ^{1} jɐt^{8} kɐm^{2}** —— 整天地。終日噉淚滂沱（終日地眼淚滂沱）。

49 泡過豆腐

泡（啱）[1]過豆腐，講乜世界繁華，你睇過眼雲煙，幾咁冇渣[2]。大抵豆腐重算有渣。話佢泡（啱）晒[3]亦假。煙雲過眼，正似得世界離（嚟）啦[4]。講到豆腐成磚，見水就化。睇嚟世界事，邊樣正叫得做有揸拿[5]。做到花花世界，都係憑空話。花開仍舊會謝，枉佢燦爛過紅霞。我自係出世做人，花債就從個（嗰）日[6]欠下。還極[7]唔通，你話花有幾多債過我賒。世上紅粉總有萬千，何難將佢地（哋）嚟比吓（下）。比起個千金小姐，我就賤過泥沙。但係千金小姐，咪話咁容易嫁。嫁着個貪花人仔，都夠佢羞家[8]。到（倒）不若我地（哋）流落花叢，唔跟佬[9]就罷。梳頭度日，亦有碗淡飯清茶。個（嗰）陣[10]我半老徐娘，就算遇着個青衫司馬。佢船頭過路客，我點肯重再抱琵琶。唉，唔係話自高聲價，實在睇見世情咁泡（啱）[11]，唔敢落力[12]嚟䋣（粑）。

❶ **泡（㾪）** phɐu³ —— 鬆軟，不結實。轉指事情不可靠。

❷ **冇渣** mou⁵ tsa¹ —— 沒有渣。指煙雲一過，不留下一點痕跡。

❸ **泡（㾪）晒** phɐu³ sai³ —— 最鬆軟。話佢㾪晒（說它最鬆軟）。

❹ **離啦（嚟喇）** lei⁴ la³ —— 「來啦」的意思。正似得世界嚟啦（好像機會來啦）。

❺ **有揸拿** jɐu⁵ tsa¹ na⁴ —— 有把握。邊樣正叫得做有揸拿（甚麼事才可以說有把握）。

❻ **個（嗰）日** kɔ² jɐt⁸ —— 那一天。

❼ **還極** wan⁴ kik⁸ —— 怎麼還（也……）。還極唔通（怎麼還也還不清）。

❽ **羞家** sɐu¹ ka¹ —— 令人羞恥。都夠佢羞家（夠她丟臉的）。

❾ **跟佬** kɐn¹ lou² —— 跟隨男人，即嫁人。唔跟佬就罷（不嫁人也就罷了）。

❿ **個（嗰）陣** kɔ² tsɐn⁶ —— 那個時候。

⓫ **咁泡（㾪）** kɐm³ phɐu³ —— 那麼不可靠。睇見世情咁㾪（看見世情那麼不可靠）。

⓬ **落力** lɔk⁸ lik⁸ —— 使勁。落力嚟䋣（使勁去掙錢）。

50 海棠花

你春睡未醒，故此重咁[1]低頭。倚憑在亞字危欄，粉面帶羞。人地（哋）見你萬花如海，正話初開透。高燒銀燭，照住妝樓。想必閬苑繁華，會共佢天香鬥。睇吓千紅萬紫，邊個佔得第一條籌。點估你夢入花叢，唔知到氣候。擊起催花羯鼓，重係[2]一味唔兜[3]。我地（哋）花間姊妹，講樣唔曾落在你後。獨係輸你西施眉黛，帶住二分愁。捨得你係會替我地（哋）花愁，亦唔怪得[4]你容貌咁瘦。點解瘦成咁（噉）樣子[5]，重着佢[6]蜂蝶香偷。花心咁散，必定係開唔久。就算開久番嚟，香味亦漸收。呢陣濯錦江邊，唔輪到你做羣芳首。邊個[7]從夢中拖起，種你上百花洲。你睇簾前鸚䴉，啄盡相思豆。唉，唔關事[8]醉酒，你瞓極[9]都唔曾夠，等到擘大眼[10]個（嗰）陣時，就怕你在水面流。

❶ **重咁** tsuŋ^6 kɐm^3 —— 還那麼。重咁低頭（還是那麼低着頭）。

❷ **重係** tsuŋ^6 hɐi^6 —— 還是。

❸ **唔兜** m^4 tɐu^1 —— 不理不睬。重係一味唔兜（還是一直不理不睬）。

❹ **唔怪得** m^4 kwai^3 tɐk^7 —— 怪不得。亦唔怪得你（也怪不得你）。

❺ **咁(噉)樣子** kɐm^2 jœŋ^6 tsi^2 —— 這樣子。點解瘦成噉樣子（為甚麼瘦成這個樣子）。

❻ **重着佢** tsuŋ^6 tsœk^8 khœy^5 —— 還讓它，還被它。

❼ **邊個** pin^1 kɔ^3 —— 誰。

❽ **唔關事** m^4 kwan^1 si^6 —— 與……無關。唔關事醉酒（與醉酒無關）。

❾ **瞓極** fɐn^3 kik^8 —— 不管怎麼睡。瞓極都唔曾夠（不管怎麼睡都不夠）。

❿ **擘大眼** mak^9 tai^6 ŋan^5 —— 睜大眼睛。擘大眼嗰陣時（睜開眼睛的時候）。

51 楊花

條命咁薄，又試咁[1]飄零。況且春老正話飄零，身世重更輕。你睇萬樣花飛，都唔係咁冇影。春光唔留得佢住，幾咁[2]無情。你妹若係似得佢楊花，咁冇定性。風嚟吹吓（下），容乜易[3]就吹清。好在情絲牽掛，吹極都還定。得到情絲吹斷，就化作浮萍。化到了浮萍，就怕君呀你都難認。萍水相逢，邊個叫我做卿卿。我想妹既係浮萍，君你亦係斷梗。浮萍與及斷梗，根蔕[4]本係同生，同是天涯淪落。君呀，你就要憐同病。點解[5]同病相憐，又試背了舊盟。今日你當妹係水性楊花，我惟有怨命。大抵敗柳變作殘花，亦份所應當。唉，就算我係殘花，君你亦唔好學佢[6]斷梗。斷梗至係無根，問君你知到未曾？

❶ **又試咁** jɐu^6 si^3 kɐm^3 —— 又這樣。又試咁飄零（又這樣飄零）。

❷ **幾咁** kei^2 kɐm^3 —— 多麼。幾咁無情（多麼無情）。

❸ **容乜易** juŋ^4 mɐt^7 ji^6 —— 多容易。容乜易就吹清（多容易就被吹清）。

❹ **根薑** kɐn^1 kœŋ^2 —— 根。

❺ **點解** tim^2 kai^2 —— 為甚麼。點解同病相連（為甚麼同病相憐）。

❻ **唔好學佢** m^4 hou^2 hɔk^8 khœy^5 —— 不要像它。

夢餘生《新粵謳解心》

壬戌本（第二本）

25首

1 牡丹花

牡丹呀，你咁富貴，乜我又共你無緣。漫講瘦菊寒梅，豔福讓你享先。就係嬌杏夭桃，都差得好遠。佢地（哋）海棠花婢，點配共你爭妍。咪估①蘭就稱王，氣候重淺。點似你紅雲萬朵，擁住神仙。呢陣你在洛陽，都算紅到出面。紅成咁樣子，問你發乜花顛（癲）②。累到佢地（哋）蜂忙，唔止話③蝶亂。都因為你容顏壓倒，佢粉黛三千。只恨無賴東風，唔吹到你個（嗰）便④。枉你有香都難送，到翡翠簾前。你千日望人地（哋）護花，都唔係上算。試睇落紅滿地，有邊個⑤哀憐。櫻花野性，佢就終唔轉。虞美人咁好，亦會侵入你百寶欄邊。萬一着佢牛噍牡丹⑥，還重作賤。唉，唔使咁豔羨，至怕錦繡山河變。牡丹芽咁亂，勸你小心行幾步，咪錯踏金蓮。

❶ **咪估** mɐi^5 kwu^2 —— 別以為。
❷ **發花顛(癲)** fat^9 fa^1 tin^1 —— 指人犯了相思病。
❸ **唔止話** m^4 tsi^2 wa^6 —— 不僅僅。
❹ **個(嗰)便** kɔ^2 pin^6 —— 那邊兒。唔吹到你嗰便（吹不到你那邊兒）。
❺ **有邊個** jɐu^5 pin^1 kɔ^3 —— 有誰。有邊個哀憐（有誰哀憐）。
❻ **牛噍牡丹** ŋɐu^4 tsiu^6 mau^5 tan^1 —— 比喻不識貨，東西被糟蹋了。

2 如果你話要去

如果你話要去，你妹唔恨①你快番嚟。索性耐的（啲）②番嚟，免使又試去過③咁慘淒。我自係落到河底下④正知⑤，情字咁累世。往日未試過別離苦楚，點會白把眼淚嚟嘥⑥。睇見人地（哋）送行流淚，我重會嚟開解。呢吓（下）⑦到我共郎分別，自己就開解唔嚟。捨得係學做女個（嗰）陣，情竇未開。亦唔怕同你割愛。呢陣⑧割亦難分，我自怨一句呆。情痴顛倒，咪話身唔壞。你睇我地（哋）近來瘦到，都好似條柴。君呀，你出路唔比得在家，冇人替你安慰。萬樣都要放吓（下）寬心，切莫介懷。我亦想把你暫且丟離，唔掛繫。點估日低（底）唔掛，夜裏又試夢見你番歸⑨。我日夜想爛心肝，都係望郎你帶。唉，郎你帶。敢（噉）就⑩唔枉你妹一年到晚，食盡咁多齋。

❶ **唔恨** m^{4} hɐn^{6} —— 不希望。唔恨你快番嚟（不希望你快點回來）。

❷ **耐的（啲）** nɔi^{6} ti^{1} —— 久一點。索性耐啲番嚟（索性久一點回來）。

❸ **又試去過** jɐu^{6} si^{3} hœy^{3} kwɔ^{3} —— 再去一趟。

❹ **河底下** hɔ^{4} tɐi^{2} ha^{6} —— 指開設在河上的妓院。

❺ **正知** tsiŋ^{3} tsi^{1} —— 才知道。

❻ **嘥** sai^{1} —— 浪費。點會白把眼淚嚟嘥（怎麼會白白浪費了眼淚）。

❼ **呢吓（下）** ni^{1} ha^{5} —— 這次，現在。呢吓到我共郎分別（這次到我跟郎分別）。

❽ **呢陣** ni^{1} tsɐn^{6} —— 現在。同呢吓。

❾ **番歸** fan^{1} kwɐi^{1} —— 回家，回來。

❿ **敢（噉）就** kɐm^{2} tsɐu^{6} —— 那就，這樣就。噉就唔枉你妹一年到晚，食盡咁多齋（那就不枉你妹一年到頭，吃素修行）。

3 咪估話同你咁好

報載美國加拉佛尼省土洛阜驅逐日僑，美政府事後懲兇，日人頗為滿意。因憶上年洛斯勃冷槐花園各案焚殺華僑數百人。交涉經年，僅以賠償了結。由今視昔，不禁慨乎言之。

咪估話①同你咁好，就當佢係真心。情實佢兵行譎計，幾咁陰沉。一自②共你相交，一自就嚟將你噤③，噤到你死心嚟向佢，就等你去大海撈針。你睇佢近日點樣子待人，就知到佢平日點解待成你咁（噉）④。將人比己，問你點得心甘。當日妹你咁為難，佢氣都唔替你爭得啖⑤。呢陣替人地（哋）爭起氣番嚟，又乜咁易得斟⑥。思前想後，點叫你話心唔淡。捨得你唔係信晒佢時文⑦，亦唔會累到咁深。我想你躀倒⑧望人地（哋）嚟拖，邊有咁錯啱⑨。除非自己腳踭行穩吓（下），咪跌落萬丈深潭。千個聽⑩人地（哋）手指罅⑪開埋⑫，都幾係咁慘。咪估做一天和尚，就有一日巫喃。捱過了呢一陣風波，或者唔使靠人地（哋）做膽。水漲船高，重會有風色着啱。唉，在乜撐船就砍（墈）⑬，但得妹呀，你纜長灘都拉上去，怕乜使唔到七星岩。

❶ **咪估話 mɐi⁵ kwu² wa⁶** —— 別以為。

❷ **一自 jɐt⁷ tsi⁶** —— 一邊兒……一自共你相交，一自就……（一邊兒跟你相交，一邊兒……）

❸ **噤 thɐm³** —— 哄騙。

❹ **待成你咁(噉) tɔi⁶ siŋ⁴ nei⁵ kɐm²** —— 這樣對待你。

❺ **啖 tam⁶** —— 量詞，口。爭啖氣（爭口氣）。

❻ **斟 tsɐm¹** —— 斟酌，商量。

❼ **時文 si⁴ mɐn⁴** —— 指某人對某事所說的話。

❽ **躀倒 kwan³ tou²** —— 摔跤，跌倒。

❾ **啱 ŋam¹** —— 恰巧。

❿ **聽 tiŋ³** —— 等候。

⓫ **手指罅 sɐu² tsi² la³** —— 手指縫兒。

⓬ **開埋 hɔi¹ mai⁴** —— 開合，一開一合。聽人哋手指罅開埋（等人家的手指縫兒一開一合）。

⓭ **就砍(墈) tsɐu⁶ hɐm³** —— 靠碼頭。撐船就墈（撐船靠碼頭）。

4 嬌呀你唔好去自

嬌呀，你唔好去自①，係去都要對我講句時文。咪話半句唔聲，一步就奔。索性先帳②去左（咗）咪個③番嚟，我亦唔使恨④。點解番嚟又試去過，咁冇麻紋⑤。惱（嬲）過⑥就正好番，應該就唔會拆散。點估凳都未曾坐熱，話扯⑦又話到咁多匀⑧。大眾相與咁情長，點捨得丟你嚟另搵。就係周時拗吓（拗下）頸⑨，冇耐又試嚟搵。呢陣半站中途，誓願都要揇⑩埋你一份。若話靜靜行開，邊個做你替身。竹織鴨咁有（冇）心肝，怕唔綁得佢穩。有的交情靠得住，又唔肯共我埋羣⑪。千日都為錢債打疊唔通⑫，故此你成晚咁噌（呻）⑬。就怕惡佬起沙尋趁，正係攞命災瘟⑭。無論點樣子為難，你都要頂架埋呢陣。免使受旁人指摘，作賤三分。萬帶（大）有我⑮當頭，你亦唔使肉緊⑯。日後總有個商量結局，在乜頻侖⑰。唉，好頭不如好尾啦笨，容乜易等到酒闌席散。咁（噉）就⑱一齊拖拉住手，正話⑲行人。

❶ **唔好去自** m^4 hou^2 hœy^3 tsi^6 —— 先不要去。

❷ **先帳** sin^1 tsœŋ^3 —— 前一次。今多用「先仗」。

❸ **咪個** mɐi^5 kɔ^3 —— 別，不要。

❹ **唔使恨** m^4 sɐi^2 hɐn^6 —— 不期望，不用希望。我亦唔使恨（我也不巴望）。

❺ **冇麻紋** mou^5 ma^4 mɐn^4 —— 可能是「沒有定準，沒有主意」的意思。

❻ **惱(嬲)過** nɐu^1 kwɔ^3 —— 生氣過了。嬲過就正好番（生氣過了又和好如初）。

❼ **扯** tshɛ^2 —— 回去。話扯（說回去）。

❽ **匀** wɐn^4 —— 次。話扯又話到咁多匀（說回去又說過那麼多次）。

❾ **拗(拗)頸** ŋau^3 kɛŋ^2 —— 爭吵，爭辯。

❿ **揇** nɐŋ^3 —— 帶，連同，連帶。揇埋你一份（把你也連在一起）。

⓫ **埋羣** mai^4 khwɐn^4 —— 相好，與某人在一起。又唔肯共我埋羣（又不肯跟我相好）。

⓬ **唔通** m^4 thuŋ^1 —— 對付不了。為錢債打疊唔通（為錢債所捆繞）。

⓭ **噌(呻)** sɐn^3 —— 埋怨，歎氣。

⑭ **攞命災瘟** lɔ[2] mɛŋ[6] tsɔi[1] wɐn[1] —— 要命災星。

⑮ **萬帶（大）有我** man[6] tai[6] jɐu[5] ŋɔ[5] —— 甚麼事也不怕，有我在呢。

⑯ **肉緊** juk[8] kɐn[2] —— 指人心發狠，緊張，控制不住自己。

⑰ **頻侖（倫）** phɐn[4] lɐn[4] —— 匆忙，手忙腳亂。

⑱ **咁（噉）就** kɐm[2] tsɐu[6] —— 那就，這樣就。噉就一齊拖拉住手（那就一起拉着手）。

⑲ **正話** tsiŋ[3] wa[6] —— 正要。正話行人（馬上就要走人）。

5 怕乜同佢直接講句

（魯案交涉二首其一）

怕乜①同佢直接講句，若果係話②真情。至怕冇半句真情，就會上佢一遍當添③。平日當妹係人，就唔會話咁樣攞景④。監埋⑤廿一件，都要你應承。見佬見盡咁多，唔曾見過咁（噉）嘅品性。妹唔係冰糖，點解一啖⑥就想嗒⑦清。呢陣知到爭氣有人，唔輪到佢使頸⑧。正話想忿吓（下）低頭，共妹細傾⑨。妹你索性一味唔兜⑩，推到佢乾淨。等到百眾眼頭個（嗰）陣，點怕講佢唔贏。道理擺出就係架天平。輕重都憑大眾去戥，邊頭輕重，總要戥到分明。唉，咪話唔使戥，若係架天平公道吓（下）⑪，妹呀，你不但唔慌蝕抵⑫，重會十足收成。

❶ **怕乜** pa[3] mɐt[7] —— 怕甚麼。

❷ **若果係話** jœk[8] kwɔ[2] hɐi[6] wa[6] —— 如果是……的話。

❸ **添** thim[1] —— 再。上佢一遍當添（再上他一次當）。

❹ **攞景** lɔ[2] kiŋ[2] —— 取鬧，搗亂，添亂。

❺ **監埋** kam[1] mai[4] —— 強迫，強使。監埋廿一件（強加給的二十一件）。

❻ **一啖** jɐt[7] tam[6] —— 一口。食一啖（吃一口）。

❼ **嗒** tap[7] —— 咂，嚐味道。

❽ **使頸** sɐi[2] kɛŋ[2] —— 使性子，發脾氣。唔輪到佢使頸（輪不到他耍脾氣）。

❾ **傾** khiŋ[1] —— 聊，談。

⑩ **唔兜** m[4] tɐu[1] —— 不管，不理不睬。

⑪ **公道吓(下)** kuŋ[1] tou[6] ha[5] —— 稍微公道一點。若係架天平公道下（如果天平稍為公道一點）。

⑫ **蝕抵** sit[6] tɐi[2] —— 吃虧。唔慌蝕抵（不至於吃虧）。

6 佢又試嚟呃過你

（魯案交涉其二）

佢又試嚟呃①過你，妹呀，乜你重係咁樣子刁難。佢搶你件野（嘢）②收埋③，不溜④都話俾（畀）番⑤。捨得⑥係話當面問佢攞得番⑦，使乜同佢拚爛⑧。但係佢口甜舌滑，你摸唔中佢心肝。臨時反骨，你妹見盡千千萬。況且貪頭咁大，點共佢講得埋欄⑨。你睇往日個皮條，就係咁樣撞板⑩。幫佢掘成個氹，丟妹落中間。呢陣削（索）性一句推清，唔聽佢再蹟⑪。免使話妹串同夾計，咁受人彈。事幹⑫擺白出嚟，睇吓佢地（哋）朋友點辦。或者由天吩咐，打得過呢個通關。至怕朋友亦話事⑬唔嚟，一拍仍舊兩散。唉，船駛到上灘，試問妹呀，前途重有咁遠，你點樣把舵嚟攔⑭。

❶ **呃** ŋak[7] —— 騙。又試嚟呃過你（又再來騙你）。

❷ **野(嘢)** jɛ[5] —— 東西。

❸ **收埋** sɐu[1] mai[4] —— 收起來。

❹ **不溜** pɐt[7] lɐu[1] —— 經常。不溜都話（經常都說）。

❺ **俾(畀)番** pei[2] fan[1] —— 還給。

❻ **捨得** sɛ[2] tɐk[7] —— 要是，假如。

❼ **攞得番** lɔ[2] tɐk[7] fan[1] —— 取得回來。

❽ **拚爛** phun[3] lan[6] —— 拚命，豁出去。

❾ **埋欄** mai[4] lan[1] —— 相好，相投。點共佢講得埋欄（怎麼能跟他談得融洽）。

⑩ **撞板** tsɔŋ[6] pan[2] —— 碰釘子。
⑪ **蹎** kwan[3] —— 摔交，摔倒。
⑫ **事幹** si[6] kɔn[3] —— 事情。事幹擺白出嚟（把事情的真相擺了出來）。
⑬ **話事** wa[6] si[6] —— 做主。話事唔嚟（做不了主）。
⑭ **擟** man[1] —— 扳，挽救。

7 大葵扇

大葵扇①，一潑②就痴（黐）埋③。扇呀，你潑得我地痴（黐）埋，咪個又試潑開。你妹流落在呢處煙花，唔係幾耐。銷魂兩個字，未知到點樣由來。睇見人地（哋）孖佬④嚟溫，我亦都唔志在。用盡幾多橋段⑤，正話把佬嚟推。晚晚雖係酒綠燈紅，你妹唔睇得在眼內。既然叫到，亦要勉強嚟陪。河底下⑥叫得做話因緣，我想多半係露水。唔係生前注定，點得共佢埋堆⑦。就算揀着個知心，好似話同妹登對⑧。兩家情願，使乜月老為媒。但係我未試準佢心腸，又怕日久脾性會改。況且揀着個有心無力，枉費佢一表人才。千日唔帶得妹上街⑨，千日都仍舊係累。唉，仍舊係累。重怕丟妹在九霄雲外，個（嗰）陣息晒心頭點火，你就扇都潑佢唔回。

❶ **大葵扇** tai[6] khwɐi[4] sin[3] —— 大的蒲扇，指媒人。
❷ **潑** phut[9] —— 扇動扇子。
❸ **痴(黐)埋** tshi[1] mai[4] —— 粘在一起，合在一起。
❹ **孖佬** ma[1] lou[2] —— 與男人成雙成對，即跟男人在一起。
❺ **橋段** khiu[4] tyn[6] —— 手段，辦法。
❻ **河底下** hɔ[4] tɐi[2] ha[6] —— 指妓院。
❼ **埋堆** mai[4] tœy[1] —— 相好。
❽ **登對** tɐŋ[1] tœy[3] —— 相配。
❾ **上街** sœŋ[5] kai[1] —— 妓女上岸，指從良嫁人。

8 琉璃油

浮到上面，就怕佢係琉璃油[①]。浮成咁樣子，點解重俾（畀）水嚟摳[②]。摳到水咁淡時，情就唔似舊。但係條心未息，重會有的（啲）情留。水浸住燈心，熱極都唔得幾透。況且水多油少，幾耐[③]正熱得到心頭。捨得唔係掛住條心，真正咁幼[④]。你呢條心事，點有人睺（吼）[⑤]。大抵世界上做人，邊個肯話嚟認吽[⑥]。至怕聽人擺弄，就會遇着個油喉。佢就將個盞清油，搽到門口。講出真情一片，把妹嚟兜[⑦]。論起佢個（嗰）種溫柔，都夠晒火候。等你個（嗰）隻撲火燈蛾，向佢熱處去投。煙花自古，就係風流藪。個的（嗰啲）至誠珍重，未必踏到你呢處青樓。故此個個共妹相交，都想話糖痴（黐）豆[⑧]。得到認起真嚟，冇個替你分得吓（下）憂。唉，監人賴厚。妹呀，你睇透佢係琉璃油咁冇底，就千祈[⑨]咪個[⑩]，聽佢度（道）到半句西遊。

❶ **琉璃油** lɐu⁴ lei⁴ jɐu⁴ —— 疑是指煤油。
❷ **摳** khɐu¹ —— 摻和。水摳油（水摻油）。
❸ **幾耐** kei² nɔi⁶ —— 多長時間。幾耐正熱得到心頭（多長時間才熱到心頭）。
❹ **幼** jɐu³ —— 細，細小。
❺ **睺（吼）** hɐu¹ —— 感興趣，關心，理睬。
❻ **吽** ŋɐu⁶ —— 無能，窩囊。
❼ **兜** tɐu¹ —— 討好，勾引。
❽ **糖痴（黐）豆** thɔŋ⁴ tshi¹ tɐu⁶ —— 糖與豆互相粘連。
❾ **千祈** tshin¹ khei⁴ —— 千萬。千祈咪聽佢講（千萬別聽他說）。
❿ **咪個** mɐi⁵ kɔ³ —— 別，不要。

9 佢嚟撈你幾句

佢嚟撈①你幾句，就係想試吓（下）②你有心無。妹你唔係魚生③，點怕佢撈。撈吓（下）撈到熟嚟④，亞奶⑤都有得做。熟極總係由生個（嗰）陣，得妹你招呼。起首淡淡相交，緣分重早。得到緣分深時，怕乜共佢掟煲⑥。掟了箍番⑦，緣分正係到。若然又試掟過⑧，佢自己就會嚟箍。依依不捨，都要行番舊路。藕斷絲連，怕佢想斬又冇刀。咪估話惱（嬲）⑨到入心，就唔會同妹再好。消完啖氣，佢亦知到自己糊塗。你既係鈎得住佢生魂，就要趁勢尋定個圈套。唉，至怕佢唔入你圈套。遇着個失魂⑩人客，問你點使得應呢度靈符。

❶ **撈** lou[1] —— 攀談，套近乎。
❷ **試吓** si[3] ha[5] —— 試一試，試探一下。
❸ **魚生** jy[4] saŋ[1] —— 生的魚肉，多切成魚片。
❹ **嚟** lɐi[4] —— 起來。撈到熟嚟（聊到熟了起來）。
❺ **亞奶** a[3] nai[1] —— 妻子，太太。亞奶都有得做（做他的妻子都有可能）。
❻ **掟煲** tɛŋ[3] pou[1] —— 告吹，指兩人感情破裂。
❼ **箍番** khwu[1] fan[1] —— 重新和好。
❽ **掟過** tɛŋ[3] kwɔ[3] —— 再破裂。
❾ **惱（嬲）** nɐu[1] —— 生氣，惱怒。
❿ **失魂** sɐt[7] wɐn[4] —— 神經失常。遇着個失魂人客（遇到位神經不正常的客人）。

10 你總總唔理到佢

—— 某報言總理總總不理。引申而成此曲，時某巨公赴天津，故云。

你總總唔理到佢，佢亦係咁樣嚟啥（嗡）①，啥成幾十遍。正話肯番嚟。得你肯話番嚟，佢就唔使閉翳②。呢會重新做過，個眾人妻。寮口③雖則係咁大間，唔曾有個姊妹話爭得啖氣④。況且周時吵鬧，獨係把你難為。唔怪得你話做呢份人⑤，情願乞米⑥。疊埋心水⑦，索性番歸⑧。落筆聽見你話收山，重還當你係詐帝（諦）⑨。點估你真係閉門謝客，收了塊紅牌。惱（嬲）到極時，重話要削髮入寺，執定袈裟道牒（某公對人說，若過於逼迫，則決計披髮入山，行李已收拾云），想去唸佛持齋。唉，勸你唔好亂諦⑩，就算去得到西方，亦未必真正係極樂世界。（有云出洋以避，故云）究不若共佢拆通錢債，就任從你劈（擗）落⑪呢碗愁眉飯，唔再做皮肉生涯。

❶ **㖡（嗚）** ŋɐi^{1} —— 求，懇求。
❷ **閉翳** pɐi^{3} ŋɐi^{3} —— 發愁，愁悶。唔使閉翳（不必發愁）。
❸ **寮口** liu^{4} hɐu^{2} —— 小妓院。
❹ **得啖氣** tɐk^{7} tam^{6} hei^{3} —— 得一口氣。
❺ **呢份人** ni^{1} fɐn^{6} jɐn^{4} —— 這種人，這樣的人。
❻ **乞米** hɐt^{7} mɐi^{5} —— 要飯，乞討。
❼ **疊埋心水** tip^{8} mai^{4} sɐm^{1} sœy^{2} —— 下定決心。
❽ **番歸** fan^{1} kwɐi^{1} —— 回家。索性番歸（乾脆回家）。
❾ **詐帝（諦）** tsa^{3} tɐi^{3} —— 假裝。
❿ **亂諦** lyn^{6} tɐi^{3} —— 亂諷刺，這裏有胡說的意思。
⓫ **劈（擗）落** phɛk^{8} lɔk^{8} —— 扔下，捨棄。

11 煙花地

（二首其一）

煙花地，只怕你唔痴。你若痴起番嚟①，點有了期。孽緣注定唔到你②話論樣子。情人眼內，會出西施。野花分外撩人意，朵朵都咁鮮明，問你採得幾枝。相逢一面，就話③談心事，入到心嚟，症就惡醫④。青樓女子，有乜真情義。好極風流，不過係溫個（嗰）陣時⑤。溫完想落，亦都冇乜氣味。金盡牀頭，佢又試溫過隔籬⑥。講到海誓山盟，邊個肯話同你死。勸你地（哋）死心人客，趁早知機。花柳害人，唔止係害你自己。家財散盡，是必⑦連累到妻兒。咪個自作多情，估話⑧佢同你溫得到尾。唉，情薄過紙，你識透佢亦唔輕易。得到識透正話⑨共佢丟離，恨錯就遲。

❶ **番嚟** fan[1] lɐi[4] —— 起來。痴起番嚟（痴迷起來）。
❷ **唔到你** m[4] tou[3] nei[5] —— 由不得你。
❸ **就話** tsɐu[6] wa[6] —— 就說。相逢一面，就話談心事（剛見了一面就說談心事）。
❹ **惡醫** ŋɔk[9] ji[1] —— 病難治。
❺ **個(嗰)陣時** kɔ[2] tsɐn[6] si[4] —— 那個時候，那一刻。
❻ **隔籬** kak[9] lei[4] —— 旁邊，隔壁，鄰居。溫過隔籬（跟另外的人相好）。
❼ **是必** si[6] pit[7] —— 必定。
❽ **估話** kwu[2] wa[6] —— 以為。估話佢同你溫得到尾（以為她能跟你相好到最後）。
❾ **正話** tsiŋ[3] wa[6] —— 才。正話共佢丟離（才跟她分離）。

12 煙花地（其二）

煙花地，就係地底泥嚟①。若果唔係地底泥嚟，點會做到客妻。好命唔落到青樓，噉樣獻世②，總係前生受唔盡個的（嗰啲）難，今世罰佢在柳巷花街。人客遇着個知心，重話③得了孽債。只怕百中無一個，帶得佢番歸④。雪月風花，點到佢話⑤唔願睇。至係心煩個（嗰）陣⑥，又試聽見弦索開齊。無客就話孤寒，有客亦唔算架勢⑦。客散燈殘，重係⑧一樣咁慘凄。千日唔得佬住埋⑨，千日都唔講得話矜貴⑩。唉，真正翳肺⑪，白鵝潭咁深，問你幾耐正撐得到底。點禁得隻水寮雞公，晚晚咁啼。

❶ **係……嚟** hɐi^{6}……lɐi^{4} —— 是……就係地底泥嚟（就是地底的泥）。

❷ **獻世** hin^{3} sɐi^{3} —— 白活一輩子。

❸ **重話** tsuŋ^{6} wa^{6} —— 還說。

❹ **番歸** fan^{1} kwɐi^{1} —— 回家。

❺ **點到佢話** tim^{2} tou^{3} khœy^{5} wa^{6} —— 怎輪到他說，怎由得他。點到佢話唔願睇（怎由得他不願意看）。

❻ **個（嗰）陣** kɔ^{2} tsɐn^{6} —— 那個時候。

❼ **架勢** ka^{3} sɐi^{3} —— 了不起。有客亦唔算架勢（有客人的時候也不算了不起）。

❽ **重係** tsuŋ^{6} hɐi^{6} —— 還是。重係一樣咁慘（還是一樣的慘）。

❾ **住埋** tsy^{6} mai^{4} —— 住在一起。

❿ **矜貴** kiŋ^{1} kwɐi^{3} —— 珍貴。

⓫ **翳肺** ŋɐi^{3} fɐi^{3} —— 煩悶、憋悶、怨恨。

13 你唔嫌佢老

你唔嫌佢老，佢就見得你分外殷勤。講極交情，點似白水①咁真。白水係多，年紀就咪論。縱然唔落踏②，怕乜共佢乾溫③。酒地花天，唔到佢話謹慎。咪老成持重，就唔會墮入迷津。你係話攞④得佢心肝，就行着大運。把你呢朵殘花，插到上樽⑤。到底唔學⑥佢地（哋）後生，脾性咁冇準⑦。你若然唔肯跟佢，佢亦替你贖得開身。況且老態未係隆鍾，行路重穩。騁（秤）⑧起個的（嗰啲）青皮薄殼⑨，略勝三分。若果帶妹上街⑩，生仔仍屬有份。唔信試睇佢紅顏白髮，鬼咁⑪精神。講到快活風流，你就唔使恨⑫。唉，佢死亦心唔忿。大半世做人，唔識話歎⑬咁笨。故此話臨老唔入花叢，就算枉做呢世人。

❶ **白水** pak[8] sœy[2] —— 指白銀，即錢財。
❷ **唔落踏** m[4] lɔk[8] tap[8] —— 又叫「唔入踏」。即與眾不同，與別人格格不入。
❸ **乾溫** kɔn[1] wɐn[1] —— 表面相好。
❹ **攞** lɔ[2] —— 取，拿。
❺ **樽** tsœn[1] —— 瓶子，花瓶。
❻ **唔學** m[4] hɔk[8] —— 不像。唔學佢地後生（不像他們年輕人）。
❼ **冇準** mou[5] tsœn[2] —— 沒準兒。
❽ **騁(秤)** tshiŋ[3] —— 繃起，抽起。
❾ **青皮薄殼** tshɛŋ[1] phei[4] pɔk[8] hɔk[9] —— 形容人的面部光亮。
❿ **上街** sœŋ[5] kai[1] —— 妓女離開妓院從良。
⓫ **鬼咁** kwɐi[2] kɐm[3] —— 非常。鬼咁精神（相當精神）。
⓬ **恨** hɐn[6] —— 指望。你就唔使恨（你就別指望）。
⓭ **歎** than[3] —— 享受。唔識話歎咁笨（不懂得享受這麼笨）。

14 勸你地唔着嗌

勸你地（哋）唔着嗌①，相嗌嘷②有乜收科③。平日睇見你地（哋）姊妹同埋④，都幾係咁和⑤，點解嗌起番嚟，偏咁動火。想必聽人擺弄，把你地（哋）挑疏（唆）。就算佢佔吓（下）便宜，使乜話唔睇得眼過。有福分開同享，怕乜讓佢的多多（啲哆哆）⑥。人地（哋）呷醋⑦呷完，重會知到吓（下）錯。乜你總唔知錯，不歇咁醋海翻波。你自己唔見羞家⑧，亦都唔怕失禮晒⑨我。籠裏雞作反，點咁呆傻。唔通話呢碗飯俾（畀）佢食埋⑩，唔抵得肚餓。索性倒埋⑪碗飯，睇白⑫佢奈你唔何。鷸蚌相持，到底益了邊個。旁人救火，點肯替你褸蓑⑬。咪話開起廳嚟⑭又試爭凳坐。唉，爭乜凳坐，你若係大家饒讓吓（下），重好過蜜餞菠蘿。

❶ **唔着嗌** m⁴ tsœk⁸ ŋai³ —— 不要吵架。

❷ **噃** pɛ⁶ —— 虛詞，有「呢、還是、嘛」等意思。

❸ **收科** sɐu¹ fɔ¹ —— 收場。有乜收科（怎麼收得了場）。

❹ **同埋** thuŋ⁴ mai⁴ —— 相處在一起。

❺ **和** wɔ⁴ —— 和好，和睦。都幾係咁和（也挺和睦的）。

❻ **的多多(啲哆哆)** ti¹ tœ¹ tœ¹ —— 一點點，一丁點。

❼ **呷醋** hap⁹ tshou³ —— 吃醋。

❽ **羞家** sɐu¹ ka¹ —— 羞恥，害羞。

❾ **失禮晒** sɐt⁷ lɐi⁵ sai³ —— 大為失禮。失禮晒我（對我大為失禮）。

❿ **食埋** sik⁸ mai⁴ —— 都給吃了。俾佢食埋（都讓他吃了）。

⓫ **倒埋** tou² mai⁴ —— 也給倒了。索性倒埋碗飯（索性把這碗飯也倒掉了）。

⓬ **睇白** thɐi² pak⁸ —— 估計，斷定。睇白佢奈你唔何（斷定他奈何不了你）。

⓭ **褸蓑** lɐu¹ sɔ¹ —— 披蓑衣。旁人救火，點肯替你褸蓑（別人救火，怎麼肯替你披着蓑衣）。

⓮ **開廳** hɔi¹ thɛŋ¹ —— 指妓院在廳裏設席待客。

15 情一個字

情一個字，乜咁收人[①]。若係怕話收人，至好就咪共佢溫[②]。溫到入心，情就越緊。自綁春蠶，點得甩身[③]。咪估話[④]共佢別離，緣就冇份。點知到[⑤]別離個（嗰）陣，重慘過刀割咁難分。別後情思，又試[⑥]要從夢裏去搵[⑦]。搵着個夢裏巫山，叫我怎不斷魂。況且夢裏相逢，不過傾[⑧]個（嗰）一陣。一陣時間講得幾多句時文[⑨]。捨得佢講出有半句真情，亦都消吓（下）啖[⑩]怨恨。只怕佢夢中仍舊，冇半句情真。醒後傷心，重防到人地（哋）問。唉，亦唔敢講過人聽咁笨。怕佢地（哋）口疏傳出去，失禮同羣。

❶ **收人** sɐu¹ jɐn⁴ —— 為難人。

❷ **溫** wɐn¹ —— 相好相愛。

❸ **甩身** lɐt[7] sɐn[1] —— 脫身。

❹ **咪估話** mɐi[5] kwu[2] wa[6] —— 別以為。咪估話共佢別離，緣就冇份（別以為跟他分別，緣分就沒有了）。

❺ **點知到** tim[2] tsi[1] tou[3] —— 沒想到，沒料到。

❻ **又試** jɐu[6] si[3] —— 又再。又試要去（又再要去）。

❼ **搵** wɐn[2] —— 找。

❽ **傾** khiŋ[1] —— 聊，攀談。傾一陣（聊一會兒）。

❾ **時文** si[4] mɐn[4] —— 話，話語。

❿ **啖** tam[6] —— 量詞，口。消下啖怨恨（把那口怨恨的氣消一消）。

16 你如果係話想

你如果係話想，重使乜①慢慢商量。上得爐嚟，我就算係香。前世欠落風流呢筆孽帳，還通個（嗰）日，我就定要從良。若係共你無緣，亦唔由到我話綁。綁極還鬆，邊個②替我主張。點得我呢段恩情，同水一樣。水咁深時，情亦有咁長。我眼淚滴滿江河，君你重未曾知到苦況。枉我枕邊提起，訴到天光。外面強作歡容，全係因你份上。怕人地（哋）偷偷睇見，只得把眼淚收藏。你係話有意哀憐，我亦何必再講。講盡千言萬語，你亦都畫耳埋牆③。今日你妹大海撐船，憑在個（嗰）枝槳。兩頭都咁遠，正係大海茫茫。你若係話把得定指南，你妹還有的（啲）④依傍。船向邊一方嚟，我就跟你去邊一方。唉，我唔怕風，亦唔怕浪。但得君呀，你帶我到天涯地角，咁（噉）就⑤共你甘苦同嚐。

❶ **重使乜** tsuŋ[6] sɐi[2] mɐt[7] —— 還用得着嗎？重使乜商量（還用得着商量嗎？）

❷ **邊個** pin[1] kɔ[3] —— 誰。

❸ **畫耳埋牆** wak⁸ ji⁵ mai⁴ tshœŋ⁴ —— 把耳朵畫在牆上，即不聽人說話，聽不進去。

❹ **有的(啲)** jɐu⁵ ti¹ —— 有一點兒。有啲依傍（還有點兒依傍）。

❺ **咁(噉)就** kɐm² tsɐu⁶ —— 那就。噉就共你甘苦同嚐（那就跟你甘苦同嚐）。

17 心係咁(噉)想

心係咁（噉）[1]想，事總難成。若果事唔係咁難成，你嘞[2]萬事都當輕。好事大抵就要多磨，磨到佢應。鐵柱都可以磨針，何況呢眼[3]係釘。天要把你咁樣子消磨，聽[4]你捱吓（下）逆境。逆境就係難捱，你都咪個出聲。捱到苦盡甘來，才有妙景。撥得雲開，正話[5]見月明。你若係心堅，就唔怕再等。等到時嚟運到，枯木亦轉番青。唔信你睇秋菊春蘭，都係憑個節令。節令唔啱[6]，你話點種得佢生。妹你留落在呢處煙花，唔使怨命。命裏注定你係名花，就會插上膽瓶。唉，真正，你係香花，在乜[7]賣弄風前影。但得佢風嚟送吓（下）[8]，你就有麝自然馨。

❶ **咁(噉)** kɐm² —— 這麼。心係噉想（心是這麼想）。

❷ **嘞** pɛ⁶ —— 虛詞。有呀、呢、嘛等意思。

❸ **眼** ŋan⁵ —— 量詞，用於針、釘、井等。呢眼係釘（這口是釘子）。

❹ **聽** thiŋ³ —— 讓，等候。聽你捱吓逆境（讓你捱一下逆境）。

❺ **正話** tsiŋ³ wa⁶ —— 才。正話見月明（才見到月明）。

❻ **唔啱** m⁴ ŋam¹ —— 不合，不對。節令唔啱（節氣不對）。

❼ **在乜** tsɔi⁶ mɐt⁷ —— 何須，何必。在乜賣弄風騷（何須賣弄風騷）。

❽ **送吓(下)** suŋ³ ha⁵ —— 送一下。

18 拉車仔

拉車仔[1]，歇吓（下）又試拉番。你替人行路，使乜咁頻倫[2]。馬路通到入城，你天光拉到晚。城牆拆晒，你就拉得到西關[3]。行路幾係咁艱難，點似坐車咁歎[4]。你拉到汗流氣喘，佢坐得咁安閒。講到平等番嚟，真正賺混[5]。十隻手指都唔齊，點話貴賤冇分。你唔肯忿低頭，人地（哋）亦唔肯忿。百尺高樓，重有萬仞山。若係話貧富必定要搓勻，你有蚊（文）錢[6]，人地就唔過得眼。是必累到零星落索[7]，大眾都冇得開砍（墈）[8]。唉，何必講到共產。試問佢地（哋）過激派呢陣當權，重點肯認話無政府咁笨。總要世界好似車輪咁轉，正叫得做天道循環。

❶ **車仔** tshɛ^{1} tsɐi^{2} —— 人力車。
❷ **頻倫** phɐn^{4} lɐn^{4} —— 匆忙。
❸ **西關** sɐi^{1} kwan^{1} —— 廣州的西城，過去廣東一帶最繁華的地方。
❹ **歎** than^{3} —— 享受，安逸。
❺ **賺混** tsan^{2} wɐn^{6} —— 胡鬧，胡思亂想。
❻ **蚊（文）** mɐn^{1} —— 量詞，元，塊。有幾文錢（有些錢，有幾塊錢）。
❼ **零星落索** liŋ^{4} siŋ^{1} lɔk^{8} sɔk^{9} —— 七零八落，指人累得一塌糊塗。
❽ **開砍（墈）** hɔi^{1} hɐm^{2} —— 接待來客，指有生意可做。

19 賣白欖

丁香欖，盡在幾粒丁香。佢香入心嚟，味道更長。白欖生成靚仔[1]咁樣。青皮薄殼，只會裝腔。一味尖酸，怕唔係福相。落些鹽醋，等佢嚟嚐。色水太深，容易變醬。醃成鹹欖，人地（哋）笑佢係鹽倉。泡製得交關[2]，唔得咁爽[3]。俾（畀）的（啲）甜頭佢食，怕乜落的多（啲哆）[4]糖。口味若係唔啱[5]，唔怕直講。唔曾夠辣，又試落的（啲）生薑。總要辣吓（下）又試甜番，才知到唔係上當。未受過鹹酸苦辣，點識透世態炎涼。論起五味均勻，佢都消得毒瘴。使乜⑥良醫國手，正話退得災殃。解悶除煩，全靠甘草四兩。咪估話⑦金銀湯一碗，正算係活命仙方。呢陣百姓創痍，你地（哋）都未曾知到病狀。萬一藥唔對症，你就枉費商量。究不若⑧我白欖呢船，清得五臟。有人幫襯⑨，就係普渡慈航。唉，唔係過獎，你食完還要再想，咁（噉）就⑩何妨試多個，睇吓（下）⑪我有冇半句荒唐。

❶ **靚仔** lɛŋ$^{3-1}$ tsɐi^{2} —— 小夥子，小子。生成個靚仔樣（長成一個小白臉兒樣子）。

❷ **交關** kau^{1} kwan^{1} —— 厲害。泡製得交關（炮製得過分）。

❸ **爽** sɔŋ^{2} —— 爽脆。

❹ **的多（啲哆）** ti^{1} tœ^{1} —— 一點點。落啲哆糖（放一點糖）。

❺ **唔啱** m^{4} ŋam^{1} —— 不合適，不對。口味若係唔啱（口味如果不合適）。

❻ **使乜** sɐi^{2} mɐt^{7} —— 何須，用不着。

❼ **咪估話** mɐi^{5} kwu^{2} wa^{6} —— 別以為。咪估話金湯一碗（別以為金湯一碗）。

❽ **究不若** kɐu^{3} pɐt^{7} jœk^{8} —— 還不如，倒不如。

❾ **幫襯** pɔŋ^{1} tshɐn^{3} —— 光顧。

❿ **咁（噉）就** kɐm^{2} tsɐu^{6} —— 這樣就，那就。

⓫ **睇吓** thɐi^{2} ha^{5} —— 看看。

20 廢娼

（二首其一）

娼咪話唔着廢，但係咪廢得咁樣子糊塗。你廢佢地（哋）唔清，就怕會甩鬚①。賤冇賤得過皮肉生涯，邊個話情願做。青樓墮落，重慘過地獄酆都。呢會趁勢收山，唔算話早。清茶淡飯，總要有個依憑為高。就怕叫起首②上街③，唔容易揀得着個好佬④。講到姻緣兩字，我都把握全無。呢陣寨口⑤係話執埋⑥，你就先要替我地尋定後路。咪等臨時正話⑦對唔住你地（哋）大眾亞姑。個（嗰）陣我地（哋）正係⑧有冤無路可訴。唉，唔知點算⑨好。人客藉端，都話唔結數⑩。咁（噉）就睇白我地呢朵薄命殘花，重要在水上蒲⑪。

❶ **甩鬚 lɐt⁷ sou¹** —— 丟臉。就怕甩鬚（就怕丟臉）。
❷ **叫起首 kiu³ hei² sɐu²** —— 臨時需要，突然要做某事。
❸ **上街 sœŋ⁵ kai¹** —— 指從水上的妓院到岸上定居。
❹ **好佬 hou² lou²** —— 好的男人，理想的男人。
❺ **寨口 tsai⁶ hɐu²** —— 指妓院。
❻ **執埋 tsɐp⁷ mai⁴** —— 被查封了。
❼ **正話 tsiŋ³ wa⁶** —— 才說。臨時正話（臨時才說）。
❽ **正係 tsiŋ³ hɐi⁶** —— 才是。正係有冤無路訴（才是有冤無路訴）。
❾ **點算 tim² syn³** —— 怎麼辦。唔知點算好（不知怎麼辦好）。
❿ **結數 kit⁹ sou³** —— 結賬。藉端唔結數（藉故不結賬）。
⓫ **蒲 phou⁴** —— 漂浮。

21 廢娼（其二）

無乜好廢，廢到我地（哋）娼嚟。姊妹成羣，問你把我地點擠①。捨得平日係話入過學堂學會一門手藝，咁（噉）就轉行容乜易②。做過別樣生涯。無奈從小就在呢處煙花流落了半世。除卻猜枚③唱野（嘢）④，冇邊件叫得做精乖⑤。呢陣話起首⑥就要監⑦我地從良，邊處去搵人客帶。就算有個知心憐憫，未必個個帶得番歸。索性削髮去做施姑⑧，又怕庵堂冇咁大。況且塵心未了，點食得長齋。若話打工去做梳頭，還吓（下）舊債。又怕東家唔請，睇到我地

(哋) 十分低。漫講每月工錢，唔夠買花戴。重怕媽姐[9]埋行[10]抵制，把我地 (哋) 難為。容貌重咁銷魂，年紀又咁少艾。孤燈長夜，叫我地點樣嚟捱[11]。鮮花睇見，冇話[12]人唔採，點保得住個的 (嗰啲) 貪花蝴蝶仍舊唔向我地 (哋) 花迷。個 (嗰) 陣私門賣笑，點到你話查根底。我地 (哋) 野鶩唔飛，你重要管吓 (下) 隻雞。唔信你睇，今日女界自由，風氣咁壞。成幫車貨係咁 (噉) 塞滿長堤[13]。論起妓院青樓，未必敢話無流弊。但係逢場作興，大眾都不過借風月為題。市面幾咁[14]蕭條，就要粉飾吓 (下) 昇平正係。咪話係都唔顧[15]，先要禁到柳巷花街。一味咁煮鶴焚琴，把風景煞晒[16]。真正無乜所謂，試想吓管仲當日，唔係女閭三百，點治得掂[17]個清齊[18]。

❶ **點擠** tim^{2} tsɐi^{1} —— 怎麼放，怎麼處理。
❷ **容乜易** juŋ^{4} mɐt^{7} ji^{6} —— 多容易啊。
❸ **猜枚** tshai^{1} mui^{4} —— 猜拳，劃拳。
❹ **唱野(嘢)** tshœŋ^{3} jɛ^{5} —— 唱戲，唱粵劇。
❺ **精乖** tsɛŋ^{1} kwai^{1} —— 精明，聰明伶俐。
❻ **話起首** wa^{6} hei^{2} sɐu^{2} —— 說起來，一提起。
❼ **監** kam^{1} —— 強迫。監我地從良 (強迫我們從良)。
❽ **施姑** si^{1} kwu^{1} —— 尼姑。今多用「師姑」。
❾ **媽姐** ma^{1} tsɛ^{2} —— 姐妹們，婦女們。
❿ **埋行** mai^{4} hɔŋ^{4} —— 過來，到她們工作的地方來。
⓫ **捱** ŋai^{4} —— 熬。叫我地點樣嚟捱 (叫我們怎麼熬哇)。
⓬ **冇話** mou^{5} wa^{6} —— 沒有，從不。冇話人唔採 (沒有人不採摘)。
⓭ **長堤** tshœŋ^{4} thɐi^{4} —— 廣州珠江岸上。過去是水上妓院集中的地方。
⓮ **幾咁** kei^{2} kɐm^{3} —— 多麼。市面幾咁蕭條 (市面上多蕭條啊)。
⓯ **係都唔顧** hɐi^{6} tou^{1} m^{4} kwu^{3} —— 怎麼也不顧，無論如何也不顧。
⓰ **風景煞晒** fuŋ^{1} kiŋ^{2} sat^{9} sai^{3} —— 大殺風景。

⑰ **掂** tim⁶—妥當，順當。治得掂（治理得好）。

⑱ **齊** tsʰɐi⁴ —— 指春秋時代的齊國。

22 樑上燕

樑上燕，你咁高飛，咪個①飛到高時，又試②跌落嚟。華堂閥閱，正係唔堪恃。咪估③金張門第，就算有了挨依。你亦知到寄人簷下，必定飛唔起。夕陽門巷，乜又錯認烏衣④。虧你在簾前絮語，係咁呢喃細。大眾商量，重想各借一枝。人地（哋）彈丸在手，都話嚟彈你。大廈垂危，問你一木點支，雖則話毛羽未豐，都重係僥倖事。只怕生齊毛翼，就要把舊巢離。唉，知到⑤未，你密密係咁銜花，亦算辛苦過世。終須⑥有日得到樑空，就會落燕泥。

❶ **咪個** mɐi⁵ kɔ³ —— 別，不要。咪個飛得太遠（不要飛得太遠）。

❷ **又試** jɐu⁶ si³ —— 又再。又試跌落嚟（又再跌了下來）。

❸ **咪估** mɐi⁵ kwu² —— 別以為。

❹ **烏衣** wu¹ ji¹ —— 即烏衣巷（見劉錫禹《烏衣巷》詩）。

❺ **知到** tsi¹ tou³ —— 知道。知到未（知道了沒有）？

❻ **終須** tsuŋ¹ sœy¹ —— 終於。終須有日成功咯（終於有一天成功了）。

23 世唔估

世唔估①，你地（哋）呢陣②咁開通。一雙蝴蝶，舞在花叢。跳舞雖係話文明，亦要你會嚟作用。百年恩愛，盡在一面相逢。跳吓（下）跳到意合情投，唔怕放縱。花前訂約，分外心鬆。父母做主唔嚟③，媒妁亦唔講得你地（哋）動。是必④兩家⑤情願，正話趕得埋籠⑥。就怕生長在深閨，容易聽人地（哋）擺弄。遇着個虛浮子弟，佢嘞[7]口角生風。一朝失足，就成了千古痛。點共佢做得呢世人埋[8]，揀着個咁嘅老公。唔信你睇外國離婚，比較我地（哋）人數更眾。咪估話文明婚嫁，就唔會有始無終。唉，唔着咁懵。佢係好後生哥，仍舊會慎重。斷唔肯錯結呢段因緣，累到你好似水上篷。

❶ **世唔估** sɐi³ m⁴ kwu² —— 斷斷料想不到。
❷ **你地(哋)呢陣** nei⁵ tei⁶ ni¹ tsɐn⁶ —— 你們這時。
❸ **做主唔嚟** tsou⁶ tsy² m⁴ lɐi⁴ —— 做不了主。
❹ **是必** si⁶ pit⁷ —— 必定，一定。
❺ **兩家** lœŋ⁵ ka¹ —— 雙方。是必兩家情願（一定要雙方情願）。
❻ **埋籠** mai⁴ luŋ⁴ —— 進籠子裏。指人相好在一處。
❼ **佢嘞** khœy⁵ pɛ⁶ —— 他嘛，他呀。
❽ **做得……埋** tsou⁶ tɐk⁷……mai⁴ —— 做得了，過得了。點共佢做得呢世人埋（怎麼能跟他過這一輩子）。

24 泥菩薩

泥菩薩，任水漂流。你顧得自己身嚟，點重替得弟子擔憂。大早[1]當你係位靈神，想話靠你嚟保佑。故此叢林裏便[2]，起到咁大座廟過你嚟踎[3]。見你相貌幾咁[4]非凡。身裁又咁大嚿[5]，驅邪擋殺，是必有的（啲）良謀。點估[6]受盡香煙，火氣重唔曾得夠。講乜慈雲法力，會把妖收。貓屎屙滿神台，你都唔聞見臭。係咪認真[7]盲嘞[8]，或有別樣緣由。冷落山門，枉費話有金剛守。虧你畫符唸咒，使唔郁[9]個班牛。況且財帛星君，唔肯幫你手。問你點金無術，邊處[10]去搵香油。唉，咪咁吽哣[11]，菩薩係泥，你話還有乜救。就算背後有個扯起線番嚟，你亦不過會岌頭[12]。

❶ **大早** tai^6 tsou^2 —— 早先，原來。

❷ **裏便** lœy^5 pin^6 —— 裏邊。

❸ **踎** mɐu^1 —— 蹲。

❹ **幾咁** kei^2 kɐm^3 —— 多麼。相貌幾咁非凡（相貌多麼非凡）。

❺ **大嚿** tai^6 kɐu^6 —— 個子大。身材咁大嚿（身材這麼大）。

❻ **點估** tim^2 kwu^2 —— 誰料，怎料。點估受盡香煙（誰料受盡香煙）。

❼ **認真** jiŋ^6 tsɐn^1 —— 的確。係咪認真盲（是不是的確盲？）

❽ **噃** pɛ^6 —— 虛詞，還是、或者、嘛等意思。

❾ **郁** juk^7 —— 動。使唔郁（使不動）。

❿ **邊處** pin^1 sy^3 —— 哪裏。邊處有（哪裏有）？

⓫ **吽哣** ŋɐu^6 tɐu^6 —— 無精打采。你咪咁吽哣（你不要這樣無精打采）。

⓬ **岌頭** ŋɐp^8 thɐu^4 —— 點頭。只不過會岌頭（只不過會點頭）。

25 估唔到你

估唔到①你，咁反骨無情。枉費共你相與呢場，乜野（嘢）②都冇清。平日當你係個知心，唔防到你會轉性。點估霎時變卦，當了我係眼中釘。往日個（嗰）種患難交情，你都丟歸後便③，點重記得十年前事。死過又試番生，重想話大眾忒（的）起心肝④，捱吓逆境。耙平呢鋪⑤世界，正話⑥趁勢收兵。好好共你商量，你偏要嚟同我拗（拗）頸⑦。正係噤⑧人落井，咁（噉）就⑨割斷條繩。你唔問自己良心，亦都咪惹人地（哋）⑩笑柄。唔計到後來結果，亦都念吓（下）舊日同盟。大早你話收山，亦明知到係詐靚。故此枕頭告狀，我都冇耳嚟聽。今日你呢副辣撻（邋遢）⑪心腸，正係水洗都唔得乾淨。重怕日後死落陰曹地獄，做鬼都唔靈。唉，乜咁行路倒掟⑫，一手遮天。睇白⑬你無咁大本領，唔信試聽吓（下）近日的（啲）街巷閒談，都話你賺得個臭名。

❶ **估唔到** kwu² m⁴ tou³ —— 想不到。

❷ **乜野(嘢)** mɐt⁷ jɛ⁵ —— 甚麼。乜嘢都冇（甚麼都沒有）。

❸ **後便** hɐu⁶ pin⁶ —— 後邊。丟歸後便（仍到後面去）。

❹ **忒(的)起心肝** tik⁷ hei² sɐm¹ kɔn¹ —— 專心致志，下定決心。

❺ **鋪** phou¹ —— 量詞，用於比較抽象的事物。呢鋪世界（這個世界）。今少用。

❻ **正話** tsiŋ³ wa⁶ —— 才。要耙平世界，正話收兵（要耙平了世界，才收兵）。

❼ **擙(拗)頸** ŋau³ kɛŋ² —— 抬杠，作對。你偏要同我拗頸（你偏要跟我抬杠）。

❽ **噤** thɐm³ —— 哄騙。噤人落井（騙人下井）。

❾ **咁(噉)就** kɐm² tsɐu⁶ —— 這樣就。噉就割斷條繩（這樣就把繩子割斷了）。

❿ **人地(哋)** jɐn⁴ tei⁶ —— 人家的。惹人哋笑柄（給人家做笑柄）。

⓫ **邋遢** lat⁸ that⁹ —— 骯髒。邋遢心腸（骯髒的心腸）。

⓬ **倒掟** tou³ tɛŋ³ —— 顛倒。這裏指倒退。

⓭ **睇白** thɐi² pak⁸ —— 斷定。睇白你冇本領（斷定你沒有本領）。

夢餘生《新粵謳解心》

癸亥本(第三本)

34首

1 花花世界

花花世界，累盡幾多人。捨得①個個都問良心，使乜②日夜咁奔。你係話問到良心，就會安吓（下）本分。本分唔安，貪字就會變貧。棋局擺開，須要行得穩陣③。到底輸贏，總會有分。你咁精時，人地（哋）亦唔係笨。讓你先行，不過係呢一匀④。做牛做馬，都係替兒孫搵。等到收場，點帶得上身。富貴只可當係浮雲，隨佢變幻。好極繁華，都咪咁⑤認真。搶到手嚟，就會招大眾怨恨。你搶得他人，人地（哋）又向你搶番⑥。冤冤相報，咁（噉）就何時滿。講到錢財，邊個共你有親。唉，只知到着錢字係緊⑦。點重顧得連天叫苦，我地（哋）百姓貧民。

❶ **捨得** sɛ2 tɐk7 —— 假如，要是。捨得個個都問良心（假如每個人都問良心）。
❷ **使乜** sɐi2 mɐt7 —— 何必。使乜日夜奔波（何必日夜奔波）。
❸ **穩陣** wɐn2 tsɐn6 —— 穩，穩妥。行得穩陣（走得穩）。
❹ **匀** wɐn4 —— 量詞，次，趟。
❺ **咪咁** mɐi5 kɐm3 —— 別那麼，不要那麼。咪咁認真（別那麼認真）。
❻ **搶番** tshœŋ2 fan1 —— 搶回去。人地又向你搶番（人家又向你搶回去）。
❼ **係緊** hɐi6 kɐn2 —— 是要緊的。只知到着錢字係緊（只知道「錢」字最要緊）。

2 唔怕你惡

唔怕你惡，惡就會有惡人磨。惡極①都唔輪到你做亞哥。咪估話②惡得交關③，就冇人惡得你過。橫行掂④撞，都奈你唔何。揸到咁大兵權，你就種成的（啲）⑤惡果。兵餉撈埋，怕你食飽就屙。自古話兵要打人地（哋）正啱⑥，打自己就係錯。槍頭調轉，乜咁⑦

呆傻。你既係自認話英雄，卸得甩[8]兵權，正算係好漢一個。解甲歸田，你話舒服幾多。做乜重係咁（噉）我唔忿氣你嚟，你又唔忿氣我。搞到溶溶爛爛，呢個錦繡山河。慢吓[9]失晒人心，就怕唔等到你悔禍。眾叛親離，四面都係楚歌。唉，唔系乜妥，呢把交椅，唔慌有幾耐[10]過你坐。咁（噉）就[11]何妨聽吓西南二伯父[12]話，大眾嚟和。

❶ **惡極** ŋɔk^{9} kik^{8} —— 不管怎麼兇惡。惡極都唔輪到你做亞哥（怎麼兇惡也輪不到你當老大）。

❷ **咪估話** mɐi^{5} kwu^{2} wa^{6} —— 不要以為。咪估話你咁惡就怕你（不要以為你這麼兇就怕你了）。

❸ **交關** kau^{1} kwan^{1} —— 厲害。惡得交關（惡得厲害）。

❹ **掂** tim^{6} —— 直，縱。橫行掂撞（橫衝直撞）。

❺ **的(啲)** ti^{1} —— 些。你種成啲惡果（你種成些惡果）。

❻ **啱** ŋam^{1} —— 對，合適。兵打人哋至啱（兵打人家才對）。

❼ **乜咁** mɐt^{7} kɐm^{3} —— 怎麼這樣，為甚麼。你乜咁呆傻（你怎麼這樣呆傻）。

❽ **甩** lɐt^{7} —— 掉，脫掉。卸得甩兵權（卸得掉兵權）。

❾ **慢吓** man$^{6-2}$ ha^{5} —— 萬一，一不小心。慢吓失晒人心（萬一失掉了人心）。

❿ **幾耐** kei^{2} nɔi^{6} —— 多久，多長時間。有幾耐（有多久）。

⓫ **咁(噉)就** kɐm^{2} tsɐu^{6} —— 那就，這樣就。噉就聽吓佢話（那就聽聽他的話）。

⓬ **西南二伯父** sɐi^{1} nam^{4} ji^{6} pak^{9} fu$^{6-2}$ —— 和事老。

3 真正係唔自量

真正係唔自量，嬌呀，你重膽大過托塔天王。既係托塔天王，使乜又咁慌。慌你就唔着[1]應承，上人地（哋）嘅當。應承得過，就要一力擔當。咪話[2]高興就咬實牙根，頂硬[3]呢趟。頂唔得順[4]，又試詐帝（諦）裝腔。做到呢份姑娘，重還有乜好講。又姣⑤又怕痛，你話幾咁⑥心傷。世界事冇的（啲）便宜，你亦都唔會咁爽⑦。盡在兜（抌）完白水⑧，正話⑨趁勢收韁。錢債欠落咁多，怕唔由到你噉想。縱然溜路，亦趯⑩不到番邦。寮口⑪就要閂埋⑫，龜公⑬重同你算帳。若唔豆（抌）⑭貨，就使到爛仔⑮嚟啄⑯。唉，啄亦唔啄得乜出樣。事頭婆⑰胭脂利，都唔肯再放。重有鬼嚟信你咩⑱，霎戇⑲荒唐。

❶ **唔着** m^4 tsœk^8 —— 不該。唔着應承（不該答應）。

❷ **咪話** mɐi^5 wa^6 —— 別因為。咪話高興就同意（別因為高興就同意）。

❸ **頂硬** tiŋ^2 ŋaŋ^6 —— 硬撐着。要頂硬做（要硬撐着幹）。

❹ **頂唔順** tiŋ^2 m^4 sœn^6 —— 撐不住。

❺ **姣** hau^4 —— 淫蕩。

❻ **幾咁** kei^2 kɐm^3 —— 多麼。幾咁心傷（多麼心傷）。

❼ **爽** sɔŋ^2 —— 愉快，舒服，過癮。

❽ **白水** pak^8 sœy^2 —— 白銀，泛指錢財。

❾ **正話** tsiŋ^3 wa^6 —— 才。正話趁勢收韁（才趁勢停止）。

❿ **趯** tɛk^9 —— 逃，逃亡，逃匿。

⓫ **寮口** liu^4 hɐu^2 —— 妓院。

⓬ **閂埋** san^1 mai^4 —— 閂起門，即關門。

⓭ **龜公** kwɐi^1 kuŋ^1 —— 妓院的男性老闆或管理員。

⓮ **豆（抌）** tɐu^6 —— 拿出來，交出來。抌貨（拿錢出來）。

⓯ **爛仔** lan^6 tsɐi^2 —— 無賴，流氓，打手。

⓰ **啄** tœŋ^1 —— 敲打，敲詐，索取。

⓱ **事頭婆** si^6 thɐu^4 phɔ^4 —— 女老闆。

⓲ **咩** mɛ^1 —— 語氣詞，表示疑問、感歎。這句「重有⋯⋯咩」表示反詰的感歎語氣。

⓳ **霎戇** sap^9 ŋɔŋ^6 —— 愚蠢，渾。多作責罵人用語。

4 老將自勸

(二首其一)

當呢份老將，就算做到人呢（屘）①。聽人號令，都係為口奔馳。平日大帥啉噉②招兵，情實③就為自己。周時④鬥殺，捨得我地（哋）條命咁便宜。只要保得佢祿位安然，怕乜使我地（哋）嚟送死。試問死在沙場，點對得住枝⑤國旗。兵餉咁大筆開銷，百姓都唔容易擔得起。唔信你睇雜捐釐稅，剝到佢地（哋）好幾層皮。估話養到我地（哋）兄弟齊全，替大眾爭得啖氣⑥。單係幫佢個人爭氣，點叫得做血性男兒。大王眼淨係會施啡⑦，何曾帶歇⑧過我地（哋）。造埋⑨咁多冤孽，都係佢縱我地（哋）去為非。呢陣累到國咁窮時，大眾都話唔養兵。正有掂⑩嘅日子。我地（哋）想做英雄好漢，就要趁早知機⑪。唔係番去種田，都要學會做吓（下）小小生意。況且工廠亦都成立，就係我地（哋）飯碗根基。免使佢重揞⑫住良心，話我地（哋）唔肯繳軍器。一味⑬等佢荷包入滿，正叫我地（哋）躝屍⑭。唉，手瓜⑮唔着拗自⑯，劈（擗）落⑰把殺人刀，睇吓佛爺面子，日後倘若同老番開起仗，個（嗰）陣⑱正去打過都未遲。

❶ **呢(屘)** mei¹ —— 末尾。人屘（人的最末尾，即最下等的人）。

❷ **啉噉** lɐm⁴ tɐm⁴ —— 形容動作迅速而聲勢浩大。大帥啉噉招兵（大帥大張旗鼓匆忙招兵）。

❸ **情實** tshiŋ⁴ sɐt⁸ —— 其實。情實就係為自己（其實就是為自己）。

❹ **周時** tsɐu¹ si⁴ —— 經常。周時鬥殺（經常鬥殺）。

❺ **枝** tsi¹ —— 量詞，用於成條狀的東西。對得住枝國旗（對得住這面國旗）。

❻ **爭得啖氣** tsaŋ¹ tɐk⁷ tam⁶ hei³ —— 能爭一口氣。

❼ **施啡** si¹ phai⁴ —— 裝模作樣。

❽ **帶歇** tai³ hit⁹ —— 提攜。帶歇我哋（提攜我們）。

❾ **造埋** tsou⁶ mai⁴ —— 盡幹，做盡。造埋咁多冤孽（做盡那些壞事）。

⑩ **掂** tim[6] —— 順利的，美好的。正有掂嘅日子（才有舒心的日子）。

⑪ **知機** tsi[1] kei[1] —— 醒悟，做準備。趁早知機（及早做準備）。

⑫ **揞** ŋɐm[2] —— 捂，遮蓋。揞住良心（昧着良心）。

⑬ **一味** jɐt[7] mei[6-2] —— 只顧，一直。一味等佢荷包入滿（一直等他錢包裝滿）。

⑭ **躝屍** lan[1] si[1] —— 滾蛋。正叫我哋躝屍（才叫我們滾蛋）。

⑮ **手瓜** sɐu[2] kwa[1] —— 胳膊。

⑯ **唔着拗自** m[4] tsœk[8] ŋau[2] tsi[6] —— 先不要去扳。手瓜唔着拗自（先不要去扳胳膊）。

⑰ **劈（擗）落** phɛk[8] lɔk[8] —— 扔下，丟掉。擗落把殺人刀（把殺人刀扔下）。

⑱ **個（嗰）陣** kɔ[2] tsɐn[6] —— 那個時候。嗰陣正去打都未遲（那個時候才去打也不遲）。

5 老將自勸（其二）

唔要命，走到軍營。走得到軍營，條命就幾係咁①輕。我地（哋）係為民國捨身，唔怪得話唔顧命咁（噉）②嚟拚命。死亦唔得磊落光明。大帥信到扶乩，真係險症。屎桶都不難擋炮，若係番鬼埋城③，自己同自己打交，天咁淡定④。一到孖人⑤駁手⑥，就乜野（嘢）架都丟清。呢份錢糧，唔係咁容易領。出到幾分錢利，都借債唔成。內事點講得過人聽，講出就係笑柄。天公庇佑有太平日子，使乜養到咁多兵。就係上便話唔裁，我地（哋）亦唔着再害佢地（哋）百姓。趁早執埋⑦包袱，番去開耕。橋要修時，路亦要整。各行手藝都等我地（哋）去歡迎。況且唔係喊嘣唥⑧裁埋⑨，重有咁多個師團剩。捨得政府係話荷包鬆動，總要練到學人地（哋）咁靈槃（㨃）⑩。唉，咁（噉）就要好聲⑪嚟練。終須有日，共人地（哋）落天平戥⑫。千祈咪話⑬，得嚟做吓（下）紙老虎，頂硬住行情。

❶ **幾係咁** kei² hɐi⁶ kɐm³ —— 相當。條命就幾係咁輕（命就相當的輕）。

❷ **咁(噉)** kɐm² —— 那樣。唔顧命噉嚟拚命（不要命那樣地去拚命）。

❸ **埋城** mai⁴ siŋ⁴ —— 靠近城，進城。

❹ **淡定** tam⁶ tiŋ⁶ —— 鎮定。天咁淡定（非常鎮定）。

❺ **孖人** ma¹ jɐn⁴ —— 跟人，與別人。

❻ **駁手** pɔk⁹ sɐu² —— 接手，交手，交火。

❼ **執埋** tsɐp⁷ mai⁴ —— 撿起，收起。執埋包袱（收起包袱）。

❽ **喊嘣唥** hɐm⁶ paŋ⁶ laŋ⁶ —— 全部，統統。今用「冚唪唥」。

❾ **裁埋** tshɔi⁴ mai⁴ —— 被裁掉。都裁埋（全都裁掉了）。

❿ **靈檠(㗑)** lɛŋ⁴ khɛŋ⁴ —— 靈驗，效果好。

⓫ **好聲** hou² sɛŋ¹ —— 小心，認真。

⓬ **落天平戥** lɔk⁸ thin¹ piŋ⁴ tɐŋ⁶ —— 放在天平上稱一稱。

⓭ **咪話** mɐi⁵ wa⁶ —— 別說。千祈咪話（千萬別說）。

6 唔打得定主意

—— 閩粵督理令下，書此誌感。

唔打得定主意，嬌呀，你點做得成人。大早都話唔肯跟人，乜轉吓（下）又試跟。跟着個好佬上街①，亦都唔敢笑你話笨。跟着呢個斯文大臭，咁(噉)②就誤你終身。睇見佢殺氣騰騰，正係生人勿近。點解你重迷頭迷腦，共佢嚟溫③。就算佢起起沙④嚟，你寮口⑤唔企⑥得腳穩。使乜貼埋⑦私己，賣怕佢三分。唉，賣佢怕亦無乜要緊，但係你該先就唔着⑧，聽晒⑨佢咁多句時文⑩。

❶ **上街** sœŋ⁵ kai¹ —— 指妓女離開妓院從良。

❷ **咁(噉)** kɐm² —— 那樣，這樣。噉就誤你終身（這樣就誤你終身）。

❸ **溫** wɐn¹ —— 指男女相好，親熱。共佢嚟溫（跟他相好）。

❹ **起沙** hei² sa¹ —— 意思不詳。像是生氣、發脾氣的意思。

❺ **寮口** liu⁴ hɐu² —— 妓院。

❻ **企** khei⁵ —— 站。唔企得腳穩（站不穩，呆不下去）。

❼ **貼埋** thip^9 mai^4 —— 連……也搭上。使乜貼埋私己（何必把私房錢也搭上）。

❽ **唔着** m^4 tsœk^8 —— 不該。你該先就唔着（你早先就不該）。

❾ **聽晒** thɛŋ^1 sai^3 —— 全聽信。聽晒佢話（全聽信他的話）。

❿ **時文** si^4 mɐn^4 —— 某人所說的話語。

7 唔忿氣

唔忿氣，點捨得廣州城。靠住河南，有密計（偈）傾[1]。傾到入心，唔在話靚。形容鬼鼠[2]，點講得過人聽。睇你眼角丟[3]嚟，真正攞命[4]。咁會勾人，盡在對眼睛。你唔係楊花，都係水性。夾埋個假仔玉[5]，又試咪丁[6]。好人客甩[7]到清光，還有乜剩。怕你續番條纜[8]，都惡搵[9]麻繩。咪估話隔夜素馨[10]，落釐我戥。雖則唔香，亦都溫吓（下）舊情。你若想溫吓（下）舊情，煲就唔着亂掟[11]，掟煲你都唔會，顧住吓（下）前程。唉，鋪相生定[12]，唔到你[13]整。唔信試吓（下）去城隍廟，問過陸雲亭[14]。

❶ **傾** khiŋ^1 —— 聊，談。有密偈傾（有秘密話商談）。

❷ **鬼鼠** kwɐi^2 sy^2 —— 鬼祟。形容鬼鼠（樣子鬼祟）。

❸ **眼角** ŋan^5 kɔk^9 —— 秋波。眼角丟嚟（秋波送來）。

❹ **攞命** lɔ^2 mɛŋ^6 —— 要命。真正攞命（真要命）。

❺ **假仔玉** ka^2 tsɐi^2 juk^8 —— 裝飾用的假玉器。

❻ **咪丁** mɐi^1 tiŋ^1 —— 迷糊，糊塗。

❼ **甩** lɐt^7 —— 掉，謝客。好人客甩到清光（好的客人被推得乾乾淨淨）。

❽ **續纜** tsuk^8 lam^6 —— 接上纜繩。續番條纜（把纜繩重新接起來）。

❾ **惡搵** ŋɔk^9 wɐn^2 —— 難找。惡搵麻繩（難找麻繩）。

❿ **隔夜素馨** kak^9 jɛ^6 sou^3 hiŋ^1 —— 過夜素馨，過了夜的素馨花，指已凋謝的鮮花雖然不香，但仍有用。

⓫ **掟煲** tɛŋ^3 pou^1 —— 扔掉沙鍋，即感情破裂，告吹。

⓬ **生定** saŋ^1 tiŋ^6 —— 天生。鋪相生定（相貌天生）。

⑬ **唔到你** m[4] tou[3] nei[5] —— 由不得你。唔到你整（由不得你隨意改變）。

⑭ **陸雲亭** luk[8] wɐn[4] thiŋ[4] —— 疑是陸榮廷（luk[8] wiŋ[4] thiŋ[4]）之誤。陸榮廷是廣西軍閥，曾任兩廣巡閱使。

8 走馬燈

行到咁快，問你係咪①走馬燈嚟②。火猛之時，重慘過會飛。火氣漸漸減低，你就行吓（下）又止。燈油點晒，怕你寸步都難移。雖則花樣周身，全係爛紙。但係心頭咁熱，重算有一線生機。捨得③係話把定條心，行得到尾。上便④咁多人物，都要靠你維持。無奈你風車咁轉，都不過係擺成個樣子。唔夠五分鐘時候，就凍過僵屍。個（嗰）陣⑤怕你吊起半天，唔得到地。旁人睇見，你話幾咁兒嬉⑥。唉，爭吓啖氣，咪話神仙篾都箍唔得住⑦，但得你放大吓（下）眼光嚟睇，就睇得見呢盞琉璃⑧。

❶ **係咪** hɐi[6] mɐi[6] —— 是不是。問你係咪（問你是不是）。

❷ **嚟** lɐi[4] —— 係……嚟，用於陳述句；係咪……嚟，用於疑問句。你係咪走馬燈嚟（你是不是走馬燈）？

❸ **捨得** sɛ[2] tɐk[7] —— 要是，如果。捨得把定條心，行得到尾（要是把定心思，才走得到頭）。

❹ **上便** sœŋ[6] pin[6] —— 上面。上便咁多人（上面這麼多人）。

❺ **個(嗰)陣** kɔ[2] tsɐn[6] —— 那個時候。

❻ **兒嬉** ji[4] hei[1] —— 原指兒戲。轉指靠不住的，不穩固的。

❼ **箍住** khwu[1] tsy[6] —— 比喻修復已破裂的感情。神仙篾都箍唔得住（用神仙篾也箍不住）。

❽ **琉璃** lɐu[4] lei[4] —— 指用玻璃做的煤油燈。

9 和頭酒

和頭酒，擺過咁多回。擺到咁多回都未見領略過一杯。捨得係話領略呢杯，亦唔使咁累贅。但係暫時領落，未必就講得埋堆①。你地（哋）幾位行人，亦都行到腳癐②。拍嚟拍去，越拍越發分開。你若係話冇半點真心，好亦唔得幾耐③。碰啱④條攪屎棍⑤，又試打起交⑥來。唔信試睇吓（下）你一面話嚟和，一面仍舊同佢作對。口話嚟和，肚裏帶住鬼胎。往日上過當嚟，世唔肯再炒呢味菜。斬腳趾嚟避沙蟲⑦，你話點有咁呆⑧。唉，真正係害，咪怪佢話唔睬。你遮高腳個（嗰）陣時，佢就知到你屙屎嘩⑨屙尿咯，蠢才。

❶ **埋堆** mai^4 tœy^1 —— 扎堆，相處在一處。
❷ **癐** kwui^6 —— 累。行到腳癐（走得腿都累了）。
❸ **幾耐** kei^2 nɔi^6 —— 多久。唔得幾耐（沒多久）。
❹ **碰啱** phuŋ^3 ŋam^1 —— 碰巧，碰着。
❺ **攪屎棍** kau^2 si^2 kwɐn^3 —— 撥弄是非的人。
❻ **打交** ta^2 kau^1 —— 打架。打起交嚟（打起架來）。
❼ **沙蟲** sa^1 tshuŋ^4 —— 腳氣。斬腳趾避沙蟲（斬腳趾避腳氣）。
❽ **呆** ŋɔi^4 —— 呆傻，愚蠢。點有咁呆（怎麼這麼愚蠢）。
❾ **嘩** pɛ^6 —— 呢，還是……呢。屙屎嘩屙尿（拉屎還是拉尿）。廣州已不用「嘩」。

10 洋貨咁貴

洋貨咁貴，怕乜就當蔘拉。拉上山頭，都幾夠①佢捱。我自係②識性③做人，唔曾見過咁（噉）嘅世界。官兵同賊都冇的（啲）④分開。今日當兵，明日就係賊仔。賊都唔算事，重要做到賊阿爸⑤嚟。賊做到厭時，就想着當兵正架勢⑥。兵唔發餉，又試做賊去偷雞。捨得淨係話偷雞，亦都唔會咁弊[7]。至怕洋蔘都托到，咁就實在難為。問你係自己精乖[8]，抑或聽紅鬚扭計[9]。勢兇[10]成咁樣子，一步就躝上[11]天梯。累到佢地（哋）上至闊佬，下至綠豆芝麻，飯都唔吞得啖落咁閉翳[12]。手忙脚亂，慘過老鼠拉龜。唉，真正係倒米[13]，就想話裁兵，又試咁（噉）[14]嚟泡製。攪成一鑊[15]粥，問你點煮得呢餐埋[16]。

❶ **幾夠** kei² kɐu³ —— 相當夠。幾夠佢捱（夠他熬的，夠他受的）。
❷ **自係** tsi⁶ hɐi⁶ —— 自從。
❸ **識性** sik⁷ siŋ³ —— 懂事。識性做人（懂得人事）。
❹ **冇的(啲)** mou⁵ ti¹ —— 沒有一點。官兵同賊都冇啲分開（官兵跟賊都沒有區分）。
❺ **賊阿爸** tshak⁸ a³ pa¹ —— 賊的爸爸，即對賊或發了不義之財的人進行勒索的人。
❻ **架勢** ka³ sɐi³ —— 光彩，了不起。
❼ **弊** pɐi⁶ —— 糟糕。亦都唔會咁弊（也不至於這樣糟糕）。
❽ **精乖** tsɛŋ¹ kwai¹ —— 聰明伶俐。
❾ **扭計** nɐu² kɐi² —— 算計，狡詐欺騙。聽紅鬚扭計（聽任洋人欺詐）。
❿ **勢兇** sɐi³ huŋ¹ —— 兇惡，惡劣。
⓫ **躝** lam³ —— 跨越。一步就躝上天（一步就登天）。也作踹 nam³。
⓬ **閉翳** pɐi³ ŋɐi³ —— 發愁，憂愁。
⓭ **倒米** tou² mɐi⁵ —— 捅婁子，壞事。
⓮ **咁(噉)嚟** kɐm² lɐi⁴ —— 這樣來。又試咁嚟泡製（又這樣來炮製）。
⓯ **鑊** wɔk⁸ —— 鐵鍋。一鑊粥（一鍋粥）。
⓰ **煮得埋** tsy² tɐk⁷ mai⁴ —— 煮得了。點煮得呢餐埋（怎麼能做得了這頓飯）。

11 龜佢都唔願做

—— 癸亥六月十三日北京即事

龜佢都唔願做，乜你重趕得佢咁頻侖（倫）[1]。使個爛仔嚟啄，問你有乜所因。平日得你大相招呼，佢才企得腳穩。點估呢回拆寨[2]，又試係你地（哋）班人。好個（嗰）陣就把佢抬高，唔好就叫佢滾蛋。就算大家唔合意，亦都俾（畀）佢薄面三分。點解半站中途，偏要佢交出個印。況且重拍台起馬，你話幾失斯文。做過一日龜公[3]，佢亦都唔使恨[4]。試問邊班人客，唔要格外留神。咪估轉過事頭[5]，龜膠就熬得一份。做過龜嚟，佢亦一樣咁食蛟[6]。唉，咪混。做龜唔係乜過癮，再遇着個惡爺[7]嚟到，又試要趕晒你地（哋）龜爪成羣。

❶ **頻侖(倫)** phɐn^{4} lɐn^{4} —— 匆忙。你使乜咁頻侖（你何必這麼匆忙）。
❷ **拆寨** tshak^{9} tsai^{6} —— 拆除妓院。
❸ **龜公** kwɐi^{1} kuŋ^{1} —— 妓院裏的男老闆或管理員。
❹ **唔使恨** m^{4} sɐi^{2} hɐn^{6} —— 不稀罕，不叫人羨慕。
❺ **事頭** si^{6} thɐu$^{4-2}$ —— 老闆。
❻ **食蛟** sik^{8} kau^{1} —— 疑是食膠，有同流合污的意思。
❼ **惡爺** ŋɔk^{9} jɛ^{1} —— 惡少，惡魔。

12 又試開刀

算我唔對得你住，又試開刀。開起刀嚟，你都莫怪奴奴。你闍[1]得人多，奴更闍得你好。世界輪流，大眾都係咁（噉）撈[2]。老實話你呢幾蚊（文）錢[3]，唔係嚟得正道。只可在花叢散晒，賺得風騷。造孽錢財，邊個留得到老。交落個敗家人仔，你就冇半點功勞。係咁（噉）樣來頭，就有咁（噉）樣去路。唔問得過良心，你就咪殺佢呢鋪[4]。人就係奈你唔何，天亦會同你計數[5]。唉，天會同你計數。怕乜你慳哥[6]成世，唔肯拔到半條毛。

❶ **閹** jim^1 —— 騸割，轉指宰，宰割。

❷ **撈** lou^1 —— 混，撈取，用不正當手段謀取錢財。

❸ **幾蚊(文)錢** kei^2 mɐn^1 tshin^4 —— 幾塊錢。

❹ **呢鋪** ni^1 phou^1 —— 這一局。你就咪殺佢呢鋪（這一局你就別殺他了）。

❺ **計數** kɐi^3 sou^3 —— 算帳。天亦會同你計數（天也會跟你算帳）。

❻ **慳哥** han^1 kɔ^1 —— 吝嗇的人。

13 呢鋪世界

呢鋪世界①，搞得咁離啦（罅）②。十二年來，重爛過粥渣。人地（哋）話唔着搞時，我話搞正有變化。東風唔攬，邊處有浪中花。索性大搞一場，免使耐耐③又試搞吓（下）。唔曾瀉透，點醫得好絞腸痧。唔信你睇天氣翳埋④，不久就有風颶⑤打。是必⑥烏雲散晒，正免得把熱頭遮，你若係怕風吹，聽得佢微雨咁灑。天陰就唔知幾耐，正⑦現得出紅霞。大抵人事與及⑧天時，都係同一樣咁會轉卦。但得你咪聽天嚟打卦⑨，呢枝卦就轉得唔差。唉，唔係講假，總要大眾都擔起鋤頭一把，把佢樹底下個的（嗰啲）歪根斜薚⑩，掘到乾乾淨淨，再爆過新芽。

❶ **呢鋪世界** ni^1 phou^1 sɐi^3 kai^3 —— 這個世界。

❷ **離啦(罅)** lei^4 la^3 —— 離心離德，莫名其妙。

❸ **耐耐** nɔi^6 nɔi^6 —— 時不時。耐耐又試搞吓（時不時又再搞一下）。

❹ **翳埋** ŋɐi^3 mai^4 —— 陰沉下來。

❺ **風颶** fuŋ^1 kœy^6 —— 颶風，此處即颱風。

❻ **是必** si^6 pit^7 —— 須要，必須，一定。

❼ **正** tsiŋ^3 —— 才。正現得出紅霞（才能現出紅霞）。

❽ **與及** jy^5 khɐp^8 —— 以及。人事與及天時（人事與天時）。

❾ **聽天打卦** thiŋ^3 thin^1 ta^2 kwa^3 —— 聽天由命。咪聽天嚟打卦（不要聽天由命）。

❿ **薚** kœŋ^2 —— 根。樹底下嗰啲歪根斜薚（樹下的那些歪斜樹根）。

14 勸你留番啖氣

勸你留番啖氣①，咪學亞崩吹簫②。漏氣都重還吹，好心你就咪嫖。千日你唔係話想食天鵝，佢亦唔咁賣肖。白水兜（拉）完③，食飽就溜。就算搵佢番嚟，供會仍舊問你要。日日都開會唔成，重話兜④計正落票。今日你船頭浪大，佢就隨風咁調。調到你呢便⑤風嚟，重未肯把個（嗰）便⑥丟。捨得係話船會朝頭，鬆吓（下）纜重妙。就怕佢腳踏住船旁，兩便⑦咁搖。唔等得到還神，佢就先要打醮。萬一捧唔出座城隍，呢炷香就係白燒。個（嗰）陣你正係風颸燈籠，半天咁吊。躀⑧到你半生唔死，盡在隻剝皮蕉。唉，雞都笑，豆（拉）⑨完呢帳貨，重唔曾算了。睇白⑩你水緊個（嗰）陣時，又試要吪（嗡）⑪佢搭橋。

❶ **留番啖氣** lɐu^{4} fan^{1} tam^{6} hei^{3} —— 留着一口氣。

❷ **亞崩吹簫** a^{3} pɐŋ^{1} tshœy^{1} siu^{1} —— 歇後語，後面一句是「嘥氣」，即費氣的意思。

❸ **白水兜(拉) 完** pak^{8} sœy^{2} tɐu^{6} jyn^{4} —— 指拿過了錢。

❹ **兜** tɐu^{1} —— 量詞，條，棵。

❺ **呢便** ni^{1} pin^{6} —— 這邊。

❻ **個(嗰)便** kɔ^{2} pin^{6} —— 那邊。

❼ **兩便** lœŋ^{5} pin^{6} —— 兩邊。

❽ **躀** kwan^{3} —— 摔倒，跌跤。

❾ **豆(拉)** tɐu^{6} —— 拿錢。拉完呢帳貨（拿完這次貨）。

❿ **睇白** thɐi^{2} pak^{8} —— 斷定。睇白你水緊個陣時（斷定你缺錢的時候）。

⓫ **吪(嗡)** ŋɐi^{1} —— 求，懇求。嗡佢搭橋（求他幫助介紹）。

15 容乜易老

—— 槁木主人先成二句，因續成之。

容乜易①老，轉眼又試秋風。想起廿年

人事，幾咁水面飄篷。自問呢副聰明，唔輸蝕②過大眾。點解一身淪落，就誤在呢副天聰。入世入到深時，睇得個情字更重。但係心腸帶硬，到底就欠圓融。井水咁清，點摳③得河水落桶。你係真金，就唔在話怕佢爐紅。任佢七夕穿針，乞巧亦唔中用。針冇兩頭都利，重講乜④神通。漸漸等到中秋，就會有蟾光⑤送。未必重陽風雨，攪得亂籬東。但得你殘菊傲霜，捱住吓（下）⑥凍。歲寒唔謝，就比得上後凋松。晚景重咁修悠⑦，識歎⑧就唔算係懵。花前買醉，點重記得係伯爺公⑨。無事唱幾句解心，重要搵個會琵琶弄。唉，琵琶弄，彈一吓（下）烏了仜⑩，人地（哋）都笑你呢單⑪廢物前身，就係招子庸。

❶ **容乜易** juŋ[4] mɐt[7] ji[6] —— 多容易。容乜易老（多容易老啊）。
❷ **輸蝕** sy[1] sit[8] —— 差勁，比不上。唔輸蝕過大眾（不比大家差勁）。
❸ **摳** khɐu[1] —— 攙和，兑。點摳得河水落桶（怎麼能把河水攙和進桶裏去）。
❹ **講乜** kɔŋ[2] mɐt[7] —— 說甚麼。重講乜神通（還說甚麼神通）。
❺ **蟾光** sim[4] kwɔŋ[1] —— 指月亮或月光。
❻ **捱住吓** ŋai[4] tsy[6] ha[5] —— 忍受一下。捱住吓凍（忍受一下冷凍）。
❼ **修悠** sɐu[1] jɐu[4] —— 悠遊。晚景重咁修悠（晚景還這般悠遊）。
❽ **識歎** sik[7] than[3] —— 懂得享受。識歎就唔算係懵（懂得享受就不算糊塗）。
❾ **伯爺公** pak[9] jɛ[1] kuŋ[1] —— 老大爺，老翁。
❿ **烏了仜** wu[1] liu[1] kuŋ[3] —— 相當於民族音階的「五、六、工」。
⓫ **呢單** ni[1] tan[1] —— 這個，這種，這筆（生意）。

16 

天有眼，點解①重唔開。邊一個②在世上做得人成，唔俾佢折墮③過來。若果話大器晚成，有福依還在。姜太公八十正遇文王，你話幾衰④。捨得⑤

真正係話有個文王，亦唔怕等佢咁耐[6]。就怕文王再世，重未投胎。推過了幾十個立秋，鬚都白晒。就算唔曾忿老，萬事亦都心灰。況且好好呢座山河，都成了賊嘅世界。算你學到姜太公咁能耐，邊處[7]去揾釣魚台。唉，咁（噉）[8]亦無乜礙，總要天能改。等到天眼開時，平地就會響雷。

❶ **點解** tim² kai² —— 為甚麼。點解重唔開（為甚麼還不開）。
❷ **邊一個** pin¹ jɐt⁷ kɔ³ —— 哪一個。
❸ **折墮** tsit⁹ tɔ⁶ —— 折受，折磨。
❹ **幾衰** kei² sœy¹ —— 多糟糕。
❺ **捨得** sɛ² tɐk⁷ —— 要是，如果。
❻ **咁耐** kɐm³ nɔi⁶ —— 那麼久。唔怕等佢咁耐（不怕等他這麼久）。
❼ **邊處** pin¹ sy³ —— 哪裏。
❽ **咁（噉）** kɐm² —— 這樣。噉亦無礙（這樣也無妨）。

17 咁多銀一個

—— 某巨公得意之餘笑到連眼都看不見，故云。

咁多銀一個，唔係乜抵啫[1]。亞蒙三，你當初何苦，咁笑口吟吟[2]。呢種行為，正係臭屎密冚（扻）[3]，點解重請旁人嚟睇。你都做吓（下）好心，豬仔客嘷[4]，有乜交情。重唔同佢斬纜[5]。街坊鄰里，都話你着佢嚟擒[6]。雖係話你寮口[7]開張，全靠佢做膽。若係忒（的）起心肝[8]嚟做世界[8]，亦使唔着壞鬼紳衿。試睇泥菩薩唔保得自身，都係人地（哋）拖佢落氹[10]。須要提防白蟻，蛀到你觀音[11]。唉，你都唔在話請飲[12]。首先顧住間寮口𠺝（冧）[13]，開口都話[14]搭着呢隻船嚟，就唔想呢隻船沉。

❶ **唔係乜抵啫** m⁴ hɐi⁶ mɐt⁷ tɐi² tsɛk⁷ —— 不是怎麼值得，是吧？

❷ **笑口吟吟** siu³ hɐu² jɐm⁴ jɐm⁴ —— 笑得合不攏嘴。

❸ **臭屎密冚(揿)** tshɐu³ si² mɐt⁸ khɐm² —— 趕緊把臭屎嚴密地蓋起來，喻醜事不外揚，趕快遮蓋起來。

❹ **嗥** pɛ⁶ —— 虛詞，有嘛、而已等意思。豬仔客嗥，有乜交情（一般的客人嘛，有甚麼交情）。

❺ **斬纜** tsam² lam⁶ —— 指斷絕交情。重唔同佢斬纜（還不跟他斷交）！

❻ **着佢嚟擒** tsœk⁸ khœy⁵ lɐi⁴ khɐm⁴ —— 把他拿來宰。

❼ **寮口** liu⁴ hɐu² —— 妓院。

❽ **忒(的)起心肝** tik⁷ hei² sɐm¹ kɔn¹ —— 專心致志，一心一意。

❾ **做世界** tsou⁶ sɐi³ kai³ —— 混日子，謀生。

❿ **落氹** lɔk⁶ thɐm⁵ —— 下水坑。拖佢落氹（拖他下水坑）。

⓫ **白蟻蛀觀音** pak⁸ ŋɐi⁵ tsy³ kwun¹ jɐm¹ —— 歇後語。白蟻蛀觀音，自身難保。

⓬ **請飲** tshɛŋ² jɐm² —— 請喝喜酒。

⓭ **嚥(冧)** lɐm³ —— 倒塌，垮塌。舖頭冧檔（商店倒閉）。

⓮ **開口都話** hɔi¹ hɐu² tou¹ wa⁶ —— 俗話說，常言道。

18 情唔怕用

情唔怕用，就怕用在花林。着佢情魔，綁到人心，任你鐵石心腸，唔禁得佢浸。浸到心腸軟晒，點到你唔沉。情網自投，唔關事[1]人地（哋）拖你落氹。前世帶定呢縷情絲，就會穿入眼[2]針。捨得係話情字用得着時，亦唔怕你用到咁甚。自古英雄，邊一個唔係兒女情深。大抵內裏有副義膽忠肝，就唔會睇得個情字太淡。嗰個[3]寡情薄行（幸），斷唔係烈女奇男。論起患難交情，赴火滔湯，都唔怕話慘。總要流芳百世，正算係界別人禽。唉，如果一味好似花蟲咁（噉），就共佢講到真情真義，都係對牛彈琴。

❶ **唔關事** m⁴ kwan¹ si⁶ —— 與……無關。唔關事人哋拖你落水（跟人家拖你下水無關）。

❷ **眼** ŋan⁵⁻² —— 量詞，用於針、井等。穿入眼針（穿進針裏）。

❸ **嗰個** kɔ² kɔ³ —— 那個。嗰個薄幸人（那個薄情人）。

19 上街好

上街①好，咪話唔捨得青樓。你何苦痴迷，咁冇修②。你係話年紀重輕，就怕花債唔還得夠。你今年芳訊，已經係二十齊頭。河底下③講極④點樣子繁華，都係搵難受。晚晚酒闌客散，就在白鴿籠踎⑤。人客有幾多個真正話情長，不過監人賴厚⑥。都係貪圖少嫩，共你耍吓（下）風流。春老漸漸花殘，人事亦都過後。問佢穿花蝴蝶，邊隻替得花愁。有個想話替你花愁，又怕你唔識得佢透，個（嗰）副淹沾（醃尖）⑦脾胃，想起你就心惱（𢤦）⑧。呢陣搵着個情性合啱⑨，你唔跟佢就吽⑩。怕你眼前錯過，點重再揀得第二條籌。往日姊妹結拜金蘭，亦都飲過杯熱酒。講過邊一個先係跟人上岸，就會份全收。唉，想番吓（下）舊因緣還要講到氣候。咪個等到過了七夕個（嗰）度⑪鵲橋拆晒，邊處去搵個（嗰）位牽牛。

❶ **上街** sœŋ⁵ kai¹ —— 指妓女脫離妓院從良。

❷ **冇修** mou⁵ sɐu¹ —— 沒有辦法。真係冇晒修（真是毫無辦法）。

❸ **河底下** hɔ⁴ tɐi² ha⁶ —— 指妓院的地方，即岸上的人指河上的妓院。

❹ **講極** kɔŋ² kik⁸ —— 無論怎麼說，不管怎麼說。

❺ **踎** mɐu¹ —— 蹲着。在白鴿籠踎（在鴿子籠蹲着）。指所住的地方窄小。

❻ **賴厚** lai⁶ hɐu⁵ —— 意思不詳。

❼ **淹沾（醃尖）** jim¹ tsim¹ —— 愛挑剔的。嗰副醃尖脾胃（那個愛挑剔的脾胃）。

❽ **惱（𢤦）** nɐu¹ —— 生氣，惱火。想起你就心𢤦（想起你就生氣）。

❾ **合啱** hɐp[8] ŋam[1] —— 合適，剛剛好。搵着個情性合啱（找到一個性情合適的）。

❿ **吽** ŋɐu[6] —— 笨，傻。你唔跟佢就吽（你不跟他就傻了）。

⓫ **個（嗰）度** kɔ[2] tou[6] —— 那座（橋）。嗰度鵲橋拆晒（那座鵲橋拆了）。

20 裁縫佬

裁縫佬，點叫得你唔裁。揸①起把鉸剪②番嚟，唦③聲吓（下）就開。裁吓（下）又有的唔裁，正係碰彩。唔同色水，睇定吓（下）亦應該。但係裁極④都重有咁闊封⑤，你何苦重改。改嚟改去，總係個（嗰）幾尺布當災。軟料你就放膽嚟裁，硬野（嘢）就防到有礙。唔曾落剪，先就斟酌好多回。裁法有大小之分，演吓（下）你師父手勢。大裁小做，點到你話寃哉。前便去一塊，後便又試舔番，亦唔算話慳錢⑥入袋。無非係遮遮掩掩，呃吓（下）⑦人來。往日個病懵裁縫，裁了有幾耐。呢會你又嚟裁過，豈不是雙胎。啐，咪話唔志在，若果係裁壞冇人肯做，我就定要監⑧你嚟賠。

❶ **揸** tsa[1] —— 握，拿。

❷ **鉸剪** kau[3] tsin[2] —— 剪刀。

❸ **唦** sak[8] / sœt[8] —— 剪刀剪布的聲音。

❹ **裁極** tshɔi[4] kik[8] —— 無論怎麼裁。裁極都重有（無論怎麼裁都還有）。

❺ **闊封** fut[9] fuŋ[1] —— 寬面兒。闊封布（寬面兒布）。

❻ **慳錢** han[1] tshin[4] —— 省錢。慳錢入袋（省錢進口袋）。

❼ **呃吓** ŋak[7] ha[5] —— 騙一下。呃吓人來（騙一騙人）。

❽ **監** kam[1/3] —— 強使，強迫。定要監你嚟賠（一定要強迫你來賠）。

21 無情月

無情月，掛在有情天。天咁情長，故此月正①咁圓。圓吓（下）又試唔圓，就唔會討厭。若果晚晚都圓成咁（噉）樣，月色點有咁新鮮。世事總係圓到極時，將近②就轉。只要月圓個（嗰）陣，就想到月缺咁心酸。月缺已自孤寒③，何況一年要缺十二遍。遍遍都咁孤寒，邊個重恨④做仙。就算做到奔月嫦娥，未必逃得了世亂。個（嗰）座廣寒宮殿，有陣⑤亦起烽煙。咪估⑥近水樓台，咁容易見嫦娥面。問佢嫦娥咁靚，結得幾多個人緣。捨得⑦月裏真正有個嫦娥，怕乜俾（畀）我地凡間見。唉，我亦唔願見，更殘夜又咁短，天光還重點⑧共月姊痴纏。

❶ **正** tsiŋ^3 —— 才。月正咁圓（月才這樣圓）。
❷ **將近** tsœŋ^1 kɐn^6 —— 差不多的時候。
❸ **孤寒** kwu^1 hɔn^4 —— 孤獨。月缺已自孤寒（月缺的時候已經夠孤獨的了）。
❹ **重恨** tsuŋ^6 hɐn^6 —— 還想，還巴望。邊個重恨做仙（誰還巴望做仙人）。
❺ **有陣** jɐu^5 tsɐn^6 —— 有時候。有陣亦起烽煙（有時候也起烽煙）。
❻ **咪估** mɐi^5 kwu^2 —— 別以為。咪估近水樓台（別以為近水樓台）。
❼ **捨得** sɛ^2 tɐk^7 —— 假如，要是。捨得月裏真正有個嫦娥（假如月亮裏真正有一個嫦娥）。
❽ **還重點** wan^4 tsuŋ^6 tim^2 —— 還怎麼。天光還重點共月姊痴纏（天亮了還怎麼跟月姐纏綿呢）。

22 無情水

無情水，送呢朵有情香。水呀，你何苦咁無情，累我地（哋）斷腸。雖係話水面殘花，都重咁好樣。唔怪得落花流水，自古都話係①文章。呢陣②水係咁漂流，花亦有咁放蕩。佢鏡花同你水月，都一樣咁茫茫。水就係③無情，冇風亦唔會起浪。但得你春潮有信，就送佢到水雲鄉。好在花到一年，又試開過一帳[④]。唔信你明年今日，再去尋芳。好花大抵要等時候放，合啱[⑤]時候，亦都抵得吓（下）風霜。若果當佢朶朶都係薄命桃花，咁（噉）就[⑥]上當。洛陽個（嗰）處，有朶牡丹王。牡丹雖好，重要綠葉扶得佢上。唉，至怕[⑦]唔扶得佢上。任你花神出乜野（嘢）法術，都使唔到二十四番花信延長。

❶ **都話係** tou¹ wa⁶ hɐi⁶ —— 都說是。自古都話係文章（自古都說大可做文章）。

❷ **呢陣** ni¹ tsɐn⁶ —— 這回，這時。呢陣水係咁漂流（這時水是這麼漂流）。

❸ **就係** tsɐu⁶ hɐi⁶ —— 就是，就算是。水就係無情，冇風亦唔會起浪（水就算是無情，無風也不會起浪）。

❹ **帳** tsœŋ³ —— 量詞，次，趟。又試開過一帳（又開過一趟）。今多用「仗」。

❺ **合啱** hɐp⁸ ŋam¹ —— 合適，對，恰好。合啱時候（合適的時候，時候合適的話）。

❻ **咁(噉)就** kɐm² tsɐu⁶ —— 這樣就。噉就上當（這樣就上當）。

❼ **至怕** tsi³ pha³ —— 最怕。至怕唔扶得佢上（最怕扶不起它來）。

23 痴亦唔痴得你住

痴（黐）亦唔痴（黐）得你住，咪估係糯米漿糊。糯米煮到漿糊，日久就會發毛[①]。痴（黐）有陣重容易拆開，點似咪痴（黐）咁好。放鬆條纜，任得隻船蒲[②]。生仔唔知到[③]仔心肝，唔講話係佬[④]。好極恩情，你重未係我丈夫。嬌妻想管，都唔管得到老。我地（哋）青樓，點叫得你咪掟煲[⑤]。就算我係你嬌妻，還要放寬吓（下）量度。講到帶人[⑥]個（嗰）件事，有亦都要當為無。唉，着乜來由[⑦]呷醋。若果話大方唔咁眼緊[⑧]，就冇得嚟嘈[⑨]。

❶ **發毛** fat⁹ mou¹ —— 發霉。

❷ **蒲** phou⁴ —— 浮。任得隻船蒲（讓船隨意漂浮）。

❸ **唔知到** m⁴ tsi¹ tou³ —— 不知道。

❹ **佬** lou² —— 男人。

❺ **掟煲** tɛŋ³ pou¹ —— 告吹，感情破裂。

❻ **帶人** tai³ jɐn⁴ —— 指嫖客把妓女帶離妓院。

❼ **來由** lɔi⁴ jɐu⁴ —— 原因。着乜來由呷醋（有甚麼原因吃醋）。

❽ **眼緊** ŋan⁵ kɐn² —— 認真，看不過眼，計較。

❾ **嘈** tshou⁴ —— 吵鬧。就冇得嚟嘈（就不會來吵鬧）。

24 雙妹嘜

雙妹嘜①，分你唔開。兩個都同埋②一樣，咁好身裁。唔關事③父母生成，就係一對。有緣千里，亦得埋堆④。人地（哋）借你做招牌，嚟賣香煙花露水。名聞四海，都識得你係雙妹。水咁香時，煙亦有咁好款待。引動個的（嗰啲）貪花人仔，着了煙迷。但係煙水都咁無憑，問你溫⑤得幾耐⑥。枉你替人出面，乜咁痴呆⑦。唉，類睡（累悴）⑧。花露水搽完，樽都冇愛⑨。你知唔知到煙頭劈（擗）落⑩，垃圾堆來。

❶ **嘜** mɐk⁷ —— 商標，牌子。

❷ **同埋** thuŋ⁴ mai⁴ —— 相同。

❸ **唔關事** m⁴ kwan¹ si⁶ —— 與……無關。無關事父母生成（跟父母生成無關）。

❹ **埋堆** mai⁴ tœy¹ —— 合在一起。有緣千里，亦得埋堆（有緣千里，也能合在一起）。

❺ **溫** wɐn¹ —— 男女相好相愛。

❻ **幾耐** kei² nɔi⁶ —— 多久。溫得幾耐（相好得多長時間）。

❼ **痴呆** tshi¹ ŋɔi⁴ —— 呆傻。乜咁痴呆（為甚麼這麼呆傻）。

❽ **類睡(累悴)** lœy⁶ sœy⁶ —— 衣衫襤褸，憔悴。

❾ **冇愛** mou⁵ ŋɔi³ —— 不要。樽都冇愛（瓶子都不要）。

⑩ **劈(擗)落** phɛk⁸ lɔk⁸ —— 扔下，丟棄在。煙頭擗落垃圾堆來（煙頭扔到垃圾堆裏來）。

25 官你都唔着做

官你都唔着做，不若伴妹妝樓。妹係梳頭，你就在側便睺（吼）①。睺（吼）到隻髻梳成，你癮亦過透。使乜跟埋②人地（哋），去做痧瘺③。你巴結得人來，妹你亦都會伺候。做官人客，周日都帶便樽油。搽上髻時，就好似把口。刨花咁滑，重要俾（畀）水嚟摳④。髻心紮住，條線咁幼⑤。唔通你重想綁得住隻金牛。頭路撥開，你有路就走。至怕走差條路，問你點走得回頭。挑起倘任（髦，又叫陰）⑥，留番的（啲）後。後來享福，就要眼前修。戴朵鮮花，勞吓（下）你貴手。千祈咪個，背手⑦嚟豆（拞）⑧。唉，吽哣⑨。你若果係豆（拞）埋咁多背手，生仔就會冇囉柚⑩。

❶ **睺(吼)** hɐu¹ —— 守侯，觀看。你就在側便吼（你就在旁邊守侯）。

❷ **跟埋** kɐn¹ mai⁴ —— 跟着，緊緊地跟着。使乜跟埋人地（何必緊跟着人家）。

❸ **痧瘺** sa¹ lɐu¹ —— 意思不詳。

❹ **摳** khɐu¹ —— 攙和。俾水嚟摳（用水來攙和）。

❺ **幼** jɐu³ —— 細。條線咁幼（線這麼細）。

❻ **倘任(髦)** thɔŋ³ jɐm¹ —— 指劉海，女子額前的頭髮。今叫「陰」。

❼ **背手** pui⁶ sɐu² —— 用於賄賂的錢物。

❽ **豆(拞)** tɐu⁶ —— 收受。千祈咪個，背手嚟拞（千萬不要暗中接受賄賂）。

❾ **吽哣** ŋɐu⁶ tɐu⁶ —— 萎靡不振，傻笨。這裏指傻笨的人。

❿ **囉柚** lɔ¹ jɐu² —— 屁股。生仔冇囉柚（生孩子沒有屁股）。

26 咪話唔好落雪

咪話①唔好落雪，落到世界如銀。世界有咁多銀，乜又唔俾（畀）②我地（哋）分。人地（哋）都有份嚟分，我地（哋）亦應該有份。但係世上咁多人口，點得着個③分匀。分唔到你嚟，亦唔使恨④。倘來富貴，都幾咁閒文⑤。無奈你話閒文，人地（哋）都笑你話笨。笨仔學到精時，到底輸蝕⑥過人。世界至到而家⑦，重還講乜野（嘢）⑧立品。邊一個扭得六壬⑨咁應，就使得着袖裏乾坤。唉，怕乜同佢地（哋）賭吓（下）命運。試睇吓（下）西遊記，個（嗰）⑩位齊天大聖，一個筋斗，就打上九霄雲。

❶ **咪話** mɐi^{5} wa^{6} —— 別說。咪話唔好落雪（別說不要下雪）。
❷ **唔俾（畀）** m^{4} pei^{2} —— 不給，不與。唔畀我哋分（不跟我們分）。
❸ **着個** tsœk^{8} kɔ^{3} —— 逐個。點得着個分（怎能逐個地分）。
❹ **唔使恨** m^{4} sɐi^{2} hɐn^{6} —— 不要稀罕，不必羨慕。分唔到你嚟，亦唔使恨（分不到你時，也不要羨慕）。
❺ **閒文** han^{4} mɐn^{4} —— 等閒，平常事。
❻ **輸蝕** sy^{1} sit^{8} —— 比別人差，不如。笨仔學嘢會輸蝕過人（笨人學東西會比別人差）。
❼ **而家** ji^{4} ka^{1} —— 現在。世界至到而家（世界發展到現在）。
❽ **乜野（嘢）** mɐt^{7} jɛ^{5} —— 甚麼。重還講乜嘢立品（還說甚麼立品）。
❾ **扭六壬** nɐu^{2} luk^{8} jɐm^{4} —— 處心積慮以達到某種目的。
❿ **個（嗰）位** kɔ^{2} wɐi^{2} —— 那位。嗰位齊天大聖（那位齊天大聖）。

27 你惱我亦都唔怕

你惱（嬲）①我亦都唔怕，就怕你心多。怕你周時唔歇口，對住我喃麼②。相好到如今，何曾見我有過第二個。

點解搵頭搵路③，又試囉嗦。我呢陣④只有擺白⑤心肝，任從你摸。摸中呢條心事，正話⑥做得公婆。若果摸唔中呢條心，就係你錯。呢回唔準，再起風波。賣笑場中，人客唔止你一個。個個都你咁思疑⑦，好極亦會疏。索性共你丟離，情字又唔看得破。蠶蟲自綁，都係怨在當初。唉，折墮⑧。正係⑨前世唔修，做着你呢個戥砣。

❶ **惱(嬲)** nɐu^{1} —— 生氣。
❷ **喃麼** nam^{4} mo^{4} —— 指唸經。形容人嘮叨，喋喋不休。
❸ **搵頭搵路** wɐn^{2} thɐu^{4} wɐn^{2} lou^{6} —— 找來找去。
❹ **呢陣** ni^{1} tsɐn^{6} —— 這回，現在。我呢陣唔講自（我現在暫時不說）。
❺ **擺白** pai^{2} pak^{8} —— 明白地說出來。我擺白出來（我明白地跟你說）。
❻ **正話** tsiŋ^{3} wa^{6} —— 才能。正話做得公婆（才能做得夫妻）。
❼ **思疑** si^{1} ji^{4} —— 懷疑。個個都你咁思疑（個個你都這麼懷疑）。
❽ **折墮** tsit^{9} tɔ^{6} —— 造孽啊。
❾ **正係** tsiŋ^{3} hɐi^{6} —— 真是。正係前世唔修（真是前世沒積德）。

28 賣布佬

人地（哋）都話你係賣布佬，咁冇良心。捨得①你有半點良心，我都唔使受咁耐②苦鹹。平日講到話知心，情實③就係噤④。一味口甜舌滑，揩⑤我地嚟掭⑥，掭吓（下）掭到就要過年，仍舊係咁（噉）⑦。往日應承我，點解又試搵⑧第二個人斟⑨。索性共你嗌⑩過一場，又怕冇人幫我做膽⑪。同羣姊妹，好幾個共我唔啱⑫。呢陣寮口⑬都話，唔俾（畀）我嚟踮⑭。怕要搬落水鬼氹⑮，想起從前咁起市⑯，點樣估得到如今。唉，咪話得上牀想牽被冚（揿）⑰。至弊⑱大眾都傳話我，兜（拉）埋你咁多白水，傳到咁圩含（冚）⑲。

❶ **捨得** sɛ² tɐk⁷ —— 假如，要是。捨得你有半點良心（要是你有半點良心）。
❷ **咁耐** kɐm³ nɔi⁶ —— 這麼久。
❸ **情實** tshiŋ⁴ sɐt⁸ —— 其實。情實就係嘥（其實就是騙）。
❹ **嘥** thɐm³ —— 騙，哄騙。
❺ **揩** khai³ —— 將，把。揩我地嚟揼（把我們來拖延）。
❻ **揼** tɐm¹ —— 用某種手段與對方保持聯繫，轉指拖延。
❼ **係咁(噉)** hɐi⁶ kɐm² —— 是這樣。仍舊係噉（仍然是這樣）。
❽ **搵** wɐn² —— 找。又試搵第二個人（又再找別的人）。
❾ **斟** tsɐm¹ —— 商談，討論。轉指相好。同第二個人斟（同別的人相好）。
❿ **嗌** ŋai³ —— 吵架。索性共你嗌過一場（索性跟你吵了一場）。
⓫ **做膽** tsou⁶ tam² —— 做後盾，壯膽。
⓬ **唔啱** m⁴ ŋam¹ —— 不和。共我唔啱（與我不和）。
⓭ **寮口** liu⁴ hɐu² —— 妓院。
⓮ **踎** mɐu¹ —— 蹲。轉指留下來。唔俾我嚟踎（不讓我待下去）。
⓯ **水鬼氹** sœy² kwɐi² thɐm⁵ —— 最低等的色情場所。
⓰ **起市** hei² si⁵ —— 生意紅火。想起從前咁起市（想起從前那麼紅火）。
⓱ **冚(㨆)** khɐm² —— 蓋。得上牀想牽被㨆（上了牀就要牽被子蓋）。
⓲ **至弊** tsi³ pɐi⁶ —— 最糟糕。至弊大眾都傳話我（最糟糕的是大家都傳說我）。
⓳ **圩含(冚)** hœy¹ hɐm⁶ —— 吵鬧，鬧哄哄的，傳說紛紛。傳到咁圩冚（傳到紛紛揚揚的）。

29 梅花你

梅花你，點解①重唔開。天時咁冷，勸你早的（啲）開來。雪地冰天，亦都唔成世界。唔係你梅花鐵骨，點抵得風吹。你睇籬菊傲霜，都着霜嚟凍壞。何況芝蘭咁嫩，幾久正②得春回。春色一自自③撩人，你都推到咁耐。乾柴憑火，點怪我嚟催。問你花間多少，杏姐同桃妹。邊個學得你④梅花品格，就獨佔花魁。好花要趁年少採，臨老正入花叢，到底就係呆。人地（哋）話你花貌孤寒⑤，唔似牡丹咁富貴。點知你前生注定，就係仙胎。做到神仙，還要過呢度海。就怕神仙過海，重未到得蓬萊。唉，瘦到⑥梅花，還有鶴同你配對。虧我綺（倚）窗長夜，未必請到月影相陪。

❶ **點解** tim² kai² —— 為甚麼。點解重唔開（為甚麼還不開）。

❷ **幾久正** kei² kɐu² tsiŋ³ —— 多久才。幾久正得春回（多長時間才等到春回）。

❸ **一自自** jɐt⁷ tsi⁶ tsi⁶ —— 漸漸地，逐漸地。春色一自自撩人（春色漸漸地惹人）。

❹ **學得你** hɔk⁸ tɐk⁷ nei⁵ —— 像你。邊個學得你梅花品格（誰像你梅花品格）。

❺ **孤寒** kwu¹ hɔn⁴ —— 孤單，孤獨。人地話你花貌孤寒（人家說你花貌孤獨）。

❻ **瘦到** sɐu³ tou³ —— 瘦得像……一樣。瘦到梅花（瘦得像梅花一樣）。

30 乜你都話唔管

—— 共管聲浪漸高，無以饜之，聊撫此曲。

乜你都話唔管，人地（哋）點管得你咁多多。自己管自己唔嚟①，你都幾係②咁傻。如果你係有蚊（文）錢③，亦都使得鬼推磨。自己做埋頭諾④，正係三水佬擺了哥⑤。就怕你自己唔曾，管得自己妥。等到人嚟管你，咁（噉）就奈佢唔何⑥。千日讓人地（哋）當家，都係你錯。呢會正話⑦想收番嚟管，人地（哋）都做你家婆。唉，做到呢份家婆，日子亦唔係咁容易過。人口有咁大堆，飯都要食好幾籮。

❶ **唔嚟** m⁴ lɐi⁴ —— 不了。做不到。自己管自己唔嚟（自己管不了自己）。

❷ **幾係** kei² hɐi⁶ —— 相當的。你都幾係咁傻（你也是相當的傻，你也夠傻的）。

❸ **蚊(文)錢** mɐn[1] tshin[4] —— 一文錢，即錢財。如果你係有文錢（如果你是有錢的話）。

❹ **諾(咯)** lɔk[9] —— 語氣詞，表示既然都如此了。

❺ **了哥** liu[1] kɔ[1] —— 即鷯哥，一種會學人類說話的鳥。

❻ **奈佢唔何** nɔi[6] khœy[5] m[4] hɔ[4] —— 奈何不了他。

❼ **正話** tsiŋ[3] wa[6] —— 正打算。正話想收番嚟管（正打算收回來管）。

❽ **家婆** ka[1] phɔ[4] —— 婆婆。都做你家婆（比喻都已經是管你的人了）。

31 大燈籠

城隍廟，有對大燈籠。外面咁大對燈籠，點解裏面咁空。空你就大過座山，亦都無乜用。漿糊紙紮①，一督②就穿窿。點起燈嚟油都要半桶。你話幾多油火，正熱得心紅。況且棉線做心，唔係實攏（籠）③。條心咁散，見火點話唔熔。咪估④掛到高時，就嚇得大眾。嚇我唔親⑤，只可嚇廟祝公。想你廟裏咁大對燈籠，都係人地（哋）敬送。佢地（哋）一心全係為弟子，邊處⑥為到神功。唉，真正懵⑦。試問大成咁樣子，點能搬得你動。除非係一場風颶⑧，打到你四便⑨通窿⑩。

❶ **紙紮** tsi[2] tsat[9] —— 紙糊。漿糊紙紮（用糨糊和紙來糊）。

❷ **督** tuk[7] —— 杵，戳。一督就穿窿（一杵就穿孔）。

❸ **實攏(籠)** sɐt[8] luŋ[2] —— 實心。條心唔係實籠（心不是實心）。

❹ **咪估** mɐi[5] kwu[2] —— 別以為。咪估掛到高時（別以為掛得高高的）。

❺ **嚇我唔親** hak[9] ŋɔ[5] m[4] tshɐn[1] —— 嚇不着我。

❻ **邊處** pin[1] sy[3] —— 哪裏。邊處為到神功（哪裏是為神功）。

❼ **懵** muŋ[2] —— 糊塗。真正懵（真糊塗）。

❽ **風颶** fuŋ[1] kœy[6] —— 颱風。

❾ **四便** sei[3] pin[6] —— 四周。

❿ **通窿** thuŋ[1] luŋ[1] —— 穿孔。

32 咪估話唔跟佬自

咪估話唔跟佬自[1]，重想受吓（下）消磨。花粉場中，你妹亦都見盡咁多。跟佬上街[2]，唔係話隨便揀個。未揀着個合啱[3]脾胃，點共佢做得公婆。就算性情夾啱，怕佢唔容易帶我。有個帶人容易，又怕我共佢生疏。早知到呢處青樓，咁冇結果。投胎個（嗰）陣，先該就問定[4]閻羅。呢陣海底撈針，叫我點摸。摸着個唔跟得佢，重怕惹起風波。若果話亂咁跟人，點得呢世過。唔通一年半載，又試落番河[5]。父母躐過牀頭[6]，身價任從佢攞[7]。是必[8]要我心情意願，正免得日後囉嗦。唉，咪話咁（噉）就唔會有錯。你睇揀着個好眉好貌，都會係大拋（泡）和[9]。

❶ **唔跟佬自** m^4 kɐn^1 lou^2 tsi^6 —— 暫時先不跟男人從良。

❷ **上街** sœŋ^5 kai^1 —— 妓女離開水上的妓院。跟佬上街（跟隨男人到家裏）。

❸ **合啱** hɐp^8 ŋam^1 —— 合適。未揀着個合啱脾胃（沒有挑選到跟自己脾胃相合的人）。

❹ **問定** mɐn^6 tiŋ^6 —— 事先問清楚。

❺ **又試落番河** jɐu^6 si^3 lɔk^8 fan^1 hɔ^4 —— 再次下河，指重新淪為妓女。

❻ **父母躐過牀頭** fu^6 mou^5 lam^3 kwɔ^3 tshɔŋ^4 thɐu^4 —— 父母跨過牀頭，比喻父母恩情重大。

❼ **攞** lɔ^2 —— 索取。身價任從佢攞（身價隨他索取）。

❽ **是必** si^6 pit^7 —— 一定。是必要我心情意願（一定要看我的心情和意願）

❾ **大拋(泡)和** tai^6 phau^1 wɔ^4 —— 窩囊廢，無能的人。

33 咪話我唔好口

咪話我唔好口，開口就得罪親[1]人。你妹而家，亦算減頸[2]到十分。人地（哋）共我有乜相干，何苦勸諫。勸人一遍，自己都幾咁[3]勞神。無奈姊妹在呢處煙花，都同埋係債躉[4]，得我嚟勸吓（下），或者唔會墮落終身。勸你地（哋）唔聽，我情義就算係盡。夜靜攝[5]高枕頭想過，你話有邊一句唔真。就係得罪你地（哋）的多（啲哆）[6]，亦都無乜[7]要緊。算我口才笨拙，唔會講句褒獎時文[8]。唉，唔通重係叺眼瞓（瞌眼瞓）[9]，點解我成晚講到天光，你都詐做唔聞。

❶ **親** tshɐn[1] —— 助詞，表示受動或感受。開口就得罪親人（一開口就得罪了人）。

❷ **減頸** kam[2] kɛŋ[2] —— 強忍怒氣。亦算減頸到十分（也算強壓住了怒火）。

❸ **幾咁** kei[2] kɐm[3] —— 多麼，夠……的。自己都幾咁勞神（自己也夠勞神的了）。

❹ **債躉** tsai[3] tɐn[2] —— 欠債多的人。都同埋係債躉（都同是欠了一身債的人）。

❺ **攝** sip[9] —— 墊。夜靜攝高枕頭想過（夜裏認真地細想）。

❻ **的多（啲哆）** ti[1] tœ[1] —— 一點點，一丁點。就係得罪你地啲哆（就算得罪你們一點點）。

❼ **無乜** mou[4] mɐt[7] —— 沒甚麼。亦都無乜要緊（也沒甚麼了不起）。

❽ **時文** si[4] mɐn[4] —— 應酬的話語。唔會講句褒獎時文（不會說句好話）。

❾ **叺眼瞓（瞌眼瞓）** hɐp[7] ŋan[5] fɐn[3] —— 打瞌睡。

34 自題解心後

心冇話[1]唔解得，先要把你心事嚟猜，猜中你條心事，正話[2]解得你愁懷。世界弊極[3]都會有番頭[4]，唔在閉翳[5]。咪個周時[6]都掛住，怕跌落天嚟。退一步海闊天空，就唔同世界。使乜修到條心咁靜，去食長齋。心事咁多，唔解你就蝕抵[7]。解剩一條心事，怕乜晚晚都俾（畀）花圍。花開花落，佢都年年係，賞罷春蘭，秋菊又試咁威[8]。佢唔係香花，顏色就好睇。

色香何必，兩樣都兼齊。鮮花要摘，你亦唔摘得佢晒[⑨]。咁（噉）就不如咪摘，伴吓（下）你妹深閨。風月繁華，未必話唔好得到底。只要心能解透，就唔會着風月痴迷。唉，痴唔痴，看你點樣見解。但係首先你就唔着[⑩]，把解心呢兩個字難為。

❶ **冇話** mou⁵ wa⁶ —— 從不，不可能。心冇話唔解得開（心不可能解不開）。
❷ **正話** tsiŋ³ wa⁶ —— 才能。正話解得你愁懷（才能解得開你的愁懷）。
❸ **弊極** pɐi⁶ kik⁸ —— 糟糕透，再糟糕。弊極都會有機會（再糟糕也會有機會）。
❹ **有番頭** jɐu⁵ fan¹ thɐu⁴ —— 有回頭，即有輪迴。世界會有番頭（世界會有輪迴）。
❺ **閉翳** pɐi³ ŋɐi³ —— 憂愁，愁悶。唔在閉翳（不必憂愁）。
❻ **周時** tsɐu¹ si⁴ —— 經常。咪個周時都掛住（不要經常都惦念着）。
❼ **蝕抵** sit⁸ tɐi² —— 吃虧。唔解你就蝕抵（不解你就吃虧）。
❽ **威** wɐi¹ —— 漂亮。秋菊又試咁威（秋菊又這麼漂亮）。
❾ **晒** sai³ —— 助詞，用在動詞或形容詞之後，表示全、都、完、光、了等意思。摘得佢晒（能摘得完它）。
❿ **唔着** m⁴ tsœk⁸ —— 不應該，不必。唔着把佢為難（不必把他為難）。

冼玉清收集

整理的粵謳

48首

1 頌林制軍①

你真正係笨，做乜②苦苦要做忠臣？縱然忠烈，有幾個明君？有道正好做官，無道要隱。奸臣用計，重辦乜夷人。雖則你係報國精忠，原是本份。總係聖人③遠隔，黑白難分。你睇人地（哋）做官，重有連升品。戰而無計，用六百萬餘銀。好比你共岳飛，同佢一樣飲恨，將近成功，調佢轉身。被貶伊犁，心又怎忍。唉！心不忿，忠臣難見信。等我四便城門來關緊，炮台整好讓過夷人。（據東圃新塘大隊簡振昌藏舊抄本。）

❶ **林制軍** lɐm⁴ tsɐi³ kwɐn¹ —— 林則徐。
❷ **做乜** tsou⁶ mɐt⁷ —— 為甚麼，幹嗎。
❸ **聖人** siŋ³ jɐn⁴ —— 指當朝皇帝。

題解：1841 年（道光二十一年），虎門銷煙後的林則徐反被琦善等構陷，貶戍新疆伊犁。此謳寫出當時人們對林則徐的評價。

2 顛地鬼

顛地鬼，自心煩。被困洋行見影單，為奉狼主①聽差，把鴉片帶慣。點想天朝新例，禁得非凡。貨已報關，難以復返。個的（嗰啲）文官武將，係咁虎視耽耽。要把茶葉大黃②將我帶返，若然唔繳，就要把性命傷殘。孤掌難鳴真可歎，未奉國王之命，叫我怎自承擔。意欲私遞個本章，將狼主勸諫，點想重重把截，帶信艱難。書詞寫便無鴻雁，個的（嗰啲）西關茶艇尚在埗頭③灣。重有通事④沙文⑤兼共買辦⑥，阻唔來往，又怕泄漏機關。堪羨鐵頭⑦真慧眼，居然收賬把本國回還。知道佢機謀百出都係非常慣，卸落工程，畀我承擔。早知道今日事情，唔好同佢往返，免致身投禁地，好似鐵壁銅關。坐到譙鼓將殘難合眼。不若將時表較準，暫解愁煩。（據廣東省中山圖書館藏《燕喜堂鈔本粵謳》。）

❶ **狼主** lɔŋ⁴ tsy² —— 指英國皇帝。
❷ **茶葉大黃** tsha⁴ jip⁸ tai⁶ wɔŋ⁴ —— 是英國人日用必須之物。當時繳煙一箱，賞給大黃十五斤。
❸ **埗頭** pou⁶ thɐu⁴ —— 碼頭。尚在埗頭灣（還在碼頭停靠着）。
❹ **通事** thuŋ¹ si⁶ —— 翻譯員。
❺ **沙文** sa¹ mɐn⁴ —— 僕人（英語 servant）。
❻ **買辦** mai⁵ pan² —— 外國商人雇來採辦貨物的人員。
❼ **鐵頭** thit⁹ thɐu⁴ —— 即威廉·渣甸，蘇格蘭人，東印度公司隨船醫生，諢名鐵頭老鼠。後成為獨資鴉片行商，為怡和洋行的創辦人。

題解：顛地是英國大鴉片煙販子。在鴉片戰爭時期，因為拒繳鴉片，被林則徐拘禁在商館。當時英駐華商務監督義律，帶顛地私逃，被林則徐截獲，囚禁在商館。最後繳出鴉片二萬餘箱，由林則徐在虎門公開銷毀。

3 題時局圖

爭乜野（嘢）①氣，使乜疑，時局分明，睇吓（下）②便知：你睇吓（下）俄國好似一隻大熊，狼③到極地，張牙舞爪，以惡為題。踏實山、陝、遼東兼及直隸，滿洲蒙古都係佢胯下東西，佢重心心想着吞高麗，又把神眼插住個哈爾齊齊④，若然俾（畀）佢來咬噬，片地將來都被佢踏低。佢見着人就亂屠，村就亂毀，當你地唐人性命，賤過沙泥！重怕有個法人同佢合計，你睇佢伸開臂膀係一隻大田雞，佢坐實安南來做過底⑤，重話暹羅個（嗰）便都是任佢施為，四川抓到兼雲貴，瓊州攬住，重話要兩粵東西，怕佢拉聲來一吠，個（嗰）陣川、廣、雲南就惹問題。故此英國好似一隻大蟲同好抵制，蟠埋⑥兩廣誓不輸虧。佢就全身枕住⑦個長江位，又見膠州入了德國範圍，故此伸尾搭埋⑧威海衛，預備俄人南下佢就發起雄威。寧可左眼暫時留半閉，等佢餓鷹側翅，插下個（嗰）面花旗。重有一個東洋如唇齒，都話同文同種兩相依，點想佢 X 光射到台灣去，重有層層光射影入迷離。唉！我好笑好嬲⑨，還有一隻蝦仔⑩佢一身鹹氣，重八字鬚仔飛飛。枉費你中原如許大地，總係一角匿埋⑪冇乜⑫作為。睇佢大睡長眠，猶是未起，佢重張開羅網，等佢起腳難飛。畀的（啲）者也之乎⑬埋住你，畀的弓刀大石⑭等你越練越頑皮。做官的（啲）提住個金錢來做生意，兜肚陰虛⑮，實在惡醫⑯個的（嗰啲）財主人家，諸事懶理，酒色昏迷，樂此不疲。點知道外便重有好多謀住你，立刻時常會禍機。何況今日事已臨頭，收手不易，若係你地（哋）華人唔發憤，重等到乜天時。（《近代史資料》1954 年第 1 期）

❶ **乜野（嘢）** mɐt^{7} jɛ^{5} —— 甚麼。

❷ **睇吓（下）** thɐi^{2} ha^{5} —— 看一下。

❸ **狼** lɔŋ^{4} —— 狼毒，兇狠。

❹ **哈爾齊齊** ha^{1} ji^{5} tshɐi^{4} tshɐi^{4} —— 即齊齊哈爾。

❺ **安南來做過底** kwɔ^{3} tɐi^{2} —— 意指借越南作基地。

❻ **蟠埋** phun^{4} mai^{4} —— 蜷縮着。

❼ **枕住** tsɐm^{2} tsy^{6} —— 把守住。

❽ **搭埋** tap^{9} mai^{4} —— 連同，借機糾合在一起。

❾ **好嬲** hou^{2} nɐu^{1} —— 很生氣。

⑩ **蝦仔** ha[1] tsɐi[2] —— 指葡萄牙。

⑪ **匿埋** nei[1] mai[4] —— 躲藏。

⑫ **冇乜** mou[5] mɐt[7] —— 沒有甚麼。

⑬ **者也之乎** tsɛ[2] ja[5] tsi[1] fu[4] —— 之乎者也，指文言文的文章，用來麻醉讀書人。

⑭ **弓刀大石** kuŋ[1] tou[1] tai[6] sɛk[8] —— 指習武者只練功夫，不去關心國家大事。

⑮ **兜肚陰虛** tɐu[1] thou[5] jɐm[1] hœy[1] —— 指沒有錢。

⑯ **惡醫** ŋɔk[9] ji[1] —— 很難醫治。

題解：《題時局圖》一謳，反映出我國廣大人民對帝國主義瓜分中國陰謀的反對。

4 英雄淚

（二首其一）　**八溟**

英雄淚，哭一句江山！江山咁好，做乜①唔把主人還？黃帝打落呢個江山，唔係只想自己歎②，東征西討，好費事正得把師班。點想傳到後人，好似唔抹腳咁散③，拱手讓過胡人，當作好閒④。近日割地紛紛，越更唔過得眼，睇住旁人，食一大餐，割裂瓜分都定晒⑤界限，不日國種傷亡，唔係講頑（玩）。胡運當衰，知佢一定撞板⑥，總係胡人失手，又被別個撈單⑦，咁樣我地（哋）黃帝子孫，就無法救挽？唉！知錯恨晚，此頭真正燦⑧，難道唔准我地（哋）文明，只准我地（哋）野蠻！

❶ **做乜** tsou[6] mɐt[7] —— 為甚麼。

❷ **自己歎** tsi[6] kei[2] than[3] —— 獨自享受。

❸ **唔抹腳咁散** m[4] mat[9] kœk[9] kɐm[3] san[3] —— （洗腳後）不擦乾腳地散去水分（喻錢財），即隨意揮霍掉。

❹ **好閒** hou[2] han[4] —— 不當作一回事。

❺ **定晒界限** tiŋ⁶ sai³ kai³ han⁶ —— 瓜分得清清楚楚。

❻ **撞板** tsɔŋ⁶ pan² —— 碰壁。

❼ **撈單** lou¹ tan¹ —— 佔了便宜。

❽ **燦** tshan³ —— 愚笨。此頭真正燦，這頭腦真的愚笨。

5 英雄淚 （其二）

英雄淚，灑向神州。何事同胞，願作馬牛？似錦人權，天所賦就，做乜甘於放棄，總不知羞。壓力既係重到千斤，反力就須當要講究，點解①毫無生氣，把歲月虛投。講到爭錢，冇個②甘居落後，得到話爭回漢土，就個個變了寒鳩，遍地鼾聲，似得係飲咗③長眠酒。祖宗喋血，自己竟抹卻前仇，生得咁（噉）嘅④子孫，唔要都罷就⑤。唉！唔在幾久，我趁早嚟同你講透，他日做到三層奴隸，你咪⑥想有日子昂頭。

❶ **點解** tim² kai² —— 為甚麼。

❷ **冇個** mou⁵ kɔ³ —— 沒有一個。

❸ **飲咗** jɐm² tsɔ² —— 飲了。

❹ **咁(噉)嘅** kɐm² kɛ³ —— 這樣的。

❺ **罷就** pa⁶ tsɐu⁶ —— 罷了。

❻ **咪** mɐi⁵ —— 不要，別。

題解：兩首《英雄淚》當係反清革命志士號召各族人民推翻清王朝的作品。

6 廣州灣 仍舊

痛定思痛，我個廣州灣。不堪回首，珠淚偷彈。雖則地土無多，人亦有限，亦算個通商良港，都係大漢嘅河山。自從把租界劃與法人，我就知有後患，又有別人想着開埠呀，幾咁[①]心煩。幾國都想分的（啲）杯羹，驚死[②]手慢，好似羣魚爭餌，天咁交關。是以法國知機[③]，忙把鐵路來辦，佢央求清政府，切勿為難。我想一揸[④]到路權、就可以把死命制硬。唉！真可歎，大局成魚爛（欄）[⑤]，恨只恨政府慷他人慨，不肯把漢土交還。（1905 年 7 月 7 日《有所謂報》）

❶ **幾咁 kei² kɐm³** —— 多麼。
❷ **驚死 kɛŋ¹ sei²** —— 惟恐。驚死手慢（唯恐手慢）。
❸ **知機 tsi¹ kei¹** —— 機敏，懂得時機。
❹ **揸 tsa¹** —— 抓，掌控。
❺ **魚爛（欄） jy⁴ lan¹** —— 魚類的批發店。應為「魚欄」。

題解：《廣州灣》一謳，是有感於法國在 1905 年 6 月要求清政府允許由廣州灣敷設鐵路通向內陸，進一步侵犯中國主權而作。廣州灣（今廣東省湛江港），離遂溪縣城四十里。清政府把它租借給法國的賣國行為，受到廣東人民，特別是遂溪縣人民的強烈反對。作者「仍舊」，是鄭貫公的筆名，鄭貫公是《有所謂報》的編輯。

7 警心圖

君呀！你且留一陣眼，看吓（下）呢幅警心圖。切不可漠然看過，意玩心粗，因為家國所關，尤要向慕；講到邦畿日蹙，叫我怎不憂勞。想起虎視鷹瞵，誰禦得外侮，真正我為魚肉，彼作砧刀。第一個係扶桑驕子，更覺堪人怖，野心難遏，一味展拓佢嘅帝國規模。睇吓（下）[①]人地（哋）呢陣[②]實力經營，為恐不到，策謀紛展佈。君呀！你若不打醒精神[③]，不久就會國破種奴。（1906 年《時事畫報》第 19 期第 2 頁）

❶ **睇吓(下)** thɐi[2] ha[5] —— 看看。

❷ **呢陣** ni[1] tsɐn[6] —— 現在。

❸ **打醒精神** ta[2] siŋ[2] tsiŋ[1] sɐn[4] —— 提高警惕。

題解：日本畫家松原嚴的《經營滿洲圖》，提出侵略滿洲的步驟。廣州《時事畫報》於 1906 年 6 月 15 日轉載了這幅圖，題為《警心圖》。

8 離巢燕

珠海　夢餘生

離巢燕，飛向天涯，你飄泊到天涯，問你向邊一處①棲。舊日你在王謝堂前，就無乜②掛繫，為着杏林春好，故此把故國拋離。海上縱有珊瑚，總唔似舊巢咁可恃，寄人籬下，難怪你不敢高飛。人地（哋）話③你羽毛未豐，就係飛唔得起，重怕④鷹鸇同你爭食，逐得你魂魄唔齊。想你幾千年嘅種類凌夷，問你知到未？烏衣門巷，空聽個（嗰）隻鷓鴣啼。都為你個主人，總唔憐惜吓（下）⑤你，畫簾深處，篆煙迷。你若念吓（下）同羣，就要爭一啖⑥氣。咪個⑦自相殘啄，好似梟鴟。我想講到合羣，人物都係一理。你唔信睇吓（下）咁多昆蟲水族，邊一樣⑧唔合羣嘅，就邊一樣受異種嚟欺。唔信你又睇吓（下）印度波蘭，與及⑨猶太，遭人踐踏，重甚過燕啄香泥。亡國個的（嗰啲）淒慘，都有得過你睇，故宮禾黍，忍不住珠淚雙垂。咁好雕樑，都係自己拋棄，上林有樹，叫你點樣搵⑩得一枝。唉！唔好戲，燕雀安知鴻鵠志，總要想吓（下）燕巢危幕就唔好呢喃細語，咁樣講嘻嘻。（1905 年《新小說》第十六號）

❶ **邊一處** bin[1] jɐt[7] sy[3] —— 哪裏。

❷ **無乜** mou^{4} mɐt^{7} —— 沒甚麼，不怎麼。今多說「冇乜」mou^{5} mɐt^{7}。

❸ **人地(哋)話** jɐn^{4} tei^{6} wa^{6} —— 別人說。

❹ **重怕** tsuŋ^{6} pha^{3} —— 還怕。

❺ **憐惜吓** lin^{4} sɛk^{9} ha^{5} —— 憐惜一下。

❻ **一啖** jɐt^{7} tam^{6} —— 一口。一啖飯（一口飯）。

❼ **咪個** mɐi^{5} kɔ^{3} —— 別，切勿。

❽ **邊一樣** pin^{1} jɐt^{7} jœŋ^{6} —— 哪一樣，哪一種。

❾ **與及** jy^{5} khɐp^{8} —— 以及。

❿ **點樣搵** tim^{2} jœŋ^{6} wɐn^{2} —— 怎麼找。

9 南飛雁

猛進

南飛雁，乜得咁①飄零？見你棲留無所，哀怨難勝，究竟為着乜野（嘢）②情由，羈困異境。允為稻粱謀計，至不遠萬里行程，歷盡霜淒雪緊，處處悲風景。幾番憔悴，遠漠沙汀，舉目無依，只有形弔影，嗷嗷終歲，自向大澤哀鳴。重有繒繳網羅，隨處都是陷阱，滿途榛莽，重向邊一處謀生？何況羽翮摧殘，歸路又遠、魂不定，渺渺音書梗，呢吓（下）③知否你同羣翹盼，觸起傷情。（1905 年 10 月 19 日《有所謂報》）

❶ **乜得咁** mɐt^{7} tɐk^{7} kɐm^{3} —— 為甚麼這麼。乜得咁飄零（為甚麼這麼飄零）？

❶ **乜野(嘢)** mɐt^{7} jɛ^{5} —— 甚麼。

❸ **呢吓(下)** ni^{1} ha^{5} —— 這下子，現在。

10 真正係苦

仍舊

真正係苦，我地（哋）華工，謀生無路，逼住要四海飄蓬，離鄉背井，走去求人用。不過想覓蠅頭，豈敢想話做個富翁。點估[1]外國工人，嫌我地（哋）日眾。佢話[2]土人權利，失去無窮。故此想禁華工，隨處煽動，想得趕絕我地（哋）華人、不准我在埠中。試想我地（哋）在本國既係咁艱難，來到外埠又咁苦痛，真正係地球雖大，何處可把身容。今日我聽見續約問題，心甚慟，唉！愁萬種，熱血如潮湧，但得漢人光復呀，重駛（使）乜[3]遠地為傭！

（1905 年 6 月 13 日《有所謂報》）

❶ **點估** tim² kwu² —— 誰料。點估外國工人，嫌我哋日眾（誰料外國工人，嫌我們日漸增多。）

❷ **佢話** khœy⁵ wa⁶ —— 他說。

❸ **重駛（使）乜** tsuŋ⁶ sɐi² mɐt⁷ —— 還何必。重使乜遠地為傭（還何必到遠處當勞工！）

題解：《離巢燕》、《南飛雁》、《真正係苦》三謳，都是反映華工身受封建壓迫，不得已往外謀生，而流浪異鄉，受外人排斥，欲歸不得的痛苦情況。

11 拒約會

偉侯

拒約會，委實堂皇，從來中國，未得聽過個（嗰）條腔。今日聞知，心已快壯，他時實踐，更重威揚。我記得花旗國勢，久已推工黨，時時刻薄我地（哋）華人，確係慘傷。往陣重話[1]禁工，今日已禁到商民上，就係讀書遊學，都不准我地（哋）到埠如常。點解佢到中國地方，就隨佢意向。有來無往，禮不應當。可恨政府無能，將佢抵擋，幸得民心踴躍，設法相償。體面爭回，盡在呢賬（仗）[2]，總要堅持到底，勿個半路更張。一律頒行，全國一樣。咪共佢③行銷貨物，佢就要舉國彷徨。個（嗰）陣④工黨無工，心就啥想，自然轉舵，另立過新章。我知佢地（哋）政府無心，陪佢去戇⑤，但係政由下出，頂惡商量。他日願改新章，主要顧住佢欺誑，約章難恃，恃在此會堅剛。故此要有堅心，同佢抵抗。唉！唔係白講，分毫難退讓，慢吓（下）⑥就弊⑦過從前，我問你地（哋）點樣⑧下場。（1905 年 7 月 10 日《有所謂報》）

❶ **往陣重話** wang^{5} tsɐn^{6} tsuŋ^{6} wa^{6} —— 以前還說，以前還只說。
❷ **呢賬(仗)** ni^{1} tsœŋ^{3} —— 這次。
❸ **咪共佢** mɐi^{5} kuŋ^{6} khœy^{5} —— 別跟他。
❹ **個(嗰)陣** kɔ^{2} tsɐn^{6} —— 那個時候。
❺ **戇** ŋɔŋ^{6} —— 傻。無心陪佢去戇（無心陪他去傻）。
❻ **慢吓(下)** man$^{6-2}$ ha^{5} —— 萬一。慢下弊過從前（萬一比從前還糟糕）。
❼ **弊** pɐi^{6} —— 糟糕。弊過從前（比從前還糟糕）。
❽ **點樣** tim^{2} yœŋ^{6} —— 怎麼樣。點樣下場（怎樣下場）。

12 除是有血

商業中一人

除是有血，邊得①話唔嫐②！君呀！你睇吓（下）③花旗，幾毒嘅④計謀！條條禁約，總總唔相就，要把我地（哋）華人，逐個個去收。計吓（下）二十年來，個的（嗰啲）鹹苦涯夠，望到呢陣從新訂約，點好重愛惜嚨喉。快的（啲）商量抵制，開吓同胞口。有四萬萬人聲，不必靠到滿洲。第一要把佢貨物唔銷，等佢知吓（下）伯爺係老豆⑤。不久佢地（哋）個工人喊苦，就要把我地（哋）哀求。個（嗰）陣⑥我隻耳仔冇得閒⑦，遊了去別埠。好似阿跛踢燕，一味唔兜⑧。佢一日唔肯轉心，我一日唔肯罷手。唉！真正抵手⑨，此計係誰人扭⑩？捨得⑪大眾都係咁齊心，怕乜共佢對頭。（1905 年 5 月 31 日《廣東日報》附刊《一聲鐘》）

❶ **邊得** pin^{1} tɐk^{7} —— 怎能。
❷ **話唔嬲** wa^{6} m^{4} nɐu^{1} —— 說不生氣。
❸ **睇吓(下)** thɐi^{2} ha^{5} —— 看看。
❹ **幾毒嘅** kei^{2} tuk^{8} kɛ^{3} —— 多麼毒的。
❺ **老豆** lou^{5} tɐu^{6} —— 父親。
❻ **個(嗰)陣** kɔ^{2} tsɐn^{6} —— 那時候。
❼ **冇得閒** mou^{5} tɐk^{7} han^{4} —— 沒空兒，沒功夫。
❽ **唔兜** m^{4} tɐu^{1} —— 不管，不理。
❾ **抵手** tɐi^{2} sɐu^{2} —— 能幹，了不起。
❿ **扭** nɐu^{2} —— 出（主意）。此計係誰人扭（這是誰出的主意）？
⓫ **捨得** sɛ^{2} tɐk^{7} —— 如果，假如。
⓫ **共佢** kuŋ^{6} khœy^{5} —— 跟他。

題解：此謳是代表當時廣州商業中人對於抵制美貨運動的擁護，並提出不必倚靠滿清政府的主張。

13 賠乜野禮

蘆蘆生

賠乜野禮，咪咁快逞強權，逞得淒涼①，就會整出禍端。你想話以國際為題，機就易轉，點知道而家②民氣，體結成團。禁約一日唔刪，抵制就一日不倦，咪想借官壓制，妄把照會來宣。我地（哋）舉動咁文明，點解③要將你旗繩割斷？想着中傷人地（哋）④，自己就詭計先存。今日只有商量，唔駛得咁（噉）嘅⑤手段，官府明知，點⑥會入你圈套。就係大炮幾聲，還咗⑦你願；仍然抵制，手尾難完。要顧住大局為先，唔好咁計短。唉！聽旁人勸；唔係慢吓（下）⑧就會激成亂。個（嗰）陣防閒唔到，怕冇保護

得咁周全。（1905 年 8 月 9 日《有所謂報》）

❶ **淒涼** tshɐi^{1} lœŋ^{4} —— 厲害。惡得淒涼（兇得厲害）。

❷ **而家** ji^{4} ka^{1} —— 現在。

❸ **點解** tim^{2} kai^{2} —— 為甚麼。點解要割斷（為甚麼要割斷）？

❹ **人地（哋）** jɐn^{4} tei^{6} —— 人家，別人。

❺ **唔駛得咁（噉）嘅** m^{4} sɐi^{2} tɐk^{7} kɐm^{2} kɛ^{3} —— 使不得這樣的。

❻ **點** tim^{2} —— 怎麼。點會入你圈套（怎麼會入你的圈套）？

❼ **還咗** wan^{4} tsɔ^{2} —— 還了（願）。還咗你願（還了你的願）。

❽ **慢吓（下）** man$^{6-2}$ ha^{5} —— 萬一，一不小心。慢吓就會激成亂（一不小心就會激發成動亂）。

題解：《賠乜野禮》一謳，是譴責 1905 年 7 月美國駐廈門領事。領事館門前旗杆繩子因為腐朽斷了，他提出地方官鳴炮「賠禮」的無理要求。

14 多情曲

仍舊

多情曲，對住眾人歌。世界係咁艱難，你話奈乜何。內地既是冇埞[1]謀生，外便人又禁我。想起華工兩個字，我就有淚如梭。聞得近日話抵制美商，唔用美貨。至怕滿清政府，會共佢[2]言和。況且佢媚外性成，無所不可。點理得你漢人艱苦，受的（啲）續例嚴苛。重好笑有個自認聖人，唔怕燶（去聲）[3]，散佈傳單，到處打鑼。佢話美總統羅君，佢曾去見過，討得個人情，着數[4]好多；又話總統應承，將例改妥，免至華工，咁受折磨。個的（嗰啲）大話講來想騙過邊一個？唉！聽出火，各人休會錯，切勿妄信謠言，跌落咁（噉）嘅網羅。（1905 年 7 月 1 日《有所謂報》）

❶ **冇埞** mou^{5} tɛŋ^{6} —— 沒有地方。埞又作「定」。

❷ **會共佢** wui⁵ kuŋ⁶ khœy⁵ —— 會跟他。會共佢言和（會跟他講和）。
❸ **燶** lɔ³ —— 燒焦的臭味。
❹ **着數** tsœk⁸ sou³ —— 佔便宜，勝算。

題解：《多情曲》一謳，係反映保皇黨對 1905 年反美愛國運動（又稱抵制美貨運動）的破壞活動。

15 唔好媚外

若明

唔好顧住媚外，都要體會吓（下）輿情。想到禁工條約，事亦唔輕，關係到我地（哋）身家，兼共性命。生死關頭，有邊一個[1]不盡吓（下）個（嗰）點熱誠。試問我地（哋）同胞，因乜事流落異境？都為內地難棲，至話[2]遠征，捨得[3]學吓（下）滿族咁安富尊榮，好似前世注定，駛（使）乜[4]賤如牛馬，被外界憑凌。咪話[5]與你痛癢唔干，由得人地（哋）亂逞；縱不計漢人受辱咧[6]，亦要把國體來爭。況且民氣薄弱得咁交關[7]，生有懦性。呢吓（下）[8]才伸頭角啫（嗻），你就阻卻前程。一味壓力橫加，希冀我地鎮靜。唉！無謂掃興，又勸吓（下）同胞休俯聽，總要堅持到底呀，眾志亦會成城。（1905 年 7 月 13 日《有所謂報》）

❶ **邊一個** pin¹ jɐt⁷ kɔ³ —— 哪一個。
❷ **至話** tsi³ wa⁶ —— 才會。
❸ **捨得** sɛ² tɐk⁷ —— 要是，假如。捨得學吓滿族……（要是像滿族那樣……）
❹ **駛乜** sɐi² mɐt⁷ —— 何必。
❺ **咪話** mɐi⁵ wa⁶ —— 別說。咪話與你痛癢唔干（別說跟你無關痛癢）。
❻ **咧** lɛ⁴ —— 語氣詞，表示假設。
❼ **咁交關** kɐm³ kau¹ kwan¹ —— 那麼嚴重。
❽ **呢吓(下)** ni¹ ha⁵ —— 現在。

16 我地去做

猛進

我有我地（哋）去做，點理得佢咁多多。我地（哋）露些頭角啫（嗻）[1]，佢就想來鋤。我咕（估）吓（下）[2]佢究竟乜野（嘢）用心將景攞[3]，絕埋生路，至遂佢心窩。試想佢平日點樣子待我漢人。君呀！你應已受過，萬重壓制，重慘過地網天羅。哭一句黃帝子孫，點咕（估）到[4]有今日咁折墮，將佢比較花旗，試問邊個咁慘苛。今日抵制呢件事情，天咁協妥，文明舉動，事事平和。我地（哋）心血廢盡幾多，都係求個好結果；點肯野蠻暴動，攪起風波。況且生死關頭，誰敢做錯。由得佢禁阻，總要到底堅持，睇佢奈你乜何。（1905 年 9 月 4 日《有所為報》）

❶ **啫（嗻）** tsɛ⁷ —— 語氣詞，表示僅僅如此的意思。
❷ **咕吓（下）** kwu² ha⁵ —— 猜一猜。
❸ **景攞** kiŋ² lɔ² —— 即「攞景」的倒寫，有逞威生事的意思。
❹ **點咕（估）到** tim² kwu² tou³ —— 怎料到，誰料到。

17 須要頂硬

仍舊

須要頂硬，咪個[1]有始無終。講到自行抵制，處處皆同。今日輪到我地（哋）澳門，人曉奮勇，當仁不讓，都要鼎力從公。團體結成，唔肯放縱，豈肯甘為涼血，好似條蟲。試想旅美華人，同我一樣嘅種，大家兄弟，共祖同宗。我地（哋）在呢處安寧，都要知吓（下）[2]佢地（哋）苦痛。全靠外洋血汗，接濟吓（下）內地貧窮。呢陣[3]患難不曉相幫，兄弟亦冇乜用[4]，點抵得佢層層苛約，禁我華工。甚至遊學與及商家，都被佢戲弄，百端凌虐，受辱重重。若不把佢抵制一場，就難對大眾。又要嚴防暴動，免起個惡浪狂風。兩國嘅邦交，須要保重。唉！唔好亂動，風潮容易湧，但望要堅持到底呀，我就話佢係[5]個英雄。（1905年9月30日《有所謂報》）

❶ **咪個** mei^5 kɔ^3 —— 不要。
❷ **知吓（下）** tsi^1 ha^5 —— 知道一些。
❸ **呢陣** ni^1 tsɐn^6 —— 現在。
❹ **有乜用** jɐu^5 mɐt^7 juŋ^6 —— 有甚麼用。
❺ **話佢係** wa^6 khœy^5 hɐi^6 —— 說他是。

題解：《唔好媚外》、《我地去做》、《須要頂硬》三謳，都是抗議清政府投降媚外，鎮壓1905年反美愛國運動；並且號召大家團結一致，堅持到底。

18 

嫉惡

巴不得佢地（哋）抵制，乜又要拉人[1]，莫不是中國唔曾弱到十分。此事自有國以來最起粉[2]！況且名列杯葛[3]，有古明文。做乜事立亂[4]拉人，搵的（啲）咁（噉）嘅[5]來混。膽小之人，就會被你嚇親[6]。雖則拉入官衙，不過有句話問。總係愚賤無知，會捉錯用神[7]。萬事無憂，只怕撩起公憤，個（嗰）時激變，就會亂紛紛。勸你慢慢想真，唔好咁鬥叻[8]，真混沌，做乜叫起手[9]就拉人癲得咁匀[10]（1905年9月7日《有所謂報》）

❶ **拉人** lai^1 jɐn^4 —— 抓人。
❷ **起粉** hei^2 fɐn^2 —— 有體面。
❸ **杯葛** pui^1 kɔt^9 —— 抵制（英語 boycott）。

❹ **立亂** lɐp^{8} lyn^{6} —— 胡亂，隨意。
❺ **咁(噉)嘅** kɐm^{2} kɛ^{3} —— 這樣。
❻ **嚇親** hak^{9} tshɐn^{1} —— 嚇着。畀你嚇親（被你嚇着了）。
❼ **捉錯用神** tsuk^{7} tshɔ^{3} juŋ^{6} sɐn^{4} —— 猜揣錯。
❽ **鬥叻** tɐu^{3} lɛk^{7} —— 逞強。唔好鬥叻啦（不要逞強了）。
❾ **叫起手** kiu^{3} hei^{2} sɐu^{2} —— 馬上，立即。
❿ **匀** wɐn^{4} —— 全面，均匀。癲得咁匀（瘋得這麼一致）。

題解：1905 年反美愛國運動中，兩廣總督岑春煊逮捕拒約會委員馬達臣、潘信明及夏重文三人。《拉人》一首，是在馬、潘、夏三人被捕第三日發表的。

19 知到錯

仍舊

想必你都知道錯處，抑或係奈公論唔何。今日粒聲唔出[①]，不比往日咁嘴多多。自古話世人邊一個無錯，過而能改，就免請華陀。我估你呢種病根，醫極都係不妥；是以大劑良藥，起你沉屙。你專以會黨誣人，唔怕自己折墮[②]。謠言屢造，重慘過地網天羅。你筆下不少冤魂，容乜易[③]惹禍？你重想散人團體，激起風波。但係公道在人，誰肯認可，人人公憤，點到你故意傳訛。你重要告白聲明，將事解楚。話句一時失察，錯在當初。重話[④]伏望諸公，須要諒我，待等改過從新，好自濯磨。總係自幼有了呢一種病根，唔係易脫咗[⑤]。唉！喉說破，而今知認錯，等我從今以後咯，總要議論平和。（1905 年 9 月 8 日《有所謂報》）

❶ **粒聲唔出** nɐp^{7} sɛŋ^{1} m^{4} tshœt^{7} —— 一聲不吭。
❷ **折墮** tsit^{9} tɔ^{6} —— 由於做了傷天害理的事而遭到報應。
❸ **容乜易** juŋ^{4} mɐt^{7} ji^{6} —— 多容易，太容易了。

❹ **重話** tsuŋ⁶ wa⁶ —— 還說。
❺ **脫咗** thyt⁹ tsɔ² —— 脫落，病癒，引申為改過的意思。

題解：《嶺海報》、《商報》造謠誣巇馬、潘、夏三人，經《有所謂報》揭發後，《嶺海報》即登出更正，認為「一時之誤，心總不安」。而《商報》則不敢答辯。《知到錯》一謳即反映此事。

20 一味構陷

猛進

一味曉構陷，勸你咪咁①心狼。若果重係咁心狼，我亦替你慌。莫怪你不恤輿情，隨便亂講，雖則平日你有造謠徽號，呢吓（下）②就咪咁荒唐。我知道佢地（哋）三人，平日會共你③反抗，你就想亂行冤陷，一手抹清光。咁（噉）就肆口狂言，誣佢係革党，置諸死地，方可遂卻你的心腸。有邊一個④唔知佢三人平日嘅概況；又是熱心公益，各事提倡。呢次拒約事成，多仗佢地（哋）力量；不過為攻擊你的狐羣狗黨，就禍起蕭牆。見佢無辜罹劫，大眾都替佢呼冤枉，你重係（喺）呢處⑤乘佢之危，故意中傷。若果唔係蠍性蛇心，何至會咁（噉）樣。唉！真颯（霎）戇⑥，斷無人上你當，想你除卻造謠漫罵，別無他長。（1905 年 10 月 4 日《有所謂報》）

❶ **咪咁** mɐi⁵ kɐm³ —— 別這樣。
❷ **呢吓(下)** ni¹ ha⁵ —— 現在。
❸ **共你** kuŋ⁶ nei⁵ —— 跟你。
❹ **邊一個** pin¹ jɐt⁷ kɔ³ —— 哪一個。
❺ **重係(喺)呢處** tsuŋ⁶ hɐi⁶⁻² ni¹ sy³ —— 還在這裏。
❻ **颯(霎)戇** sap⁹ ŋɔŋ⁶ —— 犯渾，胡說八道，斥責人時用。今多用「霎戇」。

21 做乜野善董

風萍舊主

做乜野（嘢）善董，終日立定一點殺人心。周身毒氣，點得你咁陰沉。知到你係蜈蚣①估到你有咁甚。點想把人一咬，就啥命喪歸陰。往日你在醫院有的（啲）名聲，做乜而家②得咁壞唔品。莫不是有心破壞，故把晦氣來尋。抑或巴結江蝦③，要聽佢譖④！抑或恨佢，外埠郵回幾萬美金。故此一吓（下）發狂，唔把利害細審，要運動官場把志士擒。保釋發起有商家，嚟去入稟，你私行檢舉，得咁計謀深。唔係睇見官批，冇人知你心腸咁暗，今日發露咗真情，我問你重扭乜野六壬⑤。你咪話恃住江蝦，來做倚憑；佢呢幾日情形，已自無音。你想告白賣張，將人地（哋）口禁。誰知賣錯，惹出大禍來臨。電報打嚟，點將得事寢⑥，就係告白收回，鬼共你酌斟。削佞鋤奸，係我地（哋）嘅責任。唉！唔怕你咁（噉），我有口難噤，務要趕出你蜈蚣，正慰得眾忱。（1905 年 10 月 19 日《有所謂報》）

❶ **蜈蚣** ŋ⁴ kuŋ¹ —— 此處即吳介銘。
❷ **做乜而家** tsou⁶ mɐt⁷ ji⁴ ka¹ —— 為甚麼現在。
❸ **江蝦** kɔŋ¹ ha¹ —— 即江孔殷，原名江霞。
❹ **譖** tshɐm³ —— 以說話害人。
❺ **六壬** luk⁸ jɐm⁴ —— 計謀。扭乜野六壬（施展甚麼計謀）。
❻ **寢** tshɐm² —— 停息。

題解：《一味構陷》與《做乜野善董》二謳，是譴責廣濟醫院善董吳介銘勾結江孔殷誣陷馬、潘、夏三人而作。

22 又話保釋

猛進

又話保佢，做乜[1]一陣就沉音。若果不快乘呢個[2]機會呀，慢吓（下）[3]就惡以[4]追尋。等我日日望佢十二個時辰，為着佢軟禁。見佢無辜受困，有邊一個[5]心甘。何況佢為同胞出力應份深銘感。若果係負義忘恩，豈異獸禽。呢吓（下）[6]佢苦困新羈，周日候審。就係十八層地獄，冇禁（咁）[7]嚴森。重有的（啲）[8]狗黨狼紳，將佢恨憾，誠恐從中構陷，就會海底冤沉。君呀！你好戮力齊心，擔起呢個責任；將佢早行昭雪，至[9]算係有良心。呢下全無消息，令我思疑甚。唉！君好咁，睇住燃眉禍及，就切莫嬉酣。

（1905 年 10 月 14 日《有所謂報》）

1. **做乜** tsou6 mɐt7 —— 為甚麼。
2. **呢個** ni1 kɔ3 —— 這個。
3. **慢吓** man6-2 ha5 —— 一下子，萬一，一不小心。
4. **惡以** ŋɔk9 ji5 —— 難以。惡以追尋（難以追尋）。
5. **邊一個** pin1 jɐt7 kɔ3 —— 哪一個。
6. **呢吓(下)** ni1 ha5 —— 現在。
7. **冇禁(咁)** mou5 kɐm3 —— 沒有那麼。
8. **重有的(啲)** tsuŋ6 jɐu5 ti1 —— 還有些。
9. **至** tsi3 —— 才。

題解：《又話保釋》一謳，作於馬、潘、夏三人被捕後。廣州各行商社團聯名要求保釋，未被批准。這謳鼓勵大家，同心協力，再接再勵，要求保釋。

23 聞得你話放

聞得你話放，我就歡喜難勝（「勝」讀平聲）。消息宣傳，震動省城。

君呀！你一自[1]入獄以來，捱盡了多少苦境。誰人為伍，只有的（啲）巡丁。君你不過為眾商人，來請命，無辜被逮，個個都替你唔平。一日都係岑三[2]無理，故把威權逞。重話君你抗官辱國，犯罪非輕。整到風潮洶湧無時靜。幾番會議，煞費調停。難得八十幾歲老翁，身亦健挺，佢重想[3]今春，獨自上京。真係無論孺子婦人，都望君你早日脫了陷阱。呢吓（下）[4]忽聞喜報，重有邊個[5]不去歡迎。故學善商紳，同一樣喜慶。唉！真可敬，個個同高興，總係岑三此日幾咁[6]惡以為情。

❶ **一自** jɐt[7] tsi[6] —— 自從。
❷ **岑三** sɐm[4] sam[1] —— 指兩廣總督岑春煊。
❸ **佢重想** khœy[5] tsuŋ[6] sœŋ[2] —— 他還想。
❹ **呢吓（下）** ni[1] ha[5] —— 現在。
❺ **邊個** pin[1] kɔ[3] —— 誰。
❻ **幾咁** kei[2] kɐm[3] —— 多麼。

題解：《聞得你話放》這首謳，是為 1906 年 2 月忽然傳出釋放馬、潘、夏三人之訊而作。

24 真正熱鬧

歐陽柏鳴

真正鬧熱，到處都把追悼會來開。仙花有幸，得供靈台。美禁華工，公以一死對待，中外知名亦偉哉！公能愛國，國自將公愛，望風懷想，邊個唔[1]魂賦歸來。試問生死死生，有幾個名留千載，似得公你生而無憾，死有餘哀。你睇臨壇拜奠，處處人如海！遺像在，共仰英雄概，虧我楚騷重賦，只恨宋玉無才。（1905 年《拒約報》第八期）

❶ **邊個唔** pin¹ kɔ³ m⁴ —— 誰不。

題解：此謳係弔馮夏威烈士之作。為了抗議虐待在美華工的《中美會訂限制來美華工保護寓美華人條款》，馮夏威於 1905 年 6 月在上海美國領事館門前服毒自殺。廣東各界於當年 9 月 17 日在華林寺開會追悼。

25 想鉗制報館

猛進

想鉗制報館，你膽大得咁交關①，若不是喪心病狂呀，邊處②有咁蠻橫！大抵報館一門，係人所忌憚，維持公論，又試③訐發邪奸。直筆正書，何怕顯宦。最恨有的（啲）把官場巴結喇，一任人彈。若係天職稍知，就唔肯將佢亂讚。佢既係為民公敵，一定要把罪狀來頒。捨得④個個都噤若寒蟬，就可以唔把報辦。你既係畏人清議，就咪咁⑤冥頑。天下不韙嘅事情，就唔好去故犯。唉！防住撞板⑥，要聽人勸諫。睇吓（下）⑦三千毛瑟呀，莫當為閒。

（1906 年 3 月 11 日《有所謂報》）

❶ **咁交關** kɐm³ kau¹ kwan¹ —— 那麼厲害。
❷ **邊處** pin¹ sy³ —— 哪裏。
❸ **又試** jɐu⁶ si³ —— 又，再。
❹ **捨得** sɛ² tɐk⁷ —— 假如，如果。
❺ **咪咁** mɐi⁵ kɐm² —— 別這樣。
❻ **撞板** tsɔŋ⁶ pan² —— 碰釘子。
❼ **睇吓** thɐi² ha⁵ —— 看一下。

題解：《想鉗制報館》一謳，是譴責當時廣州豪紳勾結官府，壓制輿論，並準備謀殺報館主筆，以及岑春煊禁止港報進口而作。

26 廣東抵制

廣東抵制，苛待華工。總公所皇皇，係點樣子嘅內容。顧名思義，就知道唔中用。虧佢成班善長與仁翁，帖起話廣東抵制，不過隨聲哄，點樣苛待華工，就一味詐聾。總公所設間，因為有了弄①，睇住匯款源來，已在掌中。咁（噉）至②攬到怪像疊呈、如發大夢。唉！心自恐，此日尤堪痛。君呀！你知否華工在外，飲恨無窮。（1905 年 6 月 13 日《有所謂報》）

❶ **有了弄** jɐu^5 liu^5 nuŋ^6 —— 作弊，有貓膩。
❷ **咁(噉)至** kɐm^2 tsi^3 —— 這樣才。

27 拒約會

拒約會，不比從前，舊時團體，已自散如煙。試問其中，何以有咁大改變？種種情由，實在不忍言。恨只恨有多少漢奸，甘作賤；公然破壞，禍起無邊。一自①三君被逮，大局惶惶亂，低聲屏跡，一息長延；又遇着九人赴港，任意來專擅，拒約前途，只有聽天。點估②佢地（哋）計謀雖狡，到底都難展，呢陣③重伸民氣，大振民權。料得將來效果，應唔鮮；須自勉，苛例應能免。總要同心一致，大眾相聯。（1906 年 1 月 13 日《有所謂報》）

❶ **一自** jɐt^7 tsi^6 —— 自從。一自三君被逮（自從三君被捕）。
❷ **點估** tim^2 kwu^2 —— 誰料。
❸ **呢陣** ni^1 tsɐn^6 —— 現在。

28 講起抵制

講起抵制，我就心慈①。團體如何我不知。美貨依舊銷行，因乜嘢②事？都係大羣難合，故此無力維持。新舊已屆一年，杯葛③若此，外人嘲笑，我亦自覺兒嬉④。日日都話除苛，唔見過實事，你想吓華僑望否，異域乖離。況且地震得咁交關⑤，無可避地。你又想吓（下）華僑苦況，那處枝棲。今日美洲消息，重要遷街市。燕歸巢失，迥異前時。講起番來⑥應分抵制到死。唉！愁暗起，我若想起獄中三士呀！我更鎖雙眉。（1906年《時事畫報》第十三期）

❶ **心慈** sɐm^1 tsi^4 —— 心軟。
❷ **乜嘢** mɐt^7 jɛ^5 —— 甚麼。
❸ **杯葛** pui^1 kɔt^9 —— 抵制。
❹ **兒嬉** ji^4 hei^1 —— 兒戲。轉指不牢靠。
❺ **咁交關** kɐm^3 kau^1 kwan^1 —— 那麼嚴重。
❻ **講起番來** kɔŋ^2 hei^2 fan^1 lɔi^4 —— 說起來。

題解：《廣東抵制》、《拒約會》、《講起抵制》三謳，都是譴責拒約會負責人，工作不力，組織渙散，形同虛設，雖一度振作，終難收得實效。

29 好孩兒

仍舊

咪話①年紀尚細，事事唔知。試睇吓（下）②城西李民嗰個③好孩兒，佢年僅十三，人極有志。在學堂受業，頗係聰穎靈機，佢聽着拒約嘅言詞，就感動到極地。想着實行抵制，盡吓（下）④責所當宜。返到家中，見物件多係來自北美，心中怒極，又恐勢力難施。個（嗰）陣⑤無可奈何，就打爛個留聲嘅機器，又怕爹娘所責，惡造言詞，是以借意不食兩餐，就在牀上假寐。等待爹娘問道，就把用意言之。你話咁大（「大」讀平聲）⑥個學童，能夠幹出咁（噉）嘅⑦事。唉！明大義，可見吾民氣。試問吓（下）個的（嗰啲）⑧唔知去抵制呀，重有乜⑨面上層皮。（1905 年 7 月 5 日《有所謂報》）

❶ **咪話** mɐi[5] wa[6] —— 別說。
❷ **試睇吓** si[3] thɐi[2] ha[5] —— 試看看。
❸ **嗰個** kɔ[2] kɔ[3] —— 那個。
❹ **盡吓(下)** tsœn[6] ha[5] —— 盡一下。
❺ **個(嗰)陣** kɔ[2] tsɐn[6] —— 那時。
❻ **咁大(「大」讀平聲)** kɐm[3] tai[6-1] —— 這麼小。
❼ **咁(噉)嘅** kɐm[2] kɛ[3] —— 這樣的。
❽ **個的(嗰啲)** kɔ[2] ti[1] —— 那些。
❾ **重有乜** tsuŋ[5] jɐu[5] mɐt[7] —— 還有甚麼。

30 喝得采過①

喝得采過，不賣佢的（啲）②香煙，但得同胞有益，怕乜自己晒（嘥）錢③。既係中國嘅人，總要爭吓（下）體面，點好話④貪心專利，立志唔堅。頂硬個（嗰）度⑤行情，正可以商戰，咪話撈單靜水⑥，暗自垂涎。捨得⑦個個係咁（噉）⑧心腸，苛約就會變，撈個熱心名譽，爭着先鞭。須自勉，念吓（下）華工賤，想得困身木屋，你話幾咁堪憐。（1905 年 9 月 14 日《廣東日報》附刊《一聲鐘》）

❶ **喝得采過** hɔt[9] tɐk[7] tshɔi[2] kwɔ[3] —— 值得喝彩。
❷ **佢的(啲)** kœy[5] ti[1] —— 他的。
❸ **晒(嘥)錢** sai[1] qin[4] —— 浪費錢財。

❹ **點好話** tim^2 hou^2 wa^6 —— 怎麼好說。

❺ **個(嗰)度** kɔ^2 tou^6 —— 那裏。

❻ **撈單靜水** lou^1 tan^1 tsiŋ^6 sœy^2 —— 暗中佔便宜。

❼ **捨得** sɛ^2 tɐk^7 —— 要是，如果。

❽ **係咁(噉)** hɐi^6 kɐm^2 —— 是這樣的。係噉心腸（是這樣的心腸）。

31 中秋餅

中秋餅，委實係行時。佢要用油糖麵粉，邊一個①唔知。製造雖出自唐人，材料有來自異地。睇吓（下）②餅皮麵粉，就係貨辦花旗，近日傳播抵制嘅風聲，何處不是？我地（哋）餅行用貨，總要知機③。若係照舊日咁（噉）樣做來，銷售恐怕不易。齊聲指摘美貨，我就冇乜④言詞。個（嗰）陣月餅雖係合時，亦怕到會唔發市⑤。人人上了抵制嘅癮，冇藥能醫。我索性把美麵丟埋⑥，幫襯⑦別處，或者用回土貨，更覺相宜。自古話世界想撈⑧，須要隨吓（下）眾意。唉！唔係小事，為國來爭氣。呢陣我地（哋）餅行唔用美麵咯，不愧愛國男兒。（1895 年 10 月 7 日《有所謂報》）

❶ **邊一個** pin^1 jɐt^7 kɔ^3 —— 哪一個，誰。

❷ **睇吓** thɐi^2 ha^5 —— 看看。

❸ **知機** tsi^1 kei^1 —— 懂得道理、原因。

❹ **冇乜** mou^5 mɐt^7 —— 沒有甚麼。

❺ **唔發市** m^4 fat^9 si^5 —— 賣不出去。

❻ **丟埋** tiu^1 mai^4 —— 收藏起來。

❼ **幫襯** pɔŋ^1 tshɐn^3 —— 光顧。

❽ **世界想撈** sɐi^3 kai^3 sœŋ^2 lou^1 —— 想撈世界的話（想做生意掙錢的話）。

題解：《好孩兒》、《喝得采過》、《中秋餅》三謳，是反映廣東人民在抵制美貨運動中，不買、不用美貨的愛國態度。

32 君你睇吓

慧鐵

君你睇吓[①]，我點樣子難為。流落天涯，任得佢設施。你話邊一個[②]有終身，唔想着料理，無奈佢多端扭計[③]，要我辱在污泥。個（嗰）陣[④]我想着捨生，都唔係乜易[⑤]，好似未死春蠶，重要吐絲。回首望吓（下）家鄉，知到何處正係。俾（畀）你鐵石心腸，都會感動起來。可惜滴落個淚珠，一下唔識得子細，唔係就穿成一串，等你帶回歸[⑥]。個陣見淚就可以見人，有多少受氣。唉！還要算計，佢最無恩義，雖然唔共佢死別，亦要共佢生離。（1905 年 7 月 6 日《廣東日報》附刊《一聲鐘》）

❶ **睇吓** thɐi² ha⁵ —— 看看。
❷ **邊一個** pin¹ jɐt⁷ kɔ³ —— 哪一位。
❸ **扭計** nɐu² kɐi² —— 鬧彆扭，費盡心思，設法加害。
❹ **個(嗰)陣** kɔ¹ tsɐn⁶ —— 那個時候。
❺ **唔係乜易** m⁴ hɐi⁶ mɐt⁷ ji⁶ —— 不怎麼容易。
❻ **回歸** fan¹ kwɐi¹ —— 回家。

題解：《君你睇吓》一謳，是配合敍述華工在美所受虐待的漫畫宣傳活動而作。

33 唔怪得反對

唔怪得佢反對，做事邊處有咁兒嬉[①]。呢陣輿情不服，悔恨都遲。想吓（下）全國嘅事情，邊[②]有辦得咁易，若然咁（噉）辦，就會令大眾思疑。豈有十幾個人，就能夠代表四百兆嘅意思。任你係至本事[③] 之人，亦無咁飛[④]。何況一點三十分鐘[⑤]，時候有幾，當堂取決，事太離奇。第一係與原議不符，真係可議，糊塗成咁（噉），尚是唔知。今日大眾決唔承認，電報頻頻至。萬一不能收拾，此咎問你何辭。可歎咁（噉）樣唔顧同胞，難顧得住面子。唉！真債事，於今知到未？可惜你地（哋）氣吁汛喘呀，跑到腳都跛。（1905 年 12 月 19 日《有所謂報》）

❶ **兒嬉** ji⁴ hei¹ —— 不牢靠，不可靠。做事邊處有咁兒嬉（做事哪能這麼不可靠）。
❷ **邊** pin¹ —— 哪。邊有辦得咁易（哪有辦得這麼容易）。
❸ **至本事** tsi³ pun² si⁶ —— 最有能耐。就算你係至本事之人（就算你是最有能耐的人）。
❹ **咁飛** kɐm³ fei¹ —— 這麼能幹，這麼厲害。亦無咁飛（也沒有這麼厲害）。
❺ **一點三十分鐘** jɐt⁷ tim² sam¹ sɐp⁸ fɐn¹ tsuŋ¹ —— 一個半小時。指時間長度。

34 有一件事

溱

有一件事，講過大眾聞知。因為華工嘅事幹①，近日攪得咁離奇。試問抵制初心，何故發起？我估要達其目的，大眾正有點心機②。開口話索價開天，還價落地，斷有（冇）話減低成數，任佢佔晒便宜③。就係開錯價錢，都咪個話④要錯到底。力圖補救挽前非。呢吓（下）⑤事幹嘅權，操在自己。唔在多議，全係憑民氣，捨得⑥個個堅心，終有廢約嘅時期。（1905 年 1 月 25 日《廣東日報》附刊《一聲鐘》）

❶ **事幹** si⁶ kɔn³ —— 事情。
❷ **心機** sɐm¹ kei¹ —— 心思，耐心。
❸ **佔晒便宜** tsim³ sai³ phin⁴ ji⁴ —— 佔盡了便宜。

❹ **咪個話** mɐi^{5} kɔ^{3} wa^{6} —— 別說。
❺ **呢吓** ni^{1} ha^{5} —— 現在。
❻ **捨得** sɛ^{2} tɐk^{7} —— 要是，如果。

35 冬已過

冬已過，轉眼又殘年，勞人筆墨，未卸仔肩。帳觸偏多，非只一件。你睇苛約條條，重映住眼簾。幾個月抵制情形，團體未厭。就係個人的（啲）事，尚未持堅。點想個（嗰）晚杏花[1]剛一會宴，突然解決，決在當筵。如果是咁（噉）樣子收場，真可以免。總係既知今日，盡不必發起在當先。大錯鑄成，無乃失算。淒涼追悼，可惜個笨仔自喪黃泉[2]。好在呢吓（下）生機，還有一線，想不至空前大事，變了雲煙，任得佢駒光，駛去如流電。毋中變，免淪牛馬賤。把定心腸拼，共佢結個未了緣。
（1906 年 1 月 5 日《有所謂報》）

❶ **杏花** —— 指拒約總會派九人至香港與美商協議，在杏花樓聚會。未與大家商量，即草草通過決議十二條。
❷ **個笨仔自喪黃泉** —— 指馮夏威為拒約運動自殺，死得不值得。

題解：《唔怪得反對》、《有一件事》、《冬已過》三謳，都是反映 1905 年 11 月間，廣州拒約總所派遣代表九人至香港與美商代表協定，擅自簽訂十二條改約議案，引起輿論的指摘和各方面的反對而作。

36 對得佢住

新亞

君呀！要對得佢住，切莫休戚唔關。要念吓（下）同胞在外，幾咁[1]為難，正係茹苦含辛，捱到慣。又是被人凌辱，計不盡千萬番。佢如果唔係貧窮，何至整到咁受難，實在出於無奈，至任得咁樣子摧殘。故此聞得我地（哋）當時抵制，咁（噉）就②歡無限，特自匯來鉅款，表佢一片心丹。想佢匯款唔係容易搵③來，供俾大眾歎④，試吓（下）將錢咬破，亦見血色斑斕。佢不過望我地（哋）大眾堅心，唔好怠慢，共佢爭回啖⑤氣？免至咁受苦在金山。為何今日拒約整到呢個情形，誰不感歎？日日咁收人匯款，係我就覺羞顏。枉佢公所堂堂，唔知近日有乜事辦？唉！唔過得眼⑥，大局無形散。君呀！你知否苛約，如今尚未轉圜。（1906 年 4 月 8 日《有所謂報》）

❶ **幾咁** kei² kɐm³ —— 多麼。
❷ **咁(噉)就** kɐm² tsɐu⁶ —— 這樣就，那就。
❸ **搵** wɐn² —— 找。
❹ **歎** than³ —— 享受。
❺ **啖** tam⁶ —— 量詞，口。爭回啖氣（爭回一口氣）。
❻ **唔過得眼** m⁴ kwɔ³ tɐk⁷ ŋan⁵ —— 看不下去。

題解：《對得拒住》一謳，是指責當時廣州拒約公所，不積極領導抵貨禁約運動，無形渙散，辜負了海外華僑熱心匯款回國，支持運動的期望。

37 點算好①

點算好，支那將末造，國亡家破，問你痛心無？我想二百六十年前，尚有皇漢氣數，怎估②到今日腥胡鼠竊，刮盡我地脂膏。無奈有的（啲）為虎作倀，專意討好，若見有個心存光復啫，就要殺佢個頭顱，但只係曉得把家賊嚴防，宗社就算可以永保。試睇列強環伺，重慘過霍霍磨刀，要將疆土盡地瓜分，個（嗰）陣仇又冇得報，佢就一世做外人犬馬，重弊過③滿洲奴。唔信鑒吓（下）前車，就有埃及與印度。唉，無路可訴，自哀還自悼，想到黍離麥秀。君呀！就好發憤為豪。（李默《辛亥革命時期的粵謳》文中引用。）

❶ **點算好** tim^2 syn^3 hou^2 —— 怎麼辦。你話點算好（你說該怎麼辦）？
❷ **點估** tim^2 kwu^2 —— 怎想到，沒想到。點估到今日（沒想到今天）。
❸ **重弊過** tsuŋ^6 pɐi^6 kwɔ^3 —— 比……還糟糕。

38 

外江佬

珠江月，照住船頭。你坐在船頭，聽我唱句粵謳。人地（哋）唱個的（嗰啲）粵謳，都唔係舊，我就新名詞譜出，替你散吓（下）個（嗰）蝶怨蜂愁。你聽到個（嗰）陣款款深情，就算你係鐵石心腸，亦都會仰着天嚟搔吓（下）首，捨得①我銅琵鐵笛，重怕②唔喚得起你敵愾同仇。只為我中國淪亡，四萬萬同胞問邊一個來救？等到瓜分時候，個（嗰）陣就任你邊個都要做佢嘅馬牛。你睇我咁好河山，如錦繡。做乜③都無個英雄獨立，撞一吓（下）鐘，嚟唱一吓（下）自由。我百粵雄圖，自來都稱富有，論起天然形勢，就有蒼梧西首，更環帶着碧海東流。雲貴汀漳都連接在左右，就係長江一帶，亦係天然畫就嘅鴻溝。只恨無人，把乾坤氣重新結構，趁呢陣羣龍世界，便成就個戰國春秋。唉！咪守舊，睇一吓（下）人地（哋）④歐洲與及美洲。虧我心血常如斗，莫只望新亭泣楚囚。硬要把虎嘯龍吟，換一片婆心佛口。口頭禪語，便唱出一串珠喉。等到你酌天醉夢來後，好共你唾壺擊碎咯，細話從頭。（1904 年《新小說》第 10 號）

❶ **捨得** sɛ^{2} tɐk^{7} —— 試看，看看。

❷ **重怕** tsuŋ^{6} pha^{3} —— 還怕。

❸ **做乜** tsou^{6} mɐt^{7} —— 為甚麼。

❹ **睇一吓(下)人地(哋)** thɐi^{2} jɐt^{7} ha^{5} jɐn^{4} tei^{6} —— 看一下人家。

39 天有眼

天有眼，見盡今古興亡，個的（嗰啲）變幻嘅風雲，點掩得過佢眼光。我想眼淚唔乾，都好似落雨咁（噉）樣。等到天晴開眼，正係放得出一線太陽。天呀！你眼總唔開，問你煙遮還係霧障？抑或磕（瞌）埋①雙眼，捱過呢陣雪雹冰霜。你在玉宇瓊樓，點知到②人間嘅望。好極廣寒宮殿，轉眼變做沙場。我終日坐井觀天，眼界都唔係乜廣，重怕③天穿難補，枉費嗰個煉石禍（媧）皇④。天你重話眼見唔會出聲，也得行雷咁響。總要你放長眼睇吓（下），中國個的（嗰啲）少年行，日月都有陰沉，就係天嘅現象。應該幾千年睡國，都會白到東方。唉！唔禁想，英雄咪咕（估）⑤冇擎天掌。怕你眼鬼轉時，就要變法改良。

（1903 年《新小說》第 7 號）

❶ **磕(瞌)埋** hɐp^{7} mai^{4} —— 閉着。瞌埋雙眼（閉着眼睛）。

❷ **點知到** tim^{2} tsi^{1} tou^{3} —— 怎麼知道。

❸ **重怕** tsuŋ^{6} pha^{3} —— 還怕。

❹ **禍(媧)皇** wɔ^{1} wɔŋ^{4} —— 疑是「媧皇」之誤。

❺ **咪咕(估)** mɐi^{5} kwu^{2} —— 別以為。英雄咪估冇擎天掌（英雄別以為沒有擎天掌）。

40

珠海　夢餘生

黃種病，病得咁迷痴！人話病到危時，都還

有藥可治，點解[1]你四千幾年咁耐[2]咯，總無個名醫？你睇吓（下）人地（哋）[3]點樣子嘅[4]強國精神，就該想吓（下）自己，想起番嚟[5]咁弱，點得[6]了期。陰邪內伏傷元氣，四肢麻木，真係針灸難施，縱有仙丹，唔怕救得你沉疴起。寒涼削伐，試吓（下）改用參黃芪，百病叢生，都由養癰起，苟延殘喘，問你重有乜[7]心機？我想諱疾忌醫，都係個（嗰）班頑固累事。同胞四萬萬，咁（噉）就禍速燃眉。性命關頭，總要拿得穩主意。咪個[8]任人作主，誤信個的（嗰啲）庸醫。獨步單方，只有一味堅團體，起死回生，做一個血性男兒。唉！黃種你，勿藥何時占有喜，我都為相憐同病，故此切肉不離皮。（1905 年《新小說》第 16 號）

❶ **點解** tim² kai² —— 為甚麼。
❷ **咁耐** kɐm³ nɔi⁶ —— 這麼久。
❸ **睇吓人地（哋）** thɐi³ ha⁵ jɐn⁴ tei⁶ —— 看看人家。
❹ **點樣子嘅** tim² jœŋ⁶ tsi² kɛ³ —— 怎麼樣的。
❺ **番嚟** fan¹ lɐi⁴ —— 回來。想起番嚟（想起來）。
❻ **點得** tim² tɐk⁷ —— 怎能。點得了期（怎麼才算完）。
❼ **重有乜** tsuŋ⁶ jɐu⁵ mɐt⁷ —— 還有甚麼。重有乜心機（還有甚麼心情）？
❽ **咪個** mɐi⁵ kɔ³ —— 不要。

題解：《點算好》、《珠江月》、《天有眼》、《黃種病》四謳，都是反映甲午戰爭後，民族危機嚴重，愛國志士們呼籲團結救國，發出共挽危亡的呼聲。這四首謳創作於 1903 至 1905 年期間。

41 欺藐到極地

猛進

欺藐到極地，問你知醜唔知，話名[1]係堂堂大國，做乜有的（啲）權宜。況且和局問題，非係小事，就係派員赴會咯，理亦唔虧。想係呢場爭戰，與我無關係，別人有得會議，點解獨棄我如遺。大抵見你衰弱無能，萬事都唔到你理，睇白②你奈佢唔何，怕乜把你欺。唉！捨得③你稍有心肝，應份要知恥。若然知恥呀，大勢點會整到咁凌夷。呢吓（下）④我料到你干預唔來，唯有忍氣。唉！唔好放棄，國權須要振起。眼見你丟架⑤多回，都要顧住吓塊面皮。（1905 年 6 月 17 日《有所謂報》）

❶ **話名** wa[6] mɛŋ[4-2] —— 名義上。話名係大國（名義上是大國）。
❷ **睇白** thɐi[2] pak[8] —— 斷定。睇白你奈佢唔何（斷定你奈何不了他）。
❸ **捨得** sɛ[2] tɐk[7] —— 只要。捨得你有心肝（只要你有心肝）。
❹ **呢吓(下)** ni[1] ha[5] —— 現在。呢吓我料到你干預唔來（現在我料到你干預不了）。
❺ **丟架** tiu[1] ka[2] —— 丟面子。眼見你丟架多回（眼見你多次丟面子）。

題解：《欺藐到極地》一謳，是譴責日本拒絕中國參加樸茨茅斯日俄和約會議而作。1904 至 1905 年的日俄戰爭，是在中國領土上進行的戰爭。1905 年 9 月在美國樸茨茅斯簽訂了日俄和約。中國曾要求參加和會，為日本所拒絕。作者對此表示強烈的憤慨。

42 嗟怨命賤

嗟怨命賤，哭一句我地（哋）唐人，荊棘盈途，向邊一處①寄身？國事凌夷，何日至振？受人踐踏，重賤過泥塵。睇吓（下）個的（嗰啲）社鼠城狐，心膽自震，擾害鄉閭，大肆惡氛。重有外力侵來，更難以忍，何況耽耽虎視，灼灼鷹瞵。睇佢磨牙張爪，威勢殊兇狠，闖入中原，到處咁奔。眼看我同胞罹劫，有誰憐憫，慘遭吞噬，計不盡幾許冤魂。呢吓剩得絕路一條，何等迫窘。內凌外侮，有氣亦難伸。試想華族無辜，丁此劫運。唉！真可憤，往事何堪問。君呀！若想別尋生路，就要振刷精神。（1905 年 9 月 20 日《時事畫報》第三期）

❶ **邊一處** pin[1] jɐt[7] sy[3] —— 哪裏。向邊一處寄身（到哪裏寄身）？

題解：《嗟怨命賤》一謳，是控訴帝國主義分子在中國領土上，隨意毆辱我國人民，得不到任何懲罰而作。

43 籌集路款

新亞

籌集路款，邊個話①艱難。睇吓（下）②當日人人踴躍得咁交關③。一轉瞬間，都認了數百萬。佢樣子人心，豈是講頑（玩），想吓（下）個（嗰）日情形，真正可讚，虧佢的（啲）④熱心志士，到處重派傳單。聞得總商會個（嗰）度門，亦踏破了門限⑤，沿途絡繹，越到越繁。簽名認股人無限。難得仗義從公，個個轎班。我地（哋）民氣日增，唔係講玩。豈止鐵路將來，可以贖還。就係中國所有利權，都可盡挽。唉！懸我盼，駛（使）乜⑥歸官辦。一味要捐台炮⑦呀，問佢否覺羞顏。（1906 年 1 月 3 日《有所謂報》）

❶ **邊個話** pin[1] kɔ[3] wa[6] —— 誰說。邊個話艱難（誰說艱難）？

❷ **睇吓(下)** thɐi[2] ha[5] —— 看看。你睇吓人哋（你看看人家）。

❸ **咁交關** kɐm[3] kau[1] kwan[1] —— 那麼厲害。踴躍得咁交關（踴躍得那麼厲害）。

❹ **虧佢的(啲)** khwɐi[1] khœy[5] ti[1] —— 難得那些。虧佢啲熱心志士（難得那些熱心志士）。

❺ **門限** mun[4] han[6] —— 門檻。

❻ **駛(使)乜** sɐi[2] mɐt[7] —— 何必。使乜由佢辦（何必由他辦）。

❼ **台炮** thɔi⁴ phau³ —— 清末捐稅名目繁多，其中有「台炮經費」一項，是強迫民眾捐助的。

題解：《籌集路款》一謳，是反映 1905 年廣東人民反對帝國主義攫取粵漢鐵路權，開展轟轟烈烈的贖路運動的歷史情況。

44 個（嗰）條鐵路

燕

個（嗰）條鐵路，一陣陣惡風雲。鬼神聽見，也生填（憤）。清政府奸謀真正狠，掩住心肝亂去罔民。佢朝諭頒來，誰個不忿？有人議及，就格殺唔分。收回國有，不許你唔公認，辦法如何，都要聽佢命行。壓力橫施，監住①要肯，重講乜贖回商辦，利益同均。想到此情，心更火滾②，睇吓（下）告示煌煌，不准我地（哋）略陳。若果稍提③半句，就身遭困，更防因此，怕會亡身。想吓（下）政府用心，焉可細問。可憐股本，嘞就化作泥塵。敢怒難言，惟飲恨，自悔熱誠枉用，初把路事來爭。真係神鬼為愁，天地暗。唉！徒怨憤，悲傷誰個憫？君呀！望吓（下）五羊城上，冤氣密密騰騰。（1911 年 5 月 23 日《新少年》）

❶ **監住** kam¹ tsy⁶ —— 強迫。監住同意（強迫同意）。
❷ **火滾** fɔ² kwɐn² —— 生氣，心更火滾（心裏更加生氣）。
❸ **稍提** sau² thɐi⁴ —— 稍為提及。你稍提半句（你稍為提及半句）。

題解：《個（嗰）條鐵路》一首，是反映 1911 年清政府宣佈鐵路國有以後，人民反抗情緒高漲的情況。這一反對鐵路國有運動，成為辛亥革命的導火線，引發了武昌起義。清王朝由此而覆滅。

45 秋蚊夢

餘生（廖鳳舒）

秋風起重有咁多蚊。蚊呀你當時得令都係在夏天個（嗰）陣？到了秋涼之後你就唔會針人。呢陣秋行夏令天時反？你便趁着炎威大嚼一輪。你睇大眾都在夢中咁（噉）就嚟行你嘅僥倖。若果有人醒咯問你點樣子藏身。化日光天唔知你向邊處搵。每逢黑夜就嘯聚成羣。聽你把聲好似雷咁震。見你飛來飛去用顯微鏡都睇你唔真。你係沙蟲[1]變化故此毒得咁要緊。食埋咁多膏血秤吓（下）睇你重得幾多分。我撥起扇嚟怕你隨風咁滾。偶然拍掌你就要變微塵。唉，真正笨。算你嘴重利過針都唔係乜穩。總要擘開[2]蚊螆[3]咁大隻眼睇吓（下）呢的（啲）新世界嘅人民。（1905 年《新小說》第 16 號）

❶ **沙蟲** sa^1 tshuŋ^4 —— 孑孓，跟頭蟲，蚊子的幼蟲。
❷ **擘開** mak^9 hɔi^1 —— 掰開，打開。
❸ **蚊螆** mɐn^1 tsi^1 —— 蚊子和蠓一類的小飛蟲。

46 你有乜嘢本領

仍舊（鄭貫公）

你有乜嘢本領鬧事咁沙塵[1]。全憑個闊佬睇重你三分。今日叫你當呢個差唔係幾穩陣。你開聲就講到槍炮幾咁嚇驚人。廣東現在嘅炮台唔係舊日咁起粉[2]。而家整頓咯亦係理所當應。我聽見你一開聲改革要將功逞。但係要請外人幫手你知否無能。你話忠於一國恐怕無人信。做乜你把同胞糟蹋殺得亂紛紛。雖則你記得個（嗰）個恩人將你薦引，所以心防失寵呀故此惡到不顧人情。你今日雖係職有咁高恐怕才力不稱。況且聲名係咁（噉）樣一實會乞人憎[3]。我勸你不若唔好做官還現吓（下）本性。有日恩人唔顧你販你做鬼唔靈。咪話企硬廣東來把世界搵[4]。唉，須要醒。官場唔係易頂。好似番攤場上呀輸易難贏。

（1905 年 7 月 21 日《有所謂報》）

❶ **沙塵** sa¹ tshɐn⁴ —— 自高自大。
❷ **起粉** hei² fɐn² —— 有體面。
❸ **乞人憎** hɐt⁷ jɐn⁴ tsɐŋ¹ —— 令人討厭。
❹ **世界搵** sɐi³ kai³ wɐn² —— 即搵世界，謀生，掙錢。

47 乜你咁惡

猛捷

乜你咁惡殺氣騰騰。見人就打黑白唔分。開口辱罵天咁肉緊。拳頭遞起冇啲斯文。可憐亞乜[1]係（喺）處屯屯（腯腯）震[2]。任佢拳腳交加有氣冇掟（埞）[3]伸。佢打完重鬧句乜你盲成僅（噉）[4]。總唔帶眼認吓（下）我係旗人。唉，你睇佢咁（噉）樣子橫行心實不忿。都怨我漢人唔自立重要擁佢異族為君。想到將來佢嘅惡焰更是何堪問。真火滾。若要消仇恨。好快的（啲）革除偽命趕絕胡塵。

（1905 年 10 月 13 日《廣東日報》附刊《一聲鐘》）

❶ **亞乜** a³ mɐt⁷ —— 某某，某人。
❷ **屯屯（腯腯）震** thɐn⁴ thɐn⁴ tsɐn³ —— 發抖。喺處腯腯震（在那兒發抖）。
❸ **冇埞** mou⁵ tɛŋ⁶ —— 沒有地方。有氣冇埞伸（有氣沒地方伸）。
❹ **盲成僅** maŋ⁴ siŋ⁴ kɐn² —— 即盲成僅（噉）（瞎成這樣）。笑指北方人的口音把噉（kɐm²）說成僅（kɐn²）。

48 **自由鐘**

無乜好贈贈你一個自由鐘。想你響起鐘嚟叫醒世界上個的（嗰啲）痴聾。人話六十分就係一點鐘容乜易把韶光來白送。故此要及時猛省唔好一刻放鬆。大抵鐘有十二個時辰就有十二個作用。你肯把精神振刷唔怕打疊唔通。人若果似得個鐘就時時都係咁奮勇。算你係鐵嘅都會磨穿漫講係銅。你睇鐘個的（嗰啲）事件咁多都係憑一條心嚟運動。就與合羣團體個的（嗰啲）物理相同。我想鐘有同聲人就有同種。同聲嘅相應同種就咪個[1]相攻。捨得顯盡發條驚醒吓（下）大眾。等到時辰唔錯就有機會嚟逢。中國捱到呢個時辰重有乜機會好碰。只望人心團結咁（噉）正話奪得天工。呢陣賠款好似催命符滿洲就係嫁妝槓[2]。內盤破壞外面亦係穿窿。你唔睇天色做人都要按住鐘數來發夢。花磚月上重有幾耐夕陽紅。唉，唔好咁懵懂。奉告四萬萬主人翁，問你食時辰鐘送飯[3]哩重有邊一日歡容。（1903 年《新小說》第 7 號 159 頁）

❶ **咪個** mɐi⁵ kɔ³ —— 別再。咪個相攻（別再相攻）。
❷ **槓** luŋ⁵ —— 木箱，裝衣物用。
❸ **送飯** suŋ³ fan⁶ —— 以菜下飯。

黃魯逸

粵謳

11首

1 呢陣我都唔想點

呢陣我都唔想點只想你共我鬆吓（下）①條身。免至我對着條身一日要哭佢幾匀②。往陣收佢在深閨見得佢無限咁受困。放佢出嚟行動吓（下）實在係呢個原因。點估到自己就把佢放鬆人地（哋）③就把佢綁緊。唉，真可恨。若係你都唔憐憫。我就勸佢離開人世立刻化了為塵。

❶ **鬆吓(下)** suŋ[1] ha[5] —— 放鬆一下。
❷ **幾匀** kei[2] wɐn[4] —— 幾次。
❸ **人地(哋)** jɐn[4] tei[6] —— 指歐美列強。

題解：有感於列強對中國的壓迫而作。

2 江頭客

江頭客怕聽琵琶。觸起多年漂泊到處不成家。淒涼到咁（噉）不若叫佢唔彈罷。免使我時時淚眼送盡年華。一件青衫唔濕得幾吓（下）。伴人憔悴只有滿地秋花。照住我呢個月光我都慌佢情義係假。唉，我瘦到可怕。竟夕在西風下。做乜月你總唔共我去泛吓（下）仙槎（艖）①

❶ **仙槎(艖)** sin[1] tsha[4] —— 神話中來往於海上和天河之間的竹木筏。

題解：有感於列強對中國的威逼而作。

3 花有點雨

花有點雨就見精神。我學得花佢而家就在乜怨君。可歎極地風流無我一份。

如果再有來生我不願做人。肥瘦近來君你莫問。我實難回答只有淚紛紛。命薄至薄係奴奴你何苦着緊。唉，唔再混。死亦無人恨①。他日你秋風何處共妹招魂。

❶ **恨** hɐn⁶ —— 盼望，稀罕，珍惜。

題解：原文附註「此為失勢者謳」。

4 陌頭柳

陌頭柳至得人嬲。誤人夫婿去覓封侯①。捨得柳你唔把春光瘟咁②泄漏。男兒點曉得有老來憂。萬葉千枝你隨便有。你有總不共奴奴阻住佢馬頭。即使佢富貴歸來奴影已瘦。唉，無乜解救。落在他人後。人地（哋）多一日歡愉我就多一日愁。

❶ **覓封侯** mik⁸ fuŋ¹ hɐu⁴ —— 去謀個官來做。見王昌齡《閨怨》詩：「閨中少婦不知愁，春日凝妝上翠樓。忽見陌頭楊柳色，悔教夫婿覓封侯。」
❷ **瘟咁** wɐn¹ kɐm³ —— 拚命地，發瘟似的。

5 木棉樹

木棉樹重未開花。大抵佢立心唔想借助個（嗰）點春華。任得紅桃綠柳去爭爭吓（下）①。重咁遠遠離開免至禍及自家。九十日韶光真係可怕。繁華兩字到底冇揸拿②。將佢比吓（下）我地（哋）做人我就唔會講說話。唉，唔講就罷。只唸一句物猶如此就合密個（嗰）棚牙③。

❶ **爭爭吓（下）** tsaŋ¹ tsaŋ¹ ha⁵⁻² —— 爭來爭去。

❷ **冇揸拿** mou[5] tsa[1] na[4] —— 沒有把握。

❸ **個(嗰)棚牙** kɔ[2] phaŋ[4] ŋa[4] —— 那副牙齒。

6 你妹愁與悶

你妹愁與悶盡在不言中。有陣自家唔覺會俾（畀）佢上吓（下）顏容[①]。累得鏡裏個（嗰）朵菱花同我一樣咁懵。但凡零落都怨東風。冤孽係有根唔敢亂種。我心肝依舊可惜身世唔同。苦海無邊更要千萬保重。帆影動。自有風相送。同登彼岸正得有笑相逢。

❶ **上吓(下)顏容** sœŋ[5] ha[5] ŋan[4] juŋ[4] —— 指報業言論不自由，有時被當局干涉一下。

7 誓願

君呀你邊陣[①]誓願你要話過我知先[②]。等我搵着個天公叫佢把你可憐。至好係行埋一陣乜都唔聽見。唔係就當你而家係發緊顛（癲）[③]。如果天佢真正認真我怕你死咯唔死得幾普遍。陣陣要你再嚟死過[④]又怕天佢冇陣安然。實在男子負心出世個（嗰）陣就帶便。唉，誓願又點。不若將來免。重怕我聽完聽哂（晒）會俾（畀）你牽連。

❶ **邊陣** pin[1] tsɐn[6] —— 甚麼時候。

❷ **話過我知先** wa[6] kwɔ[3] ŋɔ[5] tsi[1] sin[1] —— 先告訴我。

❸ **而家發緊顛(癲)** ji[4] ka[1] fat[9] kɐn[2] tin[1] —— 現在正在發瘋。

❹ **再嚟死過** tsɔi[3] lɐi[4] sei[2] kwɔ[3] —— 再死一次。

8 思想起

思想起①實見含冤。虧我拜盡靈神正得君你做議員。記得個（嗰）日送行還共你眷戀。點估你把省城到了就記不得鄉村。大抵省城條水會飲得人心轉。我該着②每日寄埕③鄉水送到君前。就要我自己擔嚟我都係願。但得見郎一面就快樂無邊。人話君你另有情人我都聽過幾遍。唉，有亦唔算點。邊個做議員身份一世只共妻眠。

❶ **思想起** si[1] sœŋ[2] hei[2] —— 想起來。
❷ **該着** kɔi[1] tsœk[8] —— 應該。
❸ **埕** tshiŋ[4] —— 罎子。

9 嬲到極

嬲①到極想做雷公。睇吓（下）邊一個冇良心就把邊一個不容。免至我無時無日係咁心肝痛。叫做係冤仇都要立刻報通。等到來生就中乜嘢用②。唔知兩個重有冇相逢。況且又試唔能驚醒得大眾。唉，邊個重咁懵。世上重有多少受屈含冤與我一樣同。

❶ **嬲** nɐu[1] —— 生氣。
❷ **中用** tsuŋ[1] juŋ[6] —— 有用。中乜嘢用（有甚麼用）。

10 官就有保護

官就有保護我哋百姓啫（嗻）①如何。咬實牙根叫一句我哥。現在咁（噉）過（個）做嘅官做乜你唔去搵個。免至我時時因為你閉翳②到成籮。生在而家係危險不過。時時平地都有風波。做一世人唔錯得幾錯③。你唔係傻，就要依從我。如果話要錢正得喇就我共你去張羅。

❶ **啫(嚒)** tsɛ[1] —— 語氣詞。表示僅僅如此。

❷ **閉翳** pɐi[3] ŋɐi[3] —— 憂愁。

❸ **唔錯得幾錯** kei[2] tshɔ[3] —— 錯誤不能太多或過分嚴重。

11 煩一吓(下)

煩一吓（下）又怨起個天嚟。天呀你俾（畀）得我一段姻緣做乜又要我慘淒。我十分唔想困在青樓地。可歎情哥無力把我提攜。錢字向來我唔係乜計。點估如今要受佢所欺。你個做天就唔着做得咁無終始。唉，萬事都由你主意。請你把黃金落幾日救吓（下）我現在燃眉。

題解：此謳是作者諷刺軍方濫索軍餉而作。

其　　他

40首

1

除卻了阿九

葉茗生

除卻了阿九重有邊一個叫得做銷魂。靚到咁淒涼我怕鬼火都讓你幾分。兩頰似足桃花紅到肉緊。你嬌姿成咁（噉）叫佢點樣子唔搵（瘟）[①]。每飲就等你上船規矩見光閃一陣。好比流霞吐月罩住江濱。腰姿楚楚極會撩人恨[②]。兩鬢蓬鬆壓住暮雲。你眉鎖春山常帶笑暈。媚態夾住痴情實在係攞命是真。醉後個（嗰）種放誕風流天下惡搵[③]。分明仙女墮落紅塵。至到抱起琵琶越發唔使問。唱到關王廟會字字傾心。顏色推你最佳脾氣算你極穩。不饒人處愛嗅席上輕嗔。共你多飲一場就慳一晚眼瞓[④]。單思成病未必話無因。珠江近日把妹宣傳震。讓你做香國名標第一個侍酒人。但係快樂繁華容乜易斷癮。酒筵歡會再不過月落三更。你是情種碰着情痴還算有幸。怕到薄情強飲夜夜紅燈。倘或計到月不長圓花又易隕。遇鍾情者你便趁早留神。想吓（下）男子落到青樓邊個唔會薄幸。你地（哋）女流個（嗰）日得遇真主就係個（嗰）日超生。見你自少咁聰明平日咁謹慎。怕到一時疏失就負卻青春。唔係日日淨曉得替老母發財實在無你份。賺到肥婆亞寶咁多家當再冇俾（畀）你養女來分。況且你年紀已一日日漸多佢情義一日日漸褪[⑤]。煙花容貌一吓（下）就失落三分。唔怕你鬧熱似火一般轉眼就如水咁冷。我勸你求籤拜佛先要問一紙自身。雖則有時唔帶眼跟錯個佬上街，到（倒）不若河底下穩陣。究竟人無歸結講極都係閒文。你把世界慢慢想真喉底就咽哽。酒壺拈起眼淚先吞。總之唔得上街千日無所倚憑。借問從良二字你咁耐有想過唔曾。妹呀你今日曉得知機就算你前世福分。唉，休要再混。見你越靚越發行時我越替你心事緊。睇見你地（哋）脫離苦海好過我地（哋）步上青雲。（1971 年《廣東文獻季刊》第 1 卷第 3 期）

❶ **唔搵（瘟）** m⁴ wɐn¹ —— 不瘋狂。叫佢點樣子唔瘟（叫他怎樣不發瘋呢）。
❷ **撩人恨** liu⁴ jɐn⁴ hɐn⁶ —— 指女色把異性吸引住了。
❸ **惡搵** ŋɔk⁹ wɐn² —— 難以找到。
❹ **慳眼瞓** han¹ ŋan⁵ fɐn³ —— 省得睡覺。
❺ **日漸褪** jɐt⁸ tsim⁶ thɐn³ —— 情義日漸退減。

2 唔好發夢

外江佬（廖鳳舒）

勸你唔好發夢我想花花世界都在夢中。你若果夢裏平安就係夢一千年我都由你去夢。只怕滄桑變幻就會驚醒你夢眼朦朧。人地（哋）把你皮肉瓜分難道你都唔知道痛。就算你會莊周化蝶亦不過化到沙蟲。咪把黑甜鄉沉埋我黃種。你睇酣眠臥榻邊一個係主人翁。估話咁響嘅鼻鼾都會嘈醒吓（下）大眾。點想你苟延殘喘重帶住的（啲）惺忪。你好極精神夢裏都係唔中用。東方春曉正話等到旭日初紅。個（嗰）陣你便抬起頭嚟放開吓（下）眼孔。夢魂驚覺自由鐘。太平洋上風潮湧。把個雄獅鞭起又試叫起吓（下）女龍。我四萬萬國民就伸一吓（下）腰嚟都震得全球動。捨得你呢回唔發夢咯重怕乜運動難逢。青年才氣勝蛟鳳。我共你舞台飛上去演一個蓋世英雄。（1904 年《新小說》第 9 期）

3 青年好

外江佬（廖鳳舒）

人生世上最好係青年。好似春來個的（嗰啲）花朵咁鮮。又好似清秋月色咁圓。個的（嗰啲）逝水光陰問你怎生消遣。莫把呢陣風雷運動會當做了過眼雲煙。你睇世界上個（嗰）個絕大舞台有多少豪傑把俠情嚟演。總係個（嗰）般血性男兒正做得出動地驚天。捨得把龍血玄黃造就了英雄出現。點肯似東方病叟叫佢老大徒憐。擘破[1]混元包替國民放一道光明線。重要你打疊起愛國精神嚟挽一吓（下）主權。唉，我愛才如命天生慣，你珍重前途萬萬千。你錦瑟年華點得不令人羨。好叫你縱橫匹馬從新提挈起個（嗰）片錦繡山川。（1904 年《新小說》第 11 期）

❶ **擘破** mak⁹ phɔ³ —— 掰破，撕破。

4 留你不住

公裕四郎

留你不住問極[1]你總唔聲。做乜生我咁多愁你又唔薄情。我想人世但得一面相逢都係前世注定。況且我痴心如醉想必證在三生。點估你情字睇得咁輕好似鬧到冇影。任得我魂迷心亂總不鑒我真誠。情痴重怕染了相思症。虧我難除痴念就係妙藥都會唔靈。個（嗰）陣含羞相對你話叫我點把絲蘿訂。真正有口難言苦不勝。我勸你順吓（下）人情又憐吓（下）妹薄命。休攞景[2]。但得同交頸，個（嗰）陣枕邊同你講幾句咯便覺好夢能成。（1906 年《粵東小說林》第 8 期）

❶ **問極** mɐn⁶ kik⁸ —— 無論怎麼問。問極你總唔聲（不管怎麼問你還是不作聲）。

❷ **攞景** lɔ² kiŋ² —— 故作姿態。

5 唔好去賭

萍湖

唔好去賭貪字就會變成貧。你估個的（嗰啲）賣田人仔為乜來因。都係貪字起頭就把賭字作引。想話霎時發達哩不再做窮人。世界如果得咁易撈就冇人肯去做笨。個（嗰）陣人人學賭免至日夕咁艱辛。唔想多少撈埋①唔夠一陣。縱然贏倒②都蝕了扣頭錢。況且佢地（哋）奉旨③開場嚟搵老襯④。豈有俾（畀）你場場得勝殺到佢頭暈？任你有三略六韜亦難以破得佢個賭陣。唉，勸你唔好咁傎，休把橫財問。但得立心唔賭就格外精神。（1906 年 8 月 2 日《香港少年報》）

❶ **撈埋** lou¹ mai⁴ —— 指所有贏來的錢。多少撈埋唔夠一陣（多少贏來的錢一下子輸掉）。

❷ **贏倒** jɛŋ⁴ tou² —— 所贏得的。

❸ **奉旨** fuŋ⁶ tsi² —— 必然，一定，準。

❹ **搵老襯** wɐn² lou⁵ tshɐn³ —— 騙人，忽悠人。

6 須要自立

都係

須要自立莫個辜負了時光。君呀趁此青春好快入學堂。遵守堂中規矩聽吓（下）先生講。精神添百倍個個着住件軍裝。年少英雄操練過體魄愈壯。不枉神明種族志氣昂藏。他日學成終有大望。補救國家孱弱都要你地

（哋）擔當。報復祖宗嘅冤仇把霾煙掃蕩。個（嗰）陣真正爽。好似久旱甘露降。君呀知否私仇容易泯呀國恨最難忘。（1907 年《振華五日大事記》第 4 期）

7 嗟怨薄命

軒冑

嗟怨薄命做到人奴。受人拘管不敢聲高。講不盡淒涼方欲走路。總係走來走去亦打不破圈牢。流清眼淚叫我將誰訴。心如刀割亦冇人蘇[1]。身世好比馬牛就無一樣係好。唉，心似醋。空把琵琶抱。只管扭低弦線問君佢可憐無。（1907 年《振華五日大事記》第 19 期）

❶ **蘇** sou^{1} —— 理睬。

8 章台柳

轆係

章台柳垂青仍在否。眼見佢蕭條多次我亦白了少年頭。呢陣鏡中人面已瘦。日費不少精神不獨為己憂。想我本性生成情字係有。豈肯效飄零桐葉逐浪沉浮。心血剩有三分便把三分盡嘔。有陣見事傷懷唱句粵謳。君呀人世中年好比花正秀茂。唉，唔耐久。花落依時候。就算愛花人仔都未易把花留。（1907 年《振華五日大事記》第 27 期）

9 

軒冑

心惡摸悔把郎識錯。半途拋別實在係奈唔何。人地（哋）話九曲黃河容乜易過。點知道九曲黃泉不敵我淚咁多。大抵邊個誤落在青樓就係邊個折墮[1]。講極千般情義都係一段假絲蘿[2]。惱恨夢中偏遇呢道陽關鎖。聽盡譙樓更散亦見不得哥哥。翠被生寒人只一個。唉，真苦楚。傷情唔剩止[3]我。點似我錯在當初，故此今日折磨。（1907 年《振華五日大事記》第 29 期）

❶ **折墮** tsit^{9} tɔ^{6} —— 遭殃，受到報應。
❷ **假絲蘿** ka^{2} si^{1} lɔ^{4} —— 假的婚姻。
❸ **剩止** siŋ^{6} tsi^{2} —— 剩下，僅只。剩止我（剩下我）。

10 做乜重同我熱住

軒胄

做乜重同我熱住細問一句中秋。人話秋風團扇就帶幾分愁。試睇今秋咁熱點忍共扇你來分手。都為情字累得交關等我慢慢憂。挑燈對鏡未講得新愁透。驚聽得淒雲楚雨鎖住紹興城頭。試想新愁舊恨有幾堪回首。問一句老天天呀你既生人在世點解又把人收。雖則係生死個（嗰）兩字原因係人所共有。我實在唔忍出口。幾多理唔該死都白白斷嘵[1]頭。（1907 年《振華五日大事記》第 32 期）

❶ **嘵** hiu^{2} —— 虛詞，用在動詞後表示動作的完成。近似普通話的「了」。斷嘵頭（斷了頭）。

11

風猛一陣

軒胄

風猛一陣海上就翻潮。虧我一葉扁舟到處咁飄。隨波逐浪未曉何時了。即使把方針移定到得彼岸便逍遙。自怕見浪就停篙會俾（畀）人地（哋）見笑。試問海上幾多沉船便知道岸上幾許火燒。大抵死字唔忌得咁多就多極[1]亦算佢係少。唉，唔算蹺[2]。彼此心同照。睇過邊個情多就係邊個種緊[3]禍苗。（1907 年《振華五日大事記》第 40 期）

❶ **多極 tɔ¹ kik⁸** —— 再多也。多極亦算少（再多也算少）。

❷ **蹺 khiu²** —— 奇怪，古怪。

❸ **種緊 tsuŋ³ kɐn²** —— 正在種。種緊禍苗（正在種禍苗）。

12 今年春景

敕

今年春景分外唔同。遊春人仔要多謝一句天公。自古話繁華世界到底如春夢。式想吓（下）無多好景有得幾耐相逢。你睇多情蜂蝶故意係向花前弄。往復徘徊勢不肯放鬆。君呀何況我地（哋）本來生性又是多情種。點肯把韶光虛度辜負的（啲）柳綠花紅。風流兩字豈有心唔動？就係夢裏去尋君亦見路路可通。咁好嘅春光唔個着讓第個[1]作用。唉，遊興湧。懷春情更重。最是撩人着意呀係個的（嗰啲）未老芳容。（1908 年《中外小說林》第 2 卷第 2 期）

❶ **第個 tɐi⁶ kɔ³** —— 第二個，別的。

13 

雲

真正攞命想吓（下）你生平。對住皇天我問你一聲。做乜你作事全係無天性。害羣殘種不顧吓（下）

聲名。人地（哋）營業經商行得公正。你為乜專去抽捐承餉荼毒生靈。唔通除了呢門就冇乜善境。故把彌天大罪一力擔承。今日承餉承到食鹽真正係攞命。民窮財盡激發堪驚。個（嗰）陣玉石俱焚我問你究竟。須有勢力雄財亦無所逞。唉，須要猛醒。咪話我言唔堪聽。你好早變了方針去順吓（下）輿情。（1909 年《天鐸》第 2 期）

14 奴好靚

奴好靚怕乜行街[①]。唔同往日在閨閣呢（匿）埋[②]。脂粉與及裓裙我亦拋棄晒。絹遮革履並妙偕佳。攙扶不用丫鬟帶。況且我足係天然更覺舉步暢懷。一種尚武精神年又咁少艾。呢陣平權時代咯有邊個將我來嘥[③]。總係舉動要文明唔好咁腐敗。免至招人譏笑喇果（嗰）陣就會破壞。我地（哋）同儕自由兩字奴亦才能解。原有限界。至怕學梁亞玲咁（噉）樣就會俾（畀）人擠（踩）[④]。（1910 年《新刻改良最新粵謳》）

❶ **行街** haŋ[4] kai[1] —— 逛街。
❷ **呢(匿)埋** nei[1] mai[4] —— 躲藏起來。
❸ **嘥** sai[1] —— 浪費，糟蹋。
❹ **擠(踩)** tshai[4] —— 恥笑，議論。廣州話音「柴」，與踩音近。

15 知道有今日

知道有今日斷估你大早投降。乜你從前咁冇眼光。世界潮流總唔知道佢點樣。時時都話要保住個滿皇[①]。家吓（下）[②]又唔見你興兵嚟去北上。我問一句你現時皇帝去了何方。聞得百幾個埠頭多數係你保黨。做乜總唔聽見話去勤王[3]。但係你肯改過自新我亦唔咎你既往。勸你從今以後咪個亂發言章。凡事低頭應要細想。唉，鬼叫你唔自量。自古都話冇百年胡運，乜你咁冇參詳。（1911 年 11 月 18 日《國民報》）

❶ **滿皇** mun^{5} wɔŋ^{4} —— 指滿清皇帝。
❷ **家吓(下)** ka^{1} ha^{5} —— 現在。
❸ **勤王** khɐn^{4} wɔŋ^{4} —— 援救王朝。

16 女英雄

提起去北伐男女亦心同。邊個話英雄本事不出在女兒中。我想巾幗與鬚眉同一樣作用。是真兒女自是大英雄。自古從軍女子倍較人威勇。君不見木蘭當日大奏膚功。想到國亡家破有乜話心唔痛。個的（嗰啲）長情兒女落盡幾許淚珠紅。講到掃穴犁庭就覺心血熱湧。唔好怕凍。單係我地（哋）的（啲）女兒熱血便可把冰雪消融。（1911 年 12 月 7 日《南越報》）

17 話別

觥漢

人日[1]再見致（至）共你再弄琵琶。君呀你我暫時話別就係而家[2]。往日得遇你知音我就溫（瘟）咁亂耍。當你係周郎顧曲日日指正我嘅疵瑕。歌曲得你賞光情意就唔係用假。我知你係多情正見得我眼力不差。重要多得個（嗰）四條弦索共我達出真情話。嘻，真正妙也。你越讚我越覺增聲價。雖則係歌罷離筵一曲你我都笑口依（齦）牙[3]。（1917 年 1 月 18 日《香港華字日報》）

❶ **人日** jɐn[4] jɐt[8] —— 農曆正月初七。

❷ **而家** ji[4] ka[1] —— 現在。

❸ **依(齝)牙** ji[1] ŋa[4] —— 齜着牙。表示微笑和疼痛等。

18 誌民生社二週記念

陳熾亭

連日咁鬧熱[①]。慶祝呢個世界民生。你睇滿樓同志現出一片愛社嘅精神。歐戰經已[②]告終我哋民生兩字亦要講份。免至權利唔平致弄出競爭。祖國話日日和平會議未知能否定。如果民生一日唔講世界永不安寧。你睇連年被人虐待實令人心驚。今日我哋達到民生目的頻咁祝慶。唉，須要醒。咪個隨風擰。大眾一團和氣咯重有邊個敢欺凌。（1920 年《民生雜誌》第 3 卷 18 期）

❶ **鬧熱** nau[6] jit[8] —— 熱鬧。

❷ **經已** kiŋ[1] ji[5] —— 已經。

19 蕭疏雨

許地山

蕭疏雨問你要落幾天。你有天宮唔住偏要在地上流連。你為饒益眾生捨得將自己作踐。我地（哋）得到你來就唔使勞煩個（嗰）位散花仙。人地（哋）話雨打風吹會將世界變，果然你一來到就把錦繡裝飾滿園。你睇嬌紅嫩綠委實增人戀。可怪咁好世界重有個（嗰）隻啼不住嘅杜鵑。鵑呀願你嘅血灑來好似雨咁周遍，一點一滴潤透三千大千。勸君休自蹇[①]，要把愁眉展。但願人間一切血淚和汗點，一灑出來就同雨點一樣化做甘泉。（1921 年《小說月報》）

❶ **自蹇** tsi[6] kin[2] —— 自己為難自己。

20 過新年

番禺 陳壽源

新年過了重有乜新。陽曆新年轉眼會變舊聞。恭喜大眾同胞今年真正要發奮。勤耕勤種重要相愛相親。記得新曆過年時就把吉語嚟襯。開口無他佢話四季精神。睇吓（下）我地（哋）農人重想過舊曆癮。難道新完之後又要再新。唉，真係笨。花錢唔在問。重把靈魂個體魄陷入魔羣。（1923 年《農事月刊》第 1 卷第 8 期）

21 聽見話去跳舞

阿相

聽見話去跳舞未黑就換定衣裳①。有人陪伴哩怕乜跳到天光。好似蝴蝶雙雙穿花咁放蕩。唔係風車咁轉點跟得上音樂悠揚。四隻大肶（髀）②痴（黐）埋③唔怕冇挨傍。高跟鞋碰啱地板咁滑妹呀你要提防。跳舞新近幾咁趨時唔止係酒店廳上。稍話鬧熱吓（下）條街冇話冇跳舞場。呢陣國難時期你地（哋）唔快活亦都唔似樣。正係涼血動物院（園）飛出對冇搭霎④鴛鴦。唔止係道學先生唔肯望你地（哋）一望。就係外國人睇見唔鬧你地（哋）竹織鴨⑤亦笑佢地（哋）公子無腸。何不將飲汽水食雪糕的（啲）錢捐去開設粥廠。免使幾千萬被難同胞要吃到老糠。況且政府禁令咁森嚴你地（哋）應該要想一想。雖然唔望修吓（下）陰騭亦咪昧盡晒天良。中國幾千年嚟唔曾打過咁慘嘅仗。你睇十八省有幾多座城池唔係淪陷嘅地方。唉，我亦唔忍再

講。總之勸你地（哋）好心唔着跳舞咯太太姑娘。（1939 年 4 月 15 日《申報》）

❶ **換定衣裳** wun⁶ tiŋ⁶ ji¹ sœŋ⁴ —— 先把衣服換好。
❷ **大肶（髀）** tai⁶ pei² —— 大腿。
❸ **痴（黐）埋** tshi¹ mai⁴ —— 粘黏在一起。
❹ **冇搭霎** mou⁵ tap⁹ sap⁹ —— 做事沒準兒，大大咧咧。
❺ **竹織鴨** tsuk⁷ tsik⁷ ŋap⁹ —— 沒心沒肺，沒心肝。

22 退一步想

退一步想就海闊天空。將人比己未必我係真窮。天生我才其實有用。都要隨緣度日黽勉從公。你睇天人交迫今日係咁災情重。重有難民待救未得詐作痴聾。自己都重衣食無虧唔受苦痛。咁（噉）就要盡力維持把善量充。見義不為就係真無勇。宜自重。浮生都若夢。情願節衣縮食唎救此遍地哀鴻。（《劇潮》第 1 期，香港優界編譯公司，1924 年）

23 多情女

林式堯

多情女倚住牆東。悶對欄杆十二重。心裏相思愁萬種。因為我郎一去並無蹤。魚書雁劄何人送？盈盈隔水你妹望盡雙瞳。前者我郎真意重。共妹藍橋相會並往巫峰。有時郎你吹簫妹就把琵琶弄。花晨月夕共妹訴情衷。今日飛燕伯勞唔能哥你親共。虧妹紗窗寂寞畏春風。花前單影真堪痛。葳蕤①深鎖壓眉峰。唉，郎你懵。家雞都唔用。況且你妹青春年少唎又滿面芙蓉。（1924 年《小說星期刊》第 1 期）

❶ **葳蕤** wɐi[1] jœy[4] —— 原為形容詞，是枝葉茂密的意思。也有人用作名詞，古代指婦女的一種首飾。這裏作為名詞用。

24 人係惡做

寄禪的裔

人係惡做邊個唔知。估話盡番人事或可收效當時。點想一自自收山一自自[1]又要忍氣。忍到兩鬢成霜都係怨吓（下）自己咁痴。薄命只有一條唔到你妹放棄。睇見中原烽火尚在撲朔迷離。捨得跳出呢個情關我亦情願唔理。點得掩埋雙耳免我鎮日傷悲。可惜提起呢面琵琶心又未死。唉，彈綠綺。唱到陽關三疊唎我就淚灑襟期。（1924年《小說星期刊》第4期）

❶ **一自自** jɐt[7] tsi[6] tsi[6] —— 逐漸地。

25 官做嘅事

灞陵

官做嘅事第一件就係扒錢[1]。何為第二個（嗰）件乃係酒地花天。重有個（嗰）件第三為受黑錢。官場黑幕腐敗到不堪言。佢重笑罵由人天咁厚面。好官自做自有升遷。秘密個（嗰）個都知唔駛（使）我親眼看見。唉，唔駛（使）見。簡直將民騙。有陣打生打死不過都係為着爭錢。（1924年《小說星期刊》第6期）

❶ **扒錢** pha[4] tshin[4-2] —— 貪污受賄。

26 心都淡晒

無那

呢陣我心都淡晒咯即我自己都唔知。日來心水①大不似前時。聞得個郎話有他方志。奴奴日夕好不傷悲。紅豆相似唔係容易寄意。河南江北②點得隻鴿子兩便③奔馳。雖則係分離兩字乃係尋常事。抑或我共佢情濃至有咁樣子痴。自古話長亭餞別表吓（下）恩和義。今日嘅日子。正是牽衣含淚唎問哥你邊日歸期。（1924 年《小說星期刊》第 7 期）

❶ **心水** sɐm[1] sœy[2] —— 心思，心緒。
❷ **河南江北** hɔ[4] nam[4] kɔŋ[1] pɐk[7] —— 指廣州珠江南岸和北岸。
❸ **兩便** lœŋ[5] pin[6] —— 指南北兩邊。

27 迷信打破

灞陵

迷信打破不用你個木偶東西。講乜野（嘢）靈擎①欲把我地（哋）迷。厄（呃）得人多人地（哋）就唔敢再制②。誰人重向你把首嚟稽。獨坐個（嗰）處廟堂問你因乜所謂。大抵重想番人地（哋）信仰咯我斷定想佢唔嚟。今日真係又試被人你將棄廢。廟堂霸左（咗）問你重有邊處嚟擠③。想你此時心亦有愧。唉，等我為你計。勸你唔好再制。否則又要你復回真相咯做一堆泥。（1924 年《小說星期刊》第 10 期）

❶ **靈擎** lɛŋ[4] khɛŋ[4] —— 靈驗。
❷ **再制** tsɔi[3] tsɐi[3] —— 再幹。
❸ **擠** tsɐi[1] —— 放，安放。

28 無乜可贈

曇郎

無乜可贈贈你一盒香煙號美人。煙葉金黃稱上品。芬芳馥郁氣味氤氳（氤氳）。郎你吸煙個（嗰）時重要把奴記謹。因何取義君呀你曉到唔曾。煙係勸你勿向煙花場裏去混。青樓妓女切莫共佢相親。佢地（哋）送舊迎新人最壞品。妖孽妝成專係蠱惑人。況且一失足成千古恨。人言可畏你切莫棄舊貪新。我共你做咁耐夫妻亦都算有些緣分。唉，須要記謹。唔好忘卻一陣。句句都係良言金石嚤[1]，你勿作虛文。（1924 年《小說星期刊》第 13 期）

❶ **嚤** bɔ³ —— 語氣詞。表示告知，勸告。

29 金錢兩個字

許少儒

金錢兩個字累盡多少英雄。有錢就可以通神此話乃係非空。你睇個的（嗰啲）有錢子弟幾多人恭奉。近來世界總係重富欺窮。怪不得人人終日起勢[1]去鑽錢孔。揸住個金錢主義一味想做富家翁。點知富貴浮雲原是一夢。唉，真懵懂。早醒繁華夢。任得你營營擾擾無非為着幾塊黃銅。（1925 年《小說星期刊》第 6 期）

❶ **起勢** hei² sɐi³ —— 拚命地。

30 離別咁耐

白蓮

離別咁耐[1]今日至相逢。往日雁杳魚沉訊未通。令得你妹夜來溫（瘟）咁發夢。模糊莫辨悵恨無窮。今日一面見君你身又要動。做乜[2]南轅北轍日日都係咁匆匆。究竟是否天佢無情嚟向我地（哋）作弄。唉，你去我都唔敢送。恐怕未到江頭我眼已紅。（1925 年《小說星期刊》第 8 期）

❶ **咁耐** kɐm³ nɔi⁶ —— 那麼久。
❷ **做乜** tsou⁶ mɐt⁷ —— 為甚麼。做乜咁匆匆（為甚麼這麼匆忙）？

31 郎救國

白蓮

郎救國委實心誠。嚼齒穿齦奮起義聲。放下三寸毛錐前去效命。撑住東南半壁當作長城。頭顱不顧再把河山整。中原指日可以澄清。呢仗討賊出師名係正，真真正。旗開必得勝。你睇到處的（啲）壺漿簞食把你地（哋）歡迎。（《鐘聲月刊》1925 年第 1 期）

32 夏日海浴

洛

海風吹送晚涼天。斜陽碧色映水澄然。波浪不興同面鏡。如雲士女共集海灣邊。水服各衷胸臂畢現，真係雪膚花貌鬥麗爭妍。水裏嬉遊翻惹鴛鴦羨。鷗鳥低翔都想傍姐玉肩。魚沉海底怕嬌佢容光顯。月閉雲間不敢露姐妝前。好似楊妃出浴扶起同羣倩。又似芙蕖出水個（嗰）個洛水神仙。點得寫生妙手把佢形容[1]繕。留玉片，若對金閨彥[2]。絕妙畫圖一幅景物天然。（《鐘聲月刊》1935 年第 6 期）

❶ **形容** jiŋ⁴ juŋ⁴ —— 形體與容貌。

❷ **金閨彥** kɐm¹ kwɐi¹ jin⁶ —— 閨閣中有才有德的美女。

33 牙鷹

君你睇吓（下）個（嗰）隻暴戾嘅牙鷹①。盤旋空際向住個斗（嗰竇）②雞仔橫凌。試問弱質細雞何以抵應。見佢任由啄害只有苦掬哀聲。君呀我地（哋）同胞在外亦遭同病，猶如一樣受制嘅情形。今日大眾罷工存點血性。咪學五分鐘熱度過後就冷清清。堅持到底都要羣心領。取消條約一切唔平。人地（哋）睇我國弱民殘無乜耐性。咁大風潮佢作好輕。若果呢仗③連繫丟疏唔顧國命。怕會變為印度個（嗰）種哀情。總要大眾決心齊奮競。抵制英奴把土貨振興。工作絕交為第一路徑。唔係就難以取勝。同胞須猛醒。萬望我地（哋）羣心羣力眾志成城。（1925 年 7 月 31 日《工人之路特號》）

❶ **牙鷹** ŋa⁴ jiŋ¹ —— 老鷹。廣東有些地方叫「崖鷹」ŋai⁴ jiŋ¹。

❷ **竇** tɐu³ —— 窩，巢。

❸ **呢仗** ni¹ tsœŋ³ —— 這次。

34 沙基流血

麥國威

春夏秋冬天過天。轉眼韶光又到沙基①流血一週年。君呀你重記得去歲今天我地（哋）人民為國家體面。故此巡行示威咯經過沙面外邊。口號高呼話要打倒帝國主義正得心中願。點想口話未完又聽得槍聲連天。一時毒彈橫飛重慘過孔明借箭。咁（噉）就把我愛國同胞（啞）殺得血肉飛天。至到年年今日有呢個國恥紀念。但望各界同胞不可忘免。不可忘免。總要聯合心似錘那時萬人一心（咯）打到（倒）帝國主義就要猛勇向前。（1926 年 6 月 27 日《工人之路特號》）

❶ **沙基** sa¹ kei¹ —— 廣州地名，在沙面之北。慘案發生在今六二三路一帶。

35 須要發奮

伯元

須要發奮切勿貪慕繁華。要立實心頭[1]記住個國家。正係愁緒萬千唔到你放下。重有乜閒心去弄琵琶。風流舊夢經已成虛話。你睇國難頻仍點到你不理他。真係要發奮圖強急到不暇。豈可沉迷花酒唱個的（嗰啲）後庭花[2]。事已到了緊急關頭唔係假話。從今猛醒莫要醉落流霞。你要把個的（嗰啲）精神來振刷吓（下）。奮起雄心救我國家。敵人侵略要我盟城下。斷不肯甘心情願做亞叉[3]。君呀你係血性男兒唔在多說話。唉，決斷下。繁華應放罷。大家齊上馬。總要齊心合力咯振我中華。（1937 年《進化》第 11 期）

❶ **立實心頭** lap⁸ sɐt⁸ sɐm¹ thɐu⁴ —— 下定決心，打定主意。

❷ **後庭花** hɐu⁶ thiŋ⁴ fa¹ —— 歌曲《玉樹後庭花》的簡稱。被認為是靡靡之音。

❸ **亞叉** a³ tsha¹ —— 是「摩羅叉」的意思。香港粵語指一些機構單位的印度人門衛。

36 齊發奮

伯元

齊發奮振刷起個的（嗰啲）精神。睇住國亡家破怎不驚心。你睇敵人侵略頻挑釁。盧溝橋發難實在任意橫行。攫奪我平津迫到無可忍。更重慘無人道轟炸我的（啲）人民。壓迫已到了最後關頭係在呢一陣。只有實行抗戰不惜要犧牲。君呀你係血性男兒應有的（啲）責任。救亡禦侮豈肯話落後於人。為着民族生存死亦應本分。作殊死戰要下個（嗰）種決心。團結一致進行更應該要加緊。唉，我心點忿。總要大家齊發奮。同心合力咯一於[1]殺卻個的（嗰啲）敵人。（1937 年《進化》第 13 期）

❶ 一於 jɐt[7] jy[1] —— 堅決，一定要。

37 晨鐘報

泮公

晨鐘報因故停辦已有十多年。只為日本欺凌把我國嚟作賤。縱兵四圍侵略攪到滿地烽煙。邑內與及外洋交通不便。郵遞無法迫住要停辦為先。幸賴國民齊心與他來死戰。才得最後勝利一律復員。旅港諸君再把生意來重建。並謀發行報紙藉以宣傳。因此恢復晨鐘使與邑人重見面。堅強組織大勝從前。內容豐富各樣都經挑選。新聞翔實又夾[1]新鮮。言論縱橫對於善褒而惡貶。口誅而筆伐重犀利過毛瑟三千。第一及二三期早已發現。人人睇過喝彩莫不喜地歡天。但望內外邑人唔好吝嗇幾個仙[2]。按期購便。使它銷售殆遍。咁（噉）就風行一紙壽命綿延。（1947 年《開平晨鐘報》復刊版，第 4 期）

❶ **又夾** jɐu6 kap9 —— 而且。

❷ **仙** sin1 —— 分錢。幾個仙（幾分錢）。

38 要努力

老嬖

要努力發奮為雄。大好男兒莫負七尺躬。黃金歲月君你須要知道重。等閒虛度你就後悔無窮。古道少年唔努力老大徒悲慟。貧賤由人又豈可歸咎天公。你若及早醒心就快做番一個自強鐘。大家同心救國咯免被強鄰做了我地（哋）的（啲）主人翁。堂堂大國又豈可做人的（啲）附庸。君呀勸你做人須要有用。莫懵懂。若是枉生人世咯就是一條蛀米大蟲。（1949 年《僑聲》第 21 期）

39 米咁貴

蘆荻（陳培迪）

米咁貴為乜嘢原因。搞到我地（哋）個個咁苦都係個（嗰）班衰神①。呢陣千元大鈔出籠又好似風吹一陣。樣樣都被佢吹脹②咯真正有苦難伸。你睇吓（下）一捆捆濕柴③邊處都唔使恨。重話銀元券又要出世幾咁激死人。近日各縣催糧到攞命咁緊。限期交納實物唔係就話要捉人。呢班蛀米大蟲你話邊個唔憤恨。我地（哋）捱嚟捱去捱剩半條青筋。自古道食在廣州今日廣州兩餐係最惡搵④。唉，氣難忍。點得米價平穩？有飯大家食咯把個（嗰）班衰神趕走個（嗰）陣就正得翻身。（1949 年 4 月 6 日《大公報》）

❶ **衰神** sœy1 sɐn4 —— 倒霉鬼，壞傢伙。

❷ **吹脹** tshœy1 tsœŋ3 —— 氣死，難倒，奈何。

❸ **濕柴** sɐp⁷ tshai⁴ —— 不值錢的鈔票。

❹ **惡搵** ŋɔk⁹ wɐn² —— 難找，難以謀生。

40 

蘆荻（陳培迪）

打乜主意重使乜思疑。呢陣重唔趕快下大決心把個人嘅權位拋棄。你咪話拖延日子嚟等待時機。東推西搪對你地（哋）實在冇利。今日快的（啲）幡然改過重唔算遲。你睇吓（下）百萬解放雄師已指到鼻。人民嘅忍耐已經到咗最後限期。要靠攏人民就要將功贖罪。覺悟前非最好學樣咯就係北平個傅作義。臨崖勒馬重有同人民相見個（嗰）一陣時。如果呢陣重唔即刻轉過嚟硬被死硬派死死拉住，個（嗰）陣走投無路咯邊處都冇得你搬移。八項談判等待二十日你地（哋）嚟簽字。為人民立功就只有呢一條路咯切勿再猶疑。（1949 年 4 月 20 日《大公報》）

南　音

8首

1 歎五更

何惠羣

懷人待月倚南樓，觸起離情淚怎收？自記與郎分別後，好似銀河隔住女牽牛。好花自古香唔久，只怕青春難為使君留。他鄉莫戀殘花柳，但逢郎便好買歸舟。相如往事[1]郎知否？你睇好極文君尚歎白頭。

初更才報月生西，怕聽林間個（嗰）隻杜鵑啼。聲聲泣血流花底，佢話「胡不歸來胡不歸」！怎得魂歸郎府第？等你換轉郎心早日到嚟，免令兩家[2]音信滯，好似伯勞飛燕各東西。縱有柳絲難把心猿繫，可惜落花無主葬在春泥。

二更明月上窗紗，虛度韶光兩鬢華。相思淚濕紅羅帕，伊人秋水為溯蒹葭[3]。君你風流杜牧堪人掛，合歡同盞醉流霞。許多件事空成話，笑指紅樓是妾家。青衫淚濕憐司馬[4]，有乜閒心同你再弄琵琶？

三更明月掛香飄，記得買花同過個（嗰）度漱珠橋[5]。君抱琵琶奴唱小調，或郎度曲我吹簫。兩家誓死同歡笑，都話邊個忘恩天地不饒。近日我郎心改了，萬種愁懷恨未消。心事許多郎你未曉，咁((嘅）就收你妹桃花薄命一條！

四更明月過雕闌，人在花前怨影單。相似最是令人怕，薄情一去再難逢。顧影自嗟和自歎，綠窗常掛望夫山。奴奴家住芙蓉岸，我郎家住荔枝灣。隔水相逢迷望眼[6]，獨惜寫書容易寄書難。

五更明月過牆東，倚遍闌干十二重。衣薄難禁花露重，玉樓人怯五更風。怎得化成一對雙飛鳳，會向瑤台月下逢。無端驚破鴛鴦夢，海幢鐘接海珠鐘。睡起懶梳愁萬種，只見一輪紅日上簾櫳。

❶ **相如往事** sœŋ[1] jy[4] wɔŋ[5] si[6] —— 指西漢司馬相如和卓文君戀愛的故事。

❷ **兩家** lœŋ[5] ka[1] —— 雙方。

❸ **蒹葭** kim[1] ka[1] —— 蒹，古時指蘆葦一類的植物；葭，初生的蘆葦。

❹ **司馬** si[1] ma[5] —— 指一般的小官。

❺ **漱珠橋** sou[3] jy[1] khiu[4] —— 廣州地名，在河南漱珠涌上，附近曾是當年富人行樂的地方。

❻ **迷望眼** mɐi[4] mɔŋ[6] ŋan[5] —— 又叫「望微眼」，即眺望極遠處。

題解：何惠羣，廣東順德羊額鄉人，嘉慶十四年（1809 年）進士，曾為江西瑞州府新昌縣令。

2 歎五更

（又一首）

聽聞隔海一更天，斜倚蓬窗夜不眠，遠望我個痴心人不見，好似一場春夢化作雲煙。曾記得當初同佢會面，在橫樓恩愛你話幾咁纏綿。時常玩月開筵宴，有陣①品花同佢依並香肩，相交數載情唔淺，真係意中人結個（嗰）段意中緣。風流富貴亦都非奴願，但得常來重好過②會仙。幾番發誓共我多留戀，帶我回歸③永結鳳鸞。點想命似桃花兼運蹇，唉偷自怨，共佢走到去歸人地（哋）訪見。都係賣花人仔拆散我地（哋）良緣。

二更頻催淚未收，孤燈寒夜越見添愁。懷人悶依欄杆後，咫尺天涯叫我恨怎休。夜靜思君，君呀共你難得就手，未知何日再結鸞儔。只望華堂共你簫管並奏，綠酒紅燈月上半鈎。誰料我個養娘將計扭④，花紅出重貼在街頭。至此被人密訪機關扣。個的（嗰啲）賣花人仔把彩紅抽，想必⑤我前世栽花唔種柳。至今生磨難，在此水中流。

譙樓鼓打三更中，虧我懷人怕聽個（嗰）隻叫月孤鴻。

我想榮華富貴好以（似）三春夢，花容消減，自怨東風。奴為見君你情意重，指望脫離苦海別卻花叢[6]。想必我前世摘花唔剩種，好似牛郎織女隔住西東，秦淮夜月再把簫聲弄，世間惟望有兩個相逢。把我紅綃夜盜與君相共。唉，愁有萬種，思君愁到入夢，未曉何時得鴛枕共你情濃。

四鼓頻催五更昏，水上誰知五更不聞，只為大賊縱橫依海佈陣，無船接濟佢惡[7]抽身。天意應該由佢替混，故此危峽之中出了大藤。一到五更藤就亂滾，架海為樑渡賊過江奔。後至大將陳倫誅了賊棍，海內商船不許夜行，又怕妖怪夜聞金鼓震，故此嚴禁江湖不打五更。

今夜四鼓歎完愁帶漸緊，重有乜[8]閒心去論古文。不過獨坐無聊燈又暗，思前想後有氣難伸，識得插翼而飛共郎你共枕，至免珠江長日暗裏銷魂。百折柔腸誰探問？哎，我唔想受困，脫離呢花粉陣，個（嗰）時與君攜手出了紅塵。

❶ **有陣** jɐu^5 tsɐn^6 —— 有一次。
❷ **重好過** tsuŋ^6 hou^2 kwɔ^3 —— 比……還好。重好過會仙（比會仙還好）。
❸ **回歸** wui^4 kwɐi^1 —— 回家。
❹ **將計扭** tsœŋ^1 kɐi^2 nɐu^2 —— 即扭計，設法算計別人。
❺ **想必** sœŋ^2 pit^7 —— 可能，估計。想必我前世栽花唔種柳（可能我前世只種花不種柳）。
❻ **花叢** fa^1 tshuŋ^4 —— 煙花地。指望別卻花叢（指望別卻煙花地）。
❼ **惡** ŋɔk^9 —— 難以。佢惡抽身（他難以抽身）。
❽ **重有乜** tsuŋ^6 jɐu^5 mɐt^7 —— 還有甚麼。重有乜閒心（還有甚麼閒心）？

3 女子歎五更

唔忍得氣，做乜[1]我地（哋）女子得咁低威[2]？應該男女要一律平移，只為國制流傳遵此例，故此男子剛強女子要低。莫謂男兒才廣女子就無經濟，幾多紅粉勝過鬚眉，言論不得自由難任己，埋頭閨閣少人知。世間亦有村愚輩，卻係父母唔明致會累渠（佢）[3]。纏足首先來受罪，長大成人不肯讀書，重話女兒只要勤針黹，無非中饋井臼操持。此等方係女流應分事，若講才學淵源恐怕德性有虧。個（嗰）種野蠻說話[4]真無理，所以把生靈誤透致此累到國運顛危。捨得[5]上早胸中明慧，利權早使豈不光輝。今日眼白白二萬萬女子同胞成了疾廢，真屭屭（閉翳）[6]不若暫將譙鼓解吓（下）愁眉。

譙樓鼓打一更初，思前想後淚滂沱。我地（哋）終朝女子原唔錯，博學雄才有許多。無奈不得自立自強監定我，好似縮頭龜鱉任人磨。自小纏足真折墮[7]，欲行一步倩人拖，百病叢生因把足裹，父母監成[8]無奈何，我想生在富貴尤在好，若是貧家婦女更重[9]折磨。你睇有等拖男攜女街上過，連泥帶水似隻濕田螺。欲圖好看反成禍，低頭悔恨怨當初。一世終身無結果，虧殺我，與其受苦不若早見閻羅。

耳聞滴漏二更天，想起我地（哋）中國女子婚姻，更重可憐。自係略略長成藏入裏便[10]，外間事物不知端，重話外言不入傳與聞，講乜閫內之言不出外傳，無非誤盡我地（哋）紅妝輩，任你胸藏錦繡亦係仰望青天。婚配終身由父母，都要全憑媒妁兩便[11]傳言。甜言蜜語將人騙，似乎錦上把花添，講到有貝之才為體面，不管身家清白與愚賢，瞞住深閨如鐵桶，要俟不日星期卜鳳佔，個（嗰）陣飛天本事難以施展，好比甕中拿鱉一般然。你睇各國男女婚姻皆得自由選，惟有中朝女子得咁含冤。所以致會駿馬常乘痴漢走，巧妻常伴拙夫眠。點得此後相沿通改變，把個的（嗰啲）愚蠻習氣盡相捐，婚配必要兩相情所願，須打算，免致互相埋怨結錯婚緣。

譙樓三鼓子時中，二萬萬同胞女子可憐蟲，四體五官全無用，不習文才不練武功，裝成軟弱一派斯文種，終朝囚困在樊籠。學校以體育一門為義重，應要時常練習把身鬆，身體四肢常活動，自然日久便覺從容。非關女子無佳種，總係父兄拘執太唔通，管束女流難出眾，不能自主一味遵從，列強女子多精勇，皆由自立習成功。今日女學體操來作俑，勤運動，或者將來我輩盡是女英雄。

譙樓四鼓月將殘，怎得世界文明做過一番，要把腦筋舊性來除散，自然各樣不至愚蠻。男女自由沿習慣，唔使男強女弱得咁交關[12]。做乜把我地（哋）女流深鎖如囚犯，多行一步惹人談，又話深閨唔守禮，不分皂白立亂來。所謂甕裏醃雞無廣見，埋沒我地（哋）雄才當作閒，枉具熱腸終（中）乜用[13]，風氣唔通總不得轉彎。我想人生倫理綱常事，混習何分女共男，血肉肌膚同一樣，彼此俱生天地間，點解輕重攸分真係古板，堪嗟歎，學吓（下）列強男女一列平行。

五更雞唱就天明，東方已現啟明星，惟願女子同胞須自醒。切勿痴迷夢裏，不顧前程。現在男女學堂開已定，必要自立而強做個俊英。除去舊時頑固性，古云有志事能成，倘逢父母行拘執，就把宛轉情由達過佢聽，此係正路並非行歹徑，哀求父母順此人情。樊籠跳出揚名姓，不枉有才女子勵志求精，免令虛負光陰景，但得揚眉吐氣遂生平。若然未得如人意，不遂胸懷願自經，好過埋沒閨中如坐井，成畫餅，勢必共馳騁。難道只許男子鵬舉，不許女子騎鯨。

❶ **做乜** tsou^{6} mɐt^{7} —— 為甚麼。

❷ **咁低威** kɐm^{3} tɐi^{1} wɐi^{1} —— 那麼低下。做乜女子咁低威（為甚麼女子那麼低下）？

❸ **累渠(佢)** lœy^{6} kœy^{4} —— 拖累她。

❹ **說話** syt^{9} wa^{6} —— 話語。野蠻說話真無理（野蠻話語真無理）。

❺ **捨得** sɛ^{2} tɐk^{7} —— 如果，倘若。

❻ **真晶屭(閉翳)** tsɐn^{1} pɐi^{3} ŋɐi^{3} —— 真犯愁。

❼ **折墮** tsit^{9} tɔ^{6} —— 造孽。

❽ **監成** kam^{1} siŋ^{4} —— 監督造成。父母監成無奈何（父母監督造成無可奈何之事）。

❾ **更重** kɐŋ^{3} tsuŋ^{6} —— 更加。貧家婦女更重折磨。

❿ **裏便** lœy^{5} pin^{6} —— 裏邊。

⓫ **兩便** lœŋ^{5} pin^{6} —— 兩邊。

⓬ **咁交關** kɐm^{3} kau^{1} kwan^{1} —— 那麼嚴重。唔使男強女弱得咁交關（不要男強女弱得那麼厲害）。

⓭ **終(中)乜用** tsuŋ^{1} mɐt^{7} juŋ^{6} —— 有甚麼用。枉具熱腸中乜用（徒有熱腸有甚麼用）？

4 客途秋恨

葉瑞伯

上卷：孤舟岑寂晚涼天，斜依蓬窗思悄然。耳畔聽得秋聲桐葉落，又只見平橋衰柳鎖寒煙。呢種情緒悲秋同宋玉，況且客途抱恨，你話對誰言。舊約難如潮有信，新愁深似海無邊。觸景更添情懊惱，懷人愁對月華圓。記得青樓邂逅中秋夜，共你並肩攜手拜嬋娟[1]。我亦記不盡許多情與義，總係纏綿相愛復相憐。共你肝膽情投將兩月，點想同羣催趲整歸鞭。幾回眷戀難分捨，只為緣慳兩字拆散離鸞。個（嗰）陣淚灑西風紅豆樹，情牽古道白榆天。你杯酒臨岐同我餞別，望江樓上設離筵。你重牽衣致囑個（嗰）段衷情話，叫我要存終始兩心堅。今日言猶在耳成虛負，屈指如今又隔年。真係好事多磨從古道，半由人力半由天。我風塵閱歷崎嶇苦，雞羣混跡且從權。請纓未遂終軍志，驅馬難揚祖逖鞭[2]。只學龜年歌調唐宮譜，遊戲文章賤賣錢。只望裴航玉杵[3]諧心願，藍橋踐約去訪神仙。個（嗰）陣廣寒宮殿無關鎖，何愁好月不團圓。點想滄溟鼎沸鯨鯢變[4]，妖氣漫海動烽煙。是以關山咫尺成千里，雁札魚書總杳然。今又聽得羽書馳牒報，都話干戈撩亂擾江村。崑山玉石遭焚毀，好似避秦男女入桃源。紅顏薄命會招天妒，重怕賊星來犯月中仙。嬌花若被狂風損，玉容無主倩誰憐。你係幽蘭不肯受污泥染，一定拼喪香魂玉化煙。若然豔質遭兇暴，我願同埋白骨伴姐妝前。或者死後得成連理樹，好過生前長在奈何天。重望慈雲法力行方便，把楊枝甘露救出火坑蓮。等你劫難逢凶俱化吉，個的（嗰啲）災星魔障兩不相牽。唉！心似轆轤千百轉。空眷戀。但得你平安願，任你天邊明月向着別人圓。

下卷：聞擊柝，夜三更，江楓漁火照愁人。幾度徘徊思往事，勸嬌何苦咁痴心。風流不少憐香客，羅綺還多惜玉人。煙花誰不貪豪富，做乜偏把痴情對小生。窮途作客囊如洗，擲錦纏頭愧未能。記得填詞偶寫胭脂井，你重含情相伴對住銀燈。細問曲中何故事，我就把陳後主個（嗰）段風流說過你聞。講到兵困景陽家國破，歌殘玉樹後庭春。攜住二妃藏井底，死生難捨意中人。你聽到此言深歎息，重話風流天子更情真。總係唔該享盡奢華福，至把錦繡江山委路塵。你係女流也曉興亡事，不枉梅花為骨雪為心。重話我珠璣滿腹原無價，知你憐才情重更不嫌貧。慚非玉樹蒹葭倚，蔦蘿絲附木瓜身。你洗淨鉛華甘謝客，只望平康早日脫風塵。恨我樊籠無計開金鎖，好似鸚鵡羈留困姐身。況且孤掌難鳴為遠客，有心無力幾咁閒文[5]。欲效藥師紅拂事[6]，改裝貪夜共私奔。又怕相逢不是虬髯客[7]，陌路欺人起禍根。龍潭虎穴非輕易，恩愛翻成誤玉人。思量銜石填東海，精衞虛勞一片心。虧我胸中枉有千言策，做乜並無一計挽釵裙。前情盡付東流水，好似春殘花蝶兩相分。神女有心空解珮，襄王無夢再行雲。重怕一別永成千古恨，蠶絲未盡枉偷生。男兒短盡英雄氣，縱使得成富貴也是虛文。飄零書劍為孤客，扁舟長夜歎寒更。只話放開懷抱思前事，點知越思越想越傷神。風送夜潮寒徹骨，又聽得隔林山寺響鐘音。聲聲似解相思劫，獨惜心猿飄蕩那方尋。既說苦海濟人登彼岸，做乜世間留我種情根。風流五百年前債，結成夙恨在紅塵。秋水遠連天上月，團圓偏照別離身。水月鏡花成幻影，茫茫空色兩無憑。恩愛自憐同一夢，情緣誰為證三生。今日意中人遠天涯近，空抱恨，琵琶休再問，惹起我青衫紅淚越更銷魂。

（本文一直被認為是繆蓮仙所撰。繆蓮仙，繆姓名艮，字兼山，因慕李青蓮，乃號為蓮仙子，原籍浙江杭郡仁和縣，生於乾隆三十一年丙戌(1766 年)。據傳，他曾居穗多年，輾轉粵地。因屢試不第，乃以賣文、賣字、訓蒙為生。一次遇上珠江河花舫中的名妓麥秋娟，兩情相悅，但他仕途失意，窮困潦倒，無能力使麥秋娟脫籍從良，於是以自己的真實感情寫就了這篇著名的南音《客途秋恨》。但據《南音與粵謳之研究》作者梁培熾的研究，《客途秋恨》的作者應該是葉瑞伯。瑞伯是其字，原名為葉廷瑞，生於乾隆五十一年 (1786 年)，卒於道光十年 (1830 年)，原籍福建同安。其曾祖入粵經商，在廣州上九甫開設永興號。）

❶ **嬋娟** sim[4] kyn[1] —— 借指月亮。

❷ **祖逖鞭** tsou^{2} tik^{8} pin^{1} —— 祖逖是東晉的軍事家，這裏指他請纓未遂，難以報國。

❸ **裴航玉杵** phui^{4} hɔŋ^{4} juk^{8} tshy^{5} —— 指秀才裴航與仙女雲英相愛的故事。

❹ **鯨鯢變** khiŋ^{4} ŋɐi^{4} pin^{3} —— 滄溟鼎沸鯨鯢變，比喻發生殺戮之事情。

❺ **幾咁閒文** kei^{2} kɐm^{3} han^{4} mɐn^{4} —— 毫無作用。有心無力幾咁閒文（有心無力毫無作用）。

❻ **藥師紅拂事** jœk^{8} si^{1} huŋ^{4} fɐt^{7} si^{6} —— 指隋唐時李靖和紅拂女張出塵的愛情故事。

❼ **虬髯客** khɐu^{4} jim^{4} hak^{9} —— 指隋唐時與李靖、紅拂女一起活動的張仲堅俠客。

5 霸王別姬

（清末民初作品）

耳邊忽聽，人聲喧噪，警覺前營散我楚歌，觸起英雄下淚，實在難堪楚。今日仰天長歎奈誰何？心恨會宴在鴻門，當日錯。可惜亞父忠良，碎了玉珂，詭計陳平來嫁禍，更是韓信共蕭何。明修棧道暗把陳倉過，鞭長莫及逞干戈。大將張韓兵折楚，三秦連敗去江河。今日被困在孤城，兵馬墮，叫我點能上干戈？彭城九郡更旗號，就把鴻溝割斷去求和。四圍兵馬重包裹，聽得簫聲齊唱月華歌，莫非軍心含恨離抛楚？致使亡秦三代盡消磨。惆悵滿懷難安坐，倒豎鬚眉恨氣多。唉！我苦念虞姬，心切楚，心似火。叫句蒼天，天呀，你又唔憐憫我，迫於無奈，都要別卻嬌娥。

嬌啟齒，慰句君王，大王何用咁悲傷？自古吉人天相，亦有咸亨象，兵家勝負也平常。勸君暫且開懷暢，待奴親自擺上瓊漿。古云一盞能解千愁悵，願你三杯痛飲，把萬慮消亡。妾自承恩隨御駕，烏騅常伴你刁鞍。君你百戰沙場誰個敵手？何曾棄甲曳疆場？今日逢碓故陵催戰下，君前何暇共你舉霞觴？明日沉舟來破釜，何忍三鼓不復咸陽？

項羽聽罷虞姬說，妻呀！你悶酒斟來碎我膽肝，不須提起當年事，觸起英雄，更重斷腸。想我興兵年居十八，重有八千子弟，護我戎裝。七十二陣交鋒無敗仗，分明手段算我高強。今日蒼天一旦偏亡我，就把軍心吹散，落在何方。九里山前孤鶴唳，四圍埋伏，鐵壁銅牆。大抵項羽不該為帝主，所以范曾（增）去後，將屬劉邦，虛勞兩臂有移山力，重怕未曾滅漢，楚先亡。自思將寡和兵少，意欲殺出重圍，脫禍殃。獨惜嬌姿柔弱體，恐憂相顧阻我行藏。不如分手，讓你投生路，或者君前獻美，愛惜紅妝。江山兩字，實在難相顧，叫我焉能保護好妻房？

虞姬苦，淚拋灑，吞聲唔出，咬碎銀牙。自是奴奴歸你帳下，恩如山海，疊疊重加。記得玉手相拖隨御駕，酒弦歌管樂繁華。估道[①]天長地久同歡耍，今生緣聚帝王家。朝遊鳳閣如圖畫，晚倚龍樓看落霞。曾記大王扶我上馬，金鞭跌落海棠花，估道征袍戰甲，不再重披掛。蛇茅箭羽在手中拿。幸得高功王號霸，承蒙恩寵女嬌娃。望王一統歸華夏，添花錦上萬年華。誰望冰消和解瓦，反成秋水冷蒹葭[②]。今日為何講出無情話，叫我衣衫重整，另抱琵琶。豈有沾恩唔念掛，大抵忠臣烈女死無差。不若在王跟前存節罷，免使大王心事亂如麻。

王聽罷，更傷悲，誰無死別與生離？非是寡人拋別你，只為勢窮無計效于飛。你聲聲盡節也要存終始，但我焉能共你馬上奔馳。今日帳前休講閒風月，待我共娘賦下呢首斷腸書：力拔山兮氣蓋世，時不利兮騅不逝，堪埋血淚如山積，踏碎梨花片片飛。吟罷詩詞情愈苦，就把龍泉三尺冷相揮。項王無主心頭翳，美人伶俐立知機，上前抱住郎腰帶，龍泉接住手中持。項王情薄由自佢，任娘生死詐不知。因為虞姬一心歸泉世，幾番含忍事覺難為。只見咽喉嚨內橫劍刺，紅顏薄命血染香衣。哀哉一命難甦醒，傷心驚覺疊瞳兒。有若百顆明珠樓下碎，千重嬌媚喪眼前。英雄難阻腮邊淚，竟然低卻丈夫眉。見佢鳳眼一雙還未閉，珠唇秀色尚如脂，玉碎珠沉人在地，羅衣上下血淋漓。等我割斷玉容嬌首記，還將黃土埋嬌屍，芳卿魂魄回天去，難捨香魂半煙泥。幾回痛斷肝腸肺，望你貞靈隨伴永相依，生生死死難離你，今日兵臨城下無奈與你相離。說罷就把蛇茅槍舉起，連忙踏上馬烏騅，沖天怒氣難消止。金鼓碎，哭句虞姬情難已，只是家亡國破無面歸期。

❶ **估道 kwu² tou⁶** —— 以為。估道天長地久同歡耍（原以為天長地久地一起玩樂）。

❷ **蒹葭 kim¹ ka¹** —— 蒹，古時指蘆葦一類的植物；葭，初生的蘆葦。比喻微小的東西。此處是虞姬自謙之詞。秋水冷蒹葭（秋日寒冷的水把蒹葭凍壞了）。

6 痴雲

思往事，起惺忪，看燈人異去年容。可恨鶯兒頻喚夢，情絲輕裊，斷魂風。想起贈環情深，愁又萬種，量珠心願，恐怕無從。個儂愛我，都算恩情重，真係心有靈犀一點通。獨惜身無彩翼，學不得雙飛鳳。所以思嬌情緒，恨重重。記得當時邂逅，橫波送。驀地相逢，真似在夢中。背燈私語，話我多情種。點知驪歌忽唱，粉慘啼紅。

今日成虛，痴情都無用。只惜幽歡情景，太過匆匆。往日欄杆相倚，妙語如泉湧，好似百囀鶯鶯出畫櫳。妹你胡琴學得，羞頻弄，玉喉清脆，唱個（嗰）闋大江東。小鬟偷見來嘲諷，話係一隻蝴蝶飛入芳叢。今日關山遠隔，情可通，往事如燈煙，空憶秦樓鳳。懷人不言，又恨難成夢。唉！愁倍重。錦書憑誰送，唯將離情別緒，譜入絲桐。

7 男燒衣

白駒榮　唱

聞得你話死咯，我實在見悲傷。妹呀你為因何事攪到自縊懸樑。人話死咯尚屬思疑，我唔信佢講，今日你果然係死左（咗）咯，叫我怎不悲傷。唉，妹呀唔望與嬌彈共唱，唔望燈前月下共你結呢段鸞凰。呢回任得天上跌一個落嚟，唔慌我重想。唉，愁有萬丈，不若把隻小舟將水陸放，等你早登仙界直向慈航。忙解纜，出到江濱，只見江楓漁火照住我愁人。各物擺齊兼共果品，我願妹前來鑒領我誠心。燒頁紙錢珠淚惡忍，三杯薄酒奠妹孤魂。燒到童男童女等妹相親近，吩咐眾人使喚要聽佢時文[①]。大襪[②]鎖匙交過你收緊，你切莫頑皮激着主人。燒到胭脂和水粉，刨花兼軟扣，奩妝一個照妹孤魂。燒到牙蘭帶，與共繡花鞋，可恨當初唔好早日帶妹埋街[③]，免使你在青樓多苦淒。咁好沉香當作爛柴，呢條牙蘭帶乃係小生親手買，可惜化鞋繡得咁佳。記得八月中秋同把月拜，重話二人襟枕永結和諧。點想別離你心事古怪，誰知錯意把妹命來晒（嘥）[④]。唉，越思越想心痛恨，珠淚流唔晒[⑤]。妹呀你便夢中魂魄共我講幾句情懷。

燒到被鋪蚊帳係出在杭州，重有香珠一串搭在妹襟頭。燒到煙槍煙托與及雷州牛，有來燒到煙屎鈎，局砂一盞光明透，但凡燈暗妹呀你自己添油。呢盒公煙原本係舊，馨香翳膩⑥都解得吓（下）煩憂。你無事拈來燂⑦佢幾口，不防陰府你自己綢繆。咁多物件燒來交過你手，至緊關防門戶咯莫俾（畀）人偷。妹呀你生前所用般般都有，今日把火焚燒在水面浮。我再酌酒，奠妹妝台，願妹呀你前來鑒領我一杯，等你飲過此杯脫離了苦海，早登仙界直上蓬萊。又到艇嫂上前同佢抹淚，叫聲大相你切莫悲哀，捨得多情愁有多情配，奴奴情願共你為媒。你既有真心寧守耐，等我找尋一個重靚過花魁。人話男人心腸多變改，但我見君情義真正少人陪。蠟燭替君流血淚，半天仙鶴渡郎追。你不如忍淚就埋街去，免令今夜你自己痴呆。我忙轉艇，就快如雲，雙槳齊撓水面奔，海闊風狂你須要坐穩，等我行埋共你講幾句時聞：我地隔鄰有個叫做馮人引，真正好品，腳又細時滿手帶針，年方二八知書禮，詩詞歌賦樣樣皆能，舊時有位少爺話同佢上岸，佢要揀個多情人仔至兩相登。我問聲大相可否心情允，真正妙甚，真妙甚，等我把鵲橋駕起等你直上到浮雲。

❶ **時文** si^{4} mɐn^{4} —— 話語，又叫時聞。聽佢時文（聽他說的話）。

❷ **大褦** tai^{6} nɐŋ^{3} —— 大把。大褦鎖匙（大把鑰匙）。

❸ **埋街** mai^{4} kai^{1} —— 上街，從良。

❹ **晒（嘥）** sai^{1} —— 浪費，糟蹋。把妹命來嘥（把妹命來糟蹋）。

❺ **流唔晒** lɐu^{4} m^{4} sai^{3} —— 流不盡。

❻ **翳膩** ŋɐɪ^{3} nɐi^{6} —— 香而膩味。

❼ **燂** tham^{4} —— 用火烤，燒，指抽鴉片時烤煙土。

一齊觀看吓（下），甚喧嘩，廟前擺滿賣涼茶。呢邊睇相算命兼占卦，有人拆字、舌燦蓮花，個（嗰）邊賣武聲聲鑼鼓打，大玩拳腳棍與耙。門口獅子真高雅，有檔批菠蘿，有檔賣西瓜。有個鐵籠搵（韞）[1]住蛇公㤯，有飯鏟頭、金腳帶，依（齟）起[2]棚牙。鬥牛派九來擺下，十二位唔停，又有兩家。番攤擺下話係無奸詐，但見阿官阿九把錢爬，三軍兩擋響處[3]四圍耍，兼有婦人盲目求字花。門口各官經看罷，不如看吓（下）十殿閻衙。

欲看詳情我忙轉左，閻君做事不放疏，奉勸世人念因果，鬼魂受罪奈誰何？人人要把黃河過，又見無憂樹木有兩棵（裔），樹上休衣如花果，世人死後要換過紙衣蘿。腸筋鈎出成條攞，閻君罰佢事非多，在世之時將人家庭破，更兼狼毒刻薄家婆。鬼卒爐前吹猛火，壞人準備落油鍋，只為前生咁折墮[4]，黃泉死落亦需鋤。目睹劉泉進瓜一個，閻王見佢咁奔波，傳令牛頭獄卒將佢帶過，帶到枉死城中相會好老婆。花粉夫人安樂坐，契女[5]成班滿堂多，山伯英台緣無錯，為人蠢拙誤絲蘿。岳帥遭逢秦檜禍，呢個奸臣在世害人多，死後披枷兼帶鎖，永在閻王十殿受災磨。各種轉輪觀看過，不是歌謠口舌，此事當真唔係錯，更非胡亂信口開河。

觀看罷，拜吓（下）城隍，連忙淨手把香裝，深深作揖忙稟上：願神靈保佑國泰民安，闔家歡愉人無恙，精神飽滿氣軒昂，協力齊心無異向，同舟共濟互相幫；更願諸君將業創，凌雲壯志意堅強，一片忠誠集思益廣，繁榮社會在香江，笑顏逐開同樂唱，人人皆歡暢，中心文化在於大會堂。

❶ **揾(韞)住** wɐn³ tsy⁶ —— 關着。韞住一條蛇（關着一條蛇）。

❷ **依（齮）起** ji¹ hei² —— 齜着。齮起棚牙（齜着牙）。

❸ **響處** hœŋ² sy³ —— 在那裏。又說「喺處」。

❹ **咁折墮** kɐm³ tsit⁹ tɔ⁶ —— 那麼殘忍、造孽。只為前生咁折墮（因為前生那麼造孽）。

❺ **契女** khɐi³ nœy² —— 乾女兒。

《嬉笑集》

廣東俗話七言律詩

103首

《漢書》人物雜詠

36首

1 秦始皇（二首其一）

荊軻嚇失佢三魂，好在良官冇搬親。野仔執番①條爛命，龜公②害盡幾多人。監生③點解④嚟陪葬，臨死唔知重⑤拜神。萬里咁長城一座，後來番鬼當新聞。

❶ **執番** tsɐp⁷ fan¹ —— 撿回了。執番條命（撿回一條命）。
❷ **龜公** kwɐi¹ kuŋ¹ —— 王八，蓄妓賣淫的人。
❸ **監生** kam1/3 saŋ¹ —— 活活的人。監生點解嚟陪葬（活活的人怎麼來陪葬）。
❹ **點解** tim² kai² —— 為甚麼。
❺ **重** tsuŋ⁶ —— 還。臨死唔知重拜神（臨死不知還拜神）。

2 秦始皇（其二）

六國吞埋①擸吓鬚②，安心咁（噉）就着龍袍。收齊爛鐵燒銅像，堆起新書透火③爐。過海點嚟求味藥，當天重去貼張符。既然慌到江山臨（冧、𡃁）④，生仔唔該叫亞胡。

❶ **吞埋** thɐn¹ mai⁴ —— 全吞併了。
❷ **擸吓鬚** lip⁸ ha⁵ sou¹ —— 捋一捋鬍子。
❸ **透火** thɐu³ fɔ² —— 生火。透火爐（放在爐子裏燒）。
❹ **江山臨（冧、𡃁）** kɔŋ¹ san¹ lɐm³ —— 江山倒塌。

3 漢高祖

（三首其一）

老蕭話佢大拋（泡）和①，一味麒麟訝拃（掗拃）②多。傳令入城安百姓，充軍溜路做乖哥。終須③馬邑嚟攻打，點使鴻溝去講和。至弊④個（嗰）回⑤行錯路，幾乎蕩失⑥兩公婆。

❶ **大拋（泡）和** tai⁶ phau¹ wo⁴ —— 窩囊廢，無能的人。
❷ **訝拃（掗拃）** ŋa⁶ tsa⁶ —— 因體積龐大而佔地方，轉指霸佔、指揮一切。
❸ **終須** tsuŋ¹ sœy¹ —— 終於，最後。
❹ **至弊** tsi³ pɐi⁶ —— 最糟糕。至弊嗰回行錯路（最糟糕的是那次走錯了路）。
❺ **個（嗰）回** kɔ² wui⁴ —— 即嗰回，那次。
❻ **蕩失** tɔŋ⁶ sɐt⁷ —— 走錯了路，走丟了。

4 漢高祖

（其二）

荷包有貨重招呼，外父公真眼色高。皇帝着條龍打種，功臣當隻狗掤（搣）毛①。亂嚟射尿淋人帽，詐去屙屙②避把刀。唔係打蛇隨棍上，江山點得到佢撈③。

❶ **掤（搣）毛** mɐŋ¹ mou⁴ —— 拔毛。
❷ **屙屙** ŋɔ¹ khɛ¹ —— 拉屎，大便。
❸ **撈** lou¹ —— 撈取好處等。

5 漢高祖

（其三）

幾句歪詩大炮車①，唔通咁（噉）就嚇人咩②。老婆惡馬封親戚，野仔真狼③食伯爺④。用到軍師屙削屎⑤，做成皇帝笑依（�）牙。霸王已自烏江喪，邊個⑥同渠拗手瓜。

❶ **大炮車** tshɛ[1] tai[6] phau[3] —— 大炮：謊話；車：吹噓。即車大炮，吹牛。
❷ **咩** mɛ[1] —— 語氣詞，表示疑問。唔通咁就嚇人咩（難道這樣就嚇人嗎？）
❸ **狼** lɔŋ[4] —— 兇狠。
❹ **伯爺** pak[9] jɛ[1] —— 父親。
❺ **削屎** sœk[9] si[2] —— 稀大便。
❻ **邊個** pin[1] kɔ[3] —— 誰。邊個同渠拗手瓜（誰跟他扳胳膊）。

6 陳涉

有隻狐狸會出聲，突然叫起佢尊名。招兵直筆①鬆監犯，放火開牌嚇老更。點估②天書仍係假，誰知鬼卦認真③靈。咁都皇帝爭唔到，重④做包爺亂乜坑。

❶ **直筆** tsik[8] pɐt[7] —— 直接。
❷ **點估** tim[2] kwu[2] —— 誰料。點估天書仍係假（誰料天書還是假的）。
❸ **認真** jiŋ[6] tsɐn[1] —— 的確，非常，相當。
❹ **重** tsuŋ[6] —— 還。

7 秦二世

亞官真正火麒麟，呢件龍袍點稱身？咪估①懵丁②唔識鹿，誰知太監係鶻鶉。軍師個（嗰）陣③明知死，龜旦周時④咁失魂。大話⑤重還兼好彩，江山趁早送埋⑥人。

❶ **咪估** mɐi[5] kwu[2] —— 別以為。
❷ **懵丁** muŋ[2] tiŋ[1] —— 傻瓜。
❸ **個（嗰）陣** kɔ[2] tsɐn[6] —— 那時候。
❹ **周時** tsɐu[1] si[4] —— 經常。
❺ **大話** tai[6] wa[6] —— 說謊話。大話重還兼好彩（說謊話，而且還有運氣）。
❻ **送埋** suŋ[3] mai[4] —— 連……也送了。江山趁早送埋人（趁早連江山也送了給別人）。

8 

兩仔爸都喊一聲，呢回鬼叫①你唔精。烏蠅②已自褸③埋腳，黃狗焉能帶出城。整定④命窮該食粥，可憐屎急正⑤開坑。先該咁辣成條命，係話溜人就趯生⑥。

❶ **鬼叫** kwɐi^{2} kiu^{3} —— 誰叫。鬼叫你唔精（誰叫你不精靈）。

❷ **烏蠅** wu^{1} jiŋ^{1} —— 蒼蠅。

❸ **褸** lɐu^{1} —— 爬，停留。烏蠅褸埋腳（蒼蠅爬滿腳上）。

❹ **整定** tsiŋ^{2} tiŋ^{6} —— 注定。整定命窮該食粥（注定命窮應該吃粥）。

❺ **正** tsiŋ^{3} —— 才。

❻ **趯生** tɛk^{9} saŋ^{1} —— 逃生，逃命。

9 蕭何

一入咸陽屎眼鬆，執埋①數部去充公。出身咪笑衙門仔，發腳嚟追褲襛（襠）②蟲。幾隻武牛唔忿氣，成班獵狗咁爭功。若然皇帝遲開口，打到登時③亂晒籠④。

❶ **執埋** tsɐp^{7} mai^{4} —— 收拾起，撿起。

❷ **褲襛（襠）** fu^{3} nɔŋ^{6} / lɔŋ^{6} —— 褲襠。

❸ **登時** tɐŋ^{1} si^{4} —— 當時。

❹ **亂晒籠** lyn^{6} sai^{3} luŋ^{4} —— 亂七八糟。

10 

呢位房科咪睇輕①，周時②督隊去攻城。跟埋③狗尾人真笨，擸順貓毛佢咁精。打仔點關皇帝事，排班唔共相爺爭。明知替手將輪到，大早行頭就執生。

❶ **咪睇輕** mɐi^{5} thɐi^{2} hɛŋ^{1} —— 不要小看。

❷ **周時** tsɐu^{1} si^{4} —— 經常。

❸ **跟埋** kɐn^{1} mai^{4} —— 盡跟着。

11 **張良** 闊官散盡咁多資，只恨龜公死得遲。執起[①]草鞋交伯父，落埋[②]蚊帳做軍師。慣孖[③]皇帝撐台腳[④]，怕見行家刨地皮。重話煉丹唔食飯，原來借意就溜之。

❶ **執起** tsɐp⁷ hei² —— 拿起。撿起。
❷ **落埋** lɔk⁸ mai⁴ —— 下下來。落埋蚊帳（下下來蚊帳）。
❸ **孖** ma¹ —— 跟，和，與。慣孖皇帝撐台腳（習慣跟皇帝吃飯）。
❹ **撐台腳** tshaŋ³ thɔi⁴ kœk⁹ —— 兩人一起面對面吃飯。

12 **韓信** 單單婆乸[①]眼睛開，棍咁光時冇睇衰[②]。點忿低頭捐褲襠[③]，分明打手上擂台。相爺趁勢吹多句[④]，老將登時震起來。咪話書錐唔識相，果然黑狗就當災[⑤]。

❶ **婆乸** phɔ⁴ na² —— 老婦。
❷ **睇衰** thɐi² sœy¹ —— 看不起，蔑視。
❸ **捐褲襠** kyn¹ fu³ lɔŋ⁶ —— 鑽褲襠。
❹ **吹多句** tshœy¹ tɔ¹ kœy³ —— 多激怒一句。
❺ **黑狗當災** hak⁷ kɐu² tɔŋ¹ tsɔi¹ —— 俗語：白狗偷食，黑狗當災。

13 **陳平** 劈（擗）落[①]書包就帶兵，周身牙力會迷丁。生𠺢剝殼雞春[②]靚，重比痴金狗屎腥。豬肉分勻唔過戥[③]，龜頭縮住咁靈檠（㩳）[④]。若然唔得周丞相，撞板[⑤]幾乎撞到清。

❶ **劈（擗）落** phɛk⁸ lɔk⁸ —— 扔下，丟掉。
❷ **雞春** kɐi¹ tshœn¹ —— 雞蛋。剝殼雞春靚，用來形容人的皮膚光滑漂亮。
❸ **唔過戥** m⁴ kwɔ³ tɐŋ⁶ —— 不過秤。
❹ **靈檠（㩳）** lɛŋ⁴ khɛŋ⁴ —— 靈驗，奇妙。

❺ **撞板** tsɔŋ[6] pan[2] —— 碰釘子。

14 周勃

口馬輸人使乜[①]慌，總之老實好商量。碰啱[②]皇帝嚟查帳，逼住將軍要落箱。靚仔着渠抽痛腳[③]，惡婆因咁（噉）[④]扭孿腸[⑤]。果然醒水[⑥]劏蛇佬[⑦]，臨死才拉佢上場。

❶ **使乜** sɐi[2] mɐt[7] —— 何必。
❷ **碰啱** phuŋ[3] ŋam[1] —— 碰巧。
❸ **抽痛腳** tshɐu[1] thuŋ[3] kœk[9] —— 抓辮子，比喻抓住錯誤作為把柄。
❹ **咁(噉)** kɐm[2] —— 這樣。
❺ **扭孿腸** nɐu[2] lyn[1] tshœŋ[4] —— 扭歪了腸子。
❻ **醒水** siŋ[2] sœy[2] —— 警覺，警醒。
❼ **劏蛇佬** thɔŋ[1] sɛ[4] lou[2] —— 宰蛇漢。

15 項羽

聲大條腰又咁轆（轆）[①]，殺人放火亂糟糟。惡爺[②]點忿嚟丟架[③]，病佬唔啱想掟煲[④]。兩隻公婆流出尿，八千人馬剩揸毛。吟詩睇白[⑤]吟唔甩[⑥]，跑到烏江就一刀。

❶ **轆(轆)** luk[7] —— 圓而粗，粗大。
❷ **惡爺** ŋɔk[9] jɛ[1] —— 惡少。
❸ **丟架** tiu[1] ka[2] —— 丟臉。
❹ **掟煲** tɛŋ[3] pou[1] —— 感情破裂。
❺ **睇白** thɐi[2] pak[8] —— 斷定。
❻ **甩** lɐt[7] —— 脫掉，逃脫。

16 彭越

行水都收好幾年，地踎做到出生天。咪慌獺仔[1]爭皇帝，只怨龜公使爛錢。嗰件人情唔在講，呢條狗命點嚟填[2]。肉隨砧板擂成醬，重有裝罌[3]比你先。

❶ **獺仔** tshat^{9} tsɐi^{2} ——「獺」疑是「賊」tshak^{8} 之誤。
❷ **填命** thin^{4} mɛŋ^{6} —— 償命的意思。
❸ **裝罌** tsɔŋ^{1} ŋaŋ^{1} —— 把東西裝在罐子裏。

17 黥布

充軍充去做姑爺，小姐唔嫌面有瘔[1]。往日腳鐐都帶鎖，呢回屎桶要擔枷。大王作反真該死，亞奶[2]勾人總有差。唔係奸人嚟告狀，龍袍一定有揸拿[3]。

❶ **瘔** na^{1} —— 疤痕。
❷ **亞奶** a^{3} nai^{1} —— 指人妻。
❸ **揸拿** tsa^{1} na^{4} —— 把握。

18 

老貓燒剩幾條鬚，悔恨當年眼冇珠。濕水馬騮[1]唔過玩[2]，爛泥菩薩點能扶。明知屎計[3]專兜篤[4]，總想孤番再殺鋪。一自[5]鴻門渠錯過，神仙有篋亦難箍。

❶ **馬騮** ma^{5} lɐu^{1} —— 猴子。
❷ **唔過玩** m^{4} kwɔ^{3} wan^{2} —— 不能玩。
❸ **屎計** si^{2} kɐi^{3} —— 臭主意，餿主意。
❹ **兜篤** tɐu^{1} tuk^{7} —— 從後面襲擊。
❺ **一自** jɐt^{7} tsi^{6} —— 一直，從來。
❻ **箍** khwu^{1} —— 重修舊好。

19 田橫

亞橫真正係英雄，話過唔撈重勢兇①。趯②到四圍都近海，任從兩個去捐窿③。冚盤④貓麵⑤監人食，成件龍袍讓佢充。一味唔兜⑥情願死，咁（噉）嚟炮製個龜公。

❶ **勢兇** sɐi^{3} huŋ^{1} —— 兇惡，兇狠。
❷ **趯** tɛk^{9} —— 逃，逃亡。
❸ **捐窿** kyn^{1} luŋ^{1} —— 鑽洞。
❹ **冚盤** hɐm^{6} phun^{4} —— 整盤，全盤。
❺ **貓麵** mau^{1} min^{6} —— 被訓斥叫食貓麵。
❻ **唔兜** m^{4} tɐu^{1} —— 不肯，不領情。

20 叔孫通

行家都係一櫼（𣘚）①葱，書櫃搬齊起字茸（容）②。俾佢教精②勾鼻佬③，監人學做扣頭蟲。醉貓個（嗰）陣都行禮，瘋狗呢回冇亂籠④。兩位秀衣扒逆水，亞通就要鬧唔通。

❶ **一櫼(𣘚)** jɐt^{7} phɔ^{1} —— 一棵。
❷ **起字茸(容)** hei^{2} tsi^{6} juŋ^{4} —— 查清別人的底細。
❸ **教精** kau^{3} tsɛŋ^{1} —— 教聰明了，教會了。
❹ **勾鼻佬** ŋɐu^{1} pei^{6} lou^{2} —— 勾鼻子的人，指西洋人。
❺ **亂籠** lyn^{6} luŋ^{4} —— 亂，胡亂。

21 酈食其

伯爺公①會扯皮條，吹起牛髀②響過簫。一架馬車嚟代步，四圍賊竇③去招搖。帽來射屎都唔怕，鑊到加油重點④溜。因為激嬲⑤田老廣，話渠貓尾掤（搖）⑥成條。

❶ **伯爺公** pak⁹ jɛ¹ kuŋ¹ —— 老大爺。
❷ **牛髀** ŋɐu⁴ pei² —— 牛腿。
❸ **賊竇** tshak⁸ tɐu³ —— 賊窩。
❹ **重點** tsuŋ⁶ tim² —— 還怎麼。重點溜（還怎麼溜）。
❺ **激嬲** kik⁷ nɐu¹ —— 氣惱火，弄得生氣。
❻ **掤(搣)** mɐŋ¹ —— 拉，牽引。

22 蒯通

鬍鬚兩撇眼光光，讀過麻衣及柳莊。鹿重未曾知脫角，鱔都只可就封王。先生既係摸埋背，公仔[①]唔通[②]畫出腸[③]。若話見親人[④]亂吠，不難亦當狗嚟劏[⑤]。

❶ **公仔** kuŋ¹ tsɐi² —— 畫中人。
❷ **唔通** m⁴ thuŋ¹ —— 難道。
❸ **畫出腸** wak⁸ tshœt⁷ tshœŋ⁴ —— 把腸子也畫出來，意即過於具體。
❹ **見親人** kin³ tshɐn¹ jɐn⁴ —— 每逢見到人。
❺ **劏** thɔŋ¹ —— 宰殺。

23 朱虛侯劉章

唱隻耕田咁（噉）嘅[①]歌，幾乎嚇壞老虔婆。軍師到底紅鬚抗，兵卒誰知赤肋[②]多。險過剃頭皇帝仔，快嚟幫手[③]後生哥[④]。既然雜種都該死，索性鋤頭起勢[⑤]鋤。

❶ **咁(噉)嘅** kɐm² kɛ³ —— 這樣的。
❷ **赤肋** tshɛk⁹ lɐk⁸ —— 赤身，光膀子。
❸ **幫手** pɔŋ¹ sɐu² —— 幫忙。
❹ **後生哥** hɐu⁶ saŋ¹ kɔ¹ —— 年輕人。
❺ **起勢** hei² sɐi³ —— 拚命地，不停地。

24 董仲舒

呢班古董究知星[1]，帶部春秋上到京。皇帝親身嚟點卯，先生當面就摋丁[2]。蛇春[3]咁（噉）樣三條策（坼）[4]，狗屁唔通幾位甡。既係聖人唔講打，非哥（帝兄劉非）乜重懵惺惺（懵盛盛）[5]。

❶ **知星** tsi¹ siŋ¹ —— 懂得門路。
❷ **摋丁** mɐi¹ tiŋ¹ —— 迷糊，糊塗。
❸ **蛇春** sɛ⁴ tshœn¹ —— 蛇卵。
❹ **三條策（坼）** sam¹ thiu⁴ tshak⁹ —— 三條裂紋。
❺ **懵惺惺（懵盛盛）** muŋ² siŋ⁶ siŋ⁶ —— 懵懵懂懂。乜重懵盛盛（為甚麼還懵懵懂懂）？

25 嚴光

釣魚釣得咁沙塵[1]，着件羊皮重幾斤。皇帝孖鋪[2]真闊佬，先生反瞓（瞓）[3]係星君[4]。偶然戽被[5]捱高髀[6]，有個開窗扢[7]起身。慌到鼻哥窿[8]冇肉，原來佢會睇天文。

❶ **沙塵** sa¹ tshɐn⁴ —— 輕佻，自覺了不起。
❷ **孖鋪** ma¹ phou¹ —— 兩人同睡一牀。
❸ **反瞓（瞓）** fan² fɐn³ —— 形容人睡覺不老實。
❹ **星君** siŋ¹ kwɐn¹ —— 調皮搗蛋的人。
❺ **戽被** fu³ phei⁵ —— 蹬踢被子。
❻ **捱高髀** ŋa⁶ kou¹ pei² —— 豎起腿。
❼ **扢** kɐt⁸ —— 翹起。扢起身（翹起來）。今多用「趷」、「趌」。
❽ **鼻哥窿** pei⁶ kɔ¹ luŋ¹ —— 鼻孔。鼻哥窿冇肉，形容人慌張的樣子。

26 司馬相如

彈琴硬把老婆撩，呢隻雞蟲抵熩蕉[1]。滿肚密圈[2]嚟賣賦，周身[3]大話去題橋。

吹啱④外父⑤鬚成執⑥，窮到先生褲冇條。好笑白頭吟一首，書包重向醋埕⑦丟。

❶ **抵�蕉** tɐi² ŋɐu³ tsiu¹ —— 該用來燶芭蕉。意思指此人無用。
❷ **滿肚密圈** mun⁵ thou⁵ mɐt⁸ hyn¹ —— 詭計多端，老謀深算。
❸ **周身** tsɐu¹ sɐn¹ —— 全身。周身大話（滿肚子謊言）。
❹ **啱** ŋam¹ —— 正好，剛好。
❺ **外父** ŋɔi⁶ fu⁶⁻² —— 岳父。
❻ **執** tsɐp⁷ —— 量詞，把。鬚成執（鬍子成把）。
❼ **醋埕** tshou³ tshiŋ⁴ —— 醋罎子。

27 蘇武

當時重係①後生哥，行李威揸②去講和。狗屁檄文攻鼻辣，龍頭拐杖甩③毛多。既然飲奶都能飽，點使④吞冰得咁傻⑤。癲仔⑥亞陵⑦唔識趣，偏偏提起個番婆。

❶ **重係** tsuŋ⁶ hɐi⁶ —— 還是。
❷ **威揸** wɐi¹ tsa¹ —— 煞有介事地。
❸ **甩** lɐt⁷ —— 掉，脫。
❹ **點使** tim² sɐi² —— 何必，何須。
❺ **得咁傻** tɐk⁷ kɐm³ sɔ⁴ —— 竟然這樣傻。
❻ **癲仔** tin¹ tsɐi² —— 瘋子。
❼ **亞陵** a³ liŋ⁴ —— 指李陵。

28 馬援

明知鬚白有人欺（音蝦）①，皇帝跟前捋手瓜。龍殿撒開成地米，賊巢砌起幾堆沙。施哌②咁（噉）就嚟騎馬，喝彩幾乎要炒蝦③。咪估伯爺④唔駛（使）得，當堂試過冇痴（黐）牙⑤。

❶ **蝦** ha^{1} —— 欺負。

❷ **施㖡** si^{1} phai^{1} —— 裝模作樣。

❸ **炒蝦** tshau^{2} ha^{1} —— 說粗話。炒蝦拆蟹，即污言穢語。

❹ **伯爺** pak^{9} jɛ^{1} —— 老大爺。

❺ **痴(黐)牙** tshi^{1} ŋa^{4} —— 粘牙，塞牙。冇黐牙（沒有漏洞，沒有破綻）。

29 衞青

勇爺都做到功臣，抗（掯）佬唔拘點出身。亞姐生成真靚溜①，將軍老重咁②精神。七征使乜③慌番鬼，一揖仍然當上賓。全靠個（嗰）鋪謙厚處，冇嚟④敦款⑤睇輕人。

❶ **靚溜** lɛŋ^{3} lɐu^{3} —— 漂亮。

❷ **重咁** tsuŋ^{6} kɐm^{3} —— 還那麼。

❸ **使乜** sɐi^{2} mɐt^{7} —— 何須。

❹ **冇嚟** mou^{5} lɐi^{4} —— 沒有來。

❺ **敦款** tœn^{1} fun^{2} —— 擺架子。

30 汲黯

日頭靚靚瞓（瞓）①花廳，皇帝周時②嚇一驚。急屎戴番釘繸帽，好心見吓（下）挽油瓶。官都既要𠺝③人做，田就唔慌到你耕。會搵堆柴嚟譬喻，皆因讀過兩篇贏。

❶ **瞓(瞓)** fɐn^{3} —— 睡。

❷ **周時** tsɐu^{1} si^{4} —— 經常。

❸ **𠺝(㖠)** ŋɐi^{1} —— 求，懇求。

31 **東方朔** 天上蟠桃歎①到清，因何豬肉剩番叮②。喫③餐重要④貪平貨，倒米⑤居然笑壽星。皇帝面前屙狗屁，老婆背後做人情。一年一隻新裝艇，唔係生雞⑥亦係精。

❶ **歎** than³ —— 享受。
❷ **叮** tiŋ¹ —— 一小點。
❸ **喫** jak⁹ —— 吃。
❹ **重要** tsuŋ⁶ jiu³ —— 還要。
❺ **倒米** tou² mɐi⁵ —— 捅婁子。
❻ **生雞** saŋ¹ kɐi¹ —— 公雞。

32 **朱買臣** 咁窮點叫①老婆捱，前世唔修嫁賣柴。重話②讀書嚟起地，唔難乞米要躝街③。誰知做到官番去，佢就跟啱佬④住埋。個（嗰）陣⑤冤家真路窄，可憐吊死隻平⑥雞。

❶ **點叫** tim² kiu³ —— 怎麼叫，怎麼讓。點叫老婆捱（怎麼叫老婆熬）。
❷ **重話** tsuŋ⁶ wa⁶ —— 還說。
❸ **躝街** lan¹ kai¹ —— 爬街，在街上爬行。
❹ **啱佬** ŋam¹ lou² —— 喜歡的男人。
❺ **個(嗰)陣** kɔ² tsɐn⁶ —— 那個時候。
❻ **平** phɛŋ⁴ —— 便宜的。

33 **揚雄** 閣上高高跳落嚟，幾乎撻死①隻田雞。執番②條命中何用，做起堆書問點擠③。一味解嘲唔算抗（掯）④，個（嗰）回作頌太恭維。激惱（嬲）⑤呢位朱夫子，直筆將渠就咁（噉）⑥批。

❶ **撻死** tat^{9} sei^{2} —— 摔死。

❷ **執番** tsɐp^{7} fan^{1} —— 撿回來。

❸ **擠** tsɐi^{1} —— 放，存放。

❹ **抗(掯)** khɐŋ^{3} —— 了不起，厲害。

❺ **惱(嬲)** nɐu^{1} —— 生氣。

❻ **就咁(噉)** tsɐu^{6} —— 就這樣。

34 灌夫

醉貓飲醉變生蝦，口水當堂噴出花。對住上賓嚟炒賣，碰啱①好酒冇嘿（諁）②渣。若然馬屎憑官勢，定要牛精③摑（擱）佢吧④。皇帝舅爺都會點⑤，唔通重敢再依（齙）牙⑥。

❶ **啱** phuŋ^{3} ŋam^{1} —— 碰巧。

❷ **嘿（諁）** lœ^{1} —— 吐出（渣子等）。

❸ **牛精** ŋɐu^{4} tsiŋ^{1} —— 粗野，粗野的人。

❹ **摑(擱)佢吧** kwak^{9} khœy^{5} pa^{1} —— 打他一巴掌。

❺ **點** tim^{2} —— 怎麼樣。

❻ **依(齙) 牙** yi^{1} ŋa^{4} —— 齜着牙。

35

眼淚成胞（泡）白咁嘥①，呢條爛命水流柴。學生騎着胭脂馬，師傅裝成墮落雞②。講起幾千年世界，監埋③廿一件東西。點啱④皇帝唔聽古⑤，罰去長沙做搏（㩧）齋⑥。

❶ **白咁嘥** pak^{8} kɐm^{3} sai^{1} —— 白白地浪費。

❷ **墮落雞** tɔ^{6} lɔk^{6} kɐi^{1} —— 落水狗，形容人失意潦倒的樣子。

❸ **監埋** kam^{3} mai^{4} —— 連同。

❹ **點啱** tim^{2} ŋam^{1} —— 怎麼這麼巧，誰料。

❺ **唔聽古** m⁴ thɛŋ¹ kwu² —— 不聽別人說。

❻ **搏(㩧)齋** pɔk⁷ tsai¹ —— 㩧：敲打；齋：書齋。做㩧齋，指教私塾。

36 李廣

怕乜將軍你會飛，封侯唔得命真奇。勢兇重敢孖人①打，運滯番嚟②冇藥醫。撞着醉貓吞啖③氣，見親④老虎剝層皮。至衰個（嗰）帳⑤唔跟眼⑥，白白嘥埋⑦箭一支。

❶ **孖人** ma¹ jɐn⁴ —— 跟別人一起。

❷ **運滯番嚟** wɐn⁶ tsɐi⁶ fan¹ lɐi⁴ —— 運氣不好時。

❸ **吞啖** thɐn¹ tam⁶ —— 吞一口。

❹ **見親** kin³ tsɐn¹ —— 每一見到。

❺ **嗰帳** kɔ² tsoeŋ³ —— 那一次。

❻ **唔跟眼** m⁴ kɐn¹ ŋan⁵ —— 沒看清楚。

❼ **嘥埋** sai¹ mai⁴ —— 浪費了，連……也浪費了。

古事雜詠

27首

1 赤壁懷古

東風猛到火星多，都重吟詩講唱歌。狗利（脷）①臘嚟真上當，貓鬚剃晒點收科②。水龍若係幫奸仔，銅雀無難鎖老婆。有位蘇生③真識歎④，湊埋⑤和尚去游河。

❶ **狗利(脷)** kɐu² lei⁶ —— 狗舌頭。

❷ **收科** sɐu¹ fɔ¹ —— 收場。

❸ **生** saŋ¹ —— 先生兩字的合音。蘇生（蘇先生）。

❹ **歎** tan^{3} —— 享受。

❺ **湊埋** tsheu^{3} mai^{4} —— 帶着，連同。

2 金陵懷古

可憐個（嗰）座雨花台，炮屎摳埋[①]幾執[②]灰。咁好六朝金粉地，變成一笪[③]瓦渣堆。秦淮河冇燈船睇，洪武門啱尿桶來。咪估[④]莫愁[⑤]真正靚，原嚟就係蛋（疍））家妹[⑥]。

❶ **摳埋** kheu^{1} mai^{4} —— 混在一起，拌在一起。

❷ **幾執** kei^{2} tsep^{7} —— 幾撮，幾把。

❸ **一笪** jet^{7} tat^{9} —— 一塊，一處。

❹ **咪估** mei^{5} kwu^{2} —— 別以為。

❺ **莫愁** mɔk^{8} seu^{4} —— 古代楚國歌女。

❻ **蛋（疍）家妹** tan^{6} ka^{1} mui$^{6\text{-}1}$ —— 即疍民妹子，兩廣、福建的水上居民。

3 姑蘇台懷古

溪邊有個洗衫妹，累到吳王起座台。鬼火扮成天咁靚，妖星整定[①]國當衰。救生執屎公條命，激死吹簫佬隻魁。白鴿[②]放完真會歎，跟埋[③]老范五湖來。

❶ **整定** tsiŋ^{2} tiŋ^{6} —— 注定。

❷ **放白鴿** fɔŋ^{3} pak^{8} kep^{9} —— 施騙術。

❸ **跟埋** ken^{1} mai^{4} —— 跟着。

4 范蠡載西施泛五湖

施（師）姑想話去遊，使乜[①]跟埋亞蠡

哥。往陣②貨都唔食水，呢回戥就不離砣。魚鈎整定人先上，馬桶搬嚟佢要屙。肥水咪慌流得錯，既然咁靚③冚家婆。

❶ **使乜** sɐi^{2} mɐt^{7} —— 何必。
❷ **往陣** wɔŋ^{5} tsɐn^{6} —— 以前。
❸ **咁靚** kɐm^{3} lɛŋ^{3} —— 這麼漂亮。

5 漢文帝幸細柳軍

幾隻貔貅守大營，龍鬚吹執剃勾（屄）清①。既然皇帝都丟架②，點怪差官要碰釘。若講斯文真狗屁，重行乜禮③咁牛精④。終歸餓死唔知到⑤，枉你將軍會帶兵。

❶ **剃(勾)屄清** thɐi^{3} kɐu^{1} tshiŋ^{1} —— 剃清了，剃乾淨了。屄字是粗俗話。一般人多用「鬼」字。
❷ **丟架** tiu^{1} ka$^{3-2}$ —— 丟人現眼。
❸ **重行乜禮** tsuŋ^{6} haŋ^{4} mɐt^{7} lɐi^{5} —— 還行甚麼禮。
❹ **牛精** ŋɐu^{4} tsiŋ^{1} —— 魯莽，粗野。
❺ **知到** tsi^{1} tou^{3} —— 知道。

6 題陶淵明種菊圖

先生着件爛長支，擔把鋤頭挽隻籮①。趕去種埋蘸（禽）②嫩菊，得嚟補吓（下）個疏籬。幾乎趁勢撬牆腳，咁（噉）就乘機鏟地皮。攣起③條腰弓字樣，縱然放屁亦吟詩。

❶ **籮** lei^{1} —— 較矮的竹筐。
❷ **蘸(禽)** phɔ^{1} —— 量詞，棵。
❸ **攣起** lyn^{1} hei^{2} —— 彎着。

7 孟浩然夜歸鹿門

詩翁乜咁夜番歸①，想必②吟詩要搵③題。幾笪④梅莊都到過，呢間茅屋早閂埋⑤。白茫茫就成身雪，黑墨墨真滿腳泥。門口狗啱⑥唔認得，依（齦）牙吠起主人嚟。

❶ **番歸** fan[1] kwɐi[1] —— 回家。
❷ **想必** sœŋ[2] pit[7] —— 估計，料想。
❸ **搵** wɐn[2] —— 尋找。
❹ **幾笪** kei[2] tat[9] —— 幾處。
❺ **閂埋** san[1] mai[4] —— 全關起來。
❻ **啱** ŋam[1] —— 剛好。

8 老子騎青牛出函谷關

滿嘴鬍鬚髧①肚臍，唔知騎隻乜東西。驢騾犢特真難估②，赤白紅黃幾咁威③。拍閘頻頻聞狗吠，溜人靜靜趁雞啼。點啱④有隻知星鬼，開定⑤城門等佢嚟。

❶ **髧** tɐm[3] —— 下垂。髧肚臍（下垂至肚臍）。
❷ **估** kwu[2] —— 猜。
❸ **威** wɐi[1] —— 威猛，漂亮。
❹ **點啱** tim[2] ŋam[1] —— 怎麼這麼巧。
❺ **開定** hɔi[1] tiŋ[6] —— 預先打開。

9 題諸葛武侯出師表後

（二首其一）

成晚唔曾𥋇（掂）到牀，五更雞咳就蒙光①。中軍漏夜②磨條墨，丞相當天上炷香。正在殺人傳令箭，點嚟[3]臨時作文章。一篇講出良心話，使乜蛇春[4]重咁長[5]。

❶ **蒙光** muŋ¹ kwɔŋ¹ —— 即蒙蒙光，天剛亮。
❷ **漏夜** lɐu⁶ jɛ⁶ —— 星夜。
❸ **點嚟** tim² lɐi⁴ —— 怎麼來。
❹ **蛇春** sɛ⁴ tshœn¹ —— 蛇卵。
❺ **重咁長** tsuŋ⁶ kɐm³ tshœŋ⁴ —— 還這麼長。

10 題諸葛武侯出師表後（其二）

深深入到冇條毛，趁水摟魚濕吓（下）篙。講乜三分唔算敗，託嚟六尺重[1]稱孤。既然狗馬人能做，必定江山你會箍[2]。抱住膝頭哥[3]唱野（嘢）[4]，該先[5]唔着[6]出茅廬。

❶ **重** tsuŋ⁶ —— 還。
❷ **箍** khwu¹ —— 把破桶箍好。轉指恢復劉姓漢朝江山。
❸ **膝頭哥** sɐt⁷ thɐu⁴ kɔ¹ —— 膝頭，膝蓋。
❹ **唱野（嘢）** tshœŋ³ jɛ⁵ —— 吟唱。
❺ **該先** kɔi¹ sin¹ —— 原先，本來。
❻ **唔着** m⁴ tsœk⁸ —— 不該。

11 漢武帝昆明池習水戰（二首其一）

昆明池上做操場，武帝當年幾咁[1]狼[2]。兵部火牌傳聖旨，河廳星夜辦軍裝。練成水手唔暈浪[3]，駛正風頭就出洋。點止敢孖[4]人地（哋）打，重嚟[5]想吓海龍王。

❶ **幾咁** kei² kɐm³ —— 多麼。
❷ **狼** lɔŋ⁴ —— 兇狠，兇猛。
❸ **暈浪** wɐn⁴ lɔŋ⁶ —— 暈船。
❹ **孖** ma¹ —— 跟。
❺ **重嚟** tsuŋ⁶ lɐi⁴ —— 還來。

12 漢武帝昆明池習水戰（其二）

浪花飛起半天高，抛落門錨又竹篙。正在彎弓嚟射箭，忽然斬纜[①]就開刀。水圍打到龜都怕，炮屎擔埋[②]狗冇撈[③]。若係敵兵唔肯退，不妨火藥掟[④]成煲。

❶ **斬纜** tsam² lam⁶ —— 把船纜斬斷，表示決心大。
❷ **擔埋** tam¹ mai⁴ —— 挑起來。
❸ **冇撈** mou⁵ lou¹ —— 沒有可撈的。
❹ **掟** tɛŋ³ —— 投擲。

13 孫武子吳宮中教美人戰

呢鋪[①]世界亞跛[②]撈，教會宮娥使把刀。大力斬嚟唔出血，細聲笑吓（下）就吹鬚。劏豬[③]咁易將渠殺，上馬何難叫你扶。若係當時真有炮，擔啉（屙）[④]重要搵[⑤]人夫。

❶ **呢鋪** ni¹ phou¹ —— 這個。
❷ **亞跛** a³ pɐi¹ —— 跛子，瘸子。
❸ **劏豬** thɔŋ¹ tsy¹ —— 殺豬。
❹ **擔啉（屙）** tam¹ khɛ¹ —— 擔屎。
❺ **搵** wɐn² —— 找。

14 木蘭從軍

亞蘭生得咁風騷，心口誰知有執①毛，老豆②當兵偏要替，姑娘擒賊至慌箍③。石師睇見都流淚，紙馬騎親咪甩鬚④。嫩過藕瓜⑤條手臂，點嚟揸⑥把殺人刀。

❶ **執** tsɐp⁷ —— 量詞，撮兒。
❷ **老豆** lou⁵ tɐu⁶ —— 父親。
❸ **箍** khwu¹ —— 摟抱。至慌箍（最怕摟抱）。
❹ **甩鬚** lɐt⁷ sou¹ —— 丟臉。
❺ **藕瓜** ŋɐu⁵ kwa¹ —— 藕段。
❻ **揸** tsa¹ —— 握，拿。

15 班超投筆

掘頭掃把①劈（擗）②清光，呢位書錐③想轉行。世界既唔興寫字，軍營就要學揸槍。帶埋槍去真痾瘑④，破做柴燒更慘傷。橫掂⑤亦都無乜用，不如丟落再商量。

❶ **掘頭掃把** kwɐt⁸ thɐu⁴ sou³ pa² —— 禿頭掃把，即筆。
❷ **劈** phɛk⁸ —— 扔，丟棄。
❸ **書錐** sy¹ tsœy¹ —— 鑽書的錐子，指書生。
❹ **痾瘑** —— 意思不詳。
❺ **橫掂** waŋ⁴ tim⁶ —— 反正。

16 劉琨舞劍

隔籬有隻大雞公，半夜三更打電龍。咳得呢聲真響亮，嘈啱嗰位冇懵忪。枕頭去摸腰刀柄，牀口嚟拉鼻涕蟲。佢話起身唔着瞓①，一齊舞出兩條龍。

❶ **唔着瞓** m^4 tsœk^8 fɐn^3 —— 不該睡。

17 張敞畫眉

剛啱①嗰日散朝遲，太太梳成隻髻時。書案上頭拈管筆，鏡台前面畫堂眉。史官鹹濕②真嚟奏，皇帝淹粘（醃尖）③咪去埋④。你話兩公婆嘅事，咁多點講過人知。

❶ **剛啱** kɔŋ^1 ŋam^1 —— 剛好。
❷ **鹹濕** ham^4 sɐp^7 —— 淫穢的，好色的。
❸ **淹粘（醃尖）** jim^1 tsim^1 —— 囉嗦，挑剔。
❹ **咪去埋** mɐi^5 hœy^3 mai^4 —— 別都去。

18 祖逖中流擊楫

半海聽聞啪嘞聲，未曾黑就打三更。鬼揸咁（噉）樣嘈喧哋①，火起番嚟②丟哪星③。嗰座江山仍係亂，呢條水路再唔行。馬都怕食回頭草，咪估④人真冇氣爭。

❶ **嘈喧哋** tshou^4 hyn^1 dei$^{6-2}$ —— 吵吵鬧鬧的。
❷ **番嚟** fan^1 lɐi^4 —— 起來。
❸ **丟哪星** tiu^1 na^5 siŋ^1 —— 罵人語，相當於「他媽的」。
❹ **咪估** mɐi^5 kwu^2 —— 別以為。

19 伍子胥乞食

形容①衰過要偷貓，落難英雄煀起蕉②。橫面吹嚟成管笛，周身剩得呢枝簫。肚雖係餓聲仍壯，屎未曾鞭氣點消。捱到幾餐唔食飯，鬍鬚又白好多條。

❶ **形容** jiŋ⁴ juŋ⁴ —— 人的樣子和容貌。

❷ **熓起蕉** ŋɐu³ hei² tsiu¹ —— 指人潦倒，竟然做燻香蕉的工作。

20 張騫浮槎（艖）至天河

呢條大杉水流柴，浮上天河載客嚟。八月好遲才去到，雙星咁快又痴（黐）埋①。唔通鵲背仍填起，點解牛頭再揿低。若問成都占卦佬，睇穿石就乜知齊②。

❶ **痴（黐）埋** tshi¹ mai⁵ —— 粘黏在一起。

❷ **乜知齊** mɐt⁷ tsi¹ tshɐi⁴ —— 甚麼都懂得了。

21 昭君彈琵琶出塞

抱住琵琶就出關，擘開①雙眼萬重山。果然寫相真該殺，點使知音正話②彈。轉過番裝都咁靚③，較（校）啱④條線亦唔難。姑娘騎馬行沙漠，咪⑤當盲妹半路攔。

❶ **擘開** mak⁹ hɔi¹ —— 張開。

❷ **正話** tsiŋ³ wa⁶ —— 正在，正要。

❸ **都咁靚** tou¹ kɐm³ lɛŋ³ —— 還是那麼漂亮。

❹ **較（校）啱** kau³ ŋam¹ —— 校對好琵琶的音。

❺ **咪** mɐi⁵ —— 別，不要。咪當盲妹（不要當作盲女）。

22 張翰因秋風起思蒓鱸

個（嗰）味鱸魚食法新，切絲蒓菜要撈匀。做官咪估①真開胃，隱逸唔會得甩身②。樹葉落嚟都幾寸，海鮮戥③到就成斤。掛帆趁有秋風送，紗帽丟低④

快走人。

❶ **咪估** mɐi^{5} kwu^{2} —— 別以為。
❷ **甩身** lɐt^{7} sɐn^{1} —— 脫身。
❸ **戥** tɐŋ^{6} —— 稱東西的重量。
❹ **丟低** tiu^{1} tɐi^{1} —— 扔下。

23 終軍請纓

細佬哥①真咁勢兇②，敢孖③皇帝領花紅。遇啱個（嗰）隻鹹蝦䕢（罉）④，認得呢條臘鴨蟲⑤。先帳⑥布都唔肯要，呢回帶就咪嫌鬆。歸根南越王當啖（噤，㗎）⑦，綁住嚟拉佢入籠。

❶ **細佬哥** sɐi^{3} lou^{2} kɔ^{1} —— 小孩。
❷ **勢兇** sɐi^{3} huŋ^{1} —— 兇狠；來勢洶洶。
❸ **孖** ma^{1} —— 與，跟。
❹ **鹹蝦䕢（罉）** ham^{4} ha^{1} tshaŋ^{1} —— 盛鹹蝦醬的罐子。喻鹹濕（淫穢）的人。
❺ **臘鴨蟲** lap^{8} ŋap^{9} tshuŋ^{4} —— 喻喜歡鹹（淫穢）的人。
❻ **先帳** sin^{1} tsœŋ^{3} —— 以前，上次。
❼ **當啖（噤，㗎）** tɔŋ^{1} thɐm^{3} —— 該被哄騙。

24 易水送荊軻

風吹海水①嗚嗚聲，唱隻歌嚟送佢行。磨到把刀光擸擸②，卷埋張紙咁丁丁③。點知衰鬼④唔中用，着個（嗰）龜公⑤又趯生⑥。可惜老樊真正笨，自將頭殼做人情。

❶ **海水** hɔi^{2} sœy^{2} —— 河水，即易水。
❷ **光擸擸** kwɔŋ^{1} lap^{9} lap^{9} —— 鋥亮。
❸ **丁丁** tiŋ^{1} tiŋ^{1} —— 一點點。

❹ **衰鬼** sœy^1 kwɐi^2 —— 倒霉的傢伙。

❺ **龜公** kwɐi^1 kuŋ^1 —— 指秦始皇。

❻ **趯生** tɛk^9 saŋ^1 —— 逃生。

25 張松獻西蜀地圖

兩眼朝天八字鬚，身裁（材）僅夠屐釘高。送嚟呢份人情禮，獻出成張地理圖。矮仔既然真扭計①，亞哥點解重穿煲②。總之益晒③皮鞋佬，藉勢興兵打老曹。

❶ **扭計** nɐu^2 kɐi^2 —— 鬥智，設法騙取。

❷ **穿煲** tshyn^1 pou^1 —— 被識破，暴露。

❸ **益晒** jik^7 sai^3 —— 有利於。

26 馮婦下車

番閹豬乸①出番車②，誓願③唔慌甩下巴④。幾耐⑤未擒生老虎，咁啱⑥又遇熟行家。就騎上背嚟揸頸，重攞⑦排鬚正烙（剝）牙⑧。引到紳衿都好笑，見渠手臂兩條瓜。

❶ **豬乸** tsy^1 na^2 —— 母豬。

❷ **出番車** tshœt^7 fan^1 tshɛ^1 —— 從車裏出來。

❸ **誓願** sɐi^6 jyn^6 —— 發誓。

❹ **甩下巴** lɐt^7 ha^6 pha^4 —— 掉下巴。

❺ **幾耐** kei^2 nɔi^6 —— 多久。

❻ **咁啱** kɐm^3 ŋam^1 —— 有這麼巧。

❼ **攞** lap^9 —— 捋。

❽ **烙(剝)牙** lɔk^7 ŋa^4 —— 拔牙。

27 馮諼為孟嘗君焚券

闊官點會咁疏財，花筆冤錢當賑災。呢隻大難精出屎，成幫舊契化埋灰。相爺飯碗慌唔穩，人地（哋）荷包怕乜嘥[1]，捉到亞文嚟做兔，山窿[2]監硬[3]替誰開。

❶ **嘥** sai¹ —— 浪費。怕乜嘥（怕甚麼浪費）。
❷ **山窿** san¹ luŋ¹ —— 山洞。
❸ **監硬** kam³ ŋaŋ⁶ —— 硬着幹，強做。

錄舊

14 首

1 自由女

姑娘呷[1]飽自由風，想話文明揀[2]老公。唔去學堂銷暑假，專嚟旅館睇春宮。梳成隻髻鬆毛狗[3]，剪到條辮掘尾龍[4]。靴仔洋遮高褲腳，長堤[5]日夜兩頭春[6]。

❶ **呷** hap⁹ —— 喝。
❷ **揀** kan² —— 挑選。
❸ **鬆毛狗** suŋ¹ mou⁴ kɐu² —— 獅子狗。
❹ **掘尾龍** kwɐt⁸ mei⁵ luŋ⁴ —— 禿尾巴龍。
❺ **長堤** tshœŋ⁴ thɐi⁴ —— 廣州珠江邊馬路，過去的「紅燈區」。
❻ **兩頭春** lœŋ⁵ thɐu⁴ tsuŋ¹ —— 到處跑。

2 捉水雞

亞相專門捉水雞[1]，灣埋[2]沙艇五仙西。三蚊（文）買菜嚟兜架，十馬猜枚就到題。

死佬九成行卯運[3]，姣婆[4]一味搵丁搣[5]。嫖完番去知撈野（嘢）[6]，魚口疳疔件樣齊。

❶ **水雞** sœy² kɐi¹ —— 指水上妓女。捉水雞（到河邊的船上嫖妓）。
❷ **灣埋** wan¹ mai⁴ —— 船靠岸。
❸ **卯運** mau⁵ wɐn⁶ —— 倒霉的運氣。
❹ **姣婆** hau⁴ phɔ⁴ —— 淫婦。
❺ **搵丁搣** wɐn² tiŋ¹ mɐi¹ —— 找傻瓜來上當。
❻ **撈野（嘢）** lou¹ jɛ⁵ —— 被傳染上性病。

3 放白鴿

劣佬居然攞二奶[1]，媒人例市（利市）[2]亦慳埋[3]。點知蛤乸[4]隨街跳，整定[5]龜公上當嚟。爛賤唔慌收口貨，老光[6]啱遇冇皮柴[7]。近來白鴿神興放，至怕貪平食死雞。

❶ **攞二奶** lɔ² ji⁶ nai¹ —— 納妾。
❷ **例市（利市）** lɐi⁶ si⁵⁻⁶ —— 利市，利是，即紅包。
❸ **慳埋** han¹ mai⁴ —— 也省下了。
❹ **蛤乸** kɐp⁷ na² —— 田雞。
❺ **整定** tsiŋ² tiŋ⁶ —— 注定。
❻ **老光** lou⁵ kwɔŋ¹ —— 即光棍，單身漢。
❼ **冇皮柴** mou⁵ phei⁴ tshai⁴ —— 沒有皮的木柴，即光棍子，也指光棍。

4 新人物

速成師範買文憑，着起番裝未會行。牛利（脷）[1]一條啱夠本，貓鬚[2]兩撇咁零丁。帶埋[3]夾璧皮包袋，充硬鑲金眼鏡框。名片銜頭擠列滿，稱呼仍係叫先生。

❶ **牛利(脷)** ŋɐu^{4} lei^{6} —— 牛舌頭，指領帶。

❷ **貓鬚** mau^{1} sou^{1} —— 八字鬍子。

❸ **帶埋** tai^{3} mai^{4} —— 帶着。

5 外江壯士

戥[①]起煙油有幾斤，重還[②]咁惡去蝦[③]人。招牌擺出龍王字，號褂釘嚟虱乸春[④]。四大金剛當統領，一班夥記[⑤]認鄉親。借題搶劫平常事，婦女行街亂摸身。

❶ **戥** tɐŋ^{6} —— 稱。戥起煙油有幾斤（把煙油稱起來有幾斤）。

❷ **重還** tsuŋ^{6} wan^{4} —— 還。

❸ **蝦** ha^{1} —— 欺負。蝦人（欺負別人）。

❹ **虱乸春** sɐt^{7} na^{2} tshœn^{1} —— 虱子的卵，即蟣子。

❺ **夥記** fɔ^{2} kei^{3} —— 夥計。

6 叉麻雀

（二首其一）

買齊幌子當孤番，跌落天嚟幾咁閒[①]。拚命做成清一色，絕張摩起大三番。尾糊[②]整定[③]輸家食，手氣全憑旺位搬。邊個龜公[④]唔好彩，十鋪[⑤]九趟俾（畀）人攔。

❶ **幾咁閒** kei^{2} kɐm^{3} han^{4} —— 無所謂，小意思。

❷ **尾糊** mei^{5} wu^{4} —— 糊即和，打麻將時某一方的牌取得勝利。最後的和，最低程度的和。

❸ **整定** tsiŋ^{2} tiŋ^{6} —— 注定。

❹ **龜公** kwɐi^{1} kuŋ^{1} —— 倒霉鬼。

❺ **鋪** phou^{1} —— 量詞，用於麻將的一局。

7 冇麻雀 （其二）

通宵鬧到咁虛含（圩冚）[1]，廿萬輸完重冇音。惡佬炒媽[2]唔歇口，闊官逢賭就開心。錢銀冇乜人情講，花酒無非路數斟。至笨苦中尋快樂，黃連樹下去彈琴。

❶ **虛含(圩冚)** hœy¹ hɐm⁶ —— 聲音嘈雜。
❷ **炒媽** tshau² ma¹ —— 口出穢語，罵娘。

8 大花炮

咪估簪花又掛紅，草包癮重勢兇兇。金錢趁起身真靚，煙屁屙埋[1]肚就空。臭到滿天飛火屎，惡成平地響雷公。點知聲大唔中用，只可燒嚟嚇亞聾[2]。

❶ **屙埋** ŋɔ¹ mai⁴ —— 放過屁。指煙火放過後。
❷ **亞聾** a³ luŋ⁴⁻² —— 聾子。

9 大喇叭

唔慌[1]嘥氣[2]就嚟吹，着起兵裝似隻魁。聾鬼開埋成對耳，學生掬壞[3]個泡腮[4]。果然聲大因長嘴，轉得彎多更頓胎。重比牛髀[5]加額響，旁邊打鼓要人陪。

❶ **唔慌** m⁴ fɔŋ¹ —— 不愁，不怕。
❷ **嘥氣** sai¹ hei³ —— 費氣。
❸ **掬壞** kuk⁷ wai⁶ —— 憋壞。
❹ **個(嗰)泡腮** kɔ² phau¹ sɔi¹ —— 那個腮幫子。
❺ **牛髀** ŋɐu⁴ pei² —— 牛腿。

10 遊西湖

（二首其一）

汽車直坐到西湖，我獨行嚟探小姑。門外欄杆生鐵銹，橋邊泥汳（湴）①變漿糊。叢林佛寺多人拜，淺水輪船有客租。染得一身洋氣味，見親②梅鶴定聞臊。

❶ **泥湴** nɐi⁴ pan⁶ —— 爛泥。
❷ **見親** kin³ tshɐn¹ —— 每一見到。

11 遊西湖

（其二）

別莊添出幾多間，蓮藕塘乾掉（棹）艇①難。賣晒②魚蝦真好市，養齊雞鴨就成欄。趕蚊要帶埋③妹仔④，打雀誰知係老番⑤。唔估⑥岳王墳咁闊，有堂⑦西式柵嚟欄。

❶ **棹艇** tsau⁶ thɛŋ⁵ —— 划船。
❷ **賣晒** mai⁶ sai³ —— 賣光。
❸ **帶埋** tai³ mai⁴ —— 連……也帶上。
❹ **妹仔** mui¹ tsɐi² —— 婢女。
❺ **老番** lou⁵ fan¹ —— 洋人。
❻ **唔估** m⁴ kwu² —— 沒想到。
❼ **堂** thɔŋ⁴ —— 量詞，用於較大型的器具。有堂西式柵欄（有排西式的欄杆）。

12 走馬燈

—— 報紙有走馬燈內閣，因廣其意。

有班人物咁靈檠（㗎）①，走馬焉能上得燈。轉吓番嚟②真面熟，內中有隻係頭生（牲）③。紙糊老虎仍禁睇④，火熱麒麟亦會行。至怕吊高唔到地，呢回想落落唔成。

❶ **靈檠（㗎）** lɛŋ⁴ khɛŋ⁴ —— 奇怪，靈驗。

❷ **番嚟** fan¹ lɐi⁴ —— 回來。

❸ **頭生（牲）** thɐu⁴ saŋ¹ —— 牲畜。

❹ **禁睇** khɐm¹ thɐi² —— 耐看。

13 題寒江獨釣圖

滿海①鋪勻②雪重飛，漁翁褸住③件蓑衣。踎低④隻鶴依還瘦，釣起條魚乜咁肥。連影計埋⑤人兩個，冇聲抌⑥落竹成枝。月光上到蘆花岸，詩屁唔屙等幾時。

❶ **滿海** mun⁵ hɔi² —— 即滿江。

❷ **鋪勻** phou¹ wɐn⁴ —— 鋪滿。

❸ **褸住** lɐu¹ tsy⁶ —— 披着。

❹ **踎低** mɐu¹ tɐi¹ —— 蹲下。

❺ **計埋** kɐi³ mai⁴ —— 算在一起。

❻ **抌** tɐm² —— 扔，拋。

14 贈某友人

六年不見先生面，今見先生重有鬚。識透舊餚唔合炒，怕同新鑊①湊埋②撈。風車世界啦啦轉，鐵桶江山慢慢箍。眼鬼咁③冤④唔願睇，暫時詐醉學糊塗。

❶ **鑊** wɔk⁸ —— 鐵鍋。

❷ **湊埋** tshɐu³ mai⁴ —— 合在一起。

❸ **鬼咁** kwɐi² kɐm³ —— 非常。表示厭惡。

❹ **眼冤** ŋan⁵ jyn¹ —— 看見某事物就反感。眼鬼咁冤唔願睇（看到就不舒服，不願看）。

辛酉東居

20首

1 熱海道中

呦呦車①都撞面來，車夫拚命重嚟追。碰親②兜樹居然險，碌落③條坑④問幾衰⑤。伊豆山離還咁遠，小田原到好多回。可憐鐵路真輕便，半路唔行用手推。（輕便鐵路半途不能行駛時，就用人力來推。）

❶ **呦呦車** put[7] put[7] tshɛ[1] —— 帶喇叭的汽車。
❷ **碰親** phuŋ[3] tshɐn[1] —— 撞着了。碰親兜樹（撞着一棵樹）。
❸ **碌落** luk[7] lɔk[8] —— 滾下。
❹ **坑** haŋ[1] —— 溝。
❺ **幾衰** kei[2] sœy[1] —— 多糟糕啊。

2 蘆之湯溫泉

唔係溫泉隔夜擠①，何難淥熟②隻蝦嚟。塘深僅僅齊心口，水熱先先到肚臍。點使亞聾醫好痔，若然老密蹟親③跛。近年下女真聲架④，冇替人搓背脊泥。

❶ **擠** tsɐi[1] —— 存放。
❷ **淥熟** luk[8] suk[8] —— 燙熟。
❸ **蹟親** kwan[3] tshɐn[1] —— 摔倒。
❹ **真聲架** tsɐn[1] sɛŋ[1] ka[3] —— 架子高了。

3 海水浴場

搭座棚嚟靠海邊，浴場幾咁會慳錢。背心着到箍埋髀[①]，領頜開啱[②]突出胼[③]。勒住太公[④]真寶貝，碰親老舉當湯圓。有人怕水身唔洗，重要撐篙學駛船。

❶ **箍埋髀** khwu[1] mai[4] pei[2] —— 箍着大腿。
❷ **啱** ŋam[1] —— 剛好。
❸ **胼** nin[1] —— 乳房。今多用「𨶙」。
❹ **太公** thai[3] kuŋ[1] —— 戲指男陰。

4 牛鳥料理

（四首其一）

又牛又鳥做招牌，肚餓周時[①]請人嚟。鑊仔[②]燒紅隨意煮，蛋王攎（擢）爛[③]好聲揩。豉油[④]滿碗多加料，豆腐成磚當熰齋[⑤]。若係怕葱唔敢食，撥歸橫便[⑥]咪慌嘥[⑦]。

❶ **周時** tsɐu[1] si[4] —— 經常。
❷ **鑊仔** wɔk[8] tsɐi[2] —— 小鐵鍋。
❸ **攎(擢)爛** fak[9] lan[6] —— 打碎，拌碎。
❹ **豉油** si[6] jɐu[4] —— 醬油。
❺ **熰齋** ŋɐu[3] tsai[1] —— 熬煮齋菜。
❻ **橫便** waŋ[4] pin[6] —— 旁邊。
❼ **咪慌嘥** mɐi[5] fɔŋ[1] sai[1] —— 不怕浪費。

5 牛鳥料理

（其二）

三河屋緊兩層樓，唔賣雞窩淨賣牛。着塊[①]切嚟真熟落，吹（冚）盤[②]捧出重生勾[③]。坐齊幾隻塘邊鶴，走出成班灶窟[④]貓。斟酒有人唔叫局，不妨傾計（偈）[⑤]把渠兜。

❶ **着塊** tsœk[8] fai[3] —— 逐塊。
❷ **𠹻(冚)盤** hɐm[6] phun[4] —— 整盤。
❸ **生勾** saŋ[1] ŋɐu[1] —— 生勾勾，生生的。
❹ **灶窟** tsou[3] fɐt[7] —— 灶堂。
❺ **傾計(偈)** khiŋ[1] kɐi[2] —— 聊天。

6 牛烏料理（其三）

揸起①壺湯又試②添，既然夠味免加鹽。油開芥末同葱片，醋醃薑芽似筝（筍）尖。蘿蔔琢勻③真幼細，粉絲夾起冇痴（黐）黏④。女中巴結嚟幫手，就把前頭筷子拈⑤。

❶ **揸起** tsa[1] hei[2] —— 拿起，握起。
❷ **又試** jɐu[6] si[3] —— 又再。
❸ **琢勻** tœk[9] wɐn[4] —— 剁勻。
❹ **痴(黐)黏** tshi[1] nim[4] —— 粘黏。
❺ **拈** nim[1] —— 夾，搛（菜）。

7 牛烏料理（其四）

隔籬①開晒②幾間廳，飲醉都嚟唱野（嘢）③聽。大麓（轆）藕④真抬起色⑤，爛沙鑼⑥亦出埋聲⑦。兩人一碟唔多飽，每客三錯⑧點算平。忒（的）落⑨杯酒還喫飯⑩，果然食量咁靈槃（㩳）⑪。

❶ **隔籬** kak[9] lei[4] —— 旁邊，隔壁。
❷ **開晒** hɔi[1] sai[3] —— 全開了。
❸ **唱野(嘢)** tshœŋ[3] jɛ[5] —— 唱東西。
❹ **大麓(轆)藕** tai[6] luk[7] ŋɐu[5] —— 花錢大手大腳的人。

❺ **真抬起色** tsɐn[1] thɔi[4] hei[2] sik[7] —— 認真地唱。
❻ **沙鑼** sa[1] lɔ[4] —— 聲音沙啞的破銅鑼。
❼ **出埋聲** tshœt[7] mai[4] sɛŋ[1] —— 也出聲。
❽ **鍇** khai[1] —— 貨幣單位。
❾ **忒落** tik[7] lɔk[8] —— 放下。
❿ **喫飯** jak[9] fan[6] —— 吃飯。
⓫ **靈槃（嚓）** lɛŋ[4] khɛŋ[4] —— 靈驗，奇怪。

8 東婦

（四首其一）

塊面唔慌冇粉搽，連埋①頸柄熨灰沙②。行嚟鬥筍（榫）成雙腳，笑起鑲金㰖（冚）副牙③。貼肉件衫真講究，箍腰條帶咁威揸④。着鞋點樣⑤鉗都穩，白襪開齊兩便⑥叉。

❶ **連埋** lin[4] mai[4] —— 連同。
❷ **熨灰沙** thɔŋ[3] fui[1] sa[1] —— 抹上灰沙。
❸ **㰖（冚）副牙** hɐm[6] fu[3] ŋa[4] —— 全副牙。
❹ **威揸** wɐi[1] tsa[1] —— 好看，有神采。
❺ **點樣** tim[2] jœŋ[6] —— 怎樣。
❻ **兩便** lœŋ[5] pin[6] —— 兩邊兒。

9 東婦

（其二）

雖係長袍撳（髧）①咁低，有時突出腳囊②嚟。成刀沙紙胸前入，整匹花綾背後擠③。若係揸胼真撞板，幾乎睇髻要擔梯。身材好在都還矮，冇咁④驚人學老西⑤。

❶ **髧** tɐm[3] —— 下垂。
❷ **腳囊** kœk[9] nɔŋ[4] —— 小腿。
❸ **擠** tsɐi[1] —— 放。
❹ **冇咁** mou[5] kɐm[3] —— 沒有那麼。

❺ **老西** lou^5 sɐi^1 —— 洋人。

10 東婦（其三）

焙得爐多怕冷天，藕瓜條臂變青磚。洗身雖話還乾淨，脫腳唔知幾肉酸①。衣服思疑㗇②有抿③，被鋪想必味都全。遇啱④菩薩真盲鼻，呢隻豬頭點算冤。

❶ **肉酸** juk^8 syn^1 —— 肉麻，難看。
❷ **㗇** khɛ^1 —— 屎。今又作「屙」。
❸ **抿** mɐn^2 —— 擦屁股。
❹ **遇啱** jy^6 ŋam^1 —— 剛遇着。

11 東婦（其四）

隻髻梳成似捲筒，曾經嫁過就唔同。咪勾脂粉嚟丟架①，為扯皮條去打工。人地（哋）老婆都係靚，店家下女冇金封。若然想食天鵝肉，千萬提防佢發瘋。

❶ **丟架** tiu^1 ka^2 —— 丟臉。

12 自述（二首其一）

年紀挨邊六十嘆①，做人半世當嚟頑②。叫花陪酒唔成樣，借米賒柴夠呢餐。幾個神仙都過海，有排老舉③未收山。而家就得蚊（文）錢④剩，點係關乎話會慳⑤？

❶ **挨邊六十嘆** ŋai^1 pin^1 luk^8 sɐp^8 ŋan^4 —— 接近六十歲。「嘆」字讀音不詳。廣州話戲稱年歲時用「勾」ŋɐu^1。
❷ **當嚟頑** tɔŋ^3 lɐi^4 wan^4 —— 就當作玩兒。

❸ **老舉** lou⁵ kœy² —— 妓女。

❹ **蚊(文)錢** mɐn¹ tshin⁴ —— 幾塊錢。即一些錢財。

❺ **會慳** han¹ —— 會節省。點係關乎話會慳？（怎麼會與節省有關呢？即與節省無關。）

13 自述（其二）

做官冇學鑽山窿①，輸佢穿山甲咁紅②。闊到人都傳有貨，彈啱我③就詐埋聾④。仔孫係好栽培易，兄弟唔多患難同。咪想後人真發達，讀書先救眼前窮。

❶ **山窿** san¹ luŋ¹ —— 山洞。

❷ **輸佢** sy¹ khœy⁵ —— 不如。輸佢穿山甲咁紅（不如穿山甲那麼紅）。

❸ **彈啱我** than⁴ ŋam¹ ŋɔ⁵ —— 正要彈我。

❹ **詐埋聾** tsa³ mai⁴ luŋ⁴ —— 也假裝耳聾。

14 五十七初度感言

回頭五十七光陰，想落都還算幾禁。闊佬①性情窮鬼命，伯爺②年紀嫩蚊③心。六旬花甲挨邊到，百歲牌坊或冇斟④。但得三餐閒飯食，搵埋⑤白話當詩吟。

❶ **闊佬** fut⁹ lou² —— 闊人，闊老。

❷ **伯爺** pak⁹ jɛ¹ —— 老人，老大爺。

❸ **嫩蚊** nyn⁶ mɐn¹ —— 年紀小的小孩。蚊即細蚊仔，粵語指小孩。

❹ **冇斟** mou⁵ tsɐm¹ —— 沒有商量。或冇斟（或者沒有商量的可能）。

❺ **搵埋** wɐn² mai⁴ —— 找出來，拿來。

15 某東友招飲紅葉館 （六首其一）

頭髻梳成一座山，長袍行起幾艱難。馬皮大鼓揸嚟踧（抌）①，牛角三弦跪住彈。繡墊坐齊啱②入席，漆盤捧出要排班。屏門正面搬開晒③，啉噉④仙姬就下凡。

❶ **踧（抌）** tɐm^{2} —— 錘打。
❷ **啱** ŋam^{1} —— 剛剛。
❸ **搬開晒** pun^{1} hɔi^{1} sai^{3} —— 全搬開了。
❹ **啉噉** lɐm^{4} tɐm^{4} —— 眾人走路的聲音。

16 某東友招飲紅葉館 （其二）

舞出天花冇粒聲①，原來後便唱嚟聽。碰埋②老鵲逢人熟，切好鮮魚愛佢生。做客咪拘磐腳坐，使妹③唔敢卸身行。至啱④近住風爐⑤火，點着筒煙慢慢傾⑥。

❶ **冇粒聲** mou^{5} nɐp^{7} sɛŋ^{1} —— 沒有一點聲音。
❷ **碰埋** phuŋ^{3} mai^{4} —— 碰到。
❸ **使妹** sɐi^{2} mui^{1} —— 女傭。
❹ **至啱** tsi^{3} ŋam^{1} —— 最合適。
❺ **風爐** fuŋ^{1} lou^{4} —— 小爐子。近住風爐火（靠近爐子）。
❻ **傾** khiŋ^{1} —— 聊，聊天。

17 某東友招飲紅葉館 （其三）

背後貪圖借吓（下）光，誰知拍掌就收場。起身咁似生菩薩，攞眼①原來貴老相。

闊佬猜枚[2]同狗吠，亞姑斟酒要人幫。偶然伸手扲[3]腰帶，摸出牙籤咁在行。

❶ 擸眼 lapð ŋan⁵ —— 掃一眼。
❷ 猜枚 tshai¹ mui⁴ —— 劃拳。
❸ 扲 ŋam⁴ —— 掏。

18 某東友招飲紅葉館（其四）

回敬挨邊到隔籬[1]，主人開首客跟尾（屘）[2]。酒杯拈起輕揩吓[3]，水缽拉埋[4]再近呲（啲）[5]。白欖整成真正大，黃瓜食着總唔知。周身屎屎兼屙瘠[6]，地下爬嚟又扮龜。

❶ 隔籬 kak⁹ lei⁴ —— 旁邊。
❷ 跟尾（屘）kɐn¹ mei¹ —— 跟在後。
❸ 揩吓 hai¹ ha⁵ —— 蹭一下。
❹ 拉埋 lai¹ mai⁴ —— 拉近。
❺ 近呲（啲）kɐn⁶ ti¹ —— 近一點。
❻ 屙瘠 —— 音不詳。有皮膚病的樣子。

19 某東友招飲紅葉館（其五）

逐漸嘉餚[1]就出齊，糖撈醋浸乜東西。果然靚野（嘢）[2]燒條鱔，咁似番餐焯（灼）[3]隻雞。麵豉[4]放湯都好飲，茶瓜送飯點嚟捱[5]。餸[6]完果碟唔溜自，要等東家面洗埋[7]。

❶ 嘉餚 ka¹ ŋau⁴ —— 即佳餚。
❷ 靚野（嘢）lɛŋ³ jɛ⁵ —— 好東西。

❸ **灼** tshœk⁹ —— 用開水燙熟。

❹ **麵豉** min⁶ si⁶ —— 麵醬。

❺ **捱** ŋai⁴ —— 熬。

❻ **餸** sœt⁸ —— 同前面的「噬」，快速地吃。

❼ **洗埋** sɐi² mai⁴ —— 也洗了。

20 某東友招飲紅葉館

（其六）

落到樓梯搵定[1]衫，分清李四共[2]張三。醉貓係咁（噉）撕嘐笑，老鴇何嘗講得啱[3]。就見扣頭如倒蒜，唔慌把口[4]會生柑。吱嘲[5]個（嗰）隻開籠雀，送出門前重咁喃[6]。

❶ **搵定** wɐn² tiŋ⁶ —— 預先找好。

❷ **共** kuŋ⁶ —— 和，與。

❸ **講得啱** kɔŋ² tɐk⁷ ŋam¹ —— 說得對。

❹ **把口** pa² hɐu² —— 嘴巴。

❺ **吱嘲** tsi¹ tsau¹ —— 鳥叫聲。

❻ **重咁喃** tsuŋ⁶ kɐm³ nam⁴ —— 還在呢喃。

癸亥春明紀事及其他

6首

報紙每日登載議場種種色色，因紀以四首

（四首其一）

大家都為兩蚊（文）[1]錢，半句唔啱[2]嗌定先[3]。墨盒掟穿[4]成額血，茶杯打爛幾牙煙[5]。直頭燒到開花炮，錯手傷埋[6]起草員。有個想溜唔得切[7]，飛嚟交椅當青磚。

❶ **兩蚊(文)** lœŋ^5 mɐn^1 —— 兩塊錢。
❷ **唔啱** m^4 ŋam^1 —— 不合。
❸ **嗌定先** ŋai^3 tiŋ^6 sin^1 —— 先吵了再說。
❹ **掟穿** tɛŋ^3 tshyn^1 —— 打破。
❺ **牙煙** ŋa^4 jin^1 —— 危險。
❻ **傷埋** sœŋ^1 mai^4 —— 連……也打傷了。
❼ **唔得切** m^4 tɐk^7 tshit^9 —— 來不及。

（其二）

未曾出席就撈單①，闊佬周時請飲餐。機會碰啱②同意案，外交爭到大連灣。二花面亦無妨做，五架頭都亂咁彈③。冇狗拉貓嚟食屎，唔通④真正係平番。

❶ **撈單** lou^1 tan^1 —— 拿到好處，受賄。
❷ **碰啱** phuŋ^3 ŋam^1 —— 碰巧。
❸ **亂咁彈** lyn^6 kɐm^3 than^4 —— 亂彈，胡說。
❹ **唔通** m^4 thuŋ^1 —— 難道。

（其三）

人齊正話①敢搖鈴，倒米提防個壽星②。豬仔也曾搬過竇③，馬騮④咪又甩埋繩⑤。若唔趁早投成票，就怕耽遲出晒京。內裏有人煙癮起，番歸⑥重趕去開燈。

❶ **正話** tsiŋ^3 wa^6 —— 才。
❷ **倒米壽星** tou^2 mɐi^5 sɐu^6 siŋ^1 —— 損害自己方面利益的人。
❸ **竇** tɐu^3 —— 窩。
❹ **馬騮** ma^5 lɐu^1 —— 猴子。
❺ **甩埋繩** lɐt^7 mai^4 siŋ^4 —— 連繩子也脫掉了。
❻ **番歸** fan^1 kwɐi^1 —— 回家。

（其四）

大頭和尚①架都丟，咁大功勞使乜②溜。賣布佬真唔會做，拆台派重點能撩[3]。黑心搵[4]佢嚟開井，白手監人[5]去落票。好在呢回先過角，夠渠半世賭吹嫖。

❶ **大頭和尚** tai⁶ thɐu⁴ wɔ⁴ sœŋ² —— 指某個大官。
❷ **使乜** sɐi² mɐt⁷ —— 何必。
❸ **撩** liu⁴ —— 惹。重點能撩（還怎能惹）。
❹ **搵** wɐn² —— 找。
❺ **監人** kam¹ jɐn⁴ —— 強逼人。

推排九

（二首其一）

長龍用角盡飛齊，呢注敲啱講萬雞[1]。地降空門惱（嬲）[2]走寶，莊家夾棍食衰牌[3]。名為狗肉真唔利，輸到春毛[4]亦冇埋。現貨擲[5]清贏落帳，期單冚疊[6]帶番歸。

❶ **萬雞** man⁶ kɐi¹ —— 一萬元。一蚊（文）雞，即一元。
❷ **惱（嬲）** nɐu¹ —— 生氣。
❸ **衰牌** sœy¹ phai⁴ —— 不好的牌。
❹ **春毛** tshœn¹ mou⁴ —— 指陰毛。
❺ **擲** tɐn³ —— 躉，用力猛放。
❻ **冚疊** hɐm⁶ tip⁸ —— 整疊，即一整疊期單。

推排九

（其二）

膽大難通想拆天，個（嗰）鋪賭法得人憐。發親火[1]就堆頭𠺘（噉）[2]，轉吓風嚟擺口煙。密十連揸唔改色，長三配對重[3]輸錢。至衰[4]幾隻塘邊鶴[5]，未到開牌震定先[6]。

❶ **發親火** fat⁹ tshɐn¹ fɔ² —— 每一生氣。
❷ **𠺘（噉）** khik⁷ —— 碰撞，較量。

❸ **重** tsuŋ^{6} —— 還。重輸錢（還輸錢）。

❹ **至衰** tsi^{3} sœy^{1} —— 最糟糕，最討厭。

❺ **塘邊鶴** thɔŋ^{4} pin^{1} hɔk^{8} —— 指某些膽小的參賭者。

❻ **震定先** tsɐn^{3} tiŋ^{6} sin^{1} —— 先發起抖來。

附　　錄

廣州話記音方案

本方案使用國際音標記音。

聲母表

廣州話有 19 個聲母。

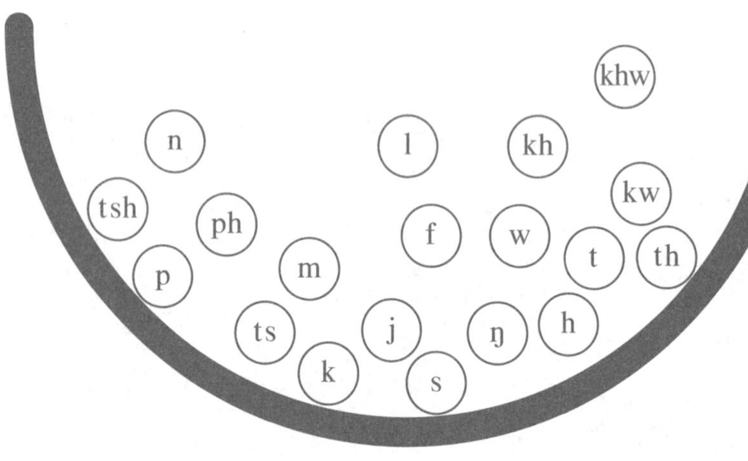

韻母表

廣州話有53個韻母。

單母音	a	(ɐ)	ɛ	(e)	i	(o)	ɔ	u	y	œ
複母音	ai	au	ɐi	ɐu	ei	iu	ou	ɔi	ui	œy
-m 尾韻母	am	ɐm	im							
-n 尾韻母	an	ɐn	in	ɔn	un	yn	œn			
-ŋ 尾韻母	aŋ	ɐŋ	ɛŋ	iŋ	ɔŋ	uŋ	œŋ			
-p 尾韻母	ap	ɐp	ip							
-t 尾韻母	at	ɐt	it	ɔt	ut	yt	œt			
-k 尾韻母	ak	ɐk	ɛk	ik	ɔk	uk	œk			
聲化韻母	m	ŋ								

聲調表

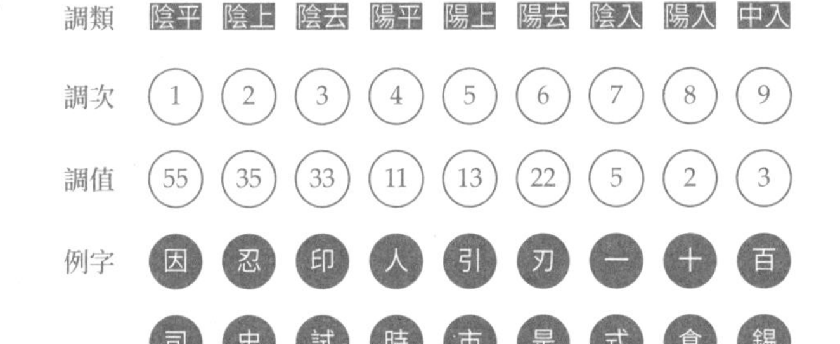

調類	陰平	陰上	陰去	陽平	陽上	陽去	陰入	陽入	中入
調次	1	2	3	4	5	6	7	8	9
調值	55	35	33	11	13	22	5	2	3
例字	因	忍	印	人	引	刃	一	十	百
	司	史	試	時	市	是	式	食	錫

本書所收廣州話語料小詞典

本小詞典的詞目絕大部分是本書內所出現過的廣州話方言詞語。詞目採用國際音標注音，按照廣州話音系的習慣次序排列。

聲母次序：p ph m f w t th n l k kh ŋ h ts tsh s j kw khw

母音次序：a ɐ ɛ(e) i ɔ(o) u y œ

a

亞婆 a³ phɔ⁴ —— 婆婆，外婆。

亞奶 a³ nai¹ —— 妻子，太太。亞奶都有得做(做他的妻子都有可能)。

亞聾 a³ luŋ⁴⁻² —— 聾子。

p

巴閉 pa¹ pɐi³ —— 吵鬧，隆重。

把刀開 pa² tou¹ hɔi¹ —— 對誰開刀，即大開口要錢。未敢亂把刀開(還不敢亂開刀)。

把口 pa² hɐu² —— 嘴巴。

霸掗 pa³ ŋa⁶ —— 霸佔，形容人貪婪，喜歡霸佔。你何苦來由，得咁霸掗(你何苦來由，這麼貪婪霸佔)。

罷就 pa⁶ tsɐu⁶ —— 罷了。唔要就罷就(不要就罷了)。

擺白 pai² pak⁸ —— 明白地說出來。我擺白出來(我明白地跟你說)。

擺烏龍 pai² wu¹ luŋ² —— 犯糊塗，出差錯。

敗水亞官 pai⁶ sœy² a³ kwun¹ —— 大手大腳花錢的人。

白咁嘥 pak^{8} kɐm^{3} sai^{1} —— 白白地浪費。

白水 pak^{8} sœy^{2} —— 白銀，泛指錢財。

白水兜(揼) 完 pak^{8} sœy^{2} tɐu^{6} jyn^{4} —— 指拿過了錢。

白蟻蛀觀音 pak^{8} ŋɐi^{5} tsy^{3} kwun^{1} jɐm^{1} —— 歇後語。白蟻蛀觀音，自身難保。

伯爺 pak^{9} jɛ^{1} —— 父親，老大爺。

伯爺公 pak^{9} jɛ^{1} kuŋ^{1} —— 老大爺，老翁。

贔屭(閉翳) pɐi^{3} ŋɐi^{3} —— 發愁，憂愁。點估到呢回咁閉翳(怎料到這次這麼麻煩)。唔使閉翳(不必犯愁)。

弊 pɐi^{6} —— 糟糕。亦都唔會咁弊(也不至於這樣糟糕)。

弊咯 pɐi^{6} lɔ^{3} —— 糟了。

弊傢伙 bɐi^{6} ka^{1} fɔ^{2} —— 糟糕了。呢次真係弊傢伙咯(這次真糟糕了)。

弊極 pɐi^{6} kik^{8} —— 糟糕透，再糟糕。弊極都會有機會(再糟糕也會有機會)。

不溜 pɐt^{7} lɐu^{1} —— 經常。不溜都話(經常都說)。

不相宜 pɐt^{7} sœŋ^{1} ji^{4} —— 不合適，不順心。老來情事總不相宜(老來情事老不順心)。

不估 pɐt^{7} kwu^{2} —— 不會，不至於。

憑 pɐŋ^{6} —— 靠，靠近。

嚊 pɛ^{6} —— 呢，帶有一定的語氣，相當於嘛、呢、還是等意思。屙屎嚊屙尿(拉屎還是拉尿)。廣州話已不用「嚊」。

俾(畀) pei^{2} —— 給，讓。畀人知(讓人知道)。

俾(畀) 面 pei^{2} min$^{6-2}$ —— 給面子。

俾(畀) 番 pei^{2} fan^{1} —— 還給。

俾(畀) 極 pei^{2} kik^{8} —— 不論給多少。畀極真情待汝，汝都未知(不論用多少真情來對待你，你都不知道)。

俾的(畀啲) pei^{2} ti^{1} —— 給那些，被那些。

鼻哥窿 pei^{6} kɔ^{1} luŋ^{1} —— 鼻孔。鼻哥窿冇肉，形容人慌張的樣子。

避吓(下) pei^{6} ha^{5} —— 避一避。避下禍(避一避禍)。

摽梅 piu^{1} mui^{4} —— 指女子到了婚嫁年齡。

標 piu^{1} —— 躥，噴射。

邊 pin^{1} —— 哪。邊有辦得咁易(哪有辦得這麼容易)。

邊得 pin^{1} tɐk^{7} —— 怎能。

邊度 pin^{1} tou^{6} —— 哪裏。

邊個 pin^{1} kɔ^{3} —— 誰。

邊陣 pin^{1} tsɐn^{6} —— 甚麼時候。

邊處 pin^{1} sy^{3} —— 哪裏。邊處有(哪裏有)？

邊日 pin^{1} jɐt^{8} —— 哪天。你話我有邊日開眉(你說我哪一天開過眉)。

邊一便 pin^{1} jɐt^{7} pin^{6} —— 哪一邊兒，哪一個方向。

嚩 pɔ^{3} —— 語氣詞，表示申明、警告等意思。

煲 pou^{1} —— 鍋，煮。

埗頭 pou^{6} thɐu^{4} —— 碼頭。

幫襯 pɔŋ^{1} tshɐn^{3} —— 光顧。

幫手 pɔŋ^{1} sɐu^{2} —— 幫忙。

薄行(幸) pɔk^{8} hɐŋ^{6} —— 薄幸，負心。

薄行(幸) 王魁 pɔk^{8} hɐŋ^{6} wɔŋ^{4} fui^{1} —— 負心薄幸的王魁。指宋時考中狀元後拋棄戀人焦桂英的王魁。

搏(擈) 齋 pɔk^{7} tsai^{1} —— 擈：敲打；齋：書齋。做擈齋，指教私塾。

搏 pɔk^{9} —— 拼搏。拼比。搏過至知(比過才知道)。

膊頭 pɔk^{9} thɐu^{4} —— 肩膀。

駁手 pɔk^{9} sɐu^{2} —— 接手，交手，交火。

杯葛 pui^{1} kɔt^{9} —— 抵制(英語 boycott)。

焙 pui^{6} —— 烘烤。焙乾(烘乾)。

背手 pui^{6} sɐu^{2} —— 用於賄賂的錢物。

搬開晒 pun^{1} hɔi^{1} sai^{3} —— 全搬開了。

半不啉吟 (楞揨) pun^{3} pɐt^{7} lɐŋ^{1} khɐŋ^{1} / pun^{3} pɐt^{7} lɐm^{1} khɐm^{1} —— 不上不下，上不着天，下不着地。

啵啵車 put^{7} put^{7} tshɛ^{1} —— 帶喇叭的汽車。

撥埋 put^{9} mai^{4} —— 抛開。撥埋心事一便(把心事抛開一邊兒)。

ph

怕乜 pha^{3} mɐt^{7} —— 怕甚麼，有何用。怕乜你會補個件翠雲裘(你會補那件翠雲裘有何用)。

扒錢 pha^{4} tshin^{4} —— 貪污，搜刮。

批 phɐi^{1} —— 削，批皮(削皮)。

泡(焙) phɐu^{3} —— 鬆軟，不結實。轉指事情不可靠。

泡(焙)晒 phɐu^{3} sai^{3} —— 最鬆軟。話佢焙晒(說它最鬆軟)。

頻侖(倫) phɐn^{4} lɐn^{4} —— 匆忙，手忙腳亂。你使乜咁頻侖(你何必這麼匆忙)。

頻撲 phɐn^{4} phɔk^{9} —— 奔波。

脾性帶梗 phei^{4} siŋ^{3} tai^{3} kwaŋ^{2} —— 脾氣強。

平 phɛŋ^{4} —— 便宜，賤。

擗 phɛk^{8} —— 仍，丟棄。

擗落 phɛk^{8} lɔk^{8} —— 扔下，丟棄在。煙頭劈落垃圾堆來(煙頭扔到垃圾堆裏來)。

飄蓬 phiu^{1} puŋ^{4} —— 流浪，漂泊。

飄蓬梗 phiu^{1} phuŋ^{4} kwaŋ^{2} —— 蓬柄紛飛，是小東西隨風飄蕩的景象。比喻愛情不專一。

蘋(蒚) phɔ^{1} —— 量詞，棵。

頗靚仔 phɔ^{1} lɛŋ^{1} tsɐi^{2} —— 花花公子，不務正業的富家子弟。

婆乸 phɔ^{4} na^{2} —— 老婦。

鋪 phou^{1} —— 量詞，用於比較抽象的事物。呢鋪世界(這個世界)。一鋪麻雀(一局麻將)。

鋪匀 phou^{1} wɐn^{4} —— 鋪滿。

蒲 phou^{4} —— 浮。任得隻船蒲(讓船隨意漂浮)。

拚爛 phun^{3} lan^{6} —— 拚命，豁出去。

蟠埋 phun^{4} mai^{4} —— 蜷縮着。

碰埋 phuŋ^{3} mai^{4} —— 碰到。

碰啱 phuŋ^{3} ŋam^{1} —— 碰巧，碰着。

碰親 phuŋ^{3} tshɐn^{1} —— 撞着了。每次遇到。碰親兜樹(撞着一棵樹)。

潑 phut^{9} —— 扇動。潑扇(扇子)。

m

唔 m^{4} —— 不。

唔俾(畀) m^{4} pei^{2} —— 不給，不與。唔畀我哋分(不跟我們分)。

唔埋 m^{4} mai^{4} —— 做不到，完成不了。講半句唔埋(說不完半句話)。

唔慌 m^{4} fɔŋ^{1} —— 不愁，不怕。

唔發市 m^{4} fat^{9} si^{5} —— 賣不出去，買賣不成交。

唔話 m^{4} wa^{6} —— 不說。乜又唔話(怎麼又不說)。

唔還自 m^{4} wan^{4} tsi^{6} —— 先不還。我就情願花債唔還自(我就寧可花債暫時不還)。

唔到你 m^{4} tou^{3} nei^{5} —— 由不得你。唔到你放縱(由不得你放縱)。

唔得 m^{4} tɐk^{7} —— 不能。唔得咁易(不能這麼容易)。

唔兜 m^{4} tɐu^{1} —— 不管，不理。

唔得切 m^{4} tɐk^{7} tshit^{9} —— 來不及。

唔聽古 m^{4} thɛŋ^{1} kwu^{2} —— 不聽別人說。

唔湯唔水 m^{4} thɔŋ^{1} m^{4} sœy^{2} —— 半截，不上不下。

唔通 m^{4} thuŋ^{1} —— 難道。唔通寶玉是我前身(難道寶玉是我前身)？

唔耐 m^{4} nɔi^{6} —— 不久，不經久。好花慌久開唔耐(好花恐怕開得不經久)。

唔嚟 m^{4} lɐi^{4} —— 不到，做不了，達不到。十個都換一個唔嚟(十個都換不到一個)。

唔撈 m^{4} lou^{1} —— 不幹。大眾唔撈(大家都不幹)。

唔落踏 m^{4} lɔk^{8} tap^{8} ——又叫「唔入踏」。即與眾不同，與別人格格不入。

唔計帶 m^{4} kɐi^{3} tai^{3} —— 不計較，不在乎。

唔敢咁 m^{4} kɐm^{2} kɐm^{3} —— 不敢那樣。我亦唔敢咁勉強(我也不敢那樣勉強）。

唔跟佬自 m^{4} kɐn^{1} lou^{2} tsi^{6} —— 暫時先不跟男人從良。

唔跟眼 m^{4} kɐn^{1} ŋan^{5} —— 沒看清楚。

唔禁 m^{4} khɐm^{1} —— 禁不起。

唔禁睇 m^{4} khɐm^{1} thɐi^{2} —— 不耐看。

唔禁浸 m^{4} khɐm^{1} tsɐm^{3} —— 不耐浸泡。

唔啱 m^{4} ŋam^{1} —— 不合，不對。節令唔啱（節氣不對）。

唔啱 m^{4} ŋam^{1} —— 不和。共我唔啱（與我不和）。

唔肯結果 m^{4} hɐŋ^{2} kit^{9} kwɔ^{2} —— 不肯甘休。佢重唔肯結果（它還不肯甘休）。

唔好 m^{4} hou^{2} —— 不要。唔好發夢（不要做夢）。

唔係 m^{4} hɐi^{6} —— 不是。

唔係乜抵啫 m^{4} hɐi^{6} mɐt^{7} tɐi^{2} tsɛk^{7} —— 不是怎麼值得嘛。

唔係乜靚 m^{4} hɐi^{6} mɐt^{7} lɛŋ^{3} —— 不怎麼漂亮。

唔係乜願 m^{4} hɐi^{6} mɐt^{7} jyn^{6} —— 不怎麼願意。

唔係計 m^{4} hɐi^{6} kɐi$^{3\text{-}2}$ —— 不是辦法。

唔恨 m^{4} hɐn^{6} —— 不巴望，不羨慕，不稀罕。唔恨嗰齣戲開台（不希望那齣戲開台）。

唔好敢（噉）樣 m^{4} hou^{2} kɐm^{2} jœŋ^{6} —— 不要這樣。

唔好學佢 m^{4} hou^{2} hɔk^{8} khœy^{5} —— 不要像它。

唔好去自 m^{4} hou^{2} hœy^{3} tsi^{6} —— 先別去，暫且別去。

唔學 m^{4} hɔk^{8} —— 不像。唔學佢地後生（不像他們年輕人）。

唔知邊個 m^{4} tsi^{1} pin^{1} kɔ^{3} —— 不知道誰。

唔知到 m^{4} tsi^{1} tou^{3} —— 不知道。

唔止話 m^{4} tsi^{2} wa^{6} —— 不僅僅。

唔志在 m^{4} tsi^{3} tsɔi^{6} —— 不在乎。

唔……自 m^{4}……tsi^{6} —— 先別……。你唔好去自（你先別去）。

唔着 m^{4} tsœk^{8} —— 不該。你該先就唔着（你早先就不該）。

唔着瞓 m^{4} tsœk^{8} fɐn^{3} —— 不該睡。

唔着嗌 m^4 tsœk^8 ŋai^3 —— 不要吵架。

唔着拗自 m^4 tsœk^8 ŋau^2 tsi^6 —— 先不要去扳。手瓜唔着拗自(先不要去扳胳膊)。

唔中用 m^4 tsuŋ^1 juŋ^6 —— 沒有用，不管用。相逢一日都唔中用(相逢一天也沒有用)。

唔曾 m^4 tshɐŋ^4 —— 用於問句，……了沒有？我待薄過你唔曾(我待薄過你沒有)？

唔使 m^4 sɐi^2 —— 不必，不用。

唔使得晒 m^4 sɐi^2 tɐk^7 sai^3 —— 花不了，花不完。既然唔使得晒(既然花不了)。

唔使恨 m^4 sɐi^2 hɐn^6 —— 不期望，不用希望。我亦唔使恨(我也不用希望)。

唔修 m^4 sɐu^1 —— 沒有積德。

唔聲 m^4 sɛŋ^1 —— 不吭聲。我誓願唔聲(我發誓不吭聲)。

唔相與 m^4 sœŋ^1 jy^5 —— 不相處在一起，不若唔相與重好(不如大家不在一起還好)。

唔掛 m^4 kwa^3 —— 不掛念。

唔掛你 m^4 kwa^3 nei^5 —— 不眷顧着你。只話唔掛你去投生(本來打算不眷顧着你去投生)。

唔怪得 m^4 kwai^3 tɐk^7 —— 怪不得。亦唔怪得你(也怪不得你)。

唔關事 m^4 kwan^1 si^6 —— 與……無關。無關事父母生成(跟父母生成無關)。

唔過玩 m^4 kwɔ^3 wan^2 —— 不能玩。

唔過戥 m^4 kwɔ^3 tɐŋ^6 —— 不過秤。

唔過得意 m^4 kwɔ^3 tɐk^7 ji^3 —— 過意不去。我都唔過得意(我都過意不去)。

唔咕(估) m^4 kwu^2 —— 沒想到。相思唔估會入到膏肓(相思病沒想到會病入膏肓)。

孖 ma^1 —— 量詞。雙，對。

孖 ma^{1} —— 跟，和，與。慣孖皇帝撐台腳(習慣跟皇帝吃飯）。

孖鋪 ma^{1} phou^{1} —— 兩人同睡一牀。

孖佬 ma^{1} lou^{2} —— 與男人成雙成對，即跟男人在一起。

孖人 ma^{1} jɐn^{4} —— 跟別人一起。

媽姐 ma^{1} tsɛ^{2} —— 姐妹們，婦女們。

馬騮 ma^{5} lɐu^{1} —— 猴子。

埋單 mai^{4} tan^{1} —— 結賬，付款。

埋堆 mai^{4} tœy^{1} —— 相好。合在一起。有緣千里，亦得埋堆(有緣千里，也能合在一起）。

埋頭 mai^{4} thɐu^{4} —— 靠岸。

埋纜 mai^{4} lam^{6} —— 兩人在一起親熱。有時埋纜，有時丟疏(有時親熱，有時疏遠）。

埋欄 mai^{4} lan^{1} —— 相好，相投。點共佢講得埋欄(怎麼能跟他談得融洽）。

埋嚟 mai^{4} lɐi^{4} —— 過來，靠近這邊來。

埋籠 mai^{4} luŋ^{4} —— 進籠子裏。指人相好在一處。

埋街 mai^{4} kai^{1} ——上街，從良。

埋行 mai^{4} hɔŋ^{4} —— 過來，到她們工作的地方來。

埋牀 mai^{4} tshɔŋ^{4} —— 靠牀，指睡覺。天光正話埋牀(天亮才睡覺）。

埋城 mai^{4} siŋ^{4} —— 靠近城，進城。

埋箱 mai^{4} sœŋ^{1} —— 進入箱子裏，指退出競爭舞台。

埋羣 mai^{4} khwɐn^{4} —— 相好，與某人在一起。又唔肯共我埋羣(又不肯跟我相好）。

買辦 mai^{5} pan^{2} —— 外國商人雇來採辦貨物的人員。

賣埋 mai^{6} mai^{4} —— 賣完，賣光了。

賣晒 mai^{6} sai^{3} —— 賣光。

貓麵 mau^{1} min^{6} —— 被訓斥叫「食貓麵」。

貓鬚 mau^{1} sou^{1} —— 八字鬍子。

卯運 mau^{5} wɐn^{6} —— 倒霉的運氣。

擟(攆) man^{1} —— 扳動，轉指挽救，補救。問你點樣嚟攆(問你怎樣來補救)。

萬帶(大) 有我 man^{6} tai^{6} jɐu^{5} ŋɔ^{5} —— 甚麼事也不怕，有我在呢。

萬雞 man^{6} kɐi^{1} —— 一萬元。一蚊(文) 雞，即一元。

慢吓 man$^{6-2}$ ha^{5} —— 一不小心就，萬一。慢吓弊過從前(萬一比從前還糟糕)。

擘大眼 mak^{9} tai^{6} ŋan^{5} —— 睜大眼睛。擘大眼個陣時(睜開眼睛的時候)。

擘開 mak^{9} hɔi^{1} —— 張開，掰開。

擟(咪) 丁 mɐi^{1} tiŋ^{1} —— 迷糊，糊塗。

咪書 mɐi^{1} sy^{1} —— 啃書。

迷望眼 mɐi^{4} mɔŋ^{6} ŋan^{5} ——又叫「望微眼」，即眺望極遠處。

迷頭迷腦 mɐi^{4} thɐu^{4} mɐi^{4} nou^{5} —— 頭腦迷迷糊糊。

咪 mɐi^{5} —— 別，不要。咪當盲妹(不要當作盲女)。

咪慌嘥 mɐi^{5} fɔŋ^{1} sai^{1} —— 不怕浪費。

咪話 mɐi^{5} wa^{6} —— 別說。咪話草木無情(別說草木無情)。

咪話 mɐi^{5} wa^{6} —— 別因為。咪話高興就同意(別因為高興就同意)。

咪睇輕 mɐi^{5} thɐi^{2} hɛŋ^{1} —— 不要小看。

咪咁 mɐi^{5} kɐm^{3} —— 別那麼，不要那麼。咪咁認真(別那麼認真)。

咪個 mɐi^{5} kɔ^{3} —— 別，不要。咪個隨風咁擺(別隨風搖擺)。

咪個話 mɐi^{5} kɔ^{3} wa^{6} —— 別說。

咪共佢 mɐi^{5} kuŋ^{6} khœy^{5} —— 別跟他。

咪估 mɐi^{5} kwu^{2} —— 別以為。咪估近水樓台(別以為近水樓台)。

咪估話 mɐi^{5} kwu^{2} wa^{6} —— 別以為。咪估話共佢別離，緣就冇份(別以為跟他分別，緣分就沒有了)。

咪去埋 mɐi^{5} hœy^{3} mai^{4} —— 別都去，別盡去。咪去埋嗰啲地方(別盡去那些地方)。

踎 mɐu^{1} —— 蹲。轉指留下來。唔俾我嚟踎(不讓我待下去)。

踎低 mɐu^{1} tɐi^{1} —— 蹲下。

蚊(文) mɐn^{1} —— 量詞，文(用於錢)，元。有過文錢(有過一些錢)。

抿 mɐn^{2} —— 擦屁股。

問 mɐn^{6} —— 介詞，向。問韋陀借把劍(向韋陀借把利劍)。

問定 mɐn^{6} tiŋ^{6} —— 事先問清楚。

�(搣) mɐŋ^{1} —— 拉，牽引。

搣毛 mɐŋ^{1} mou^{4} —— 拔毛。

乜得 mɐt^{7} tɐk^{7} —— 怎麼會。乜得咁痴(怎麼會這樣痴傻)。

乜得你 mɐt^{7} tɐk^{7} nei^{5} —— 你到底為甚麼。乜得你咁瘦(你到底為甚麼這樣瘦)？

乜得佢 mɐt^{7} tɐk^{7} khœy^{5} —— 怎麼他會。乜得佢咁靚(怎麼她會這麼漂亮)。

乜你又 mɐt^{7} nei^{5} jɐu^{6} —— 怎麼你又。乜你又唔駕起慈航(怎麼你又不駕起慈航)？

乜解 mɐt^{7} kai^{2} —— 為甚麼。乜解開齊冇耐(為甚麼開齊沒多久)。

乜咁 mɐt^{7} kɐm^{3} —— 為甚麼這樣。乜咁心偏(為甚麼這樣偏心)。

乜咁魂銷 mɐt^{7} kɐm^{3} wɐn^{4} siu^{1} —— 怎麼這樣令人陶醉。

乜咁似 mɐt^{7} kɐm^{3} tshi^{5} —— 怎麼這麼像。乜咁似佢地官場(怎麼這麼像他們官場)。

乜知齊 mɐt^{7} tsi^{1} tshɐi^{4} —— 甚麼都懂得了。

乜甚 mɐt^{7} sɐm^{6} —— 甚麼。有乜甚功(有甚麼功勞)。

乜事 mɐt^{7} si^{6} —— 甚麼事，為甚麼。乜事又生得我咁多情(為甚麼又生得我這麼多情)。

乜誰 mɐt^{7} sœy^{4} —— 誰。我書信叫乜誰傳(我的信叫誰來傳)。

乜野(嘢) mɐt^{7} jɛ^{5} —— 甚麼。重還講乜嘢立品(還說甚麼立品)。

乜易 mɐt^{7} ji^{6} —— 多容易，怎麼容易。唔係乜易(不怎麼容易)。

嘜 mɐk^{7} —— 商標，牌子，小罐子。

嘜 mɐk^{7} —— 玄孫。

咩 mɛ^{1} —— 語氣詞，表示疑問、感歎。「重有……咩」表示反詰的感歎語氣。

𡳞 (㞗) mei^{1} —— 末尾。人㞗(人的最末尾，即最下等的人)。

尾糊 mei^{5} wu^{4} —— 麻將術語。糊即和，打麻將時某一方的牌取得勝利。最後的和，最低程度的和。

咜 mɛŋ^{4} ——「未曾」的合音。問你會帶佢轉彎咜（問你帶他拐彎沒有）？

眠食 min^{4} sik^{8} —— 吃睡。佢眠食都捨不得離開(它吃睡都捨不得離開）。

面豉 min^{6} si^{6} —— 麵醬。

命蹇 miŋ^{6} kin^{2} —— 命運不好。

命蹇時乖 miŋ^{6} kin^{2} si^{4} kwai^{1} —— 命運不好，遭遇坎坷。

摸啱 mɔ^{2} ŋam^{1} —— 摸着，碰着。

磨蠍 mɔ^{4} khit^{9} —— 指人命多磨難。

無乜 mou^{4} mɐt^{7} —— 沒甚麼，不怎麼。無乜剩(沒甚麼剩下）。今多說「冇乜」mou^{5} mɐt^{7}。

無的(啲) mou^{4} ti^{1} —— 沒有一點。無啲味(沒有一點味道）。

無了賴 mou^{4} liu^{4} lai^{6} —— 無聊賴。

無情白事 mou^{4} tshiŋ^{4} pak^{8} si^{6} —— 無緣無故。做乜無情白事斷人腸(為甚麼無緣無故斷人腸）。

無人恨 mou^{4} jɐn^{4} hɐn^{6} —— 沒有人喜歡、羨慕。莫學無人恨(不要像那些沒有人喜歡的人）。

冇 mou^{5} —— 沒有。

冇皮柴 mou^{5} phei^{4} tshai^{4} —— 沒有皮的木柴，即光棍子，也指光棍。

冇麻紋 mou^{5} ma^{4} mɐn^{4} —— 可能是「沒有定準，沒有主意」的意思。

冇乜 mou^{5} mɐt^{7} —— 沒甚麼。冇乜變遷(沒甚麼變遷）。

冇搭霎 mou^{5} tap^{9} sap^{9} —— 大大咧咧的，不可靠的。

冇味 mou^{5} mei^{6} —— 沒意思。

冇話 mou^{5} wa^{6} —— 從不，不可能。心冇話唔解得開(心不可能解不開）。

冇得閒 mou^{5} tɐk^{7} han^{4} —— 沒空兒，沒功夫。

冇得過佢 mou^{5} tɐk^{7} kwɔ^{3} khœy^{5} —— 不讓他。冇得過佢遊蜂弄(不讓它遊蜂弄）。

冇埞 mou^{5} tɛŋ^{6} —— 沒有地方。埞又作「定」。

冇的(啲) mou^{5} ti^{1} —— 沒有一點。佢都冇的偏私(他也沒有一點偏私）。

冇粒聲 mou^{5} nɐp^{7} sɛŋ^{1} —— 沒有一點聲音。

冇耐 mou^{5} nɔi^{6} —— 不多久。

冇嚟 mou^{5} lɐi^{4} —— 沒有來。

冇了賴 mou^{5} liu^{5} lai^{6} —— 無聊賴。

冇撈 mou^{5} lou^{1} —— 沒有可撈的。

冇解 mou^{5} kai^{2} —— 沒有道理，莫名其妙。

冇禁(冇咁) mou^{5} kɐm^{3} —— 沒有那麼。

冇幾耐 mou^{5} kei^{2} nɔi^{6} —— 沒多久。分離冇幾耐(分離沒多久)。

冇個 mou^{5} kɔ^{3} —— 沒有一個。

冇個腰吔 mou^{5} kɔ^{3} jau^{1} ja^{1} —— 毫無理由，莫名其妙。

冇愛 mou^{5} ŋɔi^{3} —— 不要。樽都冇愛(瓶子都不要)。

冇渣 mou^{5} tsa^{1} —— 沒有渣。指煙雲一過，不留下一點痕跡。

冇揸拿 mou^{5} tsa^{1} na^{4} —— 沒有把握。

冇斟 mou^{5} tsɐm^{1} —— 沒有商量。或冇斟(或者沒有商量的可能)。冇準 mou^{5} tsœn^{2} —— 沒準兒。

冇晒牙 mou^{5} sai^{3} ŋa^{4} —— 牙齒全沒有了。

冇修 mou^{5} sɐu^{1} —— 沒有辦法。真係冇晒修(真是毫無辦法)。

冇陰功 mou^{5} jɐm^{1} kuŋ^{1} —— 罵人語。有缺德、殘忍等意思。

冇癮 mou^{5} jɐn^{5} —— 沒意思，尷尬。

冇日 mou^{5} jɐt^{8} —— 沒有一天。冇日開眉(沒有一天開心)。

莫話 mɔk^{8} wa^{6} —— 不要。莫話因風憔悴(不要因風憔悴)。

莫個 mɔk^{8} kɔ^{3} —— 不要。莫個番(不要回來)。

妹仔 mui^{1} tsɐi^{2} —— 婢女。

門限 mun^{4} han^{6} —— 門檻。

滿肚密圈 mun^{5} thou^{5} mɐt^{8} hyn^{1} —— 詭計多端，老謀深算。

滿海 mun^{5} hɔi^{2} —— 即滿江。

蒙光 muŋ^{1} kwɔŋ^{1} —— 即蒙蒙光，天剛亮。

懵 muŋ^{2} —— 糊塗。真正懵(真糊塗)。

懵丁 muŋ^{2} tiŋ^{1} —— 傻瓜。

懵惺惺(懵盛盛) muŋ^{2} siŋ^{6} siŋ^{6} —— 懵懵懂懂。

f

花罅 fa^{1} la^{3} —— 花間的空隙。

花柳 fa^{1} lɐu^{5} —— 指性病。

花柳場 fa^{1} lɐu^{5} tshœŋ^{4} —— 色情場所。

花叢 fa^{1} tshuŋ^{4} —— 煙花地。指望別卻花叢(指望別卻煙花地)。

番埋 fan^{1} mai^{4} —— 回來。續得番埋(重新連接回來)。點重合得番埋(還怎合得回來)。

番嚟 fan^{1} lɐi^{4} —— 回來。起來。想起番嚟(想起來)。

番流 fan^{1} lɐu^{4} —— 回流。

番來 fan^{1} lɔi^{4} ——上來。恐怕死錯番來(恐怕死錯了)。

番去 fan^{1} hœy^{3} —— 回去。摘佢番去(摘它回去)。

番場 fan^{1} tshœŋ^{4} —— 回到原來的地方。

番歸 fan^{1} kwɐi^{1} —— 回家，回來。

番鬼 fan^{1} kwɐi^{2} —— 舊時指外國人。

番鬼餅 fan^{1} kwɐi^{2} pɛŋ^{2} —— 戲指外國銀幣。

反瞓(瞓) fan^{2} fɐn^{3} —— 形容人睡覺不老實。

發花癲(癲) fat^{9} fa^{1} tin^{1} —— 指人犯了相思病。

發毛 fat^{9} mou^{1} —— 發霉。

發夢 fat^{9} muŋ^{6} —— 做夢。長日發夢(整天做夢，經常做夢)。

發風 fat^{9} fuŋ^{1} —— 發麻風病。

發冷 fat^{9} laŋ^{5} —— 瘧疾，打擺子。

發親火 fat^{9} tshɐn^{1} fɔ^{2} —— 每一生氣。

擓(攉) 爛 fak^{9} lan^{6} —— 打碎，拌碎。

費事 fɐi^{3} si^{6} —— 麻煩，費周折。

昏君 fɐn^{1} kwɐn^{1} —— 借指頭腦迷糊的人。

瞓(瞓) fɐn^{3} —— 睡，躺。瞓低(躺下)。

瞓覺 fɐn^{3} kau^{3} —— 睡覺。

瞓極 fɐn^{3} kik^{8} —— 不管怎麼睡。瞓極都唔曾夠(不管怎麼睡都不夠)。

忿 fɐn^{6} —— 服氣。叫我心事點忿(叫我心裏怎麼服氣)。

忿吓(下) fɐn^{6} ha^{5} —— 甘心，甘願，指稍作忍讓。肯話忿吓低頭(甘願低頭忍讓)。

飛唔得起 fei^{1} m^{4} tɐk^{7} hei^{2} —— 飛不起來。

飛埋 fei^{1} mai^{4} —— 飛近。

飛起 fei^{1} hei^{2} —— 非常，不得了。靚到飛起(漂亮得不得了)。

火燭 fɔ^{2} tsuk^{7} —— 火警，火災。

火滾 fɔ^{2} kwɐn^{2} —— 生氣，心更火滾(心裏更加生氣)。

夥記 fɔ^{2} kei^{3} —— 夥計。

方正 fɔŋ^{1} tsiŋ^{3} —— 才，方才。方正有用(方才有用)。

放白鴿 fɔŋ^{3} pak^{8} kɐp^{9} —— 施騙術。

放低 fɔŋ^{3} tɐi^{1} —— 放下。

放疏 fɔŋ^{3} sɔ^{1} —— 疏遠。

㞘被 fu^{3} phei^{5} —— 蹬踢被子。

父母躐過牀頭 fu^{6} mou^{5} lam^{3} kwɔ^{3} tshɔŋ^{4} thɐu^{4} —— 父母跨過牀頭，比喻父母恩情重大。

豐瀟灑 fuŋ^{1} siu^{1} sa^{2} —— 豐滿而瀟灑。

風爐 fuŋ^{1} lou^{4} —— 小爐子。近住風爐火(靠近爐子)。

風景煞晒 fuŋ^{1} kiŋ^{2} sat^{9} sai^{3} —— 大殺風景。

風颶 fuŋ^{1} kœy^{6} —— 颶風，即颱風。

酆都 fuŋ^{1} tou^{1} —— 重慶酆都，即鬼城，也指陰間。

逢人就熱 fuŋ^{4} jɐn^{4} tsɐu^{6} jit^{8} —— 見誰都過分熱情。又說「逢人知己」。

鳳寡鸞孤 fuŋ^{6} kwa^{2} lyn^{4} kwu^{1} —— 形容夫妻各自獨處。

奉旨 fuŋ^{6} tsi^{2} —— 必然，一定，準。

苦極 fu^{2} kik^{6} —— 再苦。我苦極都係命招(我不管怎麼苦都是命運招來的)。

褲襶(襠) fu^{3} nɔŋ^{6} / lɔŋ^{6} —— 褲襠。

快的(啲) fai^{3} ti^{1} —— 快點兒。

闊封 fut^{9} fuŋ^{1} —— 寬面兒。闊封布(寬面兒布)。

闊佬 fut^{9} lou^{2} —— 闊人，闊老。

摦 wa^{2} —— 抓撓。

話唔埋 wa^{6} m^{4} mai^{4} —— 說不定。說不準，難以預料。

話唔嬲 wa^{6} m^{4} nɐu^{1} —— 說不生氣。

話名 wa^{6} mɛŋ$^{4\text{-}2}$ —— 名義上。話名係大國(名義上是大國)。

話佢係 wa^{6} khœy^{5} hɐi^{6} —— 說他是。

話我 wa^{6} ŋɔ^{5} —— 說我，責備我。免至話我係薄情奴(以免說我是薄情奴)。

話起 wa^{6} hei^{2} —— 說起。

話起首 wa^{6} hei^{2} sɐu^{2} —— 說起來，一提起。

話事 wa^{6} si^{6} —— 做主。話事唔嚟(做不了主)。

話過 wa^{6} kwɔ^{3} —— 說過，告訴。你便早日話過妹知(你就早幾天告訴我知道)。

歪 wai^{1} —— 歪字的文讀。口語多訓讀作 mɛ^{2}，意思相同。

灣埋 wan^{1} mai^{4} —— 船靠岸。

還通 wan^{4} thuŋ^{1} —— 還清(債務)。

還極 wan^{4} kik^{8} —— 怎麼還(也……)。還極唔通(怎麼還也還不清)。

還咗 wan^{4} tsɔ^{2} —— 還了(願)。還咗你願(還了你的願)。

還重點 wan^{4} tsuŋ^{6} tim^{2} —— 還怎麼。天光還重點共月姊痴纏(天亮了還怎麼跟月姐纏綿呢)。

還重瘦 wan^{4} tsuŋ^{6} sɐu^{3} —— 還更加瘦。

橫便 waŋ^{4} pin^{6} —— 旁邊。

橫掂 waŋ^{4} tim^{6} —— 反正。

畫耳埋牆 wak^{8} ji^{5} mai^{4} tshœŋ^{4} —— 把耳朵畫在牆上，即不聽人說話，聽不進去。

威 wɐi^{1} —— 漂亮。秋菊又試咁威(秋菊又這麼漂亮)。

威揸 wɐi^{1} tsa^{1} —— 好看，有神采。煞有介事地。

威水 wei^{1} sœy^{2} —— 漂亮，衣着光鮮。

溫 wen^{1} —— 指男女相戀。溫到夠咯(相愛已得到滿足)。

瘟咁 wen^{1} kem^{3} —— 拚命地，使勁地。瘟咁怨命(直埋怨命運)。

瘟緊 wen^{1} ken^{2} —— 正在熱戀。都係瘟緊嗰陣(都是正在熱戀的那個時候)。

搵 wen^{2} —— 找。去邊處搵(到哪裏找去)。

搵笨 wen^{2} pen^{6} —— 行騙，騙人。

搵埋 wen^{2} mai^{4} —— 找出來，拿來。

搵番 wen^{2} fan^{1} —— 重新找回來。

搵的(啲) wen^{2} ti^{1} —— 找點。搵啲挨依(找點依靠)。

搵丁撨 wen^{2} tiŋ^{1} mei^{1} —— 找傻瓜來上當。

搵定 wen^{2} tiŋ^{6} —— 預先找好。

搵頭搵路 wen^{2} theu^{4} wen^{2} lou^{6} —— 找來找去。

搵老襯 wen^{2} lou^{5} tshen^{3} —— 忽悠，行騙。

搵過個 wen^{2} kwɔ^{3} kɔ^{3} —— 另外找一個。

瘟緊 wen^{1} ken^{2} —— 正在熱戀。都係瘟緊嗰陣(都是正在熱戀的那個時候)。

穩陣 wen^{2} tsen^{6} —— 穩，穩妥。行得穩陣(走得穩)。

搵(韞) 住 wen^{3} tsy^{6} —— 關着。韞住一條蛇(關着一條蛇)。

暈浪 wen^{4} lɔŋ^{6} —— 暈船。

勻 wen^{4} —— 全面，均勻。癲得咁勻(瘋得這麼一致)。

勻 wen^{4} —— 量詞，次，趟。話扯又話到咁多勻(說回去又說過那麼多次)。

運滯番嚟 wen^{6} tsei^{6} fan^{1} lei^{4} —— 運氣不好時。

渾屯 wen^{6} ten^{6} —— 混沌，糊塗。

扔 wiŋ^{6} —— 丟棄。廣州話口語又讀 fiŋ^{6}。

涴涹 wɔ^{1} nɔ^{4} —— 淒慘、受苦受難。

和 wɔ^{4} —— 和好，和睦。都幾係咁和(也挺和睦的)。

和共 wɔ^{4} kuŋ^{6} —— 和，以及。水酒一杯，和共眼淚(水酒一杯，以及眼淚）。

黃抛(泡) wɔŋ^{4} phau^{1} —— 形容人面色枯黃。

往陣 wɔŋ^{5} tsɐn^{6} —— 以前。

往陣重話 wɔŋ^{5} tsɐn^{6} tsuŋ^{6} wa^{6} —— 以前還說，以前還只說。

鑊 wɔk^{8} —— 鐵鍋。一鑊粥(一鍋粥）。

鑊撈 wɔk^{8} lou^{1} —— 鍋底黑灰。

鑊仔 wɔk^{8} tsɐi^{2} —— 小鐵鍋。

烏了仜 wu^{1} liu^{1} kuŋ^{3} —— 相當於民族音階的「五、六、工」。

烏頭轉白 wu^{1} thɐu^{4} tsyn^{2} pak^{8} —— 黑頭轉白，指頭髮變白了。

烏蠅 wu^{1} jiŋ^{1} —— 蒼蠅。

回南 wui^{4} nam^{4} —— 春天時由於暖濕氣流的作用，颳來潮濕而炎熱的空氣，天氣悶熱。

回歸 wui^{4} kwɐi^{1} —— 回家。

會彈唔會唱 wui^{5} tan^{4} m^{4} wui^{5} tshœŋ^{3} —— 比喻會說別人的缺點而自己卻不會做。

會慳 wui^{5} han^{1} —— 會節省。點係關乎話會慳？(怎麼會與節省有關呢？即與節省無關。)

t

打交 ta^{2} kau^{1} —— 打架。打起交嚟(打起架來）。

打牙 ta^{2} ŋa^{4} —— 商家年底請夥計吃飯。

打牙鉸 ta^{2} ŋa^{4} kau^{3} —— 閒聊。

打醒精神 ta^{2} siŋ^{2} tsiŋ^{1} sɐn^{4} —— 提高警惕。

帶埋 tai^{3} mai^{4} —— 帶着。連……也帶上。

帶定 tai^{3} tiŋ^{6} —— 預先帶好。帶定盒煙丸(先把盒煙丸帶好）。

帶歇 tai^{3} hit^{9} —— 提攜，眷顧，讓別人來沾光。正話帶歇得我出呢處風塵(才能眷顧我離開這個風塵之地）。

帶人 tai^{3} jɐn^{4} —— 指嫖客把妓女帶離妓院。

待成你咁(噉) tɔi^{6} siŋ^{4} nei^{5} kɐm^{2} —— 這樣對待你。

大肶(髀) tai^{6} pei^{2} —— 大腿。

大抛(泡) 和 tai^{6} phau^{1} wɔ^{4} —— 窩囊廢，無能的人。

大話 tai^{6} wa^{6} —— 說謊話。大話重還兼好彩(說謊話，而且還有運氣)。

大抵 tai^{6} tɐi^{2} —— 大概。

大頭和尚 tai^{6} thɐu^{4} wɔ^{4} sœŋ^{2} —— 指某個大官。

大鬧 tai^{6} nau^{6} —— 大罵。着星君大鬧一頓(被搗蛋鬼大罵一頓)。

大褦 tai^{6} nɐŋ^{3} —— 大把。大褦鎖匙(大把鑰匙)。

大𨂾(轆) 藕 tai^{6} luk^{7} ŋɐu^{5} —— 花錢大手大腳的人。

大嚿 tai^{6} kɐu^{6} —— 個子大。身材咁大嚿(身材這麼大)。

大嚿衰 tai^{6} kɐu^{6} sœy^{1} —— 傻大個兒。

大早 tai^{6} tsou^{2} —— 早先，早早。大早就死心(早就死心)。

大葵扇 tai^{6} khwɐi^{4} sin^{3} —— 大的蒲扇，指媒人。

擔埋 tam^{1} mai^{4} —— 挑起來。

擔頭 tam^{1} thɐu^{4} —— 抬頭。

擔㗎(屙) tam^{1} khɛ^{1} —— 擔屎。

擔遮 tam^{1} tsɛ^{1} —— 撐傘。

啖 tam^{6} —— 量詞，口。共你爭得啖氣(跟你爭得口氣)。

淡定 tam^{6} tiŋ^{6} —— 鎮定。天咁淡定(非常鎮定)。

單料銅煲 tan^{1} liu^{6} thuŋ^{4} pou^{1} —— 歇後語，單料銅煲，熱得快。指兩人一見鍾情。

單係 tan^{1} hɐi^{6} —— 單單，只。單係聽你聲氣(只聽你消息)。

蛋家妹 tan^{6} ka^{1} mui$^{6-1}$ —— 即蛋民妹子，兩廣、福建的水上居民。

嗒 tap^{7} —— 咂，嚐味道。

搭埋 tap^{9} mai^{4} —— 連同，借機糾合在一起。

搭渡 tap^{9} tou$^{6-2}$ —— 搭船。今多用「搭艔」。

撻死 tat^{9} sei^{2} —— 摔死。

抵tɐi^{2} —— 值得，活該。

抵熅蕉 tɐi^{2} ŋɐu^{3} tsiu^{1} —— 該用來燻芭蕉。意思指此人無用。

抵手 tɐi^{2} sɐu^{2} —— 能幹，了不起。

抵死 tɐi^{2} sei^{2} —— 該死，缺德，糟糕。

第個 tɐi^{6} kɔ^{3} —— 別的。「第二個」的合音。

兜 tɐu^{1} —— 拐，拐彎。兜過去(拐過去)。

兜 tɐu^{1} —— 量詞，相當於「條」。算吓兜命(算一算這條命)。

兜 tɐu^{1} —— 討好，招，勾引。

兜篤 tɐu^{1} tuk^{7} —— 從後面襲擊。

兜肚陰虛 tɐu^{1} thou^{5} jɐm^{1} hœy^{1} —— 指沒有錢。

蔸 tɐu^{1} —— 量詞，棵。

鬥叻 tɐu^{3} lɛk^{7} —— 逞強。唔好鬥叻啦(不要逞強了)。

鬥韌 tɐu^{3} ŋɐn^{6} —— 過分計較、挑剔的意思。

抖 tɐu^{3} —— 觸碰。

竇 tɐu^{3} —— 窩，巢。

豆 (抖) tɐu^{6} —— 拿出來，交出來。抖貨(拿錢出來)。

豆 (抖) tɐu^{6} —— 收受。千祈咪個，背手嚟抖(千萬不要接受賄賂)。

豆 (抖) 埋 tɐu^{6} mai^{4} —— 收受了，拿了。抖埋咁多背手(收受了這麼多的賄賂)。

揼 tɐm^{1} —— 用某種手段與對方保持聯繫，轉指拖延。

踸 (扰) tɐm^{2} —— 錘打。

扰 tɐm^{2} —— 扔，拋。

髧 tɐm^{3} ——下垂。髧肚臍(下垂至肚臍)。

攋 tɐn^{3} —— 蹾，用力猛放。

登對 tɐŋ^{1} tœy^{3} —— 相配。

登時 tɐŋ^{1} si^{4} —— 當時。

等 tɐŋ^{2} —— 讓。等佢去得安心(讓他去得安心)。

等佢 tɐŋ^{2} khœy^{5} —— 讓他。

戥 tɐŋ^{6} —— 稱。戥起煙油有幾斤(把煙油稱起來有幾斤)。

得啖氣 tɐk^{7} tam^{6} hei^{3} —— 得一口氣。

得咁 tɐk^{7} kɐm^{3} —— 達到如此，變得這樣。我郎一去得咁心堅(我郎一去竟然那麼心堅)。

得咁苦 tɐk^{7} kɐm^{3} fu^{2} —— 會這麼辛苦。做女嗰陣點知離別得咁苦(做女兒的時候怎知離別是這麼痛苦）。

得咁傻 tɐk^{7} kɐm^{3} sɔ^{4} —— 竟然這樣傻。

得咁孤 tɐk^{7} kɐm^{3} kwu^{1} —— 落得這樣孤單。

掟 tɛŋ^{3} —— 扔，投擲。

掟煲 tɛŋ^{3} pou^{1} —— 扔掉沙鍋，告吹，指男女感情破裂而分手。。

掟穿 tɛŋ^{3} tshyn^{1} —— 打破。

趯 tɛk^{9} —— 逃，逃亡，逃匿。

趯更 tɛk^{9} kaŋ^{1} —— 逃亡。

趯生 tɛk^{9} saŋ^{1} —— 逃生，逃命。

的（啲） ti^{1} —— 些。你種成啲惡果（你種成些惡果）。

的多（啲哆） ti^{1} tœ^{1} —— 一點點，一丁點。落啲哆糖（放一點糖）。

的多多（啲哆哆） ti^{1} tœ^{1} tœ^{1} —— 一點點，一丁點。

丟埋 tiu^{1} mai^{4} —— 扔到，扔至。呢會丟埋嗰的冷處（現在扔到冷的地方）。

丟低 tiu^{1} tɐi^{1} —— 扔下，丟掉。又試丟低（又再丟掉）。

丟哪星 tiu^{1} na^{5} siŋ^{1} —— 罵人語，相當於「他媽的」。

丟架 tiu^{1} ka^{2} —— 丟面子。眼見你丟架多回（眼見你多次丟面子）。

丟疏 tiu^{1} sɔ^{1} —— 生疏，疏遠。

掉轉 tiu^{6} tsyn^{3} —— 反轉過來。等我掉轉呢副心腸（讓我換過這副心腸）。

掉轉心腸 tiu^{6} tsyn^{2} sɐm^{1} tshœŋ^{4} —— 把心腸掉轉過來，比喻人翻臉不認人，變了心。。

點 tim^{2} —— 怎麼。怎麼樣。點會入你圈套（怎麼會入你的圈套）？

點忿 tim^{2} fɐn^{6} —— 怎麼忿氣，怎麼服氣。

點抵 tim^{2} tɐi^{2} —— 怎麼值得。

點得 tim^{2} tɐk^{7} —— 怎能。點得了期（怎麼才算完）。

點得人 tim^{2} tɐk^{7} jɐn^{4} —— 哪能有人，怎麼會有人。點得人學得七姐咁情長（怎麼會有人像七姐那樣情長）。

點得一世埋 tim^{2} tɐk^{7} jɐt^{7} sɐi^{3} mai^{4} —— 怎麼過得一輩子。你話點得一世埋（你說怎麼能過得一輩子）。

點到佢話 tim^{2} tou^{3} khœy^{5} wa^{6} —— 怎輪到他說，怎由得他。點到佢話

唔願睇(怎由得他不願意看)。

點嚟 tim² lɐi⁴ —— 怎麼來。

點解 tim² kai² —— 為甚麼。點解要割斷(為甚麼要割斷)?

點叫 tim² kiu³ —— 怎麼叫,怎麼讓。點叫老婆捱(怎麼叫老婆熬)。

點啱 tim² ŋam¹ —— 怎麼這麼巧,誰料。

點肯話 tim² hɐŋ² wa⁶ —— 怎肯,怎麼願意。點肯話終身淪落在呢處(怎麼肯終身淪落在這裏)。

點曉得 tim² hiu² tɐk⁷ —— 怎懂得。佢點曉得方寸好似萬丈深潭(它怎麼懂得方寸就是萬丈深潭)。

點好話 tim² hou² wa⁶ —— 怎麼好說。

點擠 tim² tsɐi¹ —— 怎麼放,怎麼處理。

點知到 tim² tsi¹ tou³ —— 沒想到,沒料到。怎麼知道。

點止 tim² tsi² —— 何止。點止青衫司馬,醉倒在筵前(何止青衫司馬,醉倒在筵前)。

點做得 tim² tsou⁶ tɐk⁷ —— 怎麼能做。

點似得 tim² tshi⁵ tɐk⁷ —— 哪像,怎麼像。我哋紅粉,點似得青山長冇變改(我們紅粉,怎像青山一直沒變改)。

點使 tim² sɐi² —— 何必,何須。

點書 tim² sy¹ —— 怎麼寫。叫我點書呢段長恨句(叫我怎麼來寫這段長恨句)。

點算 tim² syn³ —— 怎麼辦。唔知點算好(不知怎麼辦好)。

點算好 tim² syn³ hou² —— 怎麼辦。你話點算好(你說該怎麼辦)?

點信 tim² sœn³ —— 怎麼相信。點信痴夢會短(怎麼相信痴夢會短)。

點想 tim² sœŋ² —— 沒想到。點想共你無緣(沒想到跟你無緣)。

點樣 tim² jœŋ⁶ —— 怎麼樣。點樣下場(怎樣下場)。

點樣子 tim² jœŋ⁶ tsi² —— 怎麼樣。

點估 tim² kwu² —— 誰料。點估你弱不勝衣(誰料你弱不勝衣)。

掂 tim³ —— 觸碰。或用「玷」。

掂 tim⁶ —— 順利的,美好的。正有掂嘅日子(才有舒心的日子)。治得掂

（治理得好）。

掂 tim^6 —— 直，縱。橫行掂撞（橫衝直撞）。

癲仔 tin^1 tsɐi^2 —— 瘋子。

丁丁 tiŋ^1 tiŋ^1 —— 一點點。

叮 tiŋ^1 —— 一小點。

釘釘 tiŋ^1 tiŋ^1 —— 指小鈴鐺，盲人手提着小鈴鐺走路，以警示路人。

頂唔順 tiŋ^2 m^4 sœn^6 —— 撐不住。

頂架 tiŋ^2 ka^3 —— 支撐、支持。

頂硬 tiŋ^2 ŋaŋ^6 —— 硬撐着。要頂硬做（要硬撐着幹）。

定 tiŋ^6 —— 預先做好某事。先嚟報定（預先來報）。

定 tiŋ^6 —— 還是。唔知真定假（不知是真是假）。

定係 tiŋ^6 hɐi^6 —— 還是。

定晒界限 tiŋ^6 sai^3 kai^3 han^6 —— 瓜分得清清楚楚。

定是 tiŋ^6 si^6 —— 還是，也許。你估人難如鳥，定是鳥不如人（你看人難如鳥，還是鳥不如人）？

疊埋心水 tip^8 mai^4 sɐm^1 sœy^2 ——下定決心。索性疊埋心水，聽佢去貪新（乾脆橫下心來，由他去貪新）。

戙落 tik^7 lɔk^8 —— 放下。

戙(的) 起心肝 tik^7 hei^2 sɐm^1 kɔn^1 —— 提起心肝，專心致志，下定決心。

剔(戙) 起心頭 tik^7 hei^2 sɐm^1 thɐu^4 —— 提起心頭。即小心翼翼。也用「的起心頭」。

墮落雞 tɔ^6 lɔk^6 kɐi^1 —— 落水狗，形容人失意潦倒的樣子。人墮落變壞。

都話係 tou^1 wa^6 hɐi^6 —— 都說是。自古都話係文章（自古都說大可做文章）。

都咁靚 tou^1 kɐm^3 lɛŋ^3 —— 還是那麼漂亮。

都係敢(噉) 混 tou^1 hɐi^6 kɐm^2 wɐn^6 —— 都是這樣混。

都重 tou^1 tsuŋ^6 —— 都還。都重表自己堅貞（都還表自己堅貞）。

倒埋 tou^2 mai^4 —— 也給倒了。索性倒埋碗飯（索性把這碗飯也倒掉了）。

倒米 tou^2 mɐi^5 —— 捅婁子，壞事。

倒米壽星 tou^2 mɐi^5 sɐu^6 siŋ^1 —— 損害自己方面利益的人。

倒掟 tou^3 tɛŋ^3 —— 顛倒。

當唿（噤，嚓） tɔŋ^1 thɐm^3 —— 該被哄騙。

當埋條褲 tɔŋ^3 mai^4 thiu^4 fu^3 —— 把褲子也當了。

當嚟頑 tɔŋ^3 lɐi^4 wan$^{4-2}$ —— 就當作玩兒。

蕩失 tɔŋ^6 sɐt^7 —— 走錯了路，走丟了。

督 tuk^7 —— 杵，戳。一督就穿窿(一杵就穿孔）。

篤 tuk^7 —— 底，底部，盡頭處。

斷唔估 tyn^3 m^4 kwu^2 —— 想不到，不料。

斷冇話 tyn^3 mou^5 wa^6 —— 絕對不是。傾國名花，斷冇話塵世種(傾國名花，絕對不是塵世種）。

對年 tœy^3 nin^4 —— 週年。今日係你對年(今天是你的週年）。

敦款 tœn^1 fun^2 —— 擺架子。

啄 tœŋ^1 —— 敲打，敲詐，索取。

琢匀 tœk^9 wɐn^4 —— 剁匀。

th

太公 thai^3 kuŋ^1 —— 戲指男陰。

貪花人仔 tham^1 fa^1 jɐn^4 tsɐi^2 —— 愛拈花惹草的男子。

燂 tham^4 —— 用火烤，燒。指抽鴉片時烤煙土。

攤皮 than^1 phei^4 —— 小攤點。

歎 than^3 —— 舒服，安逸。你最歎咯(你夠舒服的）。

歎 than^3 —— 享受，欣賞。正好歎呢板二黃(才好欣賞這段二黃）。

歎世界 tan^3 sɐi^3 kai^3 —— 盡情地享受，享福。

彈啱我 than^4 ŋam^1 ŋɔ^5 —— 正要彈我。

塌地 thap^9 tei^6 —— 極端。衰到塌地(糟糕極了，倒霉透了）。又說「貼地」。

睇 thɐi^2 —— 看。

睇白 thɐi^2 pak^8 —— 斷定。睇白你冇本領(斷定你沒有本領）。

睇睇吓(下) thɐi^2 thɐi^2 ha^5 —— 看看，看一看。試睇睇吓陽關上(試看一看陽闢上面）。

睇老婆 thɐi^{2} lou^{5} po^{4} —— 相親。

睇落 thɐi^{2} lɔk^{6} —— 看上去。睇落唔值半個爛私錢(看上去值不了半個破銅錢）。

睇佢 thɐi^{2} khœy^{5} —— 看他。

睇吓(下) thɐi^{2} ha^{5} —— 看看。你睇下人地(你看看人家)

睇開 thɐi^{2} hɔi^{1} —— 想開。

睇衰 thɐi^{2} sœy^{1} —— 看不起，蔑視。

偷貓 thɐu^{1} mau^{1} —— 形容人缺德、潦倒至極。

抖(唞) 氣 thɐu^{2} hei^{3} —— 歇氣，歎氣。長日唞氣(整天歎氣）。

透火 thɐu^{3} fɔ^{2} —— 生火。透火爐(放在爐子裏燒）。

頭路 thɐu^{4} lou^{6} —— 頭髮分縫兒。

頭生(牲)thɐu^{4} saŋ^{1} —— 牲畜。

噤(㗎) thɐm^{3} —— 騙。唔係噤你(不是騙你）。

氹 thɐm^{5} —— 水坑。拖妹你落氹(拖妹你下水坑）。

吞埋 thɐn^{1} mai^{4} —— 全吞併了。

吞啖 thɐn^{1} tam^{6} —— 吞一口。

褪 thɐn^{3} —— 退後，移挪。

聽話 thɛŋ^{1} wa^{6} —— 聽說。聽話你形容憔悴(聽說你形容憔悴）。

聽晒 thɛŋ^{1} sai^{3} —— 全聽信。聽晒佢話(全聽信他的話）。

添 thim^{1} —— 再(添常跟「再」或「重」字連用）。再闊吓添(再闊氣一下）。

填命 thin^{4} mɛŋ^{6} —— 償命。

聽 thiŋ^{3} —— 讓，等候。聽你捱吓逆境(讓你捱一下逆境）。

聽天打卦 thiŋ^{3} thin^{1} ta^{2} kwa^{3} —— 聽天由命。咪聽天嚟打卦(不要聽天由命）。

聽人 thiŋ^{3} jɐn^{4} —— 聽從別人。

貼埋 thip^{9} mai^{4} —— 連……也搭上。使乜貼埋私己(何必把私房錢也搭上）。

鐵頭 thit^{9} thɐu^{4} —— 即威廉· 渣甸，蘇格蘭人，東印度公司隨船醫生，諢名鐵頭老鼠。

台腳 thɔi[4] kœk[9] —— 指到妓院的顧客。

台炮 thɔi[4] phau[3] —— 清末捐稅名目繁多，其中有「台炮經費」一項，是強迫民眾捐助的。

苔岑訂 thɔi[4] sɐm[4] tiŋ[3] —— 做志同道合的朋友。

肚腩 thou[5] nam[5] —— 腹部。講極真心，都唔到肚腩(說盡真心話，也到不了他的心坎)。

熨灰沙 thɔŋ[3] fui[1] sa[1] —— 抹上灰沙。

劏 thɔŋ[1] —— 宰割，殺。剖開。

劏開 thɔŋ[1] hɔi[1] —— 剖開，切開。

劏豬 thɔŋ[1] tsy[1] —— 殺豬。

劏蛇佬 thɔŋ[1] sɛ[4] lou[2] —— 宰蛇漢。

倘髧 thɔŋ[3] jɐm[1] —— 指劉海，女子額前的頭髮。今叫「陰」。

堂 thɔŋ[4] —— 量詞，用於較大型的器具。有堂西式柵欄(有排西式的欄杆)。

堂客 thɔŋ[4] hak[9] —— 泛指婦女。你哋堂客都要睇破(你們婦女也要看破)。

塘邊鶴 thɔŋ[4] pin[1] hɔk[8] —— 指某些膽小的參賭者。

塘水氹 thɔŋ[4] sœy[2] thɐm[5] —— 水坑。

糖痴(黐)豆 thɔŋ[4] tshi[1] tɐu[6] —— 糖與豆互相粘連。

通窿 thuŋ[1] luŋ[1] —— 穿孔。

通事 thuŋ[1] si[6] —— 翻譯員。

通贏 thuŋ[1] jɛŋ[4] —— 通書。婉辭，因「書」與「輸」同音。

同埋 thuŋ[4] mai[4] —— 相處在一起。和，與。

銅仙 thuŋ[4] sin[1] —— 銅元，銅板。

斷梗 thyn[5] kwaŋ[2] —— 斷了柄的。斷梗飄蓬(斷了柄的飛蓬)。

斷梗飄蓬 thyn[5] kwaŋ[2] phiu[1] fuŋ[4] —— 斷了柄的飄飛的蓬草。比喻沒有依靠的人。

脫咗 thyt[9] tsɔ[2] —— 脫落，病癒，引申為改過的意思。

n

乃念 nai⁵ nim⁶ —— 考慮到，思念到。乃念雙親長念你(考慮到雙親時常想念你)。

鬧 nau⁶ —— 罵。

鬧熱 nau⁶ jit⁸ —— 熱鬧。

踴 nam³ —— 跨越。踴得上桅杆(跨得上桅杆)。

喃麼 nam⁴ mo⁴ —— 指唸經。形容人嘮叨，喋喋不休。

難禁 nan⁴ khɐm¹ —— 難以忍受。

泥湴 nɐi⁴ pan⁶ —— 爛泥。

惱(嬲) nɐu¹ —— 生氣，惱火。想起你就心嬲(想起你就生氣)。

惱(嬲)親 nɐu¹ tshɐn¹ —— 生氣。怕佢嬲親(怕他生氣)。

惱(嬲)出面 nɐu¹ tshœt⁷ min⁶ —— 怒形於色。就係共你時常嬲出面(就是經常跟你怒形於色)。

扭 nɐu² —— 出(主意)。此計係誰人扭(這是誰出的主意)？

扭六壬 nɐu² luk⁸ jɐm⁴ —— 處心積慮以達到某種目的。

扭攣腸 nɐu² lyn¹ tshœŋ⁴ —— 扭歪了腸子。

扭計 nɐu² kɐi² —— 鬥智，設法騙取。

扭計祖宗 nɐu² kɐi² tsou² tsuŋ¹ —— 指愛算計別人的人。

揇 nɐŋ³ —— 帶，連同，連帶。揇埋你一份(把你也連在一起)。

粒聲唔出 nɐp⁷ sɛŋ¹ m⁴ tshœt⁷ —— 一聲不吭。

匿埋 nei¹ mai⁴ —— 躲藏起來。在屋企匿埋(在家裏躲起來)。

你話 nei⁵ wa⁶ —— 你說。你話怎不心酸(你說怎不心酸)。

你地(哋) nei⁵ tei⁶ —— 你們。

你的(啲) nei⁵ ti¹ —— 你的那些。我近來待你的(啲)心事(我近來待你的那些心事)。

你敢(噉) nei⁵ kɐm² —— 你這樣。

呢 ni¹ —— 這。

呢便 ni¹ pin⁶ —— 這邊。

呢鋪 ni¹ phou¹ —— 這一局。你就咪殺佢呢鋪(這一局你就別殺他)。

呢鋪世界 ni^{1} phou^{1} sɐi^{3} kai^{3} —— 這個世界。

呢份人 ni^{1} fɐn^{6} jɐn^{4} —— 這種人，這樣的人。

呢單 ni^{1} tan^{1} —— 這個，這種，這筆(生意)。

呢的(啲) ni^{1} ti^{1} —— 這些。呢啲無謂花銷(這些無謂花銷)。

呢條爛命 ni^{1} thiu^{4} lan^{6} mɛŋ^{6} —— 這條不值錢的命。

呢個 ni^{1} kɔ^{3} —— 這個。

呢吓(下) ni^{1} ha^{5} —— 這回，現在。

呢陣 ni^{1} tsɐn^{6} —— 這回，現在。我呢陣唔講自(我現在暫時不說)。

呢陣話起 ni^{1} tsɐn^{6} wa^{6} hei^{2} —— 這個時候說起。呢陣話起繁華，我心就割忍(這時說起繁華，我就心如刀割難忍)。

呢賬(仗) ni^{1} tsœŋ^{3} —— 這次。

呢處 ni^{1} sy^{3} —— 這裏，這個地方。流落呢處天涯(流落在這裏天涯)。

呢異香 ni^{1} ji^{6} hœŋ^{1} —— 這奇香。正碰着呢異香(剛碰上你這個異香)。

拈 nim^{1} —— 夾，揀(菜)。

念吓(下) nim^{6} ha^{5} —— 懷念一下。念吓故居(懷念一下故居)。

胼 nin^{1} —— 乳房。今多用「𡃁」。

拎 niŋ^{1} —— 拿，持。

寧耐 niŋ^{4} nɔi^{6} —— 耐心地(等候)。

奈乜誰何 nɔi^{6} mɐt^{7} sœy^{4} hɔ^{4} —— 奈何誰。你話奈乜誰何(你說能奈何誰)。

奈佢唔何 nɔi^{6} khœy^{5} m^{4} hɔ^{4} —— 奈何不了他。

耐的(啲) nɔi^{6} ti^{1} —— 久一點。索性耐啲番嚟(索性久一點回來)。

耐耐 nɔi^{6} nɔi^{6} —— 時不時。耐耐又試搞吓(時不時又再搞一下)。

嫩蚊 nyn^{6} mɐn^{1} —— 年紀小的小孩。蚊即細蚊仔，粵語指小孩。

女牛 nœy^{5} ŋɐu^{4} —— 織女牛郎。點做得女牛(怎能做得織女牛郎)。

l

拉埋 lai^{1} mai^{4} —— 拉近。

拉人 lai^{1} jɐn^{4} —— 抓人。

躝 lam^{3} —— 跨越。一步就躝上天(一步就登天)。也作踹 nam^{3}。

纜 lam^{6} —— 繫船的纜繩，也指妓女與嫖客的關係。

躝街 lan^{1} kai^{1} —— 爬街，在街上爬行。

躝屍 lan^{1} si^{1} —— 滾蛋。只可聽佢躝屍(只好等他滾蛋)。

爛口 lan^{6} hɐu^{2} —— 粗話，猥褻的話語。

爛仔 lan^{6} tsɐi^{2} —— 無賴，流氓。

擸 lap^{9} —— 捋。

擸眼 lap^{9} ŋan^{5} —— 掃一眼。

臘鴨蟲 lap^{8} ŋap^{9} tshuŋ^{4} —— 喻喜歡鹹(淫穢)的人。

邋遢 lat^{8} that^{9} —— 骯髒。邋遢心腸(骯髒的心腸)。

嚟 lɐi^{4} —— 來，起來。撈到熟嚟(聊到熟了起來)。

嚟 lɐi^{4} —— ……來着。我心係咁(噉)想嚟(我心這麼想來着)。

嚟 lɐi^{4} —— 係……嚟，用於陳述句；係咪……嚟，用於疑問句。你係咪走馬燈嚟(你是不是走馬燈)？

例市(利市，利是) lɐi^{6} si^{6} —— 利市，利是，即紅包。

褸 lɐu^{1} —— 爬，停留。烏蠅褸埋腳(蒼蠅爬滿腳上)。

褸住 lɐu^{1} tsy^{6} —— 披着。

褸蓑 lɐu^{1} sɔ^{1} —— 披蓑衣。旁人救火，點肯替你褸蓑(別人救火，怎麼肯替你披着蓑衣)。

流唔晒 lɐu^{4} m^{4} sai^{3} —— 流不盡。

琉璃 lɐu^{4} lei^{4} —— 指用玻璃做的煤油燈。

琉璃油 lɐu^{4} lei^{4} jɐu^{4} —— 指煤油。

漏夜 lɐu^{6} jɛ^{6} —— 星夜。

冧(𥧌)lɐm^{3} —— 倒塌，垮塌。鋪頭𥧌檔(商店倒閉)。

啉啉 lɐm^{4} tɐm^{4} —— 形容動作迅速而聲勢浩大。大帥啉啉招兵(大帥大張旗鼓匆忙招兵)。

立亂 lɐp^{8} lyn^{6} —— 亂，隨意。

甩 lɐt^{7} —— 掉，脫掉，逃脫。推謝。好人客甩到清光(好的客人被推得乾乾淨淨)。

甩埋 lɐt^{7} mai^{4} —— 連……也脫離了。甩埋幾夥熟客(脫離了幾夥熟客)。

甩埋繩 lɐt^{7} mai^{4} siŋ^{4} —— 連繩子也脫掉了。

甩椗 lɐt^{7} tiŋ^{3} —— 掉了柄、把兒。甩椗南瓜(掉了柄的南瓜)。

甩下巴 lɐt^{7} ha^{6} pha^{4} —— 掉下巴。

甩身 lɐt^{7} sɐn^{1} —— 脫身。點得甩身(怎能脫身)。

甩鬚 lɐt^{7} sou^{1} —— 丟臉。就怕甩鬚(就怕丟臉)。

簕啉 lɐk^{8} lɐm^{4} —— 刺竹叢。容乜易跟佢埋簕啉(多容易跟他進荊棘叢)。

咧 lɛ^{1} —— 語氣詞，表示不放心。又怕個瘟屍唔好得到底咧(又怕這傢伙不跟你好到底呢)。

咧 lɛ^{4} —— 語氣詞。表示假設。相當於「啦」。

籬 lei^{1} —— 較矮的竹筐。

離啦(嚟喇) lei^{4} la^{3} ——「來啦」的意思。正似得世界嚟啦(好像機會來啦)。

離啦(罅) lei^{4} la^{3} —— 離心離德，莫名其妙。

利刀 lei^{6} tou^{1} —— 快刀。利刀亦難割得呢段情根(快刀也難割得了這段情根)。

靚仔 lɛŋ$^{3-1}$ tsɐi^{2} —— 小夥子，小子。生成個靚仔樣(長成一個小白臉兒樣子)。

靚 lɛŋ^{3} —— 漂亮，英俊。常引申作美好，優美等。

靚溜 lɛŋ^{3} lɐu^{3} —— 英俊，漂亮。

靚野(嘢) lɛŋ^{3} jɛ^{5} —— 好東西。

靈檠(㗖) lɛŋ^{4} khɛŋ^{4} —— 奇怪，靈驗，效果好。

叻 lɛk^{7} —— 聰明能幹。

撩 liu^{4} —— 招惹，調戲。怕佢路上爛仔嚟撩(怕她在路上有流氓來調戲)。

撩醒 liu^{4} sɛŋ^{2} —— 吵醒。俾你哀聲撩醒(讓你的哀聲吵醒)。

撩人 liu^{4} jɐn^{4} —— 惹人。撩人恨(惹人喜歡)。

寮口 liu^{4} hɐu^{2} —— 小妓院。

連埋 lin^{4} mai^{4} —— 連同。

憐恨 lin^{4} hɐn^{6} —— 憐憫羨慕。

憐惜吓(下) lin^{4} sɛk^{9} ha^{5} —— 憐惜一下。

零星落索 liŋ^{4} siŋ^{1} lɔk^{8} sɔk^{9} —— 七零八落，指人累得一塌糊塗。

領落(略)晒 liŋ^{5} lœk^{8} sai^{3} —— 領略過了。

另搵 liŋ^{6} wɐn^{2} —— 另外找一個。

另揀 liŋ^{6} kan^{2} —— 另外挑選。唔捨得丟你另揀(捨不得丟了你另外挑選)。

擸吓(下)鬚 lip^{8} ha^{5} sou^{1} —— 捋一捋鬍子。

籮(囉)攣 lɔ^{1} lyn^{1} —— 心緒繚亂。

囉柚 lɔ^{1} jɐu^{2} —— 屁股。生仔冇囉柚(生孩子沒有屁股)。

攞 lɔ^{2} —— 拿，索取。身價任從佢攞(身價隨他索取)。

攞命 lɔ^{2} mɛŋ^{6} —— 要命，玩兒命。人人都係咁攞命(人人都是這麼玩兒命)。

攞命災瘟 lɔ^{2} mɛŋ^{6} tsɔi^{1} wɐn^{1} —— 要命災星。

攞得番 lɔ^{2} tɐk^{7} fan^{1} —— 取得回來。

攞景 lɔ^{2} kiŋ^{2} —— 取鬧，添亂，幫倒忙。你又偏要嚟攞景(你又偏要來湊熱鬧)。

攞柴攞草 lɔ^{2} tshai^{4} lɔ^{2} tshou^{2} —— 打柴火，割草。

攞妾侍 lɔ^{2} tship^{9} si^{6} —— 納妾。

攞二奶 lɔ^{2} ji^{6} nai^{1} —— 納妾。

落天平戥 lɔk^{8} thin^{1} piŋ^{4} tɐŋ^{6} —— 放在天平上稱一稱。

燶 lɔ^{3} —— 燒焦的臭味。

來由 lɔi^{4} jɐu^{4} —— 原因。着乜來由呷醋(有甚麼原因吃醋)。

撈 lou^{1} —— 混(日子)。世界難撈(日子難混)。

撈 lou^{1} —— 拌。撈麵(拌麵)。

撈埋 lou^{1} mai^{4} —— 混在一起。

撈單 lou^{1} tan^{1} —— 拿到好處，佔了便宜。

撈單靜水 lou^{1} tan^{1} tsiŋ^{6} sœy^{2} —— 暗中佔便宜。

撈野(嘢) lou^{1} jɛ^{5} —— 被傳染上性病。

佬 lou^{2} —— 男人，漢子。

老番 lou^{5} fan^{1} —— 洋人。

老大 lou^{5} tai$^{6-2}$ —— 老人，年紀大的人。人話風流老大還堪恃(人說論風流老人還有所倚仗）。

老豆 lou^{5} tɐu^{6} —— 父親。過去多用「老竇」。

老舉 lou^{5} kœy^{2} —— 妓女。

老契 lou^{5} khɐi^{3} —— 情人。

老西 lou^{5} sɐi^{1} —— 洋人。

老光 lou^{5} kwɔŋ^{1} —— 即光棍。

狼 lɔŋ^{4} —— 狼毒，兇狠。

狼主 lɔŋ^{4} tsy^{2} —— 指英國皇帝。

烙（剢）牙 lɔk^{7} ŋa^{4} —— 拔牙。

落埋 lɔk^{8} mai^{4} ——下下來。落埋蚊帳（下下來蚊帳）。

落氹 lɔk^{8} thɐm^{5} ——下水坑。拖佢落氹（拖他下水坑）。

落力 lɔk^{8} lik^{8} —— 使勁。落力嚟钯（使勁去掙錢）。

落河 lɔk^{8} hɔ^{4} ——下河。河指煙花之地。比喻淪為妓女。

落雪 lɔk^{8} syt^{9} ——下雪，結冰。

落雨 lɔk^{8} ju^{5} ——下雨。

諾（咯） lɔk^{9} —— 語氣詞，表示既然都如此了。

䆯（轆） luk^{7} —— 圓而粗，粗大。

碌落 luk^{7} lɔk^{8} —— 滚下。

六王 luk^{8} jɐm^{4} —— 計謀。扭乜野六王（施展甚麼計謀）。

綠柳撩人 luk^{8} lɐu^{5} liu^{4} jɐn^{4} —— 指色情場所害人。

淥熟 luk^{8} suk^{8} —— 燙熟，焯熟。

攣起 lyn^{1} hei^{2} —— 彎着。

聯住 lyn^{4} tsy^{6} —— 用針線縫着。

亂諦 lyn^{6} tɐi^{3} —— 亂諷刺，這裏有胡說的意思。

亂籠 lyn^{6} luŋ^{4} —— 亂，胡亂。

亂咁彈 lyn^{6} kɐm^{3} than^{4} —— 亂彈，胡說。

亂晒籠 lyn^{6} sai^{3} luŋ^{4} —— 亂七八糟。

嘿（𠼮） lœ^{1} —— 吐出（渣子等）。

騾皮 lœy^{4} phei^{4} —— 指不要臉的人。

纇睡（累悴） lœy^{6} sœy^{6} —— 衣衫襤樓，憔悴。

累渠（佢） lœy^{6} kœy^{4} —— 拖累他（她）。

累世 lœy^{6} sɐi^{3} —— 難以對付。

裏便 lœy^{5} pin^{6} —— 裏邊。

兩便 lœŋ^{5} pin^{6} —— 兩邊。

兩蚊（文） lœŋ^{5} mɐn^{1} —— 兩塊錢。

兩地參差 lœŋ^{5} tei^{6} tshɐm^{1} tshi^{1} —— 指兩人所埋葬的地方不同。

兩頭春 lœŋ^{5} thɐu^{4} tsuŋ^{1} —— 到處跑。

兩頭唔到岸 lœng^{5} thɐu^{4} m^{4} tou^{3} ŋɔn^{6} ——上不着村，下不着地。

兩家 lœŋ^{5} ka^{1} —— 雙方。是必兩家情願（一定要雙方情願）。

兩橛 lœŋ^{5} kyt^{8} —— 兩段。斬成兩橛（砍成兩段）。

k

家婆 ka^{1} phɔ^{4} —— 婆婆。都做你家婆（比喻都已經是管你的人了）。

家公 ka^{1} kuŋ^{1} —— 公公，夫之父。

家吓（下） ka^{1} ha^{5} —— 現在。

家姐 ka^{1} tsɛ^{1} —— 姐姐。

嘉餚 ka^{1} ŋau^{4} —— 即佳餚。

假仔玉 ka^{2} tsɐi^{2} juk^{8} —— 裝飾用的假玉器。

架勢 ka^{3} sɐi^{3} —— 光彩，了不起。有客亦唔算架勢（有客人的時候也不算了不起）。

解佢唔開 kai^{2} kœy^{5} m^{4} hɔi^{1} —— 解不開他。

戒起番嚟 kai^{3} hei^{2} fan^{1} lɐi^{4} —— 戒起煙來。

交俾過我 kau^{1} pei^{2} kwɔ^{3} ŋɔ^{5} —— 交給我。

交關 kau^{1} kwan^{1} —— 厲害。泡製得交關（炮製得過分）。

絞你唔埋 kau^{2} nei^{5} m^{4} mai^{4} —— 沒辦法把你們絞在一起。

攪屎棍 kau^{2} si^{2} kwɐn^{3} —— 撥弄是非的人。

較（校）啱 kau^{3} ŋam^{1} —— 校對好琵琶的音。

教精 kau^{3} tsɛŋ^{1} —— 教聰明了，教會了。

鉸剪 kau^{3} tsin^{2} —— 剪刀。

監 kam$^{1/3}$ —— 強使，強迫。定要監你嚟賠(一定要強迫你來賠)。

監成 kam^{1} siŋ^{4} —— 監督做成。父母監成無奈何(父母監督造成無可奈何之事)。

監埋 kam^{1} mai^{4} —— 強迫，強使。監埋廿一件(強加給的二十一件)。

監住 kam^{1} tsy^{6} —— 強迫。監住同意(強迫同意)。

監生 kam$^{1/3}$ saŋ^{1} —— 活活的人。監生點解嚟陪葬(活活的人怎麼來陪葬)。

監人 kam^{1} jɐn^{4} —— 強逼人。

監埋 kam^{3} mai^{4} —— 連同。

監硬 kam^{3} ŋaŋ^{6} —— 硬着，強迫，強行。

減頸 kam^{2} kɛŋ^{2} —— 強忍怒氣。亦算減頸到十分(也算強壓住了怒火)。

揀 kan^{2} —— 挑選。任揀唔嬲(隨便挑)。

揀定 kan^{2} tiŋ^{6} —— 事先挑選好。

間中 kan^{3} tsuŋ^{1} —— 間或，偶爾。只作間中消吓遣(只作間或消消遣)。

揈 kaŋ^{3} —— 拌，攪動。唔好立亂咁揈(不要隨意亂拌)。

揈水 kaŋ^{3} sœy^{2} —— 涉水。

甲萬鎖匙 kap^{9} man^{6} sɔ^{2} si^{4} —— 甲萬：保險箱。鎖匙：鑰匙。

隔籬 kak^{9} lei^{4} —— 旁邊，隔壁，鄰居。溫過隔籬(跟另外的人相好)。

隔夜素馨 kak^{9} jɛ^{6} sou^{3} hiŋ^{1} —— 過夜素馨，過了夜的素馨花，指已凋謝的鮮花雖然不香，但仍有用。

雞姆(乸) kɐi^{1} na^{2} —— 母雞。

雞公 kɐi^{1} kuŋ^{1} —— 公雞。

雞項 kɐi^{1} hɔŋ$^{6-2}$ —— 小母雞。

雞春 kɐi^{1} tshœn^{1} —— 雞蛋。剝殼雞春(剝了殼的雞蛋，形容人皮膚光滑)。

計埋 kɐi^{3} mai^{4} —— 算在一起。

計數 kɐi^{3} sou^{3} —— 算帳。天亦會同你計數(天也會跟你算帳)。

髻甩 kɐi^{3} lɐt^{7} —— 髮髻脫落。打到頭披髻甩(打到披頭散髮)。

究不若 kɐu^{3} pɐt^{7} jœk^{8} —— 還不如，倒不如。

夠晒 kɐu^{3} sai^{3} —— 夠了，足夠了。受難亦都夠晒(受難也受夠了)。

咁(噉) kɐm^{2} —— 那樣，這樣。噉就誤你終身(這樣就誤你終身)。

敢(噉) kɐm^{2} —— 這樣。敢(噉)就葬在春泥(這樣就葬在春天的泥土裏)。

敢(噉) 話 kɐm^{2} wa^{6} —— 這樣說，這樣就。噉話死去會番生(這樣說死去會復活)。

咁(噉) 嘅 kɐm^{2} kɛ^{3} —— 這樣的。

咁(噉) 就 kɐm^{2} tsɐu^{6} —— 那就。噉就共你甘苦同嚐(那就跟你甘苦同嘗)。

咁(噉) 樣 kɐm^{2} jœŋ^{6} —— 這樣的。

咁(噉) 樣子 kɐm^{2} jœŋ^{6} tsi^{2} —— 這樣子。點解瘦成噉樣子(為甚麼瘦成這個樣子)。

咁 kam^{3} —— 那麼。死得咁易(死得那麼容易)。勸人不要輕生。

咁病 kɐm^{3} pɛŋ^{6} —— 病得這麼厲害。乜你咁病(怎麼你病得這麼重)。

咁泡(焙) kɐm^{3} phɐu^{3} —— 那麼不可靠。睇見世情咁焙(看見世情那麼不可靠)。

咁泛 kɐm^{3} fan^{3} —— 那麼漂浮。在珠江咁泛(在珠江面上漂浮不定)。

咁飛 kɐm^{3} fei^{1} —— 這麼能幹，這麼厲害。亦無咁飛(也沒有這麼厲害)。

咁大(「大」讀平聲) kɐm^{3} tai$^{6-1}$ —— 這麼小。

咁大話 kɐm^{3} tai^{6} wa^{6} —— 盡撒謊。你唔好咁大話(你不要盡撒謊)。

咁低威 kɐm^{3} tɐi^{1} wɐi^{1} —— 那麼低下。做乜女子咁低威(為甚麼女子那麼低下)？

咁多 kɐm^{3} tɔ^{1} —— 那麼多的。點葬得咁多冇主花魂(怎麼葬得那麼多的無主花魂)。

咁耐 kɐm^{3} nɔi^{6} —— 那麼久。唔怕等佢咁耐(不怕等他這麼久)。

咁靚 kɐm^{3} lɛŋ^{3} —— 這麼漂亮，這般美好。

咁交參 kɐm^{3} kau^{1} tsham^{1} —— 那麼難分難捨。共你咁交參(跟你那麼難分難捨)。

咁交關 kɐm^{3} kau^{1} kwan^{1} —— 那麼厲害。踴躍得咁交關(踴躍得那麼厲害)。

咁抗(掯) kɐm^{3} khɐŋ^{3} —— 這麼了不起。乜得咁掯(為甚麼這麼了不起)。

咁啱 kɐm^3 ŋam^1 —— 有這麼巧。

咁吽 kɐm^3 ŋɐu^6 —— 那麼傻笨。

咁惡 kɐm^3 ŋɔk^9 —— 這麼難。心事咁惡解開(心事這麼難解開)。

咁折墮 kɐm^3 tsit^9 tɔ^6 —— 那麼殘忍、造孽。只為生前咁折墮(因為生前那麼造孽)。

咁重 kɐm^3 tshuŋ^5 —— 這麼重。

撳 kɐm^6 —— 按壓。撳得低隻牛(按得牛頭低)。

根蕻 kɐn^1 kœŋ^2 —— 根。總係春寒根蕻生唔定(總是春寒樹根生不定)。

跟埋 kɐn^1 mai^4 —— 跟着,緊緊地跟着。使乜跟埋人地(何必緊跟着人家)。

跟尾 kɐn^1 mei^1 —— 跟在後。也指後來。

跟佬 kɐn^1 lou^2 —— 跟隨男人,即嫁人。唔跟佬就罷(不嫁人也就罷了)。

緊 kɐn^2 —— 助詞。用在動詞之後表示動作正在進行。做緊(正在做)。

近啲 kɐn^6 ti^1 —— 近一點。

近日的(啲) kɐn^6 jɐt^8 ti^1 —— 近來的一些。近日啲閒談(近來的街巷閒談)。

更重 kɐŋ^3 tsuŋ^6 —— 更加。夜裏懷人更重寂寥(夜裏懷人更加寂寥)。

蛤乸 kɐp^7 na^2 —— 田雞。

扢(趷、趌) kɐt^8 —— 翹起。扢起身(翹起來)。

嘅 kɛ^3 —— 的。春嘅心事(春的心事)。

幾蚊(文)錢 kei^2 mɐn^1 tshin^4 —— 幾塊錢。

幾闊 kei^2 fut^9 —— 多寬。廣寒宮有幾闊(廣寒宮有多寬)。

幾笪 kei^2 tat^9 —— 幾處。

幾多 kei^2 tɔ^1 —— 多少。

幾毒嘅 kei^2 tuk^8 kɛ^3 —— 多麼毒的。

幾耐 kei^2 nɔi^6 —— 多久。桃花有幾耐紅(桃花有多長時間紅)。

幾久正 kei^2 kɐu^2 tsiŋ^3 —— 多久才。幾久正得春回(多長時間才等到春回)。

幾夠 kei^2 kɐu^3 —— 相當夠。幾夠佢捱(夠他熬的,夠他受的)。

幾咁 kei^{2} kɐm^{3} —— 多麼。你話幾咁心寒(你說多麼心寒)。

幾咁閒 kei^{2} kɐm^{3} han^{4} —— 無所謂，小意思。

幾咁閒文 kei^{2} kɐm^{3} han^{4} mɐn^{4} —— 毫無作用。有心無力幾咁閒文(有心無力毫無作用)。

幾閒 kei^{2} han^{4} —— 無傷大雅，無關要緊。

幾係 kei^{2} hɐi^{6} —— 相當的。你都幾係咁傻(你也相當的傻，你也夠傻的)。

幾係咁 kei^{2} hɐi^{6} kɐm^{3} —— 相當。條命就幾係咁輕(命就相當的輕)。

幾執 kei^{2} tsɐp^{7} —— 幾撮，幾把。

幾衰 kei^{2} sœy^{1} —— 多糟糕。

驚 kɛŋ^{1} —— 怕，害怕。唔使驚(不必害怕)。

驚死 kɛŋ^{1} sei^{2} —— 唯恐。驚死手慢(唯恐手慢)。

繳(撟) kiu^{2} —— 拭擦。撟極都唔乾(怎麼擦也擦不乾)。

叫起手 kiu^{3} hei^{2} sɐu^{2} —— 馬上，立即。臨時需要，突然要做某事。

蒹葭 kim^{1} ka^{1} —— 蒹，古時指蘆葦一類的植物；葭，初生的蘆葦。比喻微小的東西。

見機 kin^{3} kei^{1} —— 知道，了解底細。

見親 kin^{3} tshɐn^{1} —— 每一見到。見親人好樣(一見到人樣子長得好)。

經幾耐 kiŋ^{1} kei^{2} nɔi^{6} —— 不知經過多久。經幾耐秋霜春露(經過多少秋霜春露)。

矜貴 kiŋ^{1} kwɐi^{3} —— 貴重，珍貴。

結數 kit^{9} sou^{3} —— 結賬。藉端唔結數(藉故不結賬)。

激嬲 kik^{7} nɐu^{1} —— 氣惱火，弄得生氣。

嗰便 kɔ^{2} pin^{6} —— 那邊兒。去嗰便(到那邊兒去)。

嗰方 kɔ^{2} fɔŋ^{1} —— 那一方，那裏。我淚亦到得嗰方(我的眼淚也到得那裏)。

嗰個 kɔ^{2} kɔ^{3} —— 那個。嗰個薄幸人(那個薄情人)。

嗰帳(仗) kɔ^{2} tsœŋ^{3} —— 那一次。

個(嗰)棚牙 kɔ^{2} phaŋ^{4} ŋa^{4} —— 那副牙齒。

個的(嗰啲) kɔ^{2} ti^{1} —— 那些。

個(嗰) 度 kɔ² tou⁶ —— 那座(橋)。嗰度鵲橋拆晒(那座鵲橋拆了)。

個(嗰) 陣 kɔ² tsɐn⁶ —— 那個時候。

個(嗰) 陣時 kɔ² tsɐn⁶ si⁴ —— 那個時候，那一刻。

個(嗰) 處 kɔ² sy³ —— 那裏。

該着 kɔi¹ tsœk⁸ —— 應該。

該轉(專) kɔi¹ tsyn¹ —— 感歎語，可憐啊，造孽啊。

該先 kɔi¹ sin¹ —— 原先，本來。

乾溫 kɔn¹ wɐn¹ —— 表面相好。

趕極 kɔn² kik⁸ —— 不管怎麼驅趕。趕極佢都唔飛(不管怎麼趕它還是不飛)。

江山臨(冧、𡶶) kɔŋ¹ san¹ lɐm³ —— 江山倒塌。

剛啱 kɔŋ¹ ŋam¹ —— 剛好，正好。

講乜 kɔŋ² mɐt⁷ —— 說甚麼。重講乜神通(還說甚麼神通)。

講大話 kɔŋ² tai⁶ wa⁶ —— 撒謊。

講得啱 kɔŋ² tɐk⁷ ŋam¹ —— 說得對。

講極 kɔŋ² kik⁸ —— 不管怎麼說。呢陣講極冰清你亦唔多在意(現在不管怎麼說我冰清你也不怎麼理會)。

講極過人知 kɔŋ² kik⁸ kwɔ³ jɐn⁴ tsi¹ —— 無論怎麼告訴別人。

講起番來 kɔŋ² hei² fan¹ lɔi⁴ —— 說起來。

講人事 kɔŋ² jɐn⁴ xi⁶⁻² —— 講人際關係，講情面。

講過 kɔŋ² kwɔ³ —— 說給，告訴。講不得過人聽(說不得給別人聽)。

弓刀大石 kuŋ¹ tou¹ tai⁶ sɛk⁸ —— 指習武者只練功夫，不去關心國家大事。

公道吓(下) kuŋ¹ tou⁶ ha⁵ —— 稍微公道一點。若係架天平公道吓(如果天平稍為公道一點)。

共 kuŋ⁶ —— 跟，與，同。共你私情太重(跟你私情太重)。

共你 kuŋ⁶ nei⁵ —— 跟你，與你。自係共你河梁一別(自從與你河梁一別)。

共你好過 kuŋ⁶ nei⁵ hou² kwɔ³ —— 與你重新相好。

共哥 kuŋ⁶ kɔ¹ —— 跟哥。再會共哥(跟哥再會)。

掬壞 kuk^{7} wai^{6} —— 憋壞。

掬起泡腮 kuk^{7} hei^{2} phau^{1} sɔi^{1} —— 鼓起腮幫子，表示生氣。

捐 kyn^{1} —— 鑽，鑽進洞或從下面鑽過去。

捐褲襠 kyn^{1} fu^{3} lɔŋ^{6} —— 鑽褲襠。

捐窿 kyn^{1} luŋ^{1} —— 鑽洞。

蔃 kœŋ^{2} —— 根。樹底下嗰啲歪根斜蔃(樹下的那些歪斜樹根）。

腳囊 kœk^{9} nɔŋ^{4} —— 小腿。

kh

揩 khai^{3} —— 將，把。揩我地嚟掠(把我們來拖延）。

鍇 khai^{1} —— 貨幣單位。

靠埋 khau^{3} mai^{4} —— 靠向某一邊。靠埋你一便(跟你靠攏在一起）。

契弟 kɐi^{3} tɐi^{6} —— 王八(罵人語）。

契女 khɐi^{3} nœy^{2} —— 乾女兒。

契仔 khɐi^{3} tsɐi^{2} —— 乾兒子。

摳 khɐu^{1} —— 摻和。水摳油(水摻油）。

摳埋 khɐu^{1} mai^{4} —— 混在一起，拌在一起。

虬髯客 khɐu^{4} jim^{4} hak^{9} —— 指隋唐時與李靖、紅拂女一起活動的張仲堅俠客。

禁抵 khɐm^{1} tɐi^{2} —— 忍受。實在難禁抵(實在難以忍受）。

禁睇 khɐm^{1} thɐi^{2} —— 耐看。

禁擠 khɐm^{1} tsɐi^{1} —— 耐放，經得住存放而不變壞。

冚(𢫏) khɐm^{2} —— 蓋。得上牀想牽被𢫏（上了牀就要牽被子蓋）。

勤王 khɐn^{4} wɔŋ^{4} —— 援救王朝。

抗(掯) khɐŋ^{3} ——了不起，厲害。

抗(掯) 佬熰蕉 khɐŋ^{3} lou^{2} ŋɐu^{3} tsiu^{1} ——「抗」今作「掯」，了不起的意思。「熰蕉」，指最簡單的工作。

𠿪 khɛ^{1} —— 屎。今又作「屙」。

企 khei^{5} —— 站。唔企得腳穩(站不穩，呆不下去）。

嘵 hiu^{2} —— 助詞。用在動詞之後表示動作的完成。食嘵(吃了)。廣州已改用「咗」。

蕎 khiu^{2} —— 奇怪，古怪，巧妙。

橋段 khiu^{4} tyn^{6} —— 手段，辦法。

喬難 khiu^{4} nan^{4} —— 裝作困難。你就故意喬難(你就故意裝作困難)。

傾 khiŋ^{1} —— 聊，交談。你既然同佢傾過幾句(你既然跟他聊過幾句)。

傾計(偈) khiŋ^{1} kɐi^{2} —— 聊天。

傾吓計(偈) khiŋ^{1} ha^{5} kɐi^{2} —— 聊聊天。

鯨鯢變 kiŋ^{4} ŋɐi^{4} pin^{3} —— 滄溟鼎沸鯨鯢變，比喻發生殺戮之事情。

[illegible]([illegible]) khik^{7} —— 碰撞，較量。

佢嚊 khœy^{5} pɛ^{6} —— 他嘛，他呀。

佢話 khœy^{5} wa^{6} —— 他說。

佢地(哋) khœy^{5} tei^{6} —— 他們。

佢的(啲) kœy^{5} ti^{1} —— 他的。

佢重想 khœy^{5} tsuŋ^{6} sœŋ^{2} —— 他還想。

ŋ

牙煙 ŋa^{4} jin^{1} —— 危險。

牙鷹 ŋa^{4} jiŋ^{1} —— 老鷹。廣州多叫「崖鷹」。

牙擦 ŋa^{4} tshat^{9} —— 誇誇其談，自負，狂妄。

掗 ŋa^{6} —— 佔，霸佔。掗位(佔位子)。

掗高髀 ŋa^{6} kou^{1} pei^{2} —— 豎起腿。

訝拃(掗拃) ŋa^{6} tsa^{6} —— 因體積龐大而佔地方，轉指霸佔、指揮一切。

挨憑 ŋai^{1} pɐŋ^{6} —— 依靠。

挨晚 ŋai^{1} man^{5} —— 傍晚。

捱 ŋai^{4} —— 熬。叫我地點樣嚟捱(叫我們怎麼熬哇)。

捱通世界 ŋai^{4} thuŋ^{1} sɐi^{3} kai^{3} —— 嚐遍了各種生活。只望捱通世界，正有啲心機(只盼望嚐遍世界各種生活，才有點兒心思)。

捱住吓(下) ŋai^{4} tsy^{6} ha^{5} —— 忍受一下。捱住下凍(忍受一下冷凍)。

嗌 ŋai^{3} —— 叫喊，吵架。索性共你嗌過一場(索性跟你吵了一場)。

嗌嘈嘈 ŋai^{3} tshou^{4} tshou^{4} —— 鬧哄哄。

嗌定先 ŋai^{3} tiŋ^{6} sin^{1} —— 先吵了起來，吵了再說。

嗌交 ŋai^{3} kau^{1} —— 吵架。呷醋嗌交(爭風吃醋)。

拗頸 ŋau^{3} kɛŋ^{2} —— 對着幹，爭論。同天拗頸(跟天對着幹)。

啱 ŋam^{1} —— 對，合適。碰巧。兵打人哋至啱(兵打人家才對)。

啱佬 ŋam^{1} lou^{2} —— 喜歡的男人。

晏晝 ŋan^{3} tsɐu^{3} —— 中午。起身就係晏晝(起牀就是中午)。

眼 ŋan$^{5-2}$ —— 量詞，用於針、井等。穿入眼針(穿進針裏)。

眼緊 ŋan^{5} kɐn^{2} —— 盯得緊。認真。

眼角 ŋan^{5} kɔk^{9} —— 秋波。眼角丟嚟(秋波送來)。

眼冤 ŋan^{5} jyn^{1} —— 看見某事物就反感。眼鬼咁冤唔願睇(看到就不舒服，不願看)。

呃 ŋak^{7} —— 騙。又試嚟呃過你(又再來騙你)。

呃吓(下) ŋak^{7} ha^{5} —— 騙一下。呃下人來(騙一騙人)。

呃人 ŋak^{7} jɐn^{4} —— 騙人。

鬩(嗡，啱) ŋɐi^{1} —— 求，哀求。「鬩」是隨意借用字。

啱(嗡) ŋɐi^{1} —— 求，懇求。嗡佢搭橋(求他幫助介紹)。

翳埋 ŋɐi^{3} mai^{4} —— 陰沉下來。

翳肺 ŋɐi^{3} fɐi^{3} —— 煩悶、憋悶、怨恨。

翳膩 ŋɐi^{3} nɐi^{6} —— 香而膩味。轉指因氣味過濃而覺得難受。

翳滯 ŋɐi^{3} tsɐi^{6} —— 憋悶氣。

勾鼻佬 ŋɐu^{1} pei^{6} lou^{2} —— 勾鼻子的人，指西洋人。

熰起蕉 ŋɐu^{3} hei^{2} tsiu^{1} —— 指人潦倒，竟然做燻香蕉的工作。

熰齋 ŋɐu^{3} tsai^{1} —— 熬煮齋菜。

牛髀 ŋɐu^{4} pei^{2} —— 牛腿。

牛利(脷) ŋɐu^{4} lei^{6} —— 牛舌頭，指領帶。

牛噍牡丹 ŋɐu^{4} tsiu^{6} mau^{5} tan^{1} —— 比喻不識貨，東西被糟蹋了。

牛精 ŋɐu^{4} tsiŋ^{1} —— 粗野，粗野的人。

藕瓜 ŋɐu^{5} kwa^{1} —— 藕段。

吽 ŋɐu^{6} —— 笨，傻。你唔跟佢就吽(你不跟他就傻了)。

吽哣 ŋɐu^{6} tɐu^{6} —— 萎靡不振，無精打采。

揞 ŋɐm^{2} —— 捂，遮蓋。揞住良心(昧着良心)。

揞埋 ŋɐm^{2} mai^{4} —— 捂着。揞埋雙眼咁摸(捂着眼睛來摸)。

扲 ŋɐm^{4} —— 掏。

銀錢 ŋɐn^{4} tshin$^{4-2}$ —— 圓，銀圓。十多個銀錢(十幾個光洋)。

鶯儔燕侶 ŋɐŋ^{1} tshɐu^{4} jin^{3} lœy^{5} —— 黃鶯、燕子情侶，泛指男女結為夫婦。

岌頭 ŋɐp^{8} thɐu^{4} —— 點頭。只不過會岌頭(只不過會點頭)。

屙埋 ŋɔ^{1} mai^{4} —— 放過(屁)。指煙火放過後。

屙屁 ŋɔ^{1} phei^{3} —— 放屁。

屙屙 ŋɔ^{1} khɛ^{1} —— 拉屎，大便。

我地(哋) ŋɔ^{5} tei^{6} —— 我們。咁虐待我哋殘紅(這麼虐待我們殘紅)。

我呢 ŋɔ^{5} ni^{1} ——「我呢個」的省略。

呆 ŋɔi^{4} —— 呆傻，愚蠢。點有咁呆(怎麼這麼愚蠢)。

外父 ŋɔi^{6} fu^{6} —— 岳父。

安吓本分 ŋɔn^{1} ha^{5} pun^{2} fɐn^{6} —— 安守本分。

戇 ŋɔŋ^{6} —— 傻。無心陪佢去戇(無心陪他去傻)。

惡 ŋɔk^{9} —— 難，難以。佢惡抽身(他難以抽身)。

惡搵 ŋɔk^{9} wɐn^{2} —— 難找。惡搵麻繩(難找麻繩)。

惡抵 ŋɔk^{9} tɐi^{2} —— 難熬。都係同妹一樣咁惡抵(都是跟妹一樣那麼難熬)。

惡斷 ŋɔk^{9} thyn^{5} —— 難斷。情實在惡斷(情實在難斷)。

惡解 ŋɔk^{9} kai^{2} —— 難解，難以解得開。

惡極 ŋɔk^{9} kik^{8} —— 不管怎麼兇惡。惡極都唔輪到你做亞哥(怎麼兇惡也輪不到你當老大)。

惡捱 ŋɔk^{9} ŋai^{4} —— 難對付，難以承受。叫你大少惡捱(叫你大少爺難以承受)。

惡做 ŋɔk^{9} tsou^{6} —— 難辦。真正惡做(真難辦)。

惡受 ŋɔk^{9} sɐu^{6} —— 難受。你妹真正惡受(你妹真難受)。

惡死 ŋɔk^9 sei^2 —— 兇惡。

惡算 ŋɔk^9 syn^3 —— 難辦。真係惡算(真是難辦)。

惡爺 ŋɔk^9 jɛ^1 —— 惡少，惡魔。

惡醫 ŋɔk^9 ji^1 —— 很難醫治。

惡以 ŋɔk^9 ji^5 —— 難以。惡以追尋(難以追尋)。

屋企 ŋuk^7 khei^2 —— 家裏。

h

蝦 ha^1 —— 欺負。就蝦你哋女流(就欺負你們女流)。

蝦仔 ha^1 tsɐi^2 —— 指葡萄牙。

哈爾齊齊 ha^1 ji^5 tshɐi^4 tshɐi^4 —— 即齊齊哈爾。

揩吓(下) hai^1 ha^5 —— 蹭一下。

姣 hau^4 —— 淫蕩。

姣婆 hau^4 phɔ^4 —— 淫婦。

喊露 ham^3 lou^6 —— 呵欠。打喊露(打哈欠)。

鹹蝦橕(鐣) ham^4 ha^1 tshaŋ^1 —— 盛鹹蝦醬的罐子。喻鹹濕(淫穢)的人。

鹹濕 ham^4 sɐp^7 —— 淫穢的，好色的。

慳 han^1 —— 節省，節約。慳得就唔好咁放縱(能節省就不要那麼放縱地花)。

慳埋 han^1 mai^4 —— 省下了。

慳哥 han^1 kɔ^1 —— 吝嗇的人。

慳錢 han^1 tshin^4 —— 省錢。慳錢入袋(省錢進口袋)。

閒文 han^4 mɐn^4 —— 等閒，平常事。

坑 haŋ^1 —— 溝。旁邊挖條坑(旁邊挖一條溝)。

行街 haŋ^4 kai^1 —— 逛街。

呷 hap^9 —— 喝。

呷醋 hap^9 tshou^3 —— 吃醋。

黑狗當災 hak^7 kɐu^2 tɔŋ^1 tsɔi^1 —— 俗語：白狗偷食，黑狗當災。

嚇我唔親 hak^9 ŋɔ^5 m^4 tshɐn^1 —— 嚇不着我。

嚇親 hak^9 tshɐn^1 —— 嚇着。畀你嚇親(被你嚇着了)。

係咪 hɐi^{6} mɐi^{6} ——「是不是」的合音。係咪要先把面皮放厚，正做得成人（是不是要先把臉皮放厚，才做得成人）。

係都唔顧 hɐi^{6} tou^{1} m^{4} kwu^{3} —— 怎麼也不顧，無論如何也不顧。

係……嚟 hɐi^{6}…lɐi^{4} —— 是甚麼甚麼。就係地底泥嚟(就是地底的泥）。

係唎 hɐi^{6} lɛ^{1} —— 是呀，是了，對啦。

係咁(噉) hɐi^{6} kɐm^{2} —— 是這樣的。係噉心腸(是這樣的心腸）。

係咁 hɐi^{6} kɐm^{3} —— 是這樣，都這樣。你日日係咁牽情(你天天都這麼糾纏）。

係緊 hɐi^{6} kɐn^{2} —— 是要緊的。只知到着錢字係緊(只知道「錢」字最要緊）。

睺(吼) hɐu^{1} —— 感興趣，關心，理睬。

睺(吼) hɐu^{1} —— 守侯，觀看。你就在側便吼(你就在旁邊守侯）。

口響 hɐu^{2} hœŋ^{2} —— 說得響亮。

口齒 hɐu^{2} tshi^{2} —— 信用。依親口齒(每一講到信用）。

喉擒 hɐu^{4} khɐm^{4} —— 急忙，匆忙。狼吞虎嚥。都係怨自己喉擒(都是怨自己太輕率）。

後便 hɐu^{6} pin^{6} —— 後邊。丟歸後便(仍到後面去）。

後生哥 hɐu^{6} saŋ^{1} kɔ^{1} —— 年輕人。

坎 hɐm^{2} —— 小坑。挖個坎種樹。

勘(砍)破 hɐm^{2} phɔ^{3} —— 碰破，磕破。

喊嘣唥 hɐm^{6} paŋ^{6} laŋ^{6} —— 全部，統統。今用「冚唪唥」。

冚盤 hɐm^{6} phun^{4} —— 整盤，全盤。

冚副牙 hɐm^{6} fu^{3} ŋa^{4} —— 全副牙。

冚疊 hɐm^{6} tip^{8} —— 整疊，即一整疊。

恨 hɐn^{6} —— 指望，巴望。叫佢地唔使恨(叫他們不必指望）。

乞米 hɐt^{7} mɐi^{5} —— 要飯，乞討。

磕(瞌)埋 hɐp^{7} mai^{4} —— 閉着。瞌埋雙眼(閉着眼睛）。

叺眼瞓(瞌眼瞓) hɐp^{7} ŋan^{5} fɐn^{3} —— 打瞌睡。

合啱 hɐp^{8} ŋam^{1} —— 合適，對，恰好。合啱時候(合適的時候，時候合適的話)。

合吓(下) hɐp⁸ ha⁵ —— 合一下。合下又分開(合一下又分開)。

起粉 hei² fɐn² —— 有體面。

起沙 hei² sa¹ —— 生氣，發脾氣。

起勢 hei² sɐi³ —— 拚命地，不停地。

起字茸(容) hei² tsi⁶ juŋ⁴ —— 查清別人的底細。

起市 hei² si⁵ —— 生意紅火。想起從前咁起市(想起從前那麼紅火)。

嘵 hiu² —— 助詞，用在動詞之後表示動作的完成，相當於普通話的「了」。買嘵(買了)。

顯 hin² —— 顯要，顯赫。

獻世 hin³ sɐi³ —— 白活一輩子。

歇吓(下) hit⁹ ha⁵ —— 歇歇，過一會兒。歇下又落雨(過一會兒又下雨)。

可憐無 hɔ² lin⁴ mou⁴ —— 可憐不可憐。

可人憐 hɔ² jɐn⁴ lin⁴ —— 教人可憐。實在可人憐(實在教人可憐)。

河底下 hɔ⁴ tɐi² ha⁶ —— 指開設在河上的妓院。

開鋪 hɔi¹ phou¹ —— 指雛妓開始接客。

開埋 hɔi¹ mai⁴ —— 開合，一開一合。聽人哋手指罅開埋(等人家的手指縫兒一開一合)。

開定 hɔi¹ tiŋ⁶ —— 預先打開。

開廳 hɔi¹ thɛŋ¹ —— 指妓院在廳裏設席待客。

開嚟 hɔi¹ lɐi⁴ —— 出來，指到江面上的青樓作樂。

開口埋口 hɔi¹ hɐu² mai⁴ hɐu² —— 形容人把某事掛在嘴上。開口埋口就話打麻雀(整天都惦着打麻將)。

開口都話 hɔi¹ hɐu² tou¹ wa⁶ —— 俗話說，常言道。

開堪(墈) hɔi¹ hɐm³ —— 交際、應酬。指妓女與顧客交往。

開親大口 hɔi¹ tshɐn¹ tai⁶ hɐu² —— 大口一開，每一開口。

開晒 hɔi¹ sai³ —— 全開了。劃拳時表示數目為五。

海水 hɔi² sœy² —— 河水。

好番 hou² fan¹ —— 重新和好。

好埋 hou² mai⁴ —— 相好。共佢一個好埋(跟他一個相好)。

好嬲 hou² nɐu¹ —— 很生氣。

好耐正 hou² nɔi⁶ tsiŋ³ —— 很久才。好耐正出得泥渦(很久才從泥裏出得來)。

好佬 hou² lou² —— 好的男人,理想的男人。

好極 hou² kik⁸ —— 再好也,不管怎麼好,非常要好。共佢好極都要離開(不管跟他怎麼好也要離開)。

好閒 hou² han⁴ —— 不當作一回事。

好聲 hou² sɛŋ¹ —— 小心。着步都要好聲(每一步都要小心)。

喝得采過 hɔt⁹ tɐk⁷ tshɔi² kwɔ³ —— 值得喝彩。

學 hɔk⁸ —— 像。像甚麼甚麼一樣。

學得你 hɔk⁸ tɐk⁷ nei⁵ —— 像你。邊個學得你梅花品格(誰像你梅花品格)。

學吓(下) hɔk⁸ ha⁵ —— 學一學。學下溫柔(學一學溫柔)。

學人地(哋) hɔk⁸ jɐn⁴ tei⁶ —— 像別人那樣。

哄 huŋ³ —— 嗅。

圩含(冚) hœy¹ hɐm⁶ —— 吵鬧,鬧哄哄的,傳說紛紛。傳到咁圩冚(傳到紛紛揚揚的)。

去左(咗) hœy³ tsɔ² —— 去了。

去歸 hœy³ kwɐi¹ —— 回家。你去歸條路(你回家的路上)。有時又叫「番歸」。

許你 hœy² nei⁵ —— 哪怕你,就算你。許你死後做到成佛成仙(就算你死後做到成佛成仙)。

巷篤 hɔŋ⁶ tuk⁷ —— 死胡同。

嚮處 hœŋ² sy³ —— 在那裏。

ts

揸 tsa¹ —— 握,拿。抓,掌控。

揸攤 tsa¹ than¹ —— 開設押寶賭局。揸二攤,比喻打二手牌。

揸拿 tsa^{1} na^{4} —— 把握。有乜揸拿(有甚麼把握)。

揸頸 tsa^{1} kɛŋ^{2} —— 受氣，忍氣吞聲

揸起 tsa^{1} hei^{2} —— 拿起，握起。

詐埋聾 tsa^{3} mai^{4} luŋ^{4} —— 也假裝耳聾。

詐懵 tsa^{3} muŋ^{2} —— 裝糊塗。

詐帝(諦) tsa^{3} tɐi^{3} —— 裝模作樣。

擠(齋) tsai^{1} —— 語氣詞。表示告訴，如啊、呀等。

齋姑 tsai^{1} kwu^{1} —— 尼姑。今粵語叫「師姑」。

債躉 tsai^{3} tɐn^{2} —— 欠債多的人。都同埋係債躉(都同是欠了一身債的人)。

寨口 tsai^{6} hɐu^{2} —— 指妓院。

爪得佢親 tsau^{2} tɐk^{7} khœy^{5} tshɐn^{1} —— 抓得住他。

棹艇 tsau^{6} thɛŋ^{5} —— 划船。

斬纜 tsam^{2} lam^{6} —— 把船纜斬斷，表示決心大。斷絕交情。

斬吓眼 tsam^{2} ha^{5} ŋɐn^{5} —— 轉瞬間，一眨眼功夫。

賺混 tsan^{2} wɐn^{6} —— 無用的，胡鬧，白搭。講到信字亦係賺混(說到信字也是靠不住)。

爭啖氣 tsaŋ^{1} tam^{6} hei^{3} —— 爭口氣。又想話為奴爭啖氣(又想為奴爭口氣)。

爭吓(下) tsaŋ^{1} ha^{5} —— 爭一下。

爭爭吓(下) tsaŋ^{1} tsaŋ^{1} ha$^{5-2}$ —— 爭着爭着。

爭住 tsaŋ^{1} tsy^{6} —— 袒護。

擠 tsɐi^{1} —— 放，擱。

周身 tsɐu^{1} sɐn^{1} —— 全身。周身大話(滿肚子謊言)。

周時 tsɐu^{1} si^{4} —— 經常，隨時，平時。周時蒙你照應(經常得到你照應)。

就 tsɐu^{6} —— 遷就。就得你多(遷就你遷就得多)。

就噉 tsɐu^{6} —— 就這樣。

就話 tsɐu^{6} wa^{6} —— 就說。相逢一面，就話談心事(剛見了一面就說談心事)。

就係 tsɐu^{6} hɐi^{6} —— 就是，就算是。水就係無情，冇風亦唔會起浪(水就算是無情，無風也不會起浪)。

就砍(墈) tsɐu^{6} hɐm^{3} —— 靠碼頭。撐船就墈(撐船靠碼頭)。

就好 tsɐu^{6} hou^{2} —— 就該。就好邊一個折墮(就該讓哪一個遭到報應)。

就手 tsɐu^{6} sɐu^{2} —— 順手，順利。唔得咁就手(不能那麼順利)

斟 tsɐm^{1} —— 商量，細談，轉指兩人相好。

枕住 tsɐm^{2} tsy^{6} —— 把守住。

朕 tsɐm^{6} —— 量詞，用於煙霧、氣味等。煙都冇朕(煙都沒有一陣)。

真閉翳 tsɐn^{1} pɐi^{3} ŋɐi^{3} —— 真犯愁。

真定假 tsɐn^{1} tiŋ^{6} ka^{2} —— 是真還是假。

真吔(嘅) tsɐn^{1} kɛ^{3} —— 真的。

真正嬲 tsɐn^{1} tsiŋ^{3} hiŋ^{3} —— 嬲，發熱，指煩惱。

真聲架 tsɐn^{1} sɛŋ^{1} ka^{3} —— 架子高了。

震定先 tsɐn^{3} tiŋ^{6} sin^{1} —— 先發起抖來。

憎 tsɐŋ^{1} —— 恨。討厭。

贈吓(下) tsɐŋ^{6} ha^{5} —— 不斷地贈送。

執 tsɐp^{7} —— 量詞，撮兒，把。鬚成執(鬍子成把)。

執埋 tsɐp^{7} mai^{4} —— 被查封了。

執埋 tsɐp^{7} mai^{4} —— 撿起，收起。執埋包袱(收起包袱)。

執番 tsɐp^{7} fan^{1} —— 撿回來。

執起 tsɐp^{7} hei^{2} —— 拿起。撿起。

執輸 tsɐp^{7} sy^{1} —— 處於下風，處於不利地位。

側便 tsɐk^{7} pin^{6} —— 旁邊。

啫(嗻) tsɛ^{1} —— 語氣詞，表示僅此而已、申辯。我只話淡淡嗻共你相交(我不過是淡淡地跟你相交而已)。

者也之乎 tsɛ^{2} ja^{5} tsi^{1} fu^{4} —— 之乎者也，指文言文的文章，用來麻醉讀書人。

精還定吽 tsɛŋ^{1} wan^{4} tiŋ^{6} ŋɐu^{6} —— 精：機靈，聰明。定：還是。吽：即吽哣，蠢、木訥。

精乖 tsɛŋ^{1} kwai^{1} —— 聰明伶俐。

啫 tsɛk^{7} —— 語氣詞，表示肯定、勸告，語氣比較婉轉，有徵詢對方意見的意思。

吱嘲 tsi^{1} tsau^{1} —— 鳥叫聲。

枝 tsi^{1} —— 量詞，用於成條狀的東西。對得住枝國旗（對得住這面國旗）。

知到 tsi^{1} tou^{3} —— 知道。知到未（知道了沒有）？

知頭知路 tsi^{1} thɐu^{4} tsi^{1} lou^{6} —— 比喻懂得詳情。

知機 tsi^{1} kei^{1} —— 醒悟，懂得時機。做準備。趁早知機（及早做準備）。

知吓（下） tsi^{1} ha^{5} —— 知道一些。

知星 tsi^{1} siŋ^{1} —— 懂得門路。

子規 tsi^{2} khwɐi^{1} —— 杜鵑。

紙紮 tsi^{2} tsat^{9} —— 紙糊。漿糊紙紮（用糨糊和紙來糊）。

只估 tsi^{2} kwu^{2} —— 只以為，只顧着。只估買斷青春（只以為買斷青春）。

只估話 tsi^{2} kwu^{2} wa^{6} —— 只以為。我只估話有個情哥為做倚憑（我只以為有個情哥為我做依靠）。

至 tsi^{3} ——才。

至 tsi^{3} —— 最。至通情（最通情）。

至弊 tsi^{3} pɐi^{6} —— 最糟糕。至弊嗰回行錯路（最糟糕的是那次走錯了路）。

至本事 tsi^{3} pun^{2} si^{6} —— 最有能耐。就算你係至本事之人（就算你是最有能耐的人）。

至怕 tsi^{3} pha^{3} —— 最怕。至怕唔扶得佢上（最怕扶不起它來）。

至會 tsi^{3} wui^{5} ——才會。

至到 tsi^{3} tou^{3} —— 至於。至到人地（哋）賞花我都不理（至於別人賞花我也不理）。

至啱 tsi^{3} ŋam^{1} —— 最合適。

至好 tsi^{3} hou^{2} —— 最好。往日至好收場（往日最好收場的）。

自己歎 tsi^{6} kei^{2} than^{3} —— 獨自享受。

自蹇 tsi^{6} kin^{2} —— 為難自己。

自係 tsi^{6} hɐi^{6} —— 自從。我自係相識到至今（我自從相識到今天）。

至衰 tsi^{3} sœy^{1} —— 最糟糕，最討厭。

招人恨 tsiu^{1} jɐn^{4} hɐn^{6} —— 令人想念，叫人盼望。

照住 tsiu^{3} tsy^{6} —— 照着。

佔晒便宜 tsim^{3} sai^{3} phin^{4} ji^{4} —— 佔盡了便宜。

漸翳 tsim^{6} ŋɐi^{3} —— 逐漸陷入憂愁狀態。

賤唔賤 tsin^{6} m^{4} tsin^{6} ——下賤不下賤。

整 tsiŋ^{2} —— 弄，做。若係我郎聽話歸鞭整(如果聽說我郎要回來)。

整定 tsiŋ^{2} tiŋ^{6} —— 注定。整定命窮該食粥(注定命窮應該吃粥)。

正 tsiŋ^{3} ——才。正做得恩愛夫妻(才做得恩愛夫妻)。

正話 tsiŋ^{3} wa^{6} ——才能。正話解得你愁懷(才能解得開你的愁懷)。

正話 tsiŋ^{3} wa^{6} —— 正打算。正話想收番嚟管(正打算收回來管)。

正釘 tsiŋ^{3} tiŋ^{1} —— 正式的飯餐，指正餐。

正係 tsiŋ^{3} hɐi^{6} ——才是，真是。正係前世唔修(真是前世沒積德)。

正可 tsiŋ^{3} hɔ^{2} ——才可以。

正好 tsiŋ^{3} hou^{2} ——才好。你正好番嚟見我面(你才好回來見我面)。

正知 tsiŋ^{3} tsi^{1} ——才知道。

正照 tsiŋ^{3} tsiu^{3} ——才照。等到老嚟正照(等到老了才照鏡子)。

正做 tsiŋ^{3} tsou^{6} ——才做。待等來世正做(等待來世才做)。

正醒 tsiŋ^{3} sɛŋ^{2} ——才醒。何日正醒(哪天才醒)。

淨 tsiŋ^{6} —— 僅，只有。淨我共你兩個慘傷(只有我跟你兩人淒慘)。

淨係 tsiŋ^{6} hɐi^{6} —— 光是，僅僅。淨係共錢親(只跟錢親)。

折墮 tsit^{9} tɔ^{6} —— 指由於做了傷天害理的事而遭到報應。近似「折壽」、「造孽」的說法。

折柳 tsit^{9} lɐu^{5} —— 古人送別親友時，習慣折柳相送。

直筆 tsik^{8} pɐt^{7} —— 直接。

災瘟 tsɔi^{1} wɐn^{1} —— 指令人討厭的人。

再揀過 tsɔi^{3} kan^{2} kwɔ^{3} —— 再重新挑選。我再揀過個知心(我再挑選一個知心)。

再看過 tsɔi^{3} hɔn^{3} kwɔ^{3} —— 再看，再看一次。嗰陣花底同君，再看過月

圓（那個時候在花底下，同君再看一次月圓）。

在乜 tsɔi^{6} mɐt^{7} —— 何需，何必。在乜賣弄風騷（何需賣弄風騷）。

灶窟 tsou^{3} fɐt^{7} —— 灶堂。

造埋 tsou^{6} mai^{4} —— 盡幹，做盡。造埋咁多冤孽（做盡那些壞事）。

做乜 tsou^{6} mɐt^{7} —— 做甚麼，為甚麼。為乜人隔兩地（為甚麼人隔兩地）。

做膽 tsou^{6} tam^{2} —— 做後盾，壯膽。

做得……埋 tsou^{6} tɐk^{7}……mai^{4} —— 做得了，過得了。點共佢做得呢世人埋（怎麼能跟他過這一輩子）。

做主唔嚟 tsou^{6} tsy^{2} m^{4} lɐi^{4} —— 做不了主。

做世界 tsou^{6} sɐi^{3} kai^{3} —— 混日子，謀生。

做過 tsou^{6} kwɔ^{3} —— 再做。做過玉女金童（再做玉女金童）。

裝罌 tsɔŋ^{1} ŋaŋ^{1} —— 把東西裝在罐子裏

撞板 tsɔŋ^{6} pan^{2} —— 碰釘子，轉指倒霉。

撞大板 tsɔŋ^{6} tai^{6} pan^{2} —— 碰釘子。

終（中）乜用 tsuŋ^{1} mɐt^{7} juŋ^{6} —— 有甚麼用。枉具熱腸中乜用（徒有熱腸有甚麼用）？

終須 tsuŋ^{1} sœy^{1} —— 終於。終須有日成功咯（終於有一天成功了）。

終日咁（噉） tsuŋ^{1} jɐt^{8} kɐm^{2} —— 整天地。終日噉淚滂沱（終日地眼淚滂沱）。

重 tsuŋ^{6} —— 還。重快活過神仙（比神仙還快活）。

重弊過 tsuŋ^{6} pɐi^{6} kwɔ^{3} —— 比……還糟糕。

重未 tsuŋ^{6} mei^{6} —— 尚未，還沒有。喜氣重未臨門（喜氣還沒有臨門）。

重話 tsuŋ^{6} wa^{6} —— 還說。重話有資訊相通（還說有信息相通）。

重還有 tsuŋ^{6} wan^{4} jɐu^{5} —— 還有。重還有乜指望（還有甚麼指望）。

重點 tsuŋ^{6} tim^{2} —— 還怎麼。重點溜（還怎麼溜）。

重嚟 tsuŋ^{6} lɐi^{4} —— 還來。

重咁 tsuŋ^{6} kɐm^{3} —— 還那麼。重咁低頭（還是那麼低着頭）。

重咁遠 tsuŋ^{6} kɐm^{3} jyn^{5} —— 還那麼遠。何苦重咁遠飄離（何苦飄離得那麼遠）。

重講乜 tsuŋ^{6} kɔŋ^{2} mɐt^{7} —— 還說甚麼。重講乜花容(還說甚麼花容)。

重行乜禮 tsuŋ^{6} haŋ^{4} mɐt^{7} lɐi^{5} —— 還行甚麼禮。

重係 tsuŋ^{6} hɐi^{6} —— 還是。重係咁尾搖搖(還是尾巴搖搖的)。

重係咁(噉) tsuŋ^{6} hɐi^{6} kɐm^{2} —— 還是那樣地。

重恨 tsuŋ^{6} hɐn^{6} —— 還想，還巴望。邊個重恨做仙(誰還巴望做仙人)。

重好過 tsuŋ^{6} hou^{2} kwɔ^{3} —— 比……還好。重好過會仙(比會仙還好)。

重着佢 tsuŋ^{6} tsœk^{8} khœy^{5} —— 還讓它，還被它。重着佢做乜(還讓他幹甚麼)？

重慘過 tsuŋ^{6} tsham^{2} kwɔ^{3} —— 比甚麼還慘。重慘過利刀(比利刀割人還慘)。

重使乜 tsuŋ^{6} sɐi^{2} mɐt^{7} —— 還用得着嗎？重使乜商量(還用得着商量嗎?)

重有 tsuŋ^{6} jɐu^{5} —— 還有。你睇頑石重有望夫(你看頑石還有望夫)。

重有乜 tsuŋ^{6} jɐu^{5} mɐt^{7} —— 還有甚麼。重有乜閒心(還有甚麼閒心)？

重有的(啲) tsuŋ^{6} jɐu^{5} ti^{1} —— 還有些。

重要 tsuŋ^{6} jiu^{3} —— 還要，還需要。風流重要有命嚟消受(風流還須有福氣來消受)。

重越緊 tsuŋ^{6} jyt^{8} kɐn^{2} —— 還更加緊。

重估 tsuŋ^{6} kwu^{2} —— 還以為。還重估係鶴唳(還以為是鶴唳)。

竹織鴨 tsuk^{7} tsik^{7} ŋap^{9} —— 沒心沒肺，沒心肝。

捉錯用神 tsuk^{7} tshɔ^{3} juŋ^{6} sɐn^{4} —— 猜揣錯。

續 tsuk^{8} —— 連接。

續纜 tsuk^{8} lam^{6} —— 接上纜繩。續番條纜(把纜繩重新接起來)。

豬乸 tsy^{1} na^{2} —— 母豬。

珠江涌 tsy^{1} kɔŋ^{1} tshuŋ^{1} —— 珠江的支流。

煮得埋 tsy^{2} tɐk^{7} mai^{4} —— 煮得了。點煮得呢餐埋(怎麼能做得了這頓飯)。

住埋 tsy^{6} mai^{4} —— 住在一起。共你住埋(跟你住在一起)。

住得埋 tsy^{6} tɐk^{7} mai^{4} —— 能相好住在一起。

住寮 tsy⁶ liu⁴ —— 住在妓院裏。重使乜住寮(還何必住在寮口呢)

醉埋一份 tsœy³ mai⁴ jɐt⁷ fɐn⁶ —— 一起同醉。索性自己都醉埋一份(索性連自己也醉在一起)。

樽 tsœn¹ —— 瓶子，花瓶。

盡吓(下) tsœn⁶ ha⁵ —— 盡一下。

盡人事 tsœn⁶ jɐn⁴ si⁶ —— 盡個人的努力。大抵人事都要盡番，或者時運會轉(如果盡了最大努力，也許時運會改變)。

將計扭 tsœŋ¹ kɐi² nɐu² —— 即扭計，設法算計別人。

將近 tsœŋ¹ kɐn⁶ —— 差不多的時候。

長番 tsœŋ² fan¹ —— 重新生長出。

帳 tsœŋ³ —— 量詞，次，趟。又試開過一帳(又開過一趟)。今多用「仗」。

着步 tsœk⁸ pou⁶ —— 逐步。着步行嚟(逐步走來)。

着塊 tsœk⁸ fai³ —— 逐塊。着塊切嚟真熟落(一塊一塊地切夠熟練的)。

着風便 tsœk⁸ fuŋ¹ pin⁶ —— 靠風的那邊。

着得咁緊 tsœk⁸ tɐk⁷ kɐm³ kɐn² —— 看得這麼重要。名利佢着得咁緊(名利他看得這麼重要)。

着緊 tsœk⁸ kɐn² —— 焦急，着急。

着個 tsœk⁸ kɔ³ —— 逐個。點得着個分(怎能逐個地分)。

着佢嚟擒 tsœk⁸ khœy⁵ lɐi⁴ khɐm⁴ —— 令他來抓。

酌斟 tsœk⁹ tsɐm¹ —— 即斟酌。互相交往。

着數 tsœk⁸ sou³ —— 佔便宜，勝算。

tsh

猜枚 tshai¹ mui⁴ —— 猜拳，劃拳。

踩(柴) tshai⁴ —— 議論，評論。

炒媽 tshau² ma¹ —— 口出穢語，罵娘。

炒蝦 tshau² ha¹ —— 說粗話。炒蝦拆蟹，即污言穢語。

攙(劖)破 tsham⁵ po³ —— 刺破。

燦 tshan³ —— 愚笨。此頭真正燦(這頭腦真的愚笨)。

撐台腳 tshaŋ^{3} thɔi^{4} kœk^{9} —— 兩人一起面對面吃飯。

賊阿爸 tshak^{8} a^{3} pa^{1} —— 賊的爸爸，即對賊或發了不義之財的人進行勒索的人。

拆寨 tshak^{9} tsai^{6} —— 拆除妓院。

淒涼 tshɐi^{1} lœŋ^{4} —— 厲害。惡得淒涼(兇得厲害)。

抽痛腳 tshɐu^{1} thuŋ^{3} kœk^{9} —— 抓辮子，比喻抓住錯誤作為把柄。

湊埋 tshɐu^{3} mai^{4} —— 合在一起。帶着，連同。

湊着 tshɐu^{3} tsœk^{8} —— 剛好，碰巧。湊着你我都有人拘制(正巧你我都有人拘管)。

臭屎密揞 tshɐu^{3} si^{2} mɐt^{8} khɐm^{2} —— 趕緊把臭屎嚴密地蓋起來，喻醜事不外揚，趕快遮蓋起來。

寑 tshɐm^{2} —— 停息。

譖 tshɐm^{3} —— 以說話害人。

尋着地步 tshɐm^{4} tsœk^{6} tei^{6} pou^{6} —— 找到要走的路。

尋過 tshɐm^{4} kwɔ^{3} —— 另尋。尋過別個(另尋別人)。

親 tshɐn^{1} —— 助詞，表示受動或感受。開口就得罪親人(一開口就得罪了人)。

親又咁老 tshɐn^{1} jɐu^{6} kɐm^{3} lou^{5} —— 雙親又這麼老邁。

車大炮 tshɛ^{1} tai^{6} phau^{3} —— 大炮：謊話；車：吹嘘。即吹牛。

車仔 tshɛ^{1} tsɐi^{2} ——人力車。

扯 tshɛ^{2} —— 回去。話扯(說回去)。

扯線公仔 tshɛ^{2} sin^{3} kuŋ^{1} tsɐi^{2} —— 用線牽引的木偶。

青皮薄殼 tshɛŋ^{1} phei^{4} pɔk^{8} hɔk^{9} —— 形容人的面部光亮。

請飲 tshɛŋ^{2} jɐm^{2} —— 請喝喜酒。

赤肋 tshɛk^{9} lɐk^{8} —— 赤身，光膀子。

痴 tshi^{1} —— 痴迷。

痴(黐) tshi^{1} —— 粘。痴(黐) 得個寶玉咁緊(粘得個寶玉這麼緊)。

痴(黐) 埋 tshi^{1} mai^{4} —— 粘黏在一起。纏綿在一起。日日黐埋(天天黏在一起)。

痴極 tshi^{1} kik^{8} —— 痴得過分，痴得不得了。

痴(黐) 牙 tshi^{1} ŋa^{4} —— 粘牙，塞牙。冇黐牙(沒有漏洞，沒有破綻)。

痴呆 tshi^{1} ŋɔi^{4} —— 呆傻。乜咁痴呆(為甚麼這麼呆傻)。

痴纏 tshi^{1} tshin^{4} —— 纏綿。熱得咁痴纏(熱得這麼纏綿)。

似極 tshi^{5} kik^{8} —— 極像，很像。外面似極無心向，獨係心中懷念你(外面很像無心向，但心中懷念你)。

悄(俏) tshiu^{3} —— 俊美。

千祈 tshin^{1} khei^{4} —— 千萬。千祈咪聽佢講(千萬別聽他說)。

千一個 tshin^{1} jɐt^{7} kɔ^{3} —— 一千個情況，表示非常肯定，屢屢如此。

前世唔修 tshin^{4} sɐi^{3} m^{4} sɐu^{1} —— 前一輩子沒有修煉好或者做過壞事。

騁(秤) tshiŋ^{3} —— 繃起，抽起，提起。

埕 tshiŋ^{4} —— 罎子。

情實 tshiŋ^{4} sɐt^{8} —— 其實。情實就係為自己(其實就是為自己)。

設施 tshit^{9} si^{1} —— 安排，處理，應付。點樣子設施(怎樣應付)。

慼(摵) tshik^{7} —— 抽起，揪起。

採撥埋 tshɔi^{2} put^{9} mai^{4} —— 收拾好，打定主意。

裁埋 tshɔi^{4} mai^{4} —— 被裁掉。都裁埋(全都裁掉了)。

裁極 tshɔi^{4} kik^{8} —— 無論怎麼裁。裁極都重有(無論怎麼裁都還有)。

醋埕 tshou^{3} tshiŋ^{4} —— 醋罎子。

嘈喧哋 tshou^{4} hyn^{1} dei$^{6-2}$ —— 吵吵鬧鬧的。

嘈 tshou^{4} —— 吵鬧。就冇得嚟嘈(就不會來吵鬧)。

重起番來 tshuŋ^{5} hei^{2} fan^{1} lɔi^{4} —— 重起來。情字重起番來(情字重起來)。

穿煲 tshyn^{1} pou^{1} —— 被識破，暴露。

穿定 tshyn^{1} tiŋ^{6} —— 預先穿好。穿定一排排(預先穿好一排排)。

吹多句 tshœy^{1} tɔ^{1} kœy^{3} —— 多激怒一句。

吹脹 tshœy^{1} tsœŋ^{3} —— 奈何，難倒。

吹鬚 tshœy^{1} sou^{1} —— 吹鬍子。

春毛 tshœn^{1} mou^{4} —— 陰毛。

搶番 tshœŋ^{2} fan^{1} —— 搶回去。人哋又向你搶番(人家又向你搶回去)。

唱野(嘢) tshœŋ^{3} jɛ^{5} —— 唱戲，唱粵劇。

長堤 tshœŋ^{4} thɐi^{4} —— 廣州珠江邊馬路，過去的「紅燈區」。

出番車 tshœt^{7} fan^{1} tshɛ^{1} —— 從車裏出來。

出埋聲 tshœt^{7} mai^{4} sɛŋ^{1} —— 也出聲。

灼 tshœk^{9} —— 用開水焯熟。

S

沙塵 sa^{1} tshɐn^{4} —— 輕佻，自覺了不起。

沙蟲 sa^{1} tshuŋ^{4} —— 腳氣。斬腳趾避沙蟲(斬腳趾避腳氣)。

沙梨 sa^{1} lei^{4} —— 梨的一種。梨皮棕色。

沙鑼 sa^{1} lɔ^{4} —— 聲音沙啞的銅鑼。

沙文 sa^{1} mɐn^{4} —— 僕人(英語 servant)。

嘥 sai^{1} —— 浪費。點會白把眼淚嚟嘥(怎麼會白白浪費了眼淚)。

嘥埋 sai^{1} mai^{4} —— 浪費了，連……也浪費了。

嘥氣 sai^{1} hei^{3} —— 費氣。

晒 sai^{3} —— 助詞，用在動詞或形容詞之後，表示全、都、完、光、了等意思。摘得佢晒(能摘得完了)。

稍提 sau^{2} thɐi^{4} —— 稍為提及。你稍提半句(你稍為提及半句)。

三條策(坼) sam^{1} thiu^{4} tshak^{9} —— 三條裂紋。

山窿 san^{1} luŋ^{1} —— 山洞。

山邱 san^{1} jɐu^{1} —— 即山丘。

閂埋 san^{1} mai^{4} —— 關起來，即關門。

生 saŋ^{1} —— 先生兩字的合音。蘇生(蘇先生)。

生埋 saŋ^{1} mai^{4} —— 生成，形成。問佢點樣子生埋(問它是怎樣形成的)。

生定 saŋ^{1} tiŋ^{6} —— 天生。鋪相生定(相貌天生)。

生雞 saŋ^{1} kɐi^{1} —— 公雞。

生勾 saŋ^{1} ŋɐu^{1} —— 生勾勾，生生的。

颯(霎)戇 sap^{9} ŋɔŋ^{6} —— 犯渾，胡說八道，斥責人時用。

霎氣 sap^{9} hei^{3} —— 原意是令人氣惱，這裏指被人糾纏，胡攪蠻纏。

霎氣袋 sap^{9} hei^{3} tɔi^{6} —— 比喻令人煩惱的人。

嗦 sak^{8} / sœt^{8} —— 象聲詞，剪刀剪布的聲音。

西南二伯父 sɐi^{1} nam^{4} ji^{6} pak^{9} fu$^{6-2}$ —— 和事老。

西關 sɐi^{1} kwan^{1} —— 廣州的西城，過去廣東一帶最繁華的地方。

使乜 sɐi^{2} mɐt^{7} —— 何必。使乜咁奔波(何必這麼奔波)。

使妹 sɐi^{2} mui^{1} —— 女傭。

使頸 sɐi^{2} kɛŋ^{2} —— 使性子，發脾氣。唔輪到佢使頸(輪不到他耍脾氣)。

世唔估 sɐi^{3} m^{4} kwu^{2} —— 斷斷料想不到。

世界 sɐi^{3} kai^{3} —— 光景，日子。十年世界(十年光景)。

世界想撈 sɐi^{3} kai^{3} sœŋ^{2} lou^{1} —— 想撈世界的話(想做生意掙錢的話)。

勢冇話 sɐi^{3} mou^{5} wa^{6} —— 絕對不會，從來沒有聽說。勢冇話夢幻本屬無憑(從來沒有聽說夢幻本屬無憑)。

勢兇 sɐi^{3} huŋ^{1} —— 兇狠；來勢洶洶。

細 sɐi^{3} —— 小。你妹年紀尚細(你妹年紀還小)。你雙腳又咁細(你的腿腳又這麼小)。

細佬哥 sɐi^{3} lou^{2} kɔ^{1} —— 小孩。

誓願 sɐi^{6} jyn^{6} —— 發誓。

收埋 sɐu^{1} mai^{4} —— 收起來，藏起來。

收科 sɐu^{1} fɔ^{1} —— 收場。有乜收科(怎麼收得了場)。

收人 sɐu^{1} jɐn^{4} —— 令人難以捉摸，使人為難。

手皮 sɐu^{2} phei^{4} —— 手。白白把手皮捞(白白操勞，指做事而沒有收入)。

手指尾 sɐu^{2} tsi^{2} mei^{1} —— 小指。

手指罅 sɐu^{2} tsi^{2} la^{3} —— 手指縫兒。

手指公 sɐu^{2} tsi^{2} kuŋ^{1} —— 大拇指。手指公咁大口河(像大拇指那麼大的煙土)。

手瓜 sɐu^{2} kwa^{1} —— 胳膊。

瘦到 sɐu^{3} tou^{3} —— 瘦得像……一樣。瘦到梅花(瘦得像梅花一樣)。

壽星公 sɐu^{6} siŋ^{1} kuŋ^{1} —— 壽星。正做得壽星公(才做得壽星)。

心機 sɐm^{1} kei^{1} —— 心緒，心情。

心事見點 sɐm^{1} si^{6} kin^{3} tim^{2} —— 心事到底怎麼樣。問明佢心事見點(問

明他心事到底怎麼樣）。

心頭咁猛 sɐm¹ thɐu⁴ kɐm³ maŋ⁵ —— 雙關語，一指燈的心多，兼指人心事多。

新篁落籜 sɐn¹ wɔŋ⁴ lɔk⁸ thɔk⁹ —— 新竹子脫落皮殼。新篁落籜，或者有日插天高。比喻人前途無量。

噜(呻) sɐn³ —— 埋怨，歎氣。

濕下 sɐp⁷ ha⁵ —— 讚揚一下。

失魂 sɐt⁷ wɐn⁴ —— 神經失常。遇着個失魂人客(遇到位神經不正常的客人)。

失禮晒 sɐt⁷ lɐi⁵ sai³ —— 大為失禮。失禮晒我(對我大為失禮)。

失匙甲萬 sɐt⁷ si⁴ kap⁹ man⁶ —— 丟了鑰匙的保險箱。喻不掌握錢財的富家子弟。

虱乸 sɐt⁷ na² —— 虱子。點止話倒吊荷包，重怕周身虱乸(何止身無分文，而且衣衫襤褸)。

虱乸春 sɐt⁷ na² tshœn¹ —— 虱子的卵，即蟣子。

膝頭哥 sɐt⁷ thɐu⁴ kɔ¹ —— 膝頭，膝蓋。

實攏(籠) sɐt⁸ luŋ² —— 實心。條心唔係實籠(心不是實心)。

實首 sɐt⁸ sɐu² —— 現代廣州話沒有這說法。近似「實在」、「的確」等意思。

實係 sɐt⁶ hɐi⁶ —— 實在是。實係情傷(實在有傷感情)。

塞 sɐk⁷ —— 曾孫。

捨不得哥哥 sɛ² pɐt⁷ tɐk⁷ kɔ¹ kɔ¹ —— 擬鳥啼聲。近似鷓鴣的叫聲。

捨得 sɛ² tɐk⁷ —— 只要。假如，倘若，要是。捨得你有心肝(只要你有心肝)。

蛇春 sɛ⁴ tshœn¹ —— 蛇卵。

死賬 sei² tsœŋ³ —— 死一次。

死過 sei² kwɔ³ —— 再死一次。共你死過都唔遲(跟你再死一次也不晚)。

四便 sei³ pin⁶ —— 四周。

聲氣 sɛŋ¹ hei³ —— 消息。你若係有鳌聲氣(你若有一點點消息)。

成身係蟻 sɛŋ^{4} sɐn^{1} hɐi^{6} ŋɐi^{5} —— 惹了麻煩。

成夜 sɛŋ^{4} jɛ^{6} —— 整夜，整晚。

石級 sɛk^{8} khɐp^{7} —— 台階。

惜住 sɛk^{9} tsy^{6} —— 疼愛着，忍讓着，愛護着。惜住吓你（忍讓着你一下）。

司馬 si^{1} ma^{5} —— 指一般的小官。

絲蘿訂 si^{1} lɔ^{4} tiŋ^{3} —— 指訂婚。

思想 si^{1} sœŋ^{2} —— 想。我思想起（我想起了）。

思想起 si^{1} sœŋ^{2} hei^{2} —— 想起來。

思疑 si^{1} ji^{4} —— 懷疑。個個都你咁思疑（個個你都這麼懷疑）。

思憶吓（下） si^{1} jik^{7} ha^{5} —— 惦念一下。

施姑 si^{1} kwu^{1} —— 尼姑。今多用「師姑」。

屎計 si^{2} kɐi^{3} —— 臭主意，餿主意。

試睇吓 si^{3} thɐi^{2} ha^{5} —— 試看看。

試吓（下） si^{3} ha^{5} —— 試一試，試探一下。

時文 si^{4} mɐn^{4} —— 應酬的話語。對某事所說的話。未講得幾句時文（沒來得及說幾句話）。

市橋蠟燭 si^{5} khiu^{4} lap^{8} tsuk^{7} —— 歇後語，市橋蠟燭，假細芯（心）。即假心假意。

是必 si^{6} pit^{7} —— 一定。是必要我心情意願（一定要看我的心情和意願）。

豉油 si^{6} jɐu^{4} —— 醬油。

事頭 si^{6} thɐu$^{4-2}$ —— 老闆。

事頭婆 si^{6} thɐu^{4} phɔ^{4} —— 老闆娘。

事幹 si^{6} kɔn^{3} —— 事情。事幹擺白出嚟（把事情的真相擺了出來）。

先帳 sin^{1} tsœŋ^{3} —— 前一次。今多用「先仗」。

羨（倩）誰 sin^{3} sœy^{4} —— 請誰，委託誰。

聲明 siŋ^{1} miŋ^{4} —— 說清楚，明說。

星君 siŋ^{1} kwɐn^{1} —— 調皮搗蛋的人。

醒定 siŋ^{2} tiŋ^{6} —— 清醒。

醒水 siŋ^{2} sœy^{2} —— 警覺，警醒。

承埋 siŋ^{4} mai^{4} —— 承包了。

涉吓(下) 世 sip^{9} ha^{5} sɐi^{3} —— 涉世，經歷世事，好像涉世很深的樣子。

攝 sip^{9} —— 墊。攝高枕頭(墊高枕頭)，多用來形容人思考。

蝕抵 sit^{6} tɐi^{2} —— 吃虧。唔慌蝕抵(不至於吃虧)。

識 sik^{7} —— 認識。誰識你係鄭元和(誰認識你是鄭元和)。

識歎 sik^{7} than^{3} —— 懂得享受。識歎就唔算係懵(懂得享受就不算糊塗)。

識性 sik^{7} siŋ^{3} —— 懂事。識性做人(懂得人事)。

食埋 sik^{8} mai^{4} —— 也給吃了。俾佢食埋(都讓他都給吃了)。

食蛟 sik^{8} kau^{1} —— 疑是食膠，有同流合污的意思。

蘇 sou^{1} —— 理睬，過問。

訴吓(下) sou^{3} ha^{5} —— 傾訴一下。

爽 sɔŋ^{2} —— 爽脆。

爽 sɔŋ^{2} —— 愉快，舒服，痛快。

削(索) 性 sɔk^{9} siŋ^{3} —— 乾脆。

鬆毛狗 suŋ^{1} mou^{4} kɐu^{2} —— 獅子狗。

鬆下 suŋ^{1} ha^{5} —— 放鬆一下。

送埋 suŋ^{3} mai^{4} —— 連……也送了。江山趁早送埋人(趁早連江山也送了給別人)。

送飯 suŋ^{3} fan^{6} —— 用菜下飯，就飯。

餸 suŋ^{3} ——下飯的菜。有乜餸食飯(有甚麼菜下飯)？

縮水鴛鴦 suk^{7} sœy^{2} jyn^{1} jœŋ^{1} —— 不標準的鴛鴦。指貌合神離的一對男女。

書錐 sy^{1} tsœy^{1} —— 鑽書的錐子，指書生。

輸佢 sy^{1} khœy^{5} —— 不如。輸佢穿山甲咁紅(不如穿山甲那麼紅)。

輸蝕 sy^{1} sit^{8} —— 比別人差，不如。笨仔學嘢會輸蝕過人(笨人學東西會比別人差)。

說話 syt^{9} wa^{6} —— 話、話語。信你說話(信你的話)。

衰 sœy^{1} —— 倒霉，缺德，下流，討厭。

衰排 sœy^{1} phai^{4} —— 不好的牌。

衰神 sœy^{1} sɐn^{4} —— 倒霉鬼，倒霉。都係怨自己衰神(都是怨自己倒霉)。

衰鬼 sœy^{1} kwɐi^{2} —— 倒霉的傢伙。

水面 sœy^{2} min^{6} —— 指妓女所在的青樓。你妹在水面漂蓬(你妹在青樓流蕩)。

水雞 sœy^{2} kɐi^{1} —— 指水上妓女。捉水雞(到河邊的船上嫖妓)。

水共油撈 sœy^{2} kuŋ^{6} jɐu^{4} lou^{1} —— 水攙油。

水上絲蘿 sœy^{2} sœŋ^{6} si^{1} lɔ^{4} —— 絲蘿即菟絲與女蘿。指與妓女的婚姻。

水鬼氹 sœy^{2} kwɐi^{2} thɐm^{5} —— 最低等的色情場所。

相好過 sœŋ^{1} hou^{2} kwɔ^{3} —— 重新相好。從新相好過(重新相好)。

相如 sœŋ^{1} jy^{4} —— 司馬相如。

傷埋 sœŋ^{1} mai^{4} —— 連……也打傷了。

上街 sœŋ^{5} kai^{1} —— 指妓女脫離妓院嫁人為妻。又叫「上岸」sœŋ^{5} ŋɔn^{6}。

上便 sœŋ^{6} pin^{6} ——上面。上便咁多人(上面這麼多人)。

噝(餸) sœt^{8} —— 象聲詞，物體摩擦的聲音。又作動詞「吃」用。

削屎 sœk^{9} si^{2} —— 稀大便。

j

喫 jak^{9} —— 吃。

喫飯 jak^{9} fan^{6} —— 吃飯。

幼 jɐu^{3} —— 細。條線咁幼(線這麼細)。

遊蜂 jɐu^{4} fuŋ^{1} —— 到處飛的蜂，比喻某些尋花問柳的男子。

油柑仔 jɐu^{4} kɐm^{1} tsɐi^{2} —— 油柑果，野生灌木，果青色，大如玻璃珠，味澀而甘，能解渴。

有邊個 jɐu^{5} pin^{1} kɔ^{3} —— 有誰。有邊個哀憐(有誰哀憐)。

有番頭 jɐu^{5} fan^{1} thɐu^{4} —— 有回頭，即有輪回。世界會有番頭(世界會有輪回)。

有的(啲) jɐu^{5} ti^{1} —— 有一點兒。有啲依傍(還有點兒依傍)。

有釐 jɐu^{5} lei^{4} —— 有一丁點。

有乜 jɐu^{5} mɐt^{7} —— 有甚麼。有乜新鮮(有甚麼新鮮的)。

有乜用 jɐu^{5} mɐt^{7} juŋ^{6} —— 有甚麼用。

有了弄 jɐu5 liu5 nuŋ6 —— 作弊，有貓膩。

有咁多 jɐu5 kɐm3 tɔ1 —— 有這麼多。有咁多風流，就要受咁多折磨(有那麼多風流，就要受那麼多的折磨)。

有揸拿 jɐu5 tsa1 na4 —— 有把握。邊樣正叫得做有揸拿(甚麼事才可以說有把握)。

有陣 jɐu5 tsɐn6 —— 有時。有陣急到燃眉(有時急得燃眉)。

又咁 jɐu6 kɐm3 ——又這麼。春事又咁爛漫(春事又這麼爛漫)。

又試 jɐu6 si3 ——又，又再。又試草木皆兵(又再草木皆兵)。

又試咁 jɐu6 si3 kɐm3 ——又這樣。又試咁飄零(又這樣飄零)。

又試去過 jɐu6 si3 hœy3 kwɔ3 —— 再去一趟。

陰功 jɐm1 kuŋ1 —— 原為「冇陰功」，造孽。今省作「陰功」，指做了傷天害理的事。

陰騭 jɐm1 tsɐt7 —— 原指陰德，這裏轉指陰間、陰司。

飲埋的(啲) jɐm2 mai4 ti1 —— 盡喝些。飲埋啲寡酒(盡喝些寡酒)。

飲咗 jɐm2 tsɔ2 —— 飲了。

飲晒 jɐm2 sai3 —— 全喝了。飲晒成埕(整罈子都喝光了)。

飲勝 jɐm2 siŋ3 —— 乾杯。

人話 jɐn4 wa6 ——人說。

人地(哋) jɐn4 tei6 ——人家的。惹人哋笑柄(給人家做笑柄)。

人地(哋)話 jɐn4 tei6 wa6 ——人家說。人哋話酒可銷愁(人家說酒可消愁)。

人地(哋)吩(嘅) jɐn4 tei6 kɛ3 ——人家的。人哋嘅情哥咁聽妹諫(人家的情哥這麼聽妹諫)。

人客 jɐn4 hak9 —— 客人。遇着人客有情(遇着客人有情)。

人仔 jɐn4 tsɐi2 ——人兒，青年人。

人日 jɐn4 jɐt6 —— 農曆正月初七。

入心 jɐp8 sɐm1 —— 進入心裏，即深深地。相好到入心(深深相愛)。

一便 jɐt7 pin6 —— 一邊兒。

一便心 jɐt7 pin6 sɐm1 —— 一條心思。一便心嚟等(一條心思來等)。

一櫇(鵧) jɐt⁷ phɔ¹ —— 一棵。

一盤 jɐt⁷ phun⁴ —— 即一盆。廣州話盤、盆同音。

一味 jɐt⁷ mei⁶⁻² —— 只顧，一直。一味等佢荷包入滿(一直等他錢包裝滿)。

一面 jɐt⁷ min⁶ —— 一邊兒。

一啖 jɐt⁷ tam⁶ —— 一口。一啖飯(一口飯)。

一笪 jɐt⁷ tat⁹ —— 一塊，一處。

一吓(下) jɐt⁷ ha⁵ —— 一下子。點捨一下就分清(怎捨得一下子就分清)。

一自 jɐt⁷ tsi⁶ —— 自從。一自三君被逮(自從三君被捕)。

一自 jɐt⁷ tsi⁶ —— 一邊兒……。一自拆書嚟睇，一自心盤算(一邊兒拆信來看，一邊兒心中盤算)。

一自自 jɐt⁷ tsi⁶ tsi⁶ —— 漸漸地，逐漸地。春色一自自撩人(春色漸漸地惹人)。

一二閣(角) jɐt⁷ ji⁶ kɔk⁹ —— 角落。縮埋一二角(蜷縮在角落裏)。

一於 jɐt⁷ jy¹ —— 堅決，一定。

日來 jɐt⁸ lɔi⁴ —— 白天。日來丟淡(白天淡化了)。

野(嘢) jɛ⁵ —— 東西。咪搵噉嘅嘢嚟頑(別找這樣的東西來玩兒)。

惹埋 jɛ⁵ mai⁴ —— 招惹了。做乜惹埋離恨(為甚麼招惹了離恨)。

依(齞) 牙 ji¹ ŋa⁴ —— 齜着牙。依(齞) 牙吠起主人嚟(齜牙吠起了主人來了)。

依(齞) 起 ji¹ hei² —— 齜牙。齞起棚牙(齜着牙)。

倚憑 ji² pɐŋ⁶ —— 倚靠。無乜倚憑(沒甚麼倚靠)。

兒嬉 ji⁴ hei¹ —— 兒戲。轉指不牢靠，不可靠。做事邊處有咁兒嬉(做事哪能這麼不可靠)。

而家 ji⁴ ka¹ —— 現在。世界至到而家(世界發展到現在)。

二家 ji⁶ ka¹ —— 雙方。呢回二家唔放手(這回雙方不放手)。今多叫「兩家」。

二架樑 ji⁶ ka³ lœŋ⁴ —— 二主人。指愛管閒事而又幫不了忙的人。

閹 jim¹ —— 騸割，轉指宰，宰割。

淹沾(醃尖) jim[1] tsim[1] —— 囉嗦，愛挑剔的。嗰副醃尖脾胃(那個愛挑剔的脾胃)。

厭左(咗) jim[3] tsɔ[2] —— 厭倦，生厭了。

煙花地 jin[1] fa[1] tei[6-2] —— 色情場所。

煙韌 jin[1] ŋɐn[6] —— 韌，轉指男女私情纏綿。

形容 jiŋ[4] juŋ[4] ——人的樣子和容貌。

形容咁枯槁 jiŋ[4] juŋ[4] kɐm[3] fu[1] kou[2] —— 面容這麼憔悴。

認真 jiŋ[6] tsɐn[1] —— 的確。係咪認真盲(是不是的確盲？)

熱頭 jit[8] thɐu[4] —— 太陽。

熱起番來 jit[8] hei[2] fan[1] lɔi[4] —— 熱起來。

抑或 jik[7] wak[8] —— 或者。抑或你唔肯放鬆(或者是你不肯放鬆)。

益晒 jik[7] sai[3] —— 有利於。益晒邊個(對誰最有利)？

亦都 jik[8] tou[1] —— 也，也要。你唔記如今亦都記吓在前(你不想念現在也要回憶一下從前)。

亦閒 jik[8] han[4] —— 也無妨。我就將就下佢亦閒(我就將就他一下也無妨)。

容乜易 juŋ[4] mɐt[7] ji[6] —— 多容易。容乜易老(多容易老啊)。

郁 juk[7] —— 動。使唔郁(使不動)。

郁動 juk[7] tuŋ[6] —— 走動，活動。

郁吓(下) juk[7] ha[5] —— 動不動。郁下就鬧(動不動就罵)。

肉痛 juk[8] thuŋ[3] —— 心痛。

肉緊 juk[8] kɐn[2] —— 心發狠，心情煩躁，緊張，控制不住自己。

肉酸 juk[8] syn[1] —— 肉麻，難看。

如來 jy[4] lɔi[4] —— 即如來佛祖釋迦牟尼。

魚爛(欄) jy[4] lan[1] —— 魚類的批發店。

魚生 jy[4] saŋ[1] —— 生的魚肉，多切成魚片。

與及 yu[5] khɐp[8] —— 以及。人事與及天時(人事與天時)。

遇啱 jy[6] ŋam[1] —— 剛遇着。

冤家 jyn[1] ka[1] —— 指情人。我想冤家必係前生種(我想冤家必定是前生種)。

圓眼 jyn⁴ ŋan⁵ —— 龍眼，桂圓。

洋遮 jœŋ⁴ tsɛ¹ —— 雨傘。

養埋 jœŋ⁵ mai⁴ —— 養着。

若係話 jœk⁸ hɐi⁶ wa⁶ —— 如果說。

若果係話 jœk⁸ kwɔ² hɐi⁶ wa⁶ —— 如果是……的話。

kw

寡鳳 kwa² fuŋ⁶ —— 孤單的鳳。比喻已與丈夫分離的妻子。你咁寡鳳(你這孤單的女子)。

掛帶 kwa³ tai³ —— 牽掛。

掛恨 kwa³ hɐn⁶ —— 惦念，想念。你唔使掛恨(你不必想念)。

掛意 kwa³ ji³ —— 牽掛。死亦無乜掛意(死也沒有甚麼牽掛)。

躀 kwan³ —— 摔倒，跌跤。

躀倒 kwan³ tou² —— 摔跤，跌倒。

躀死 kwan³ sei² —— 摔死。

龜公 kwɐi¹ kuŋ¹ —— 王八，蓄妓賣淫的人。倒霉鬼。

鬼咁 kwɐi² kɐm³ —— 非常。鬼咁精神(相當精神)。

鬼叫 kwɐi² kiu³ —— 誰叫。鬼叫你唔精(誰叫你不精靈)。

鬼鼠 kwɐi² sy² —— 鬼祟。形容鬼鼠(樣子鬼祟)。

果實 kwɔ² sɐt⁶ —— 的確，果然。果實真情(的確是真情)。

光擸擸 kwɔŋ¹ lap⁹ lap⁹ —— 鋥亮。

光棍 kwɔŋ¹ kwɐn³ —— 騙子。

孤鸞 kwu¹ lyn⁴ —— 孤單的鸞。比喻已與妻子分離的男人。你係咁孤鸞(你是這麼孤單的男子)。

孤寒 kwu¹ hɔn⁴ —— 孤獨。月缺已自孤寒(月缺的時候已經夠孤獨的了)。

孤寒 kwu¹ hɔn⁴ —— 吝嗇。

估唔到 kwu² m⁴ tou³ —— 想不到。

估話 kwu² wa⁶ —— 以為。估話天長地久(滿以為天長地久)。

估道 kwu² tou⁶ —— 以為。估道天長地久同歡耍(原以為天長地久地一起玩樂)。

咕吓(估下) kwu² ha⁵ —— 猜一猜。

估係 kwu² hɐi⁶ —— 以為是。估係能救我患難(以為是能救我患難)。

估錯 kwu² tshɔ³ —— 猜錯。

khw

虧佢的(啲) khwɐi¹ khœy⁵ ti¹ —— 難得那些。虧佢啲熱心志士(難得那些熱心志士)。

虧我 khwɐi¹ ŋɔ⁵ —— 可是我，可惜我。虧我淚流不斷(可我淚流不斷)。

箍 khwu¹ —— 擁抱。

箍埋髀 khwu¹ mai⁴ pei² —— 箍着大腿。

箍番 khwu¹ fan¹ —— 重修舊好。緩和僵局，打圓場。

箍住 khwu¹ tsy⁶ —— 比喻修復已破裂的感情。神仙箴都箍唔得住(用神仙箴也箍不住)。

一劃

二劃

三劃

四劃

五劃

六劃

七劃

八劃

九劃

十劃

十一劃

十二劃

十三劃

十四劃

十五劃

十六劃

十七劃

十八劃

十九劃

二十劃

二十一劃

二十二劃